KB238716

장맛비가 내리던 저녁

창 비 세 계 문 학 단 편 선
중국

창비세계문학단편선-중국편

장맛비가 내리던 저녁

초판 1쇄 발행 / 2010년 1월 8일
초판 6쇄 발행 / 2023년 5월 22일

지은이 / 스져춘 외
엮고 옮긴이 / 이욱연
펴낸이 / 강일우
책임편집 / 황혜숙
펴낸곳 / (주)창비
등록 / 1986년 8월 5일 제85호
주소 / 10881 경기도 파주시 회동길 184
전화 / 031-955-3333
팩시밀리 / 영업 031-955-3399 편집 031-955-3400
홈페이지 / www.changbi.com
전자우편 / lit@changbi.com

한국어판 ⓒ (주)창비 2010
ISBN 978-89-364-7179-8 03820
ISBN 978-89-364-7975-6 (전9권)

장맛비가
내리던
저녁

스져춘 외 지음

이욱연 엮고 옮김

창 비 세 계 문 학 단 편 선

중국

창비

중국 근대문학은 중국 근대사가 걸어온 고난의 역정을 담고 있다. 어둠과 혼돈에 처한 중국 근대사와 근대 중국인들 삶의 여실한 기록이다. 이 책에는 중국 근대문학이 태동한 이후부터 1949년까지 나온 작품 가운데 그런 중국 근대문학의 성격을 압축하여 보여주는 대표작 9편을 골랐다. 선정의 기준은 둘이었다. 하나는 중국 '근대문학'의 개성을 보여주는 작품이고, 다른 하나는 중국 근대를 대표하는 '작가'들의 개성을 보여주는 작품이었다. 루쉰과 마오뚠, 빠진, 라오셔 등 중국 근대문학을 대표하는 작가의 작품과 더불어 위따푸와 스져춘의 작품이 포함된 것은 이 때문이다. 이들 작품을 통해 중국 근대문학의 다양한 개성과 더불어 중국 근대를 대표하는 작가들의 문학세계를 다소나마 짐작할 수 있을 것이다. 기본적으로 한 작가 당 한 작품씩을 골랐는데, 다만 루쉰의 경우 두 편을 선정했다. 루쉰의 이 두 작품을 통해 루쉰 소설의 각기 다른 개성을 엿볼 수 있도록 하기 위해서였다. 띵링의 「밤」, 빠진의 「노예의 마음」, 마오뚠의 「린 씨네 가게」, 스져춘의 「장맛비가 내리던 저녁」은 국내에 처음으로 번역 소개되는 작품들이다. 이들 작품은 번역과정에서 영문 번역을 참고했다. 그외 작품들은 필자 자신의 번역본을 포함하여 기존 번역본들의 성과를 받아들이면서, 이번에 새롭게 번역했다. 이 책이 중국 근대문학의 진미를 맛볼 수 있는 계기가 되기를 바란다.

차례

책을 엮으며 005

루쉰
아Q정전 011
고향 064

위따푸
타락 079

션충원
샤오샤오 121

빠진
노예의 마음 143

마오뚠
린 씨네 가게 165

스져춘
장맛비가 내리던 저녁 219

라오셔
초승달 237

띵링
밤 279

해설_전통과 근대에 대한 이중의 저항과 고투_이욱연 289
수록작품 출전 296

魯迅

| 루쉰 |

1881~1936

중국 샤오싱(紹興)의 관료 집안에서 태어났다. 열세살에 조부의 투옥과 아버지의 죽음 등이 겹치면서 집안이 몰락했다. 어려서부터 전통학문을 배웠지만 아버지가 죽은 이후 신학문을 배웠고, 일본에 유학하여 의학을 공부하던 중 중국인들의 마비된 정신을 개조하는 데는 문학이 제일이라고 생각하여 작품활동을 시작한다. 이후 '잡감(雜感)'이라는 일종의 시사산문을 쓰는 한편 「광인일기」(1918) 「아Q정전」(1921) 「고향」(1921) 등을 발표하면서 중국 근대문학을 대표하는 작가로 발돋움한다. 봉건과 근대의 과도기적 혼란, 그리고 제국주의의 침략으로 식민지로 전락해가는 당시 중국의 어두운 현실을 해부하고, 중국 지식인들의 허위와 민중들의 노예성을 가차없이 비판하는 작품을 썼다.

■ 아Q정전 阿Q正傳

루쉰의 대표작. 신해혁명(1911)이라는 역사적 배경 속에서 연출되는 아Q라는 한 시골 날품팔이 농사꾼의 행장을 적고 있는데 크게 보면 두 가지 이야기이다. 작품의 전반부는 주인공 아Q의 정신승리법에 관한 것이고, 다른 하나는 신해혁명에 관한 것이다.

소설은 아Q의 승리의 기록으로 시작한다. 루쉰은 아Q가 접하는 현실적, 육체적 패배와 그러한 패배 속에서 아Q가 시도하는 관념적, 정신적 조작을 나란히 보여줌으로써 아이러니 효과를 유발한다. 현실에서는 늘 구타당하고 멸시당하지만 아Q는 이를 간단히 승리로 조작해낸다. 그 정신적 조작이 정신승리법이다. 자신에게 압박을 가하는 상대보다 자신을 훨씬 높은 위치에 두거나 반대로 자기를 비하하거나 약자에게 자신의 굴욕을 전가하는 방법을 통해서 아Q는 패배를 승리로 바꾼다. 결국 승리/패배, 억압/피억압의 구도는 전혀 바뀌지 않고, 온전히 보존, 재생산된다. 그 재생산의 씨스템이 중국인과 중국사회를 지배하고 있다는 것, 그것이 바로 중국이 직면한 위기와 어둠의 핵심이라는 것이 루쉰의 판단이고, 이는 또한 루쉰이 평생 투쟁하고 해체를 시도한 대상이기도 했다.

작품 후반부는 아Q가 혁명에 가담한 이야기다. 아Q는 원래 혁명을 싫어했으나 평소 자신을 괴롭히던 사람들이 혁명을 두려워하는 것을 보고는 혁명에 가담할 결심을 한다. 한편, 혁명이 일어났지만 아Q가 사는 마을에는 아무런 변화가 없다. 관직 이름만 바뀌었을 뿐이다. 신해혁명이란 중국 민중의 삶이나 혼을 전혀 건드리지 못한 채 단순히 이름 바꾸기 혹은 주인 바꾸기 혁명이었을 뿐이다. 당시 중국 현실에 대한 루쉰의 비관적이고 절망적인 인식이 여실히 드러나 있다.

■ 고향 故鄉

「아Q정전」과 더불어 루쉰의 대표작으로 꼽힌다. 일본에서는 교과서에 실리기도 했는데, 작품 마지막에 나오는 '희망은 지상의 길과 같다'는 경구로도 유명한 작품이다. 소설은 주인공의 귀향기인데, 그 귀향은 고향과 영원히 작별하기 위한 것이다. 가재도구를 정리하고 어머니와 조카와 함께 고향을 떠나기까지의 여정이 기본 모티프다. 소설은 기억 속 아름다운 고향과 지금의 피폐한 고향 사이의 대립이 축을 이룬다. 화자에게 기억 속의 아름다운 고향을 떠올리게 한 룬투라는 인물은 어렸을 때 집안일을 도와주던 머슴의 아들로, 화자가 고향을 떠나기 위해 왔다는 소식을 듣고 인사를 하러 오겠다고 기별을 한 것이다. 그런데 어렸을 적 친구였던 룬투는 그를 찾아와 '나리'라고 부른다. 그 순간 아름답던 기억 속의 고향은 사라져버린다. 고달픈 현실에 시달리는 어른 룬투, 가혹한 세금과 거듭된 흉년으로 가난에 찌들어 끼니 걱정으로 하루하루를 보내는, 나이보다 훨씬 늙어 보이는 룬투만 눈앞에 있다. 기억 속 아름다운 고향과 대비되는 현실 속 고향의 비참한 모습을 압축하여 보여주는 것이다. 절망 속에서 배를 타고 고향을 떠나며 화자는 자신의 조카 세대에는 그런 비극이 재연되지 않기를 바란다. 그리고 기억 속에 있는 아름다운 고향의 모습을 다시 떠올린다.

소설은 여기서 도저한 절망적 현실 속에서 어떻게 희망을 만들 것인가라는 루쉰의 평생의 화두와 만난다. 아름다운 기억 속의 고향을 다시 지상에 세우고, 어렸을 때처럼 부잣집 도련님과 머슴의 아들이 친구로 함께 사는 세상을 향한 희망의 길은 바로 여러 사람이 함께 가는 발길에서 시작된다는, 사람의 발길이 지상에 길을 낸다는 믿음이 작품의 결말에 집약되어 있다.

아Q정전

제1장 머리말

내가 아Q에게 정전(正傳)을 써줘야겠다고 생각한 것이 벌써 일이년 전 일이 아니다. 막상 쓰려다가도 마음이 흔들리는 것을 보면 내가 문장가가 못된다는 분명한 증거이리라. 대개 불후의 문장력을 지닌 사람이 불후의 인물에 대해 써왔다. 글을 통해 사람이 전해지고 글은 다시 사람을 통해 전해져서 결국에는 대관절 누가 누구에게 전해지는지 점점 알 수 없어진다. 어쨌거나 내가 마침내 아Q를 글로 전하겠다고 나서는 걸 보면 내 머리에 귀신이라도 들어 있는 모양이다.

그런데 금방 썩어 없어질 문장이라도 한편 쓰려고 붓을 들었지만 이만저만 곤란한 일이 아니다. 첫째는 글의 이름이다. 공자는 "이름이 올바르지 않으면 말이 순하지 않다"고 했다. 그러니 여간 주의를 기울이지 않으면 안된다. 전기에는 여러 가지 형식이 있다. 열전(列傳), 자기가 쓰는 자전(自傳), 내전(內傳), 외전(外傳), 별전(別傳), 가전(家傳), 소전(小傳) 등이 그러한데, 유감스럽게도 모두 적당하지 않다. '열전'이라고 하자니 이 글은 수많은 위인들과 더불어 '정사(正史)' 축에 들지 못하고, '자전'이라고 하자니 나는 아Q가 아니다. '외전'이라고 하자면, '내전'도 있어야 하지 않겠는가? 그렇다고 '내전'이라고 하자니 아Q가 무슨 신선은 아니다. 그렇다면 별전은? 아직껏 총통께서 국사 편찬하는 곳에 아Q에 관한 본전을 쓰라고 명한 바가 없다. 물론 영국 역사를 보면 도박꾼들을 다룬 열전이 없어도 대문호인 디킨즈는 도박꾼들을 다룬 『도박꾼 별전』을 쓴 적이 있다. 하지만 디킨즈 같은 대문호나 가능한 일이지, 나 같은 이는 어림없다. 그다음이 '가전'이지만, 내가 아Q와 한집안인지도 모르겠고 그 후손들의 부탁을 받은 바도 없으니 이 또한 불가능하다. '소전(小傳)'이라고 하려고 해도 아Q에게는 '대전(大傳)' 같은 것이 없다. 그러니 이 글이 '본전(本傳)'인 셈이지만, 내 문장으로 말할 것 같으면 글이 천해서, 수레를 끌고 다니면서 콩국이나 파는 자들이나 쓰는 말이니 어찌 감히 그렇게 고상한 이름을 붙일 것인가. 그리하여 '삼교구류'(三敎九流, 삼교는 유교, 불교, 도교. 구류는 유가, 도가, 음양가, 법가, 명가, 묵가, 종횡가, 잡가, 농가—옮긴이) 축에도 끼지 못하는 소설가들이 "여담은 그만두고 이제 정전으로 돌아가 이야기할 것 같으면……"이라고 하는 틀에 박힌 말에서 '정전'이라는 두 글자를 따서 이 글의 제목으로 삼으려 한다. 이 역시도 옛사람이 쓴 『서예 정전』이란 책의 정전이라는 말과 혼동될 수 있지만 그것까지 고려할 수는 없다.

둘째로, 전기를 쓸 때는 통상 "아무개는 자(字)가 무엇이고, 어디 사람이다"로 시작하기 마련이지만 나는 아Q의 성이 무엇인지 모른다. 한때 성이 자오(趙)인 듯도 하더니만 다음날이 되자 알 수 없게 되고 말았다. 자오 나리네 아들이 과거에 급제하여 생원이 되었고, 요란한 꽹과리 소리와 함께 그 소식이 마을에 전해지자 마침 황주 두 사발을 마신 아Q가 덩실덩실 춤을 추면서 자기에게도 자랑이라고 말했다. 자기

가 자오 나리와 원래 한집안이고 항렬을 자세히 따지면 자기가 장원급
제한 생원보다도 세 항렬 윗길이어서 증조할아버지뻘 된다는 것이었
다. 그 말을 들은 주위 사람들이 숙연해지더니 몇몇은 아Q를 존경스러
운 눈초리로 쳐다보기도 했다. 그런데 어찌 알았으랴. 다음날 동네 경
찰이 와서 아Q를 자오 나리 댁으로 데리고 갔다. 나리가 보자마자 얼
굴을 붉히면서 소리를 질렀다

"아Q 너 이 자식! 네가 우리하고 일가라고 했다고?"

아Q는 입을 열지 않았다.

자오 나리는 그럴수록 더욱 화가 나서 몇발짝 따라나가면서 말했다.
"네놈이 어디다 대고 헛소리를 지껄여! 내가 어떻게 너 같은 놈과 한
집안이더냐? 네 성이 자오라고?"

아Q는 입을 다물고 물러날 생각만 하는데 자오 나리가 달려나오더
니 뺨을 후려갈겼다.

"네가 어떻게 자오 씨야! 너 같은 놈이 가당치도 않게 감히 자오 씨
라니!"

아Q는 자기가 분명 자오 씨라고 항변하지도 못하고 그저 손으로 왼
쪽 뺨만 만지면서 경찰과 함께 밖으로 물러나오는데, 이번에는 경찰이
닦달을 해대는 통에 사죄의 표시로 이백 문(文, 화폐 단위—옮긴이)을 술
값으로 바쳤다. 이 소문을 들은 사람들은 다들 아Q가 너무 날뛰어서
매를 자초했다고 했다. 아Q 성이 자오가 아닐 것이고, 정말로 성이 자
오라고 해도 자오 나리가 마을에 살고 있는 한 그런 헛소리를 하지 말
아야 한다고도 했다. 그 일이 있고 난 뒤 더이상 그의 성씨를 거론하는
사람이 없어서 나는 아Q의 성씨가 무엇인지, 결국 알 길이 없었다.

셋째로, 나는 아Q의 이름을 어떻게 쓰는지도 모른다. 그가 살았을
때 다들 그를 아퀘이(Quei)라고 불렀고, 죽은 뒤에는 아퀘이를 입밖에

낸 사람이 아무도 없으니 그의 이름이 대나무와 비단에 적혀 역사에 전해질 리도 없다. 대나무와 비단에 적어 역사에 남기는 일로 치자면 이 글이 처음인 셈이고, 그러다 보니 이런 난관에 봉착한 것도 당연히 처음이다. 나는 예전에 곰곰이 생각해본 적이 있다. 대관절 아퀘이는 계수나무 계 자(桂)를 쓴 아꾸이(阿桂)일까, 귀할 귀(貴) 자를 쓴 아꾸이(阿貴)일까? 그의 호가 월정(月亭)이라든가 그의 생일이 팔월이라든가 하여 달과 관계가 있다면 그의 이름은 분명 계수나무 계자가 들어간 아꾸이일 것이다. 하지만 그에게는 호가 없었고—호가 있는데 아는 사람이 없을지도 모른다—생일 축사를 받으려고 초청장을 낸 적도 없었으니 계수나무 계 자를 써서 아꾸이라고 적는 것은 독단이다. 그에게 형이나 동생이 있어서 그들 가운데 이름이 부자 부(富) 자를 써서 아푸(阿富)였다면 그의 이름은 분명 귀할 귀 자를 써서 아꾸이(阿貴)였을 것이다. 그러나 그는 형제도 없고 혼자뿐이니 귀할 귀 자의 아꾸이일 것이라는 근거도 없다. 물론 이 두 글자 말고도 꾸이라는 소리에 맞는 희귀한 한자들이 있기는 하지만 그런 글자들은 더 적당하지 않다. 예전에 나는 지방과거시험에 합격한 생원인 자오 나리 아들에게 물어보기도 했는데, 그렇게 박식한 분도 알지를 못했고, 그는 결론을 내리길 천뚜슈(陳獨秀)가 『신청년(新靑年)』 잡지를 만들어 서양글자를 쓰자고 주장하는 통에 나라의 전통문화가 사라져버려서 고증할 길이 없어졌다고 했다. 나는 최후의 수단으로 한 고향 사람에게 아Q의 범죄를 조사했던 조서를 살펴봐달라고 부탁했다. 팔 개월 후에 연락이 왔는데 조서에는 아퀘이와 음이 비슷한 이름을 가진 사람은 없다는 것이다. 정말 없는지 아니면 찾아보지 않았는지 모를 일이지만 더 알아볼 다른 방법이 없었다. 중국어 발음을 표기하는 주음자모에 거부감을 지닌 사람이 많아서 아직 널리 쓰이고 있지 않기에 하는 수 없이 '서양글자'를 쓸 수밖에 없어, 영국에서 사용하는 중국어 발음 표기법에 따라 그를 아Quei라고 쓰고, 약칭으로 아Q라고 한다. 이렇게 하는 것이 『신청년』을 맹종하는 것 같아 나 자신도 유감스럽지만 생원 선생도 모르는 일인데 나라고 별 뾰족한 수가 있겠는가.

넷째는 아Q의 본적이다. 그의 성이 자오라면, 어느 지방 어떤 명문가 출신이라고 내세우기를 좋아하는 요즘 사람들처럼, 각 지방의 명문가를 다 모아놓은 『군명백가성(郡名百家姓)』에 나오는 주석을 흉내내서 "룽시(隴西) 톈슈이(天水) 사람이니라"라고 할 수도 있겠지만 유감스럽게도 성씨 자체를 믿을 수 없으니 이런 방법으로 본적을 확정할 수도 없다. 그가 웨이쫭(未莊)에 오래 살기는 했지만 자주 다른 곳에서도 살았기 때문에 웨이쫭 사람이라고 할 수도 없다. "웨이쫭 사람이었느니"라고 해버리면 역사를 기록하는 방법에 어긋나는 것이다.

내가 그나마 위안으로 삼는 것은 아Q의 '아' 자만큼은 아주 정확해 억지로 가져다 붙이거나 다른 것을 빌려 가차하는 등의 약점이 전혀 없어서 고금역사에 통달한 사람들보다도 올바를 수 있다는 것이다. 그밖의 다른 것들은 배움이 얕은 나로서는 더이상 규명할 수가 없으니 '역사벽과 고증벽'이 있는 후스(胡適) 선생의 제자들이 장차 새로운 단서를 많이 찾아낼 수 있기를 기대할 따름이다. 하지만 그때쯤이면 내 이 『아Q정전』은 이미 사라지고 없을지도 모른다.

이상으로 머리말을 삼는다.

제2장 승리의 기록

이름이나 본적은 고사하고 아Q가 전에 어떤 사람이었는지 아는 사람도 없다. 웨이좡 사람들에게 아Q는 그저 바쁠 때 일이나 거들어주거나 놀림감의 대상일 뿐이고, 그가 전에 어떤 사람이었는지는 관심이 없다. 아Q 본인도 이렇다 저렇다 말이 없었으니, 다른 사람과 말다툼을 할 때나 간혹 눈을 부릅뜨고 이렇게 소리를 질렀다.

"우리도 옛날에는…… 네놈보다 훨씬 잘살았어! 네놈이 감히 뭐라고."

아Q는 집이 없어서, 웨이좡 마을에 있는 토지신과 곡식신을 모시는 사당에 산다. 일정한 직업도 없고 이집 저집을 돌아다니며 날품을 판다. 보리를 벨 일이 있으면 보리를 베고 쌀을 찧을 일이 있으면 쌀을 찧고 배를 저을 일이 있으면 배를 젓는다. 일이 길어질 때는 주인집에 살기도 했지만 일이 끝나면 떠난다. 그래서 바쁠 때면 아Q가 생각나지만 그것도 일을 시키기 위해서일 뿐, 그가 전에 어떤 사람이었는지 궁금해하지는 않았다. 더구나 한가해지면 아Q란 인물 자체도 새까맣게 잊으니, 그가 전에 어떤 사람이었는지는 더 말할 것이 없다. 언젠가 한 어르신이 "아Q가 정말 일을 잘해!"라고 칭찬했다. 그때 아Q는 웃통을 벗고는 깡마른 몸을 내보이며 그 어르신 앞에 서 있었는데, 다른 사람들은 이 말이 진심인지 아니면 놀림인지 분간이 되지 않았지만, 아Q는 아주 좋아했다.

아Q는 자존심이 무척 강해서 웨이좡 사람들은 누구도 눈에 차지 않았다. 마을에서 생원시험 준비를 하고 있는 두 글방 도령조차도 안중에 없었다. 글방 도령들은 장차 생원이 될 사람들이어서, 자오 나리나 치엔(錢) 나리가 마을 사람들 존경을 받는 것은 돈도 돈이려니와 두 나리가 다 글방 도령인 아들을 두고 있어서였다. 하지만 아Q는 적어도 정신적으로는 그들을 존경하지 않은 것은 물론이고 '내 아들은 훨씬 더 낫지 뭐'라고 생각했다. 더구나 성에 몇번 갔다온 뒤로는 콧대가 더 높아졌다. 하지만 그는 성안에 사는 사람들도 완전히 무시했다. 예를 들면 이렇다. 석 자 길이에 세 치 너비로 만든 나무의자를 웨이좡에서는 '긴 의자'라고 부르고 아Q도 '긴 의자'라고 불렀다. 그런데 성안 사람들은 '가는 의자'로 부른다는 거였다. 그는 이건 말도 안되고 웃긴다고 생각했다. 그런가 하면 웨이좡에서는 대구를 기름에 지진 다음 반 치 정도로 썬 파잎을 넣는데 이것도 말이 안된다는 거였다. 물론 웨이좡 사람들도 세상구경이라곤 해보지 못한 정말 가소로운 인간들로, 성안 사람들이 생선을 지져서 먹는 것을 본 적도 없는 자들이라고 했다.

아Q는 '옛날에는 잘살았고' 아는 것도 많은데다 '일도 잘하는' 거의 '완벽한 사람'이었다. 하지만 안타깝게도 몸에 작은 결함이 있었다. 무엇보다 속상한 것은 언제부턴가 머리에 나두창(癩頭瘡) 부스럼 자국이 몇군데 있다는 것이다. 콧대 높은 아Q지만 나두창만큼은 아무리 자기 몸에 난 자기 것이라고 해도 자존심이 상했다. 그래서 나두창이라는 말과 비슷한 음을 가진 말들이라면 죄다 싫어했는데 갈수록 그런 말들의 범위가 넓어져서 '빛〔癩〕'이라든가 '환하다〔賴〕'는 말도 꺼리더니 종국에는 '남포등'이나 '촛불' 같은 말까지도 질색했다. 사람들이 부러 그러거나 모르고 그런 말들을 입에 올릴라치면 아Q는 나두창 자리가 빨개질 정도로 화를 냈다. 상대에 따라 말발이 달리는 사람 같으면 냅다 욕을 퍼붓고, 힘이 달리는 사람 같으면 때려주었다. 그런데 어찌 된 영문인지 늘 아Q가 손해를 볼 때가 많았다. 그래서 그는 차츰 화난 눈길로 노려보기로 마음먹었다.

그런데 누가 알았으랴, 아Q가 이렇게 화난 눈길로 노려보는 것을 방침으로 택하자 웨이좡의 할일 없는 인간들이 더더욱 그를 놀려대는 것이었다. 그들은 아Q를 보면 놀란 척하면서 말했다.

"앗, 환해졌구먼."

그러면 아Q는 으레 화를 내며 노려보았다.

"어라 여기에 남포등이 있었네." 그들은 전혀 두려워하지 않았다.

아Q는 할 수 없이 보복을 해줄 다른 말을 생각해야 했다.

"네까짓 것들에게는 이런 것도……" 그렇게 말하는 순간 그의 머리에 나 있는 나두창이 더없이 귀하고 영광스러운 것처럼, 보통 나두창이 아닌 것처럼 여겨졌다. 하지만 앞에서 이야기했다시피 아Q는 식견이 있는 사람이었던지라 자신이 그런 말을 하면 식견있는 사람으로서 '법도'를 어기는 일이라는 것을 즉각 알아채고는 그 뒷말을 다 하지는 않았다.

하지만 동네 건달들은 그렇게 끝낼 인간들이 아니어서 아Q를 놀리다가는 끝내 때리곤 했다. 아Q는 형식적으로는 졌다. 동네 할일 없는 인간들은 아Q의 누런 변발을 틀어쥐고는 벽에다 네다섯 번 소리가 날 정도로 찧고 나서야 아주 만족스럽게 승리한 기분이었다. 아Q는 잠시 서 있으면서 속으로 생각했다. "아들놈에게 맞은 셈이네. 요즘 세상은 정말 개판이라니까……" 그래서 그도 아주 만족스럽게 승리한 기분이 되어 떠났다.

아Q는 처음에는 속으로만 생각한다. 하지만 나중에 모두 입밖으로 내버리곤 했다. 그래서 아Q를 놀리는 사람들은 그에게 이런 정신적인 승리법이 있다는 것을 알게 되었고, 그의 변발을 잡아당길 때면 미리 아Q에게 이렇게 말했다.

"아Q, 이건 자식이 아비를 때리는 것이 아니라 짐승을 때리는 거라고. 네가 직접 말해봐, '사람이 짐승을 때린다'고 말이야."

아Q는 두 손으로 자기 머리채를 틀어쥐고는 고개를 비틀며 소리쳤다.

"버러지를 때리는 것이라고 하면 어때? 난 버러지다!—그래도 놓아주지 않을 거야?"

버러지라고 해도 동네 건달들은 놓아주지 않았고 가까운 담벼락에다 머리를 대여섯 번 짓찧어 박고서야 만족스럽게 승리했다는 듯이 떠났다. 이번에야말로 아Q를 제대로 혼내주었다고 생각했다. 하지만 십초도 못되어 아Q도 만족스러워하며 떠났다. 그는 스스로를 경멸하고 업신여기는 데에는 자기가 첫째가는 사람이라고 생각했다. 더구나 스스로를 경멸하고 업신여기는 데에는 첫째가는 사람이라는 말에서 앞부분을 제외하면, '첫째가는 사람'이라는 말만 남으니 자기가 이 세상에서 제일이라고 생각했다. 과거에서 장원급제한 사람도 첫째가는 사람이 아닌가? 그러니 "네깟 것들이 무엇이라고 감히?"

아Q는 이런 갖가지 기묘한 방법으로 적들에게 이긴 뒤 즐겁게 술집으로 가서 몇잔 마시고는 사람들과 실없는 소리를 주고받거나 말다툼에 다시 승리를 하고는 즐거이 토지신 사당으로 돌아가 머리를 처박고 잠을 잤다. 돈이 생기면 야바위놀음을 하러 가는데 얼굴이 온통 땀투성이가 된 채 사람들 틈에 끼어 땅바닥에 쪼그려 앉아 있다. 그의 소리가 가장 쩽쩽했다.

"청룡에 사백!" "자, 수리수리— 자, 뚜껑을 깝니다!" 야바위꾼이 뚜껑을 열었고, 그도 얼굴이 온통 땀투성이인 채 노래를 불렀다. "아 천문입니다— 각은 텄고요! 인(人)과 천당(穿堂)에는 아무도 안 걸었군요. 아Q는 돈을 이리 주세요—"

"천당에 백, 아니 백오십!"

아Q의 돈은 이런 노랫가락을 타고 차츰 온통 땀투성이 얼굴을 한 사람의 허리춤으로 들어갔다. 그는 결국 사람들 무리에서 밀려나 뒤에서서 구경하면서 남들이 하는 노름에 자신이 가슴을 졸이다가 노름판이 파하면 못내 아쉬운 발길을 돌려 사당으로 돌아와 이튿날 퉁퉁 부은 눈으로 일을 나갔다.

그런데 인생사 길흉화복이 새옹지마라고 아Q도 딱 한 번 이겼지만 불행히도 도리어 낭패를 보게 되었다.

그날은 웨이좡 마을에서 신에게 제사를 올리는 날 밤이었다. 이날 밤에도 평소처럼 연극 무대가 차려지고, 그 옆에는 야바위판이 여러 군데서 벌어졌다. 연극 무대에서 울리는 징소리 북소리가 아Q 귀에는 십리 앞에서 나는 것 같았고 오직 야바위꾼의 노래 소리만 들릴 뿐이었다. 그는 따고 또 땄고, 동전이 작은 은화로 변하고 작은 은화가 다시 큰 은화로 변하고, 그 큰 은화가 다시 돈더미를 이루었다. 너무 기쁘고 신났다.

"천문에 은전 두 냥이오!"

그는 누가 누구하고 싸우는지 알 수 없었다. 욕하는 소리, 때리는 소리, 발소리가 나는가 싶더니 한동안 머리가 아득해진 뒤 겨우 기어서 일어나보니 야바위판은 보이지 않고 사람들도 보이지 않았다. 몸에는 몇군데 통증이 느껴지는 듯하고 주먹질도 당하고 발길질도 당한 것 같았다. 사람들 몇이 놀란 눈으로 그를 보았다. 그는 뭔가 잃은 것 같은 허전한 기분으로 토지신 사당에 돌아와 정신을 수습하고 나서야 한 무더기 은화가 보이지 않는다는 것을 알았다. 신에게 제사를 올리는 날 벌어지는 야바위판들은 대부분 이 마을 사람들이 아니거늘 그자들을 어디 가서 찾는단 말인가?

하얗게 눈부시던 한 무더기 은화들! 더구나 그의 것이었는데…… 어디로 가버렸는가? 아들에게 빼앗긴 셈 치려고 해도 여전히 즐겁지가 않았다. '난 버러지야'라고 생각해도 여전히 즐겁지가 않았다. 그는 이번에야말로 패배의 고통을 약간이나마 느꼈다.

하지만 그는 바로 그것을 승리로 바꾸었다. 오른손을 들어 힘껏 자기 뺨을 연속해서 두 대 갈겼는데, 얼얼하게 조금 아팠다. 때리고 나자 마음이 편안해지고 때린 사람은 자기이고 맞은 사람은 또다른 자기인 것처럼 느껴지더니, 조금 지나자 이번에는 자기가 다른 사람을 때린 것처럼 여겨졌다. 그제야 만족스럽게 승리한 기분이 되어 자리에 누웠다.

그는 잠이 들었다.

제3장 승리의 기록 속편

아Q가 늘 승리를 거두기는 했어도 그런 승리가 유명해진 것은 자오 나리에게 뺨을 얻어맞고 나서였다.

지난번 그는 동네 경찰에게 술값 이백문을 준 뒤 씩씩거리며 집에 가 누웠는데 이런 생각이 들었다. "요즘 세상은 정말 말이 아니야. 아들녀석이 아비를 때리질 않나……" 그래서 문득 자오 나리의 위세가 떠올랐고, 그가 자신의 아들이라고 생각하자 자신이 점점 우쭐해져서는 몸을 일으켜 「청상과부 성묘에 가네」라는 노래를 부르면서 술집으로 갔다. 그때, 그는 자오 나리는 다른 사람들보다 한 등급 높은 사람이라고 여겼다.

그런데 이상한 것은 그 일이 있고나서 실제로 다른 사람들이 아Q를 유달리 존경하게 된 것이다. 아Q로서는 자신이 자오 나리의 아비뻘이니 당연하다고 여길 만도 하지만, 실은 그렇지가 않았다. 웨이쫭 마을에서는 아치(阿七)가 아빠(阿八)를 때렸다거나 장싼(張三)이 리쓰(李四)를 때렸다거나 하는 일은 원래가 사건이랄 것이 없었고, 자오 나리 같은 유명한 사람과 관계가 되어야만 사람들 입에 오르내렸다. 일단 사람들 입에 오르내리면 때린 사람이 유명하기에 맞은 사람도 덩달아 유명해지는 것이다. 잘못이 아Q에게 있다는 것은 더 말할 필요가 없었다. 왜 그런가? 자오 나리에게 잘못이 있을 리 없기 때문이다. 그런데 아Q가 잘못한 게 분명한데도 왜 다들 그를 특별히 존경하는 것일까? 이해하기 어려웠다. 이유를 헤아려본다면, 아마도 아Q가 자오 나리와 한집안이라고 했다가 맞기는 했지만 다들 그래도 혹시 진짜일지 모르니 존경해주는 편이 나중에 낭패를 보지 않는 길이라고 생각해서일 것이다. 그렇지 않다면 공자 사당에 바쳐지는 제물의 이치와 같다고나 할 것이다. 제물이 똑같은 돼지나 양 같은 가축이지만 일단 성인께서 젓가락을 댄 이상, 선비들이라도 감히 함부로 대하지 않는 이치와 같다.

아Q는 그뒤 여러 해 동안 우쭐해하면서 지냈다.

어느해 봄, 술이 거나해진 그가 길 가다가 담 밑 햇볕 아래서 왕털보가 웃통을 벗고 이를 잡는 것을 보고는 자신의 몸도 갑자기 간지럽기 시작했다. 이 왕털보라는 자는 나두창이 있는데다 털보여서 사람들이 다들 그를 왕나두창쟁이 털보라고 불렀다. 아Q는 여기서 나두창쟁이라는 말을 빼기는 했어도 그를 아주 멸시했다. 아Q 생각에 나두창은 이상할 게 없지만 볼의 수염만은 정말 괴상하고 눈에 거슬렸다. 그는 옆에 나란히 앉았다. 다른 사람이었다면 아Q가 그렇게 앉을 생각도 감히 못했을 것이다. 하지만 이 왕털보는 겁날 게 무엇인가? 사실 그가 기꺼이 옆에 앉는 것만으로도 왕털보를 높여주는 일이었다.

아Q도 해진 저고리를 벗어서 한번 뒤집었는데 빨래를 방금 해서인지, 대충 대충 해서인지 한참이 지나도 서너 마리밖에 잡지 못했다. 그런데 왕털보는 한마리 또 한마리, 어떤 때는 두 마리 세 마리씩을 입에 넣고 톡톡 소리를 냈다.

아Q는 처음에는 실망했고 나중에는 화가 치밀었다. 눈에 차지도 않는 왕털보조차 하물며 저렇게 많은데 자신은 이렇게 적으니, 이 얼마나 체통이 깎이는 일인가! 그는 한두 마리 큰 놈을 잡고 싶었지만 도무지 찾을 수가 없어서 겨우 중간 크기의 하나를 잡아 씩씩거리면서 두 툼한 입술 안에 넣고는 힘껏 깨물었다. 그런데 겨우 픽 하는 소리가 날 뿐, 왕털보에 비할 바가 아니었다.

그는 나두창 자국까지 온통 붉어져서 옷을 땅바닥에 내동댕이치고는 침을 뱉으면서 말했다.

"이 털 버러지 같은 놈!"

"이 더러운 개 같으니라고, 너 누굴 욕해?" 왕털보가 경멸하듯이 눈을 치뜨며 말했다.

아Q는 요즘 들어 비교적 사람들의 존경을 받고 스스로도 폼을 재기는 하지만 남을 때리는 것에 습관이 된 건달들을 만날 때면 겁을 먹었는데 유독 이번만은 아주 용감했다. 저렇게 얼굴이 온통 털투성이인 주제에 감히 함부로 주둥이를 놀리다니?

"누굴 욕하긴 누굴 욕해!" 그는 일어나서 두 손을 허리에 대며 말했다.

"너 어디가 근질근질해?" 왕털보가 일어나 웃옷을 걸치면서 말했다.

아Q는 그가 도망가려는 줄로 알고 잽싸게 달려들어 한 주먹을 날렸다. 그 주먹은 몸에 닿기도 전에 벌써 붙잡히고 말았고 왕털보가 한번 쓱 잡아당기기만 했는데도 아Q는 비틀비틀 끌려갔다. 이내 왕털보는 아Q의 변발을 움켜쥐고는 담장으로 끌고 가서는 예전처럼 머리를 찧었다.

"군자는 자고로 입을 쓰지 손을 쓰지 않는 법이니라!" 아Q가 머리가 젖혀진 채 말했다. 하지만 왕털보는 군자가 아니었는지 전혀 아랑곳하지 않은 채 연속 다섯 번을 벽에 찧고는 힘껏 밀쳐버렸다. 아Q가 저만치 나가떨어지는 것을 보고서야 만족하며 떠났다.

아Q 기억에 이것은 난생처음 당하는 굴욕이었다. 왕털보는 구레나룻이 있다는 결점 때문에 아Q에게 경멸을 당하면 당했지 그가 아Q를 경멸한 적은 없었고 더욱이 손찌검은 말할 것도 없었다. 그런데 지금 손찌검까지 하니 그야말로 뜻밖이었다. 사람들 이야기처럼 황제가 과거를 폐지하여 대감이니 거인(擧人)이니 하는 것도 필요없어지자 자오 가문의 위풍도 빛을 잃어서 사람들이 아Q를 무시하는 것일까?

아Q는 어찌해야 좋을지 몰라서 멍하니 서 있었다.

멀리서 한사람이 걸어오고 있었다. 그의 적수가 또 온 것이다. 그자도 아Q가 가장 싫어하는 사람으로 치엔 나리네 큰아들이었다. 그는 성안에 들어가 서양학당에 다니다, 어쩐 일인지 다시 일본에 갔다가 육개월 후에 집으로 돌아왔는데, 걷는 것도 서양사람들처럼 벋정다리로 걷고 변발도 보이지 않았다. 그의 어머니는 열 번도 넘게 대성통곡을 했고 그의 부인은 세 번이나 우물에 뛰어들었다. 후에 그의 어머니는 이렇게 말하고 다녔다. "그 변발은 술에 취해서 잠든 동안 나쁜 놈들이 잘라버렸다네. 원래 높은 벼슬을 할 인물인데, 이제는 머리가 어서 자라기를 기다리는 수밖에 없지 뭐야." 하지만 아Q는 믿지 않아서 그를 '가짜 양놈'이라거나 '외국과 내통한 놈'이라고 부르면서 그를 보기만 하면 몰래 욕을 했다.

아Q가 옛 말씀대로 "심히 싫어하고 증오하도다"는 정도까지 질색하던 것은 그의 가짜 변발이었다. 변발이 가짜인 이상 사람 노릇을 할 자격을 이미 잃은 것이고, 그의 마누라가 우물에 세 번만 뛰어들고 네 번 뛰어들지 않았으니 그녀 역시 훌륭한 여인이 아니었다.

그런 '가짜 양놈'이 다가왔다.

"이런 중대가리…… 당나귀 같은……"

아Q는 아직껏 속으로만 욕을 했을 뿐 입밖으로 내본 적이 없는데 이번에는 의분이 치솟고 복수심에 자기도 모르게 말이 새어나왔다.

그런데 뜻밖에도 그 중대가리가 노란 칠을 한 지팡이(아Q가 장례 때

짚는 곡상봉〔哭喪棒〕이라고 부른 막대)를 짚고서 성큼성큼 다가왔다. 아Q는 그 순간, 한대 맞겠구나 하는 것을 직감했고, 얼른 온몸을 움츠리고 어깨를 잔뜩 솟구치고 기다렸다. 이윽고 타닥— 하는 소리가 울렸으니 한대 맞은 것 같았다.

"전 저 아이에게 말한 건데요!" 아Q는 곁에 있는 아이를 가리키며 변명했다.

탁! 타닥!

아Q 기억으로는 이것이 아마 생애 두번째 당하는 굴욕일 것이다. 다행히도 타닥 소리를 내며 맞고 나자, 그것으로 끝난 것 같아 도리어 마음이 가뿐해졌고 조상 대대로 내려오는 '망각'이라는 보배도 효과를 발휘해서, 그가 천천히 걸어서 술집 문앞에 도착했을 때는 이미 기분도 어지간히 좋아졌다.

그때, 맞은편에서 정수암의 젊은 비구니가 걸어오고 있었다. 아Q는 보통 때도 비구니를 보기만 하면 욕을 하던 터라 지금처럼 굴욕을 당한 뒤에는 더 말할 것도 없었다. 그는 기억이 되살아나고 적개심이 솟구쳤다.

'오늘 왜 이렇게 재수가 없나 했더니 너를 만나서 그랬구나!'라고 생각했다.

그는 앞으로 다가가 큰 소리로 침을 뱉었다.

"칵, 퉤!"

젊은 비구니는 전혀 아랑곳하지 않고 고개를 숙인 채 그저 제 갈 길을 갈 뿐이었다. 아Q는 비구니 옆으로 다가가더니 갑자기 손을 뻗어 비구니의 새로 깎은 머리를 만지면서 헤헤거리며 말했다.

"이 까까머리 중대가리야! 얼른 절로 돌아가, 중이 널 기다리고 있어."

"너 왜 집적거리는 거야······" 비구니는 얼굴이 온통 빨개져 말하면서 재빨리 걸어갔다.

술집에 있던 사람들이 크게 웃었다. 아Q는 자기가 한건 올렸다는 것을 사람들이 인정해주자 더욱 기쁘고 신이 났다.

"중은 집적거려도 되지만 나는 안된다는 거야?" 이번에는 비구니의 볼을 꼬집었다.

술집에 있던 사람들이 크게 웃었다. 아Q는 더욱더 기가 살아 자기 행동을 인정해주는 사람들을 만족시키기 위해 다시 한번 힘껏 꼬집고서야 놓아주었다.

그는 이 일전을 치르느라 왕털보는 진즉 잊어버렸고 가짜 양놈도 잊었으며, 오늘 당한 재수없는 일에 대해 모조리 복수를 한 것 같았다. 더구나 이상하게도 타닥 소리가 난 뒤보다 몸이 더 가뿐하고 훨훨 날아갈 것 같았다.

"이 대가 끊어질 아Q놈아!" 멀리서 젊은 비구니의 울음 섞인 소리가 들렸다.

"하하하!" 아Q는 아주 만족스럽게 웃었다.

"하하아!" 술집에 있던 사람들도 아주 만족스럽게 웃었다.

제4장 연애의 비극

누가 그랬다. 어떤 승리자는 적이 호랑이나 독수리 같기를 바라는데 그래야 승리의 기쁨을 느낄 수 있어서다. 반대로 적이 양이나 병아리 같다면 승리가 재미없다는 것이다. 그런가 하면 어떤 승리자는 모든 것을 이겨낸 뒤 죽은 사람은 죽고 항복한 사람은 항복하여 "신은 실로 죽어 마땅한 죄를 지었나이다"라고 하여 더이상 적이 없고 상대도 없고 친구도 없어져서 자기 혼자만 남았을 때, 혼자서 외롭고 적막하고 처량해질 때 도리어 승리의 비애를 느낀다는 것이다. 하지만 우리의 아Q는 그렇지 않았다. 그는 영원히 우쭐거렸다. 그것은 아마도 중국의 정신문명이 세계에서 최고라는 증거일지도 모르겠다.

보라, 그는 금방이라도 훨훨 날아갈 것 같다!

그런데 이번 승리는 뭔가 다른 느낌이 들었다. 그는 반나절을 훨훨 날아다닌 뒤 토지신 사당에 들어갔다. 습관대로라면 눕자마자 코를 골아야 했다. 하지만 어인 일인지 쉽사리 눈이 감기지 않았고 엄지와 검지가 이상하게 느껴졌다. 보통 때보다 미끈거리는 것 같았다. 젊은 비구니 얼굴에 미끌미끌한 것이 있어서 그의 손가락에 묻은 것일까, 아니면 그의 손끝을 젊은 비구니 얼굴에 문질러서 미끌미끌해진 것일까?……

"이 대가 끊어질 아Q놈아!"

아Q 귀에 그 말이 다시 울렸다. 그는 생각했다. 그래 여자가 있어야해, 대가 끊기면 제삿밥 한그릇 올려줄 사람도 없고, ……꼭 여자가 있어야 해. 무릇 "불효에 세 가지가 있으되 그중 후사가 없는 것이 가장 큰 불효이니라"는 말씀도 있고, "후손이 없는 귀신은 밥도 굶게 되느니라"는 말씀도 있으니, 인생의 큰 불행이 아닐 수 없다. 사실 그가 이렇게 생각하는 것은 전해내려오는 성현의 가르침에 들어맞는 일이기도 했으니, 안타깝게도 여자가 있어야겠다고 생각하여 이미 싱숭생숭해진 마음을 수습할 수가 없다는 것이다.

"여자로다, 여자!……" 그는 생각했다.

"……중이 건드릴 수 있는…… 여자, 여자! ……여자!" 그는 또 그 생각이었다.

우리는 아Q가 그날 밤 언제 코를 골기 시작했는지 알 길이 없다. 하지만 아마도 이때부터 그는 손가락 끝이 늘 미끈거리는 느낌이 들었고 그래서 그때부터 마음이 들떠서 "여자라……"라고 생각하게 되었다.

이 한가지만 보더라도 우리는 여자가 해로운 물건이라는 것을 대번에 알 수 있으리라.

중국 남자들은 원래 대부분 성인군자가 될 수 있었으나 안타깝게도 여자들 때문에 망쳤다. 상나라는 달기(妲己) 때문에 망했고, 주나라는 포사(褒姒)가 망쳤고, 진나라는…… 역사에 드러나지는 않았지만 여자 때문에 그 나라들이 망했다고 생각해도 아마 틀리지 않을 것이고, 동탁도 초선(貂蟬)에게 죽은 것이 틀림없다.

아Q는 원래 바른 사람이고, 어떤 유명한 스승에게 가르침을 받았는지는 모르지만 그는 남녀유별에는 늘 각별히 엄했고, 젊은 비구니나 가짜 양놈 같은 이단들을 몹시 배척하는 정기를 지니고 있었다. 그의 학설은 이러했다. 무릇 비구니는 중과 정을 통하기 마련이고 여자가 밖에 돌아다니는 것은 분명 남자를 꾀기 위해서이며, 남자와 여자가 같이 이야기를 나누면 분명 수작을 부리기 마련이라는 것이다. 그런 사람들을 혼내주기 위해서 그는 눈을 찌푸리고 노려보거나 큰 소리로 그런 사람들의 속마음을 찌르는 말을 던지거나 인적이 드문 곳이라면 뒤에서 작은 돌멩이를 던지기도 했다.

그런데 누가 알았으랴. '이립(而立)'의 나이가 코앞인데, 젊은 비구니 때문에 그렇게 마음이 싱숭생숭할 줄이야. 마음이 들뜬 것은 유교 도덕으로 보면 있을 수 없는 일이다. 그래서 여자는 정말 가증스러우니 젊은 비구니의 얼굴이 미끈거리지만 않았던들 아Q가 유혹을 느끼지도 않았을 것이고 젊은 비구니가 얼굴을 천으로 가리고라도 다녔던들 아Q가 유혹을 느끼지도 않았을 것이다. 그는 오륙년 전에도 공연을 구경다가 사람들이 많은 틈에 슬쩍 한 여자의 허벅지를 만진 적이 있었다. 그때는 바지 위로 만져서인지 마음이 그다지 싱숭생숭하지는 않았다. 그런데 젊은 비구니는 얼굴을 가리지 않아 바로 손이 얼굴에 닿았으니 이것만 보아도 여자라는 이단이 얼마나 가증스러운지 알 수 있다.

"여자라, 여자……" 아Q는 생각했다.

그는 '남자를 유혹하려고만 한다'고 생각하는 여자들을 늘 눈여겨보곤 했지만 여자들은 그에게 한번도 웃어준 적이 없다. 그는 여자들이 다른 남자와 이야기하는 것을 유심히 들어보곤 했는데 남자를 꾀려는 말 같은 것은 없었다. 아, 이것도 여자의 가증스러운 점 가운데 하나이니, 여자들은 다들 짐짓 정숙한 척하고 있는 것이다.

그날, 아Q는 자오 나리네 집에서 온종일 쌀을 찧었는데, 저녁을 먹고는 부엌에 앉아 담배를 피웠다. 다른 집에서였다면 저녁을 먹고는 돌아갈 수 있었지만, 자오 나리네는 저녁이 일렀다. 대개 불을 켜지 못하게 하여 밥숟가락을 놓자마자 잠자리에 드는데 간혹 예외가 있었다. 첫째는 자오 나리 아들이 지방과거시험에 합격하기 전에는 불을 켜고 공부를 할 수 있었고, 둘째는 아Q가 품을 팔 때로 불을 켜고 쌀을 찧을 때였다. 이 예외 규정 때문에 아Q는 쌀방아를 찧기 전에 부엌에 앉아 담배를 피우는 것이다.

우 어멈은 자오 나리집의 유일한 여자하인이었는데, 설거지를 다 하고는 의자에 앉아서 아Q와 잡담을 나누었다.

"마님이 이틀이나 식사를 안하셔. 대감께서 새 첩을 들이려고……"

"여자라…… 여자…… 우마…… 청상과부라……" 아Q는 생각했다.

"우리 젊은 마님은 팔월이면 애를 낳아……"

"여자라……" 아Q는 생각했다.

아Q는 담뱃대를 놓고 일어섰다.

"우리 아씨는……" 우 어멈이 계속 중얼거렸다.

"나랑 자자, 나랑 자!" 아Q가 갑자기 달려들며 우 어멈 앞에 무릎을 꿇었다.

순간 정적이 흘렀다.

"에구머니!" 우 어멈이 깜짝 놀라 갑자기 벌벌 떨기 시작했고 소리를 지르며 밖으로 뛰어나갔다. 뛰어가면서 소리를 질렀는데 나중에는 우는 것도 같았다.

아Q도 떨면서 벽을 마주하고 꿇어앉아 있다가 두 손으로 빈 의자를 짚고서 천천히 일어나는데, 뭔가 잘못된 것 같은 느낌이었다. 사실, 그 순간 그도 당황스러웠고 어쩔 줄 몰라서 담뱃대를 허리에 차고는 쌀방아를 찧으러 가려고 했다. 그런데 딱— 하는 소리와 함께 머리에 아주 무거운 것이 내리쳤고, 화들짝 몸을 돌리자 생원이 대나무 몽둥이를 들고 그의 앞에 서 있었다.

"네가 감히…… 네놈이……"

대나무 몽둥이가 다시 그를 내리쳤다. 아Q는 두 손으로 머리를 감싸 쥐는 바람에 손가락을 맞았는데 정말 아팠다. 그는 부엌에서 뛰쳐나갔고 나가다가 등에 한대를 맞은 것 같았다.

"개자식!" 생원이 뒤에 대고 표준어로 욕을 했다.

아Q는 방앗간으로 뛰어들어가 멍하니 서 있는데 손가락이 아직도 아팠고, '개자식'이란 말이 귀에 맴돌았으니, 그 말은 웨이좡 마을에서는 하지 않는 말이었고 관청사람이나 부자들이나 쓰는 말이어서 특히 두려웠고 가슴에 깊이 박혔다. 그런데 그 바람에 그 '여자라…… 여자……' 하는 생각도 사라져버렸다. 욕을 얻어먹고는 그것으로 상황이 끝난 듯이 마음이 가뿐해져서 쌀을 찧기 시작했다. 한참 쌀을 찧다

보니 더워져서 잠시 옷을 벗고 쉬었다.

옷을 벗는데 밖이 소란스러워졌고 시끌벅적한 구경거리를 가장 좋아하는 아Q인지라 소리나는 곳으로 나갔다. 소리나는 곳이 자오 나리네 안마당과 점점 가까워졌고 해저물 녘이었지만 많은 사람들이 모여 있었는데 이틀 동안 밥을 먹지 않았다는 마님까지 자오 나리네 식구들이 다 있었고, 이웃집에 사는 쪼우치(鄒七) 댁과 진짜로 자오 나리네와 한 집안인 자오빠이엔(趙白眼)과 자오쓰천(趙司晨)도 와 있었다.

젊은 마님이 우 어멈을 데리고 방에서 나오며 말했다.

"밖으로 나와, 어서…… 방에 숨기는 왜 숨어……"

"자네가 떳떳하다는 걸 누가 몰라? ……그러니 허튼생각일랑 하지 말게." 쪼우치 댁도 옆에서 거들었다.

우 어멈은 연방 울면서 무어라 몇마디 했지만 분명히 알아들을 수가 없었다.

아Q는 생각했다. "흥, 웃기는군. 저 청상과부가 도대체 무슨 짓을 꾸미려는 거야?" 그는 물어보고 싶어 자오쓰천 곁으로 다가갔다. 그때 그에게 달려오는 자오 도련님이 퍼뜩 눈에 들어왔는데, 손에는 대나무 몽둥이가 들려 있었다. 대나무 몽둥이를 보고는 아까 맞았던 것과 이렇게 시끌벅적한 상황이 관련있는 것 같다는 생각이 그의 뇌리를 스쳤다. 몸을 돌려 쌀 찧는 방앗간으로 돌아가려고 했지만 그 대나무 몽둥이가 그의 갈 길을 막자, 다시 몸을 돌려 아무 일도 없다는 듯이 뒷문으로 빠져나와 얼마 지나지 않아 토지신 사당으로 돌아왔다.

아Q는 한동안 앉아 있자니 살갗이 떨려오고 추웠다. 봄이라고 하지만 밤에는 아직 쌀쌀한 것이 웃통을 벗고 있기에는 무리였다. 저고리를 자오 나리네 집에 두고 온 것이 떠올랐지만 그렇다고 가지러 가자니 도련님의 대나무 몽둥이가 무서웠다. 그러던 차에 동네 경찰이 들어왔다.

"아Q, 이런 개자식! 자오 나리네 아랫사람들을 건들다니, 완전히 반역이야. 나까지 밤에 잠도 못 자게 하고, 이런 개자식!……"

이렇게 한바탕 꾸중을 듣는 동안 아Q는 당연히 아무 말도 없었다. 이야기가 끝나고 동네 경찰에게 밤인지라 술값으로 갑절인 사백문을 쥐여주어야 했지만, 아Q에게는 마침 돈이 없어서 모자를 저당으로 잡히고는 다섯 가지 조건도 약속했다.

1. 내일 한 근짜리 붉은 초와 향 한 봉지를 가지고 자오 나리네에 가서 사죄한다.

2. 자오 나리네에서 도사를 불러 목매 죽은 귀신을 쫓기 위해 굿을 하는 비용은 아Q가 부담한다.

3. 아Q는 이후 자오 나리네 문턱을 넘어서는 안된다.

4. 우 어멈에게 차후에 불상사가 생기면 전적으로 아Q 책임이다.

5. 아Q는 품삯과 옷을 찾으러 가서는 안된다.

아Q는 당연히 모두 그러마고 했지만 유감스럽게도 돈이 없었다. 하지만 다행히도 봄이어서 솜이불은 없어도 되겠기에 그것을 이천문에 저당잡혀서 조건을 이행했다. 그리고 웃통을 벗은 채 머리를 조아리고 사죄한 뒤 뜻밖에도 얼마간 돈이 남자 저당잡힌 모자는 찾지 않고 깡그리 술을 마셔버렸다. 자오 나리네 집에서는 아Q가 사온 향도 피우지 않고 초도 켜지 않았으니, 나중에 마님이 부처님께 제사를 올릴 때 쓰려는 것이었다. 아Q의 해진 저고리는 대부분 젊은 마님이 팔월에 낳으실 아기 기저귀 감이 되었고, 그러고도 남는 것은 우 어멈의 신발 밑창 감이 되었다.

제5장 생계문제에 직면하다

아Q는 사죄의 예를 마치고 예전처럼 사당으로 돌아왔다. 해가 저물어가자 점점 왠지 세상이 좀 이상하게 느껴졌다. 그는 곰곰이 생각을 해보다가 마침내 깨달았다. 웃통을 벗고 있어서였다. 그는 누더기 저고리가 하나 있다는 것을 떠올리고는 그것을 덮고 누웠다. 다시 눈을 떴을 때, 해는 벌써 서쪽 담장 위를 비추고 있었다. 그는 일어나 앉으면서 말했다. "빌어먹을……"

그는 일어나서 예전처럼 거리를 돌아다녔다. 웃통을 벗고 다닐 때보다는 살을 에는 아픔이 덜했지만 점점 왠지 세상이 좀 이상하게 느껴졌다. 그날부터 웨이좡 여인들이 갑자기 부끄러움이라도 타는지 아Q가 오는 것을 보면 문안으로 숨어버렸다. 심지어는 쉰이 다 되어가는 쪼우치 아주머니조차도 다른 사람들처럼 황급히 숨어버리고 열한살짜리 여자아이조차도 불러들였다. 아Q는 이상하기 짝이 없었고 그래서 생각했다. "이것들이 갑자기 요조숙녀 흉내를 내다니. 이런 갈보들……"

그런데 그가 세상이 좀 이상하다는 것을 더욱 실감한 것은 며칠이 지나서였다. 첫째, 술집에서 외상을 주지 않았다. 둘째, 사당을 관리하는 영감쟁이가 이런저런 헛소리를 하는 것이 그를 쫓아내려는 눈치였다. 셋째, 벌써 며칠째인지는 모르지만 날품을 맡기는 사람이 한사람도 없었다. 술집에서 외상을 주지 않는 것이야 참으면 그만이고, 영감쟁이가 나가라고 하면 한 귀로 듣고 한 귀로 흘려버리면 그만이었다. 하지만 그에게 날품을 맡기는 사람이 하나도 없으면 배를 곯게 되므로 그야말로 진짜 '빌어먹을' 일인 것이다.

아Q는 견딜 수가 없고 옛 단골집을 찾아가 물어보는 수밖에 없다 싶었다. 하지만 자오 나리네 대문에는 들어설 수 없었다. 그런데 보아하니 안 사정이 예전 같지가 않았다. 한 사내가 나오더니 아주 귀찮아하며 거지를 쫓아내듯이 손을 내젓고 있었다.

"없다니까 없어! 어서 나가지 못해!"

아Q는 점점 더 이상한 느낌이었다. 원래 이런 집들은 품을 살 일이 없을 리가 없는데 지금은 난데없이 일이 없다니 필시 무슨 까닭이 있는 게 분명했다. 그는 이리저리 수소문해보고서야 그들이 일이 생기면 샤오 디를 불러 맡긴다는 것을 알았다. 가난뱅이에다가 비쩍 마르고 약골인 샤오 디는 아Q가 보기에 왕털보보다도 훨씬 아랫길인데, 그런 애송이에게 밥그릇을 뺏길 줄 누가 알았으랴. 그래서 아Q가 이번에 보통 때와 달리 단단히 화가 나서 씩씩거리며 걸어가면서 손을 휘저으며 노래를 불렀다.

"쇠채찍으로 내 너를 치리라!……"

며칠 후, 그는 마침내 치엔 씨 집 담장 앞에서 샤오 디와 마주쳤다. 옛말에 "원수를 알아보는 눈은 유난히 밝다"고 하더니 아Q가 앞으로 다가가자 샤오 디가 멈추어섰다.

"이런 짐승 같은 놈!" 아Q가 노려보며 말했고, 입가에서 침이 튀어 날았다.

"나는 벌레다, 됐냐?……" 샤오 디가 말했다.

그런 겸손이 아Q를 더욱 발끈하게 만들었다. 그의 손에 쇠채찍이 없었기 때문에 달려들어서 손으로 샤오 디의 변발을 틀어쥐었다. 샤오 디는 한손으로 자기 변발을 잡으면서 다른 손으로는 아Q의 변발을 잡았고, 아Q도 다른 손으로 자기 변발을 잡았다. 옛날 아Q 같았으면 샤오 디 같은 것은 턱도 없었지만 요즘 배를 곯아서 마르고 힘이 부쳐서 샤오 디를 당해낼 수 없었다. 둘이 막상막하로 네 손이 머리 둘을 틀어쥐고서 허리를 구부린 채로 치엔 씨 집 담벼락에 파란 무지개를 연출했다. 그렇게 반시간은 족히 흘렀다.

"됐어, 됐어!" 구경하는 사람들이 말했다. 이제 그만하라고 말리는 것이리라.

"좋아, 좋아!" 구경하는 사람들이 말했다. 그만하라고 말리는 것인지, 잘한다고 칭찬하는 것인지, 더 하라고 부채질하는 것인지 종잡을 수가 없었다.

하지만 둘 다 듣지 않았다. 아Q가 앞으로 세 걸음 나아가면 샤오 디가 뒤로 세 걸음 물러나 둘이 멈춰섰고, 샤오 디가 세 걸음 나아가면 아Q가 뒤로 세 걸음 물러나 다시 멈춰섰다. 대략 반시간 동안을—웨이좡에는 자명종이 적어서 정확하다고는 할 수 없고 이십분인지도 모른다—그러고 있자니 그들의 머리에서 김이 나고 이마에 땀이 흐르며 아Q의 손이 풀리자 그 순간 샤오 디의 손도 풀어져서 동시에 몸을 펴고 동시에 뒤로 물러나 사람들 속으로 들어갔다.

"두고 보자, 이 개자식……" 아Q가 돌아보며 말했다.

"이 개자식, 두고 보자……" 샤오 디도 돌아보며 말했다.

이번 '용호투'는 승부를 가리지 못한 것 같았다. 아무도 이야기를 하지 않아 구경하던 사람들이 만족했는지도 모르겠지만 여전히 아Q에게 날품일을 시키는 사람은 없었다.

어느날이었다. 날이 포근하고 산들바람이 부는 것이 여름을 느끼게 했지만 아Q는 도리어 추위를 느꼈다. 그것은 그래도 견딜 만했다. 문제는 배가 고픈 것이었다. 이불과 모자, 저고리는 진즉 없어졌고 그다음에는 솜옷을 팔았다. 이제 남은 것이라곤 바지뿐인데 바지를 벗을 수는 없었다. 누더기 바깥저고리가 있었지만 신발 밑창이나 만들라고 주면 모를까 돈이 될 게 아니었다. 그는 길에 떨어진 돈이라도 주울까 싶어 유심히 살펴보았지만 아직껏 눈에 띄지 않았다. 살고 있는 다 무너져가는 집에서 돈을 주울 수 있을까 하고 주위를 두리번거렸지만 집은 휑하니 아무것도 없었다. 그래서 그는 밖으로 나가서 먹을거리를 구하기로 했다.

그는 길을 가면서 구걸하기로 했다. 낯익은 술집이 눈에 들어오고 낯익은 만두가 눈에 들어왔지만 다 지나쳤다. 멈추지도 않았고 구걸할 생각도 들지 않았다. 그가 바라는 것이 무엇인지, 그 자신도 몰랐다.

웨이좡은 큰 마을이 아니어서 얼마지 않아서 마을 끝에 이르렀다. 마을 밖은 거의 논이어서 막 모내기를 끝낸 벼들로 온통 연녹색이었고, 그 사이 사이에 움직이는 동그랗고 까만 점이 보였는데, 논일을 하는 농부들이었다. 아Q는 그런 시골 풍경을 즐길 겨를이 없이 그저 앞으로 걸었다. 그가 먹을거리를 구걸하러 가는 길이 여기서 아득하다는 것을 직감적으로 알았기 때문이다. 그는 마침내 정수암 담장 앞까지 왔다.

암자 주위는 다 논이어서 신록 사이에 하얀 회를 칠한 담이 솟아 있었고 암자 뒤 낮은 흙담 안쪽은 채소밭이었다. 아Q는 잠시 머뭇거리고 주위를 쓱 훑어보았다. 아무도 없었다. 그는 낮은 담을 기어올라 하수오(何首烏, 여러해살이 덩굴풀―옮긴이) 줄기를 붙잡았다. 그런데 담장 흙이 와르르 무너지는 바람에 아Q의 발도 후들후들 떨렸다. 마침내 뽕나무가지를 잡고서 안쪽으로 뛰었다. 안은 정말 울창했지만 술이나 만두는 없었고 먹을 만한 것도 없었다. 서쪽 담장은 대나무숲이고 그 아래에 죽순이 많았지만 애석하게도 날것이었고, 유채도 아직 씨를 맺지 않았고 냉이는 이미 꽃이 피어버렸고 봄동 배추는 진즉 시들어버렸다.

아Q는 글방 도련님들이 과거에 낙방했을 때처럼 실망했고 천천히 뜰 입구 쪽으로 걸어가다가 갑자기 얼굴이 환해졌다. 그것은 분명 무였다. 그는 웅크리고 앉아서 무를 뽑기 시작했다. 그때 문틈으로 둥그런 머리 하나가 쓱 나오더니 다시 사라졌는데 분명 젊은 비구니였다. 젊은 비구니따위야 원래 아Q가 티끌처럼 여겼지만, 하지만 세상일이란 모름지기 '뒤로 일보 물러나 생각해보아야 하는 법'이어서 그는 얼른 무 네 개를 뽑아 잎을 따고는 품속에 집어넣었다. 그런데 나이든 비구니가 이미 곁에 와 있었다.

"나무아미타불, 아Q, 너 왜 밭에 들어와 무를 훔치는 거야! ……아, 죄 많은…… 나무아미타불……"

"아니, 내가 언제 당신네 밭에 들어와서 무를 훔쳤다고 그래?" 아Q는 힐끔거리며 뒷걸음을 치면서 말했다.

"지금 그랬잖아…… 이게 그거잖아?" 나이든 비구니가 그의 옷을 가리켰다.

"이게 당신네 거야? 무한테 물어보면 그렇다고 대답할 것 같아? 당신……"

아Q는 채 말을 끝내기도 전에 걸음을 빼 도망했다. 튼실한 검은 개 한마리가 쫓아왔다. 원래 앞문에 있었는데 언제 뒤뜰에 와 있었다. 까만 개가 웡웡 지으면서 쫓아와 하마터면 아Q의 다리를 물 뻔했지만 다행히도 품속에서 무 하나가 떨어져 개가 그것에 놀라는 바람에 잠시 멈칫했고, 아Q는 그 틈에 뽕나무를 타고 올라서 흙담을 넘었다. 사람도 무도 담 밖으로 굴러떨어졌다. 검은 개는 뽕나무를 보고 계속 짖었고, 나이든 비구니의 염불 소리는 여전히 계속되었다.

아Q는 비구니가 다시 검은 개를 풀어놓을까 겁나서 얼른 무를 집어들고는 달렸다. 길가에서 돌멩이를 몇개 주워들었지만 검은 개는 더이상 따라오지 않았다. 아Q는 비로소 돌멩이를 던지고 걸어가면서 무를 먹었다. 그러면서 생각했다. 여긴 먹을 만한 게 없어, 성안으로 가는 것이 낫겠어……

무 세 개를 거의 다 먹어갈 즈음에 그는 성안으로 들어가야겠다는 생각을 굳히고 있었다.

제6장 잘나가다 망하다

웨이쫭에서 아Q를 다시 보게 된 것은 그해 추석이 막 지났을 때였다. 사람들은 다들 놀라면서 아Q가 돌아왔다고 말했고 그러면서 다시 거슬러 생각했다. 그런데 그가 어디 갔었더라? 아Q는 전에도 몇번 성안에 갔었는데 그럴 때면 대개 사람들에게 들떠서 떠벌리곤 했는데 이번에는 그러지 않아서 다들 무관심했다. 아Q가 사당을 관리하는 노인네에게 말했을지 모르지만 그랬다고 해도 웨이쫭에서는 자오 나리나 치엔 대감, 그리고 생원 나리가 안에 들어가야 이야깃거리가 되는 게 통례였다. 가짜 양놈도 거기에 끼지 못하는데 아Q는 더 말할 것도 없었다. 그러기에 사당을 관리하는 노인네도 떠들고 다니지를 않았고 웨이쫭 마을에서도 알 길이 없었던 것이다.

그런데 아Q가 이번에 성안에서 돌아오고서는 예전과 완전히 달라진 것이 정말 놀랄 정도였다. 날이 저물어갈 무렵 그는 졸리는 듯 몽롱한 눈으로 술집 앞에 나타났다. 그는 계산대로 가서 허리춤에 손을 가져가 무엇을 꺼내는데 온통 은화와 동화였다. 그것을 던지면서 말했다. "현찰이야! 술 가져와!" 옷을 보니 완전히 새 저고리이고 허리에는 큼직한 주머니가 달려 있는데 묵직하게 밑으로 축 처져서 활처럼 굽어 있었다. 웨이쫭 마을에서는 조금이라도 눈길을 끄는 인물이 나타나면 오만하게 대하기보다는 공손하게 대하는 것이 통례였는데, 지금 그는 아Q가 분명하지만 예전에 누더기 저고리를 입던 아Q하고는 완전 딴판이어서 "선비는 사흘만 안 보여도 괄목상대해야 한다"고 하던 바로 그 옛말 그대로였다. 그래서 술집 종업원도, 주인도, 손님도, 길가는 사람들도 자연 뭔지 종잡을 수 없다는 듯하면서도 존경스럽다는 태도를 보였다. 주인이 먼저 고개를 끄덕이더니 이어서 말을 붙였다.

"어, 아Q, 돌아왔네!"

"돌아왔지요."

"돈을 벌었군, 돈을, 그래 자네……, 어디서……"

"성안에 갔습지요!"

이 소식은 이튿날 온 웨이쫭에 퍼졌다. 사람들마다 현금과 새 저고리와 함께 나타난 아Q의 중흥의 역사를 알고 싶어했고, 그래서 술집과 찻집, 사당 처마 밑으로 모여들어 그것을 알아내려 했다. 그리하여 아Q는 새로운 경외의 대상이 되었다.

아Q 말에 따르면 거인 나리 집안일을 거들어주었다고 했다. 그 대목에서 듣던 사람들은 다들 엄숙해졌다. 그 나리는 성이 빠이(白) 씨인데, 성안에 거인이라고는 그 사람뿐이어서 굳이 성씨를 언급할 필요가 없었고 거인이라고 하면 당연히 그 사람이었다. 웨이쫭에서만 그런 것이 아니라 백리 안에서는 다 그러해서 사람들은 다들 그의 이름이 바로 거인 나리인 줄로 알았다. 그런 사람 집에서 일했다니 당연히 존경스러운 것이었다. 그런데 아Q 말에 따르면 그는 다시는 일을 거들어주러 가지 않을 것인데, 그가 정말 '빌어먹을 놈'이어서란다. 그 대목에서, 듣던 사람들은 다들 기뻐하면서도 한숨을 쉬었다. 다들 아Q는 그런 거인 나리 집안일을 하기에는 어울리지 않는다고 생각하던 차에 이제 안 가겠다니 잘 되었다 싶어서 기뻐한 것이고, 그러면서도 안 간다고 하니 어쩐지 아쉽기도 하여 탄식이 나온 것이었다.

아Q 말에 따르면 그가 돌아온 것은 성안 사람들이 영 마음에 차지 않아서인데, 거기 사람들은 '긴 의자'를 '가는 의자'라고 부르는가 하면 고기를 지질 때 파를 채썰어 넣기도 하고, 게다가 얼마 전에 눈여겨본 끝에 알아낸 것으로 여자들이 걸을 때 꼴사납게 엉덩이를 삐쭉거린다는 것이다. 그렇지만 경탄해 마지않을 것도 있으니, 그것은 웨이좡의 촌놈들은 서른두 개짜리 대나무패놀음밖에 할 줄 모르고 겨우 가짜 양놈만 마작을 할 줄 아는데 성안에서는 쥐방울만한 아이들도 기가 막히게 잘한다는 것이었다. 가짜 양놈이라고 해도 성안 쥐방울만한 아이들 손에 걸리면 그야말로 염라대왕 앞의 조무래기 귀신꼴이라고 했다. 그 대목을 듣던 사람들은 다들 얼굴이 붉어졌다.

"자네들 목을 날리는 것 봤어?" 아Q가 말했다. "거참, 볼만해. 혁명당을 죽였어. 암, 볼만하지, 볼만해……" 그가 고개를 절레절레했고 침방울이 바로 맞은편에 있던 자오쓰천의 얼굴에 튀었다. 그 대목에서, 듣던 사람들은 다들 오싹했다. 하지만 아Q는 다시 주위를 한번 보더니 갑자기 오른손을 들고는 목을 길게 빼고 정신없이 이야기를 듣던 왕털보의 목덜미를 내리치며 말했다.

"싹둑!"

왕털보는 깜짝 놀랐고, 동시에 전광석화처럼 얼른 목을 움츠렸다. 하지만 듣던 사람들은 무서우면서도 재미있었다. 왕털보는 그뒤로 오랫동안 머리가 혼미했고 다시는 감히 아Q 가까이 갈 엄두를 내지 못했다. 물론 다른 사람들도 마찬가지였다.

웨이좡 사람들 눈에 지금 아Q는 감히 자오 나리를 넘어설 정도의 지위는 아니어도 거의 비슷하다고 해도 틀린 말이 아닐 정도였다.

그러던 중 얼마지 않아서 아Q의 명성은 급기야 웨이좡 여인네들의 규방에까지 알려지게 되었다. 웨이좡에는 치엔 씨와 자오 씨 두 집안만이 대갓집이어서 구중심처의 규방이라 할 만할 뿐, 나머지 열에 아홉은 구중심처와는 전혀 거리가 멀어 규방이랄 것도 없었지만 그래도 규방은 규방인지라 거기까지 소문이 났다니 정말 놀라운 일이었다. 여자들은 만날 때마다 수군거렸다. 쪼우치 댁이 아Q한테 남색 비단치마를 샀는데 헌것이긴 해도 구전밖에 주지 않았다느니 자오빠이엔의 어머니—자오쓰천의 어머니라고 말한 사람도 있으니 확인이 필요하다—도 애들이 입는 붉은 서양 날염 옷을 샀는데 거의 새것인데도 삼백문에, 그것도 깎아서 샀다고 수군거렸다. 그래서 여자들은 눈이 빠지게 아Q를 만나고 싶어했고 비단치마가 없는 사람은 비단치마를 살 수 없느냐고 물어보고 싶어했고, 붉은 서양 날염 옷을 사고 싶은 사람은 붉은 서양 날염 옷을 살 수 없느냐고 물어보고 싶어했다. 이제는 아Q를 보고 도망하지도 않았고 어떤 때는 도리어 아Q가 가버릴 때 따라가 붙잡고 물었다.

"아Q, 자네 비단치마가 아직 있나? 없어? 날염도 괜찮은데, 그건 있겠지?

나중에는 마침내 구중심처와 전혀 상관없는 규방은 물론이고 구중심처의 대갓집까지 파고들었다. 쪼우치 댁이 자랑스러운 나머지 자기 비단치마를 자오 나리댁 마님에게 보여주었고, 마님은 다시 자오 나리에게 말하면서 한껏 치켜세웠다. 그러자 자오 나리는 저녁상에서 생원나리와 그의 이야기를 나누었고 아Q가 참으로 괴이하다고 여기고는 집 문단속을 잘해야겠다고 했다. 하지만 그의 물건 중에 무슨 살 만한 것이 아직 남아 있을지, 혹시 좋은 것이 있을지 모르겠다고 했다. 더구나 자오 나리댁 마님 역시 값싸고 좋은 가죽조끼를 사고 싶어했다. 그래서 가족들은 쪼우치 댁을 시켜 어서 아Q를 찾아가보도록 하자고 결정했다. 그날 그렇게 하여 세번째 예외가 생겼는데, 그날 밤에 특별히 등잔불을 켜도록 한 것이다.

등잔이 꽤나 타들어갔는데도 아Q는 도착하지 않았다. 자오 나리 집 안식구들은 다들 초조해하고 하품을 하기도 했고 아Q가 어딜 그렇게 쏘다니는지 모르겠다고 투덜거리기도 하고 서둘러 오지 않는다고 쪼우치 댁을 탓하기도 했다. 자오 나리댁 마님은 아Q가 지난봄에 약속한 출입 금지 조항 때문에 못 오는 게 아닌지 걱정했지만 자오 나리는 그건 걱정할 것 없다고 했다. 자신이 직접 데려오라고 했기 때문이다. 과연 자오 나리는 식견이 있는 분이었다. 아Q가 마침내 쪼우치 댁을 따라들어왔다.

"글쎄 계속 없다고만 합니다. 그래서 제가 직접 가서 말씀드리라고 했습니다만 그래도 자기는……" 쪼우치 댁이 가쁜 숨을 몰아쉬며 걸어오면서 말했다.

"대감 나리!" 아Q는 웃는 듯 마는 듯이 인사를 건네고는 처마 밑에 섰다.

"아Q, 자네 밖에 나가 돈벌었다면서." 자오 나리가 다가와서 아Q를 위아래로 훑어보면서 말했다. "신수가 훤해졌구먼, 훤해졌어. 저기, ……듣자니 자네한테 헌 물건들이 좀 있다고 하던데, ……가져다 좀 보여줄 수 있겠나?…… 다른 뜻이 있어서가 아니라, 내가 좀……"

"쪼우치 댁에게 말했는데요. 다 나갔어요."

"다 나갔다고?" 자오 나리가 자신도 모르게 소리가 새어나가며 말했다. "그렇게 빨리 다 나갔다는 말이야?"

"친구 것이었는데, 원래 많지가 않았어요. 다른 사람들이 다 사가는 바람에……"

"아무리 그래도 얼마간 남았을 테지."

"지금 남은 거라곤 문에 치는 발 하나뿐입니다."

"그럼 그 발이라도 가져와보게." 자오 나리 부인이 다급하게 말했다.

"내일 가져오면 되겠구먼." 자오 나리는 열이 식어 있었다. "아Q, 자네 앞으로 무슨 물건이 생기거든 먼저 우리한테 가져다보이게……"

"남들보다 값을 헐하게 쳐줄 리는 없을 걸세!" 생원이 말했다. 생원 부인은 아Q가 감동하는지 보려고 재빨리 아Q의 얼굴을 살폈다.

"난 모피조끼가 필요해." 자오 나리 마님이 말했다.

아Q가 그러마고 대답을 하긴 했지만 느릿느릿 걸어나가는 모양새로 봐서는 마음에 두기나 한 것인지 도무지 미심쩍었다. 그 때문에 자오 나리는 실망하고 화가 치밀기도 하고 걱정도 되어 쏟아지던 하품조차 쑥 들어가버렸다. 그런 아Q의 태도에 생원도 속이 편치 않았고, 그래서 "저런 개자식은 조심해야 해, 차라리 경찰을 시켜 웨이좡에서 내쫓아버리는 편이 낫겠어"라고 말했다. 하지만 자오 나리는 생각이 달랐다. 그렇게 되면 원한을 사게 될뿐더러, 대개 아Q처럼 그런 일을 하는 사람들의 생리란 "매는 자기 둥지 부근의 먹이는 잡아먹지 않는 것"과 비슷하여 우리 마을은 걱정할 필요가 없다는 것이다. 각자 밤에 조심만 하면 된다는 것이다. 생원은 '집안 어르신의 가르침'이 매우 지당한 말씀이라고 여겨 아Q를 쫓아내자는 의견을 즉각 철회하고 쪼우치 댁더러 남들에게 그 일을 발설하지 말라고 단단히 다짐해두었다.

하지만 다음날 쪼우치 댁이 남색 치마에 검정물을 들이러 나갔다가 아Q가 수상한 데가 있다고 떠들어버렸다. 하지만 생원이 그를 쫓아내려 했다는 말은 하지 않았다. 하지만 상황은 이미 아Q에게 불리하게 바뀌었다. 가장 먼저 동네 경찰이 와서는 아Q가 가지고 있던 문발을 가져가버렸고, 자오 나리댁 마님이 보자던 것이라고 해도 동네 경찰은 돌려주지 않았고, 한술 더 떠서 매달 입막음용 돈까지 요구했다. 그다음으로는 그를 존경하던 마을 사람들의 태도가 바뀌었다. 물론 아직 함부로 대하지는 않았지만 멀리 기피하는 기색이 역력했는데, 이는 예전에 그가 '싹둑!' 하는 시늉을 할 때 멀리 기피하던 것과도 달라서 존경하면서도 멀리하는 이른바 '경이원지(敬而遠之)'하는 분위기가 섞여 있었다.

건달들만이 도대체 어떻게 된 것이냐고 꼬치꼬치 아Q에게 경위를 캐러 들었다. 아Q도 조금도 거리낌없이 보란 듯이 자기 경험을 들려주었다. 그제야 그들은 아Q가 단지 졸개에 불과했고 담을 넘지도 안에 들어가지도 않았으며 밖에 서 있다가 물건을 건네받았을 뿐이었다는 것을 알게 되었다. 어느날 밤, 그가 보따리 하나를 건네받은 뒤 그의 우두머리가 다시 들어갔고, 얼마 안 있어 안이 소란스러워지자 그는 재빨리 도망을 쳐 밤을 틈타 성에서 빠져나와 웨이좡으로 돌아왔고, 그뒤로 다시는 그러지 못했다는 것이다. 그런데 그 이야기는 아Q에게 더욱 불리하게 작용했다. 마을 사람들이 아Q를 '경이원지'했던 것은 사실 아Q에게 원한을 살까봐 그랬던 것인데 아Q가 다시 도둑질할 엄두도 내지 못하는 도둑에 지나지 않을 줄 누가 생각이나 했을까? 이것이야말로 옛말 그대로 "이런 것은 두려워할 만하지 않다"였다.

제7장 혁명

선통(宣統) 3년 9월 14일(1911년 11월 4일—옮긴이)——아Q가 자오빠이엔에게 주머니를 판 바로 그날——한밤중에 검은 거적을 덮은 배가 자오 나리네 집앞 선창에 닿았다. 깜깜한 밤중에 배가 와서 깊이 잠든 마을 사람들은 아무도 알지 못했다. 하지만 배가 떠나갈 때는 해가 뜰 무렵이어서 몇몇이 보았다. 그들은 이리저리 조사해본 끝에 그것이 거인 나리 배라는 것을 알았다.

그 배는 웨이좡에 엄청난 불안을 가져왔다. 정오가 채 안되어 온 마을 사람들이 동요하기 시작했다. 그 배가 무슨 사명을 띠고 왔는지는 자오 씨네 집에서 원래 철저히 비밀에 부쳤지만 찻집이나 술집에서 다들 혁명당이 성안에 들어와서 거인 나리가 우리 동네로 피난온 것이라고 수군거렸다. 오직 쪼우치 댁만이 그게 아니라면서 거인 나리가 헌옷 상자 몇개를 가져와서 맡아달라고 했다가 자오 나리에게 거절당해 다시 가지고 갔다는 것이다. 사실 거인 나리와 자오 나리는 평소 서로 알고 지내는 사이가 아니어서 '환난을 함께할 만한 정'이 있는 것도 아닌데다가 쪼우치 댁은 자오 씨네와 이웃이어서 그래도 가까이서 보았을 터이니 아마도 그이의 말이 맞을 거였다.

하지만 소문은 갈수록 커져 거인 나리가 직접 온 것 같지는 않지만 장문의 편지를 보내 자오 씨네 집안과 먼 친척이라고 했다는 것이다. 자오 나리로서도 곰곰이 생각해보니 나쁠 것이 없을 것 같아 상자를 받아두기로 했고 그래서 그 상자는 지금 마님 침대 밑에 숨겨져 있다는 것이다. 혁명당을 두고는 그날 밤에 성안에 들어갔는데 하얀 갑옷에 하얀 투구를 썼다. 그건 명나라 숭정황제를 기리는 상복이라는 말도 있었다.

아Q도 진즉 혁명당이라는 말을 들었고 더구나 올해는 혁명당의 목을 베는 것을 직접 본 적도 있었다. 하지만 그는 무슨 까닭인지 몰라도 혁명당은 반란을 하는 사람들이고 반란은 그를 힘들게 할 것이라고 생각해 줄곧 옛말 그대로 "심히 싫어하고 통절히 증오했다." 그런데 이제 혁명당이 사방 백리에 이름을 떨치고 있는 거인 나리를 이렇게 벌벌 떨게 하는 것을 보고는 혁명에 조금 솔깃한 마음이 생겼고, 더군다나 웨이좡의 어중이떠중이들이 허둥대는 꼴을 보니 아Q는 더더욱 신이 났다.

'혁명도 좋은 것이구나.' 아Q는 생각했다. '그 빌어먹을 것들을 혁명해버리자, 그 나쁜 것들! 가증스러운 것들! ……그래 나도 혁명당에 가담할 거다.'

아Q는 요즘 들어 돈이 궁해서 좀 불만스러웠다. 게다가 낮에 빈속에 술을 두어 잔 마셨더니 더 빨리 취하는 것 같고 이런저런 생각을 하면서 걷자니 붕 뜬 기분이었다. 왜 그런지는 몰라도 돌연 자신이 바로 혁명당인 듯했고, 웨이좡 사람들이 죄다 자신의 포로인 듯했다. 그는 우쭐한 나머지 절로 큰 소리로 외쳤다.

"반역이다! 반역!"

웨이좡 사람들이 다들 두려운 눈초리로 그를 바라보았다. 그런 가련한 눈길은 예전에 본 적이 없고, 한번 보고 나자 오뉴월에 얼음물을 마신 것처럼 속이 시원했다. 그는 더욱 기쁨에 차서 소리를 질렀다.

"좋구나, 좋아, ……원하는 것은 모두 다 내 것이고, 마음에 드는 여자는 모두 내 차지다.

얼씨구 덩덩.

후회해도 소용없어, 술김에 잘못 알고 정(鄭) 아우의 목을 날렸네.

후회해도 소용없어, 아, 아, 아.

덩더쿠, 덩덩, 덩더쿠, 덩덩.

쇠채찍으로 네놈들을 내려치리라."

마침 그때 자오 씨네 집안의 두 남자와 진짜 일가친척인 두 사람이 대문 앞에서 혁명 이야기를 하고 있었는데 아Q는 보지 못하고 고개를 꼿꼿이 세우고 노래를 부르며 지나갔다.

"덩더쿠……"

"어이, 아Q 씨." 자오 나리는 겁에 질린 채 다가오면서 기어들어가는 소리로 불렀다.

"덩덩." 아Q는 자기 이름 뒤에 '씨'자가 붙으리라고는 생각할 수도 없어서 자기와 상관없는 말인 줄 알고는 계속 노래만 불렀다. "덩더쿠, 덩덩, 덩더쿠!"

"아Q 씨."

"후회해도 소용없어……"

"아Q!" 생원이 하는 수 없이 그냥 이름을 불렀다.

아Q는 그제야 멈춰서서 고개를 삐딱하게 돌리면서 말했다. "뭐요?"

"아Q 씨, ……요즘……" 자오 나리는 다시 말을 잇지 못했다. "요즘…… 돈벌이가 좋다며?"

"돈벌이요? 좋지요. 원하는 것은 모두 다 내 것이니까……"

"아……큐 형, 우리 같은 가난한 친구들은 괜찮겠지?……" 자오빠이엔이 잔뜩 겁을 먹은 채 말했다. 혁명당의 속내를 떠보려는 심산인 듯했다.

"가난한 친구들이라고? 당신들은 그래도 나보다 돈이 많잖아." 아Q는 그렇게 말하고는 그냥 가버렸다.

다들 멍한 표정으로 아무 말이 없었다. 자오 나리 부자는 집으로 들어가 밤에 불을 켤 때까지 의논을 했다. 자오빠이엔도 집으로 돌아가 허리춤에서 전대를 풀어 부인에게 주면서 고리짝 밑에 숨겨두라고 했다.

아Q는 기분이 붕 떠 날듯이 다니다가 사당으로 돌아왔다. 그날 밤, 사당을 관리하는 노인네도 왠지 살갑게 대하면서 차를 권했다. 아Q는 그에게 떡 두 개를 달라고 해서 다 먹고는 쓰다 둔 넉 냥짜리 초와 촛대를 달라고 하여 불을 밝히고는 좁은 자기 방에 혼자 누웠다. 그는 말할 수 없이 새롭고도 기뻤다. 정월대보름날처럼 환하게 촛불이 번쩍거렸고 그의 생각도 덩달아 춤을 추었다.

"반역이라? 반역. ……하얀 모자에 하얀 갑옷을 입은 혁명당이 왔겄다, 다들 칼을 차고 쇠채찍을 들고, 폭탄에다 서양총, 양날 칼, 갈고리 창을 들고 토지신 사당으로 와서는 '아Q! 어서 같이 가자고, 같이' 하면 같이 가는 거지. ……그러면 웨이쫭의 머저리 같은 사내들과 계집들이 무릎을 꿇으며 말하겠지, '아Q, 제발 살려주세요!' 그런다고 누가 들어주나? 가장 먼저 처치할 놈은 샤오 디하고 자오 나리고, 그다음 생원, 그다음은 가짜 양놈, 누굴 봐줄까? 왕털보는 봐줄 만하지만, 그래도 안돼……

물건은 어떡하지? ……바로 들이닥쳐서 상자를 열면 보석, 돈, 비단 생원 마누라의 닝뽀(寧波)지방 식 고급 침대는 사당으로 가져오고, 밖에다는 치엔 집안네 의자와 걸상을 가져다놓자. 자오 집안네 것이어도 좋고. 난 손 하나 까딱하지 말고 샤오 디더러 옮기라고 해야지. 게으름을 피우면 뺨을 올려붙이고……

자오쓰천의 여동생은 생긴 게 완전 꽝이야. 쪼우치 딸년은 아직 어리니 몇년 지난 뒤에 보고. 가짜 양놈 마누라는 변발을 자른 놈하고 잠을 잤으니 질이 나쁘고! 생원 마누라는 눈두덩에 흉터가 있고……, 우 어멈을 오랫동안 보지 못했네, 어디 있을까. 발만 조금 작았어도……"

아Q는 생각이 다 끝나기도 전에 코를 골기 시작했고 넉 냥짜리 초는 채 반도 타지 않은 채로 타오르는 붉은빛이 그의 벌어진 입을 비추었다.

"어, 아." 아Q는 갑자기 큰 소리를 지르며 깨어났다. 고개를 들어 주위를 돌아보고는 넉 냥짜리 초가 눈에 들어오자 다시 머리를 눕히고는 잠이 들었다.

다음날, 그는 늦잠을 자고 일어나서 거리로 나갔는데 모든 게 그대로였다. 그는 배가 고팠고, 무슨 좋은 생각이 없을까 했지만 아무래도 떠오르지 않았다. 그러다가 문득 좋은 생각이 떠올라 천천히 걸었는데 어느덧 정수암이었다.

암자는 지난봄처럼 조용했고 하얀 담장과 검은 문도 그대로였다. 그는 잠시 생각을 해보더니 앞으로 가서 문을 밀쳤다. 개가 안에서 짖었다. 그는 허겁지겁 돌멩이를 집어들고 힘껏 던졌다. 검은 문에 흠집이 여러 개 날 무렵에야 문을 열고 나오는 사람 소리가 들렸다.

아Q는 연방 돌멩이를 집어들고는 다리를 쩍 벌리고 서서 검정개와 일전을 할 준비를 했다. 하지만 암자의 문만 조금 열렸을 뿐 검정개는 튀어나오지 않았고 들여다보니 늙은 비구니만 혼자 있었다.

"너 또 무엇 하러 왔어?" 비구니가 깜짝 놀라며 말했다.

"혁명이야…… 알고 있어?……" 아Q는 얼버무렸다.

"혁명이라, 혁명, 그런데 진즉 혁명했어. ……너희들이 대관절 어떻게 우리를 혁명하겠다는 거야?" 늙은 비구니가 두 눈을 붉히며 말했다.

"뭐라고?……" 아Q는 도무지 알다가도 모를 노릇이었다.

"몰랐어. 그 사람들 벌써 와서 혁명했어."

"누가?……" 아Q는 더더욱 알다가도 모를 노릇이었다.

"생원과 가짜 양놈이 그랬어!"

아Q는 너무도 뜻밖이어서 어안이 벙벙했다. 아Q가 멍하고 있는 사이 늙은 비구니가 재빨리 문을 닫아걸었고, 아Q가 다시 밀어보았지만 꿈쩍도 안했다. 아무리 두드려도 반응이 없었다.

그것은 오전의 일이었다. 자오 생원은 소식이 빨라서 혁명당이 밤에 성안에 들어왔다는 소식을 듣자마자 변발을 머리 위로 틀어올리고는 아침 일찍 그동안 친분도 없던 가짜 양놈 치엔을 찾아갔다. 당시는 바야흐로 모든 사람에게 새 출발의 기회를 주는 '유신'의 시대였던지라, 이야기를 나누다보니 두 사람은 죽이 잘 맞았고 바로 의기투합하여 동지가 되어 혁명하기로 약조했다. 그들은 생각에 생각을 거듭하다가 정수암에 '황제폐하 만세, 만세, 만만세'라고 적힌 위패가 있다는 것을 생각해내고는 그것을 마땅히 혁명해야 한다고 생각하여 바로 정수암으로 와서 혁명을 한 것이었다. 늙은 비구니가 막으면서 몇마디 하자 그들은 그녀를 만주 정부 인물로 몰아세우면서 머리에 지팡이와 주먹을 몇대 날렸다. 그들이 간 뒤 비구니가 정신을 수습해 살펴보니 위패는 땅바닥에 부서져 있었고 관음상 앞에 있던 명나라 때 향로는 보이지 않았다.

그런 사실을 아Q는 나중에야 알았다. 그는 늦잠 잔 것을 후회했다. 하지만 그보다는 그들이 자기를 부르러 오지 않은 것이 더 원망스러웠다. 그는 한걸음 물러나 이렇게 생각했다.

"그놈들은 내가 진즉 혁명당에 들기로 했다는 것을 아직껏 모른단 말인가?"

제8장 혁명 참여를 금지당하다

웨이쫭의 민심은 갈수록 안정을 찾아갔다. 전해오는 소식에 따르면 혁명당이 성에 들어오기는 했지만 무슨 큰 변화는 없었다고 했다. 지사 나리는 여전히 그 사람이고 관직명만 달라졌다고 했다. 거인 나리도 무슨 직책을 맡았다고 했는데, 그 직책의 이름이 무엇인지 웨이쫭 사람들은 말해도 몰랐다. 군을 책임지는 사령관도 예전의 그 대장이라고 했다. 다만 한가지 끔찍한 일은 몇몇 질나쁜 혁명당들이 끼어서 난동을 부리는 것인데 성에 들어온 이튿날부터 변발을 자르기 시작했다는 것이다. 듣자하니 이웃마을에 사는 뱃사공인 치진(七斤)이라는 사

내는 길을 가다 붙잡혀 머리카락이 잘려서 사람 꼴이 아니게 되었다는
것이다. 하지만 그런 일들은 크게 겁낼 게 못되었다. 왜 그런가 하면
웨이좡 사람들은 원래 성에 들어가는 사람들이 적었고, 어쩌다 성에
들어가고 싶어하는 사람이 있다고 해도 즉각 계획을 바꾸면 그 위험에
부딪힐 염려가 없기 때문이다. 아Q도 원래는 성에 들어가 옛날 친구를
만나볼까 했지만 그 소식을 듣고는 그만둘 수밖에 없었다.

하지만 웨이좡에 개혁이 없다고는 할 수 없었다. 며칠이 지난 뒤 변
발을 머리 위로 말아올린 사람들이 점점 늘어났다. 앞에서도 말한 바
있지만 그 일에 가장 먼저 나선 사람은 당연히 생원 선생이었고, 그다
음이 자오쓰천과 자오빠이옌, 그다음은 아Q였다. 여름이었다면 사람
들이 변발을 머리 위로 말아올리거나 묶는다고 해서 해괴한 일이 아니
지만 지금은 늦가을이다 보니 영락없이 '가을에 여름옷' 걸친 꼴이어서
변발을 말아올린 당사자들로서는 일대 용단을 내린 것이었으니, 웨이
좡은 개혁과 상관이 없었다고 말할 수는 없었다.

자오쓰천이 변발을 말아올려 뒤통수가 휑한 채 저쪽에서 걸어오자
그를 본 사람들이 소리쳤다.

"저 봐! 혁명당이 온다!"

그 말을 듣고 아Q는 부러웠다. 생원이 변발을 말아올렸다는 일대 소
식을 진즉 알고 있었지만 자기가 따라서 그럴 수 있을지는 자신이 없
었다. 그런데 이제 자오쓰천까지 그러는 것을 보고는 따라하고 싶은
마음이 들었고 실행하기로 결심을 굳혔다. 그는 변발을 대나무젓가락
으로 머리 위에 말아올리고는 잠시 머뭇거리다가 용기를 내어 밖으로
나갔다.

그가 거리에 나서자 사람들이 그를 보고도 아무 말이 없었다. 아Q는
처음에는 불쾌했고 나중에는 불만을 터뜨렸다. 그는 요즘 걸핏하면 신

경질을 냈다. 사실 그는 반역에 가담하기 전보다 사는 게 나쁘지 않았고 사람들이 그를 공손히 대했고 가게에서도 현금을 달라고 하지 않았다. 그런데도 아Q는 스스로 요즘 기운이 빠져 있다고 생각했다. 혁명을 한 이상 이래서는 안되는 일이었다. 더구나 샤오 디를 본 뒤로 더욱 화가 치밀어올랐다.

샤오 디도 변발을 머리 위로 말아올린 것이었다. 게다가 대나무젓가락을 썼다. 아Q는 그가 감히 그러리라고는 꿈에도 생각하지 못했고, 죽어도 그렇게 하도록 내버려둘 수 없었다. 샤오 디 제까짓 게 뭐라고 감히? 그는 당장에 멱살을 잡고는 대젓가락을 분질러서 그의 변발을 풀어내려버리고는 뺨을 올려붙여 자기 분수를 모르고 감히 혁명당이 되려던 죄를 응징할 생각이었다. 하지만 결국 그를 용서하고 단지 노려보기만 하면서 "퉤!" 하고 침을 뱉는 것으로 그쳤다.

요 며칠 동안 성에 들어가는 사람이라고는 가짜 양놈뿐이었다. 자오 생원도 옷장을 맡아준 은혜를 핑계 삼아 거인 나리를 직접 찾아가보고 싶었지만 그러다가 변발이라도 잘릴까 싶어 그만두었다. 그는 있는 격식 없는 격식 다 갖춘 편지를 한통 써서 가짜 양놈더러 성에 들어가는 길에 가져가달라고 했고 자기도 쯔여우당(自由黨)에 들어갈 수 있도록 주선해달라고 간청했다. 가짜 양놈은 돌아와서 생원에게 자기가 대신 지불했다면서 은화 사 전을 달라고 했고, 그뒤부터 생원은 쯔여우당 배지인 은복숭아를 가슴에 쩍— 하니 달고 다녔다. 웨이좡 사람들은 놀랍고도 존경스러워했다. 다들 이것이 스여우당(웨이좡 사람들은 쯔여우당을 스여우당으로 잘못 알아 그렇게 불렀음—옮긴이) 훈장이라고 했고 이것을 달면 최고의 학자인 한림원학자나 된 것이나 마찬가지라고 했다. 그리하여 자오 나리조차도 아들이 생원시험에 급제했을 때보다 더 눈에 보이는 것 없이 굴었고 아Q를 거들떠보지도 않았다.

아Q는 불만스러웠고 자신이 푸대접을 받고 있던 차여서 은복숭아 이야기를 듣자마자 자신이 푸대접을 받는 이유가 퍼뜩 떠올랐다. 혁명을 하려면 말로만 가담해서는 안된다. 변발을 말아올리는 것도 안된다. 가장 중요한 것은 혁명당을 알고 지내는 것이다. 그런데 그가 아는 혁명당원이라고는 딱 둘뿐이었다. 그중 한사람은 성안에서 진즉 '싹둑' 목이 잘려버렸으니 이제 남은 것은 가짜 양놈 하나였다. 얼른 가짜 양놈을 찾아가 의논하는 것 말고는 다른 방법이 없었다.

치엔 씨 집 대문은 마침 활짝 열려 있었고 아Q는 잔뜩 겁먹은 걸음걸이로 안으로 들어갔다. 그는 안에 들어서자 깜짝 놀랐다. 가짜 양놈이 마당 한가운데 떡 하니 서 있는 게 눈에 들어왔는데, 온몸에 검은 옷을 걸친 것이 필시 양복인 듯했고, 은복숭아를 달고 손에는 예전에 아Q를 때렸던 지팡이를 들고 있었다. 한자 정도나 되는 변발은 풀어헤쳐서 어깨로 늘어뜨렸는데 봉두난발을 한 것이 꼭 옛날 유해(劉海, 종남산에서 도를 닦아 신선이 되었다는 인물─옮긴이) 신선 같았다. 그 앞에 자오빠이엔과 건달들 셋이 부동자세로 서서 그의 이야기를 공손히 경청하고 있었다.

아Q는 살금살금 들어가서 자오빠이엔 뒤쪽에 섰는데 속으로는 뭐라고 부르고 싶었지만 어떻게 말해야 할지 몰랐다. 가짜 양놈이라고 부르면 당연히 안될 것이고 서양양반이라고 하는 것도, 혁명당이라고 하는 것도 적당하지 않아 보였다. 서양선생이라고 불러야 할 것 같았다.

하지만 서양선생은 그를 보지 않았다. 하얀 눈동자를 굴리면서 힘주어 연설을 하고 있어서였다.

"난 성격이 급해서 만나자마자 내가 그랬어. 홍(洪) 형! 우리 시작합시다! 그런데 그 양반이 그러더군 'NO!'─이건 서양 말이어서 자네들은 모를 거야, 그러지 않았으면 진즉 성공했을 거야. 하지만 이게 다 그가 신중하게 일을 처리한다는 뜻이야. 그는 두 번, 세 번 거듭 내게 후뻬이(湖北)로 가달라고 했지만 난 아직 승낙을 안했어. 내가 아니면 누가 이런 작은 동네에서 일을 하겠어……"

"아…… 저……" 아Q는 그가 잠시 말을 멈춘 틈을 타 마침내 있는 용기 없는 용기를 다 짜내 입을 열었다. 그런데 왜 그런지는 몰라도 서양선생이란 말은 나오지 않았다.

이야기를 듣고 있던 네 사람은 다들 놀라면서 그를 돌아다보았다. 서양선생도 그제야 바라보았다.

"뭐야?"

"저어……"

"나가!"

"저도 들어가려고……"

"썩 꺼져!" 서양선생이 초상 때 곡하며 짚는 그 지팡이를 쳐들었다.

자오빠이엔과 건달들이 소리쳤다. "선생님이 나가라고 하시잖아? 안 들려?"

아Q는 손으로 머리를 싸매고는 자신도 모르는 사이에 문 밖으로 도망쳐나왔다. 서양선생은 쫓아나오지 않았다. 그는 예순 걸음쯤 달려 도망친 뒤에야 걸음을 늦추었는데 그 순간 설움이 복받쳤다. 서양선생이 혁명에 가담하는 것을 허락하지 않으니 달리 길이 없었다. 하얀 투구에 하얀 갑옷을 입은 사람들이 그를 부르러 오리라는 기대는 완전히 사라졌고, 그의 꿈과 바람, 희망, 앞날이 죄다 물거품이 되어버렸다. 한량패들이 이 일을 소문내서 샤오 디나 왕털보 같은 것들에게까지 놀림을 당하는 것은 오히려 그다음 문제였다.

그는 이렇게 재미가 없기는 난생처음이었다. 자기 머리를 말아올리는 것도 시큰둥했고 바보같이 느껴졌다. 복수할 생각에 변발을 곧장 내려버릴까 싶었지만 그러지도 못했다. 밤까지 쏘다니다가 외상으로 두어 잔 걸친 술이 뱃속으로 들어가자 흥이 돋기 시작하고 또다시 하얀 투구와 하얀 갑옷 생각이 조각조각 떠올랐다.

그러던 어느날, 그날도 그는 밤늦게까지 쏘다니다가 술집 문을 닫을 때가 되어 사당으로 돌아갔다.

탕, 타당―!

갑자기 이상한 소리가 들리는데, 폭죽 소리는 아니었다. 원래 구경거리라면 밥 먹다가도 뛰어나가고 쓸데없이 끼어들기 좋아하는 아Q인지라 어둠을 뚫고 달려갔다. 앞에서 발소리가 들리는가 싶더니 누가 갑자기 튀어나왔다. 아Q는 보자마자 덩달아 몸을 틀어 도망쳤다. 그 사람이 모퉁이를 돌자 아Q도 모퉁이를 돌았고, 그 사람이 모퉁이를 돌아 멈추어서자, 아Q도 멈추어섰다. 뒤를 돌아보니 아무도 없었고, 앞에 가던 사람은 다름아닌 샤오 디였다.

"뭐야?" 아Q가 화가 나서 물었다.

"자오…… 자오 씨 댁이 털렸어!" 샤오 디가 숨을 헐떡이며 말했다.

아Q는 가슴이 쿵쾅쿵쾅 뛰었다. 샤오 디는 그 말을 하고는 가버렸다. 아Q는 두세 번이나 도망가다가 멈추기를 반복했다. 하지만 그는 그래도 왕년에 이런 장사를 해본 사람이어서 배포 좋게 길모퉁이에서 나와 바짝 귀를 세웠더니 와글거리는 소리가 나는 듯했다. 자세히 보니 하얀 투구를 쓰고 하얀 갑옷을 입은 사람들이 줄줄이 상자를 들고 나오고 세간도 들고 나오고 생원 마누라의 고급 닝뽀 침대까지 들고 나왔는데, 어두워 잘 보이지 않아 다가가보려고 해도 그놈의 두 다리가 도무지 말을 들어주지 않았다.

그날 밤에는 달도 없었고, 웨이좡은 어둠속에서 아주 고요했는데, 고요하다 못해 신화 속 복희 시대처럼 태평스러웠다. 아Q는 지겹도록 서서 보았다. 아까처럼 사람들은 들락날락하면서 상자를 들어나르고, 세간도 들어나르고 생원 마누라의 고급 닝뽀 침대도 들어내는 것 같았다. ……자기 눈으로도 믿기지 않을 만큼 들어내는 것 같았다. 하지만 더이상 앞으로 나가지는 않으리라 작심하고 자기 사당으로 돌아왔다.

　사당은 더 어두웠다. 그는 대문을 닫고는 자기 방으로 더듬어 들어갔다. 한참을 누워 있으니 정신이 들고 진정이 되었다. 하얀 투구를 쓰고 하얀 갑옷을 입은 사람들이 왔는데 나를 부르지도 않고 게다가 그렇게 많은 짐들을 들어내면서도 내 몫은 없다니, 그게 다 그 빌어먹을 가짜 양놈이 내가 반란에 끼는 것을 막아서다, 그러지 않았으면 왜 내 몫이 없겠어? 아Q는 생각할수록 화가 치밀어 속이 부글부글 끓어오르는 것을 참을 수가 없어 고개를 사납게 저으며 말했다.

　"나는 반역에 끼지 못하게 하고서 저희들만 반역을 해? 개 같은 가짜 양놈 새끼─그래, 네가 반란을 했겠다, 반란죄는 목이 날아가, 내 기어이 고발해서 성에 끌려가 목이 날아가는 꼴을 보고 말 거야. 집안 모두 목을 벨 것이다, 싹둑! 싹둑!"

제9장 대단원

　자오 씨 댁이 털린 뒤 웨이좡 사람들은 다들 고소해하면서도 두려웠고, 아Q 역시 고소하고도 두려웠다. 그로부터 나흘 뒤 아Q는 한밤중에 돌연 체포되어 성으로 끌려갔다. 그때는 마침 한밤중이었는데, 군인 한 소대와 자위단 한 소대, 경찰 한 소대, 그리고 밀정 다섯 명이 슬그머니 웨이좡에 들어와 어둠을 타고 토지신 사당을 포위하고는 대문 맞은편에 기관총을 설치했다. 하지만 아Q는 뛰어나오지 않았다. 아무리 기다려도 기척이 없어서 다급해진 대장이 상금 스무 냥을 걸었고 그제야 자위단원 둘이 위험을 무릅쓰고 담을 뛰어넘었고, 때맞추어 안팎으로 호응하여 일시에 쳐들어가 아Q를 붙잡았다. 아Q는 사당 바깥의 기관총이 있는 데까지 끌려나와서야 정신이 들었다.

성에 들어왔을 때는 이미 정오였고, 아Q는 자기가 관청의 낡은 문으로 들어가 대여섯 개 모퉁이를 돌아서 작은 방에 내쳐진 것을 알았다. 뒤에서 밀치는 바람에 비틀거리는 그의 발뒤꿈치를 때리면서 꽝—— 하고 통나무 감방문이 닫혔다. 문 쪽을 제외하고는 삼면이 다 벽이었고 자세히 보니 방구석에 두 사람이 더 있었다.

아Q는 불안하기는 했지만 그래도 심란하지는 않았다. 그가 살던 사당의 침실도 그보다 나을 게 없어서였다. 먼저 들어와 있는 두 사람도 시골 촌놈들 같았고 시간이 지나면서 그에게 말을 걸어왔다. 하나는 자기 할아버지가 빌린 빚을 아직 갚지 못한 소작료 때문에 거인 나리에게 독촉을 당하다가 들어왔다고 했고 다른 하나는 자기가 왜 잡혀들어왔는지 모른다고 했다. 당신은 왜 들어왔느냐고 묻자, 아Q는 아주 시원하게 대답했다. "내가 반란을 하려고 했거든."

그는 오후에 감방에서 끌려나와 대청으로 갔다. 마루 위에는 머리를 박박 깎은 노인이 앉아 있었다. 아Q는 중인가 보다고 생각했다. 그런데 보아하니 아래에 병사들이 일렬로 서 있는데다가 양쪽에는 장삼을 걸친 사람들이 열 명 남짓 서 있는데, 머리를 그 노인처럼 깎은 사람도 있고, 개중에는 가짜 양놈처럼 한자쯤 되는 머리를 어깨에 늘어뜨린 사람도 있었다. 다들 흉악한 인상에 성난 눈으로 그를 노려보고 있었다. 그는 위에 앉아 있는 사람들이 필시 중요한 인물이라는 느낌이 들자 무릎 관절에 절로 힘이 풀리면서 그대로 무릎을 꿇었다.

"서서 여쭈어라! 누가 무릎 꿇으라더냐!" 장삼을 입은 이가 호통을

쳤다.

아Q도 무슨 말인지 알 듯하여 일어서려고 했지만 도무지 설 수가 없었고 자기도 모르게 몸이 움츠러들더니 결국 그 자리에 무릎을 꿇고 말았다.

"저런 노예근성!……" 장삼을 입은 이가 경멸하듯이 말했지만 일어서라고는 하지 않았다.

"네 이놈 이실직고하면 고생을 면할 것이니라. 내가 이미 다 알고 있다. 실토하면 놓아줄 것이다." 그 머리를 민 노인이 아Q의 얼굴을 쏘아보더니 무거우면서도 또렷하게 말했다.

"실토하여라!" 장삼을 입은 이들도 소리쳤다.

"저는 사실…… 반란에 가담해볼……" 아Q는 종잡을 수 없는 생각을 잠시 수습한 뒤 더듬더듬 말하기 시작했다.

"그럼, 왜 가지 않았더냐?" 노인이 부드럽게 물었다.

"가짜 양놈이 못하게 했습니다요."

"무슨 헛소리냐! 이제 이미 늦었다. 네놈 일당들은 어디 있느냐?"

"네?"

"그날 밤 자오 씨 집을 턴 일당들 말이야!"

"그 사람들은 절 부르러 오지 않았는데요. 자기들끼리 들고 갔습지요." 아Q는 그 생각에 분이 치밀었다.

"어디로 갔더냐? 말하면 풀어주마." 노인은 아까보다 더 부드럽게 말했다.

"전 모릅니다, ……그자들이 절 부르지 않아서……"

그러자 노인이 눈짓을 했고 아Q는 다시 감방에 처넣어졌다. 그가 다시 감방에서 끌려나온 것은 이튿날 오전이었다.

대청의 상황은 그대로였다. 위에는 그 노인이 그대로 앉아 있었고 아

Q도 똑같이 무릎을 꿇었다.

노인네는 부드럽게 물었다. "무슨 할말이 더 없더냐?"

아Q는 생각해보았지만 할말이 없어서 대답했다. "없습니다요."

그러자 장삼을 입은 이들이 종이 한 장을 아Q 앞에 가져와서는 손에 붓을 쥐어주려 했다. 그러자 아Q는 놀라서 혼비백산할 지경이었다. 그의 손이 붓과 관계를 맺은 적은 한번도 없었기 때문이다. 그는 어떻게 쥐어야 할지도 몰랐다. 하지만 그 사람은 한군데를 가리키면서 거기에 서명하라고 했다.

"전…… 전…… 글을 모릅니다." 아Q는 붓을 움켜쥐고 어쩔 줄 모른 채 부끄럽게 말했다.

"그럼, 너 편한 대로 동그라미를 하나 그려라!"

아Q는 동그라미를 그리려고 했지만 붓을 쥔 손이 계속 덜덜 떨렸다. 그러자 아까 붓을 쥐여주었던 사람이 종이를 바닥에 펴주었고, 아Q는 엎드려서 젖 먹던 힘까지 다해 동그라미를 그렸다. 그는 남들이 웃을까봐 최대한 동그랗게 그리려고 했지만 빌어먹을 붓이 무거운데다 도통 말을 듣지 않았고 벌벌 떨며 겨우 동그라미를 막 이을 참인데 밖으로 삐쳐나가 호박씨 꼴이 되고 말았다.

아Q는 동그랗게 그리지 못해 부끄러워하고 있는데, 그 사람은 개의치 않고 벌써 종이와 붓을 거두어갔고 여럿이 다가와 그를 다시 감옥에 넣었다.

다시 감옥에 들어왔지만 그리 걱정되지 않았다. 인생을 살다보면 감옥에 잡혀 들어올 때도 있고 종이에 동그라미를 그릴 때도 있으나, 다만 동그라미를 동그랗게 그리지 못해 그의 '이력'에 오점이 남았다고 생각했다. 하지만 얼마 지나지 않아서 마음이 가벼워졌는데, '머저리들이나 동그라미를 잘 그리지'라고 생각한 때문이다. 그뒤 그는 잠이 들었다.

　그런데 그날 밤 거인 나리는 오히려 잠을 이루지 못했다. 그는 대장과 다투었다. 거인 나리는 먼저 장물을 찾아내야 한다고 했지만 대장은 먼저 사람들 앞에서 본보기를 보여야 한다고 했다. 그즈음 대장은 거인 나리를 전혀 안중에 두지 않았고, 책상을 치고 의자를 두드리며 말했다. "일벌백계해야 해요! 보세요, 내가 혁명당이 된 지 채 이십일도 안되었는데 사건이 벌써 열 건이 넘어요. 게다가 하나도 해결을 못했으니 내 체면은 뭐가 됩니까? 사건을 하나 해결하니 당신이 와가지고서 한가한 소리나 하고. 안됩니다, 이건 제 소관입니다!" 거인 나리는 어처구니가 없어하면서 물러서지 않고 말했다. 장물 수사를 하지 않으면 자기가 맡고 있는 민정협력관 일을 당장 그만두겠다고 했다. 그러자 대장이 말했다. "마음대로 하세요!" 그래서 거인 나리는 그날 밤 잠을 이루지 못했다. 다행히 다음날에도 사임을 하지 않았다.

　사흘째 되는 날 아Q가 감옥 문을 나온 것은 거인 나리가 밤잠을 설친 다음날 오전이었다. 그는 대청으로 갔고 전처럼 노인이 앉아 있었다. 아Q도 전처럼 무릎을 꿇었다.

　노인은 부드럽게 물었다. "할말이 있느냐?"

　아Q는 생각했다. 할말이 없어서 대답했다. "없습니다."

　장삼과 단삼을 입은 사람들 여럿이 갑자기 그에게 흰 광목조끼를 입혔고, 거기에는 까만 글자가 적혀 있었다. 아Q는 기분이 상했다. 영락없이 상복 같아서였다. 재수없이 상복이라니. 그는 두 손도 뒤로 묶인 채 관아 문을 나섰다.

　아Q는 아무것도 씌워지지 않은 수레에 태워졌고 짧은 저고리를 입은 사내 몇이 함께였다. 수레가 바로 움직였고 앞에는 총을 멘 군인들과 자위대원들이었고 양쪽은 입을 헤벌리고 있는 구경꾼들이었고, 뒤

　　　　　　　　　　　　　　　　　　　　　중국 **창비세계문학**

가 어떤지는 아Q가 볼 수 없었다. 그런데 퍼뜩 정신이 들었다. 이것은 내 목을 날리러 가는 것 아닌가? 그는 다급해져 눈앞이 깜깜하고 귀에 천둥이 치고 정신이 아득해졌다. 하지만 혼절하지는 않았다. 마음이 다급해지다가도 다시 태연해지곤 했다. 인생 살다 보면 원래 목이 날아갈 때도 있게 마련이라는 생각이 들었다.

그는 길을 훤히 알고 있었는데, 이상했다. 왜 형장으로 가지 않는 거지? 그는 그것이 사람들에게 본을 보이기 위해 거리를 끌고 다니려 한다는 것을 몰랐다. 알았다고 해도 그는 인생 살다 보면 원래 사람들에게 본을 보이기 위해 거리에 끌려다니는 때도 있게 마련이라고 생각했을 것이다.

그는 깨달았다. 그것은 멀리 돌아서 형장으로 가는 길이다. 분명 '싹둑' 목이 잘릴 것이다. 그가 슬픈 눈으로 주위를 둘러보니 온통 사람들이 개미처럼 따라오는데, 저도 모르게 길가 사람들 숲에서 우 어멈을 발견했다. 얼마나 오랜만인가, 그이가 성에서 일을 하고 있었구나. 아Q는 풀죽은 자기 모습이 갑자기 부끄러워졌다. 노래 한두 마디도 하지 못하다니. 생각이 그의 머리에서 한차례 회오리바람을 일으켰다.「청상과부 산소에 가네」는 폼이 나지 않고 「용호투」의 한 대목인 "후회한들 무엇하랴……"는 너무 따분하니, 역시 "쇠채찍을 들고서 너를 후려치리라!"가 낫겠다. 그는 손을 번쩍 쳐들려고 하다가 두 손이 묶여 있는 사실을 떠올리고는 "쇠채찍"도 포기했다.

"이십년이 지나 다시 한번 사내로 태어나……" 아Q는 다급한 나머지 '스승 없이 통달한다'고 지금껏 한번도 불러본 적이 없는 노래가 저절로 튀어나왔다.

"잘한다!!!" 사람들 무리에서 이리의 울부짖음 같은 소리가 터져나왔다.

수레가 계속 앞으로 나아가고 아Q는 박수갈채를 받으며 눈을 굴리며 우 어멈을 찾았지만 그녀는 그를 전혀 알아보지 못했고 그저 군인들이 멘 총에 넋을 잃고 있었다.

아Q는 그래서 다시 박수갈채를 보내는 사람들을 보았다.

그 찰나, 그의 생각이 머릿속에서 다시 한번 회오리바람을 일으켰다. 사년 전 그는 산 밑에서 우연히 굶주린 이리를 만났는데 더 다가오지도 않고 더 멀어지지도 않은 채 꼭 그만큼의 거리를 유지하고 따라오면서 그를 잡아먹으려 했다. 그때 그는 거의 숨이 넘어갈 정도로 놀랐다. 다행히 손에 도끼 한자루를 들고 있어서 그에 의지해 힘을 내어 웨이쫭까지 올 수 있었다. 하지만 이리의 그 눈초리는 영원히 기억하고 있었고, 사나우면서도 겁에 질린 귀신의 불처럼 번득이던 두 눈길은 영원히 아무리 먼데서도 그의 피부와 살을 꿰뚫을 것만 같았다. 지금 그는 그보다 더 무섭고 이전에 한번도 본 적이 없는 무서운 눈길을 보았다. 무디면서도 날카로운, 아Q의 말을 진즉 씹어 삼켜버렸고, 이제는 그의 피부와 살을 빼고 나머지 모든 것들을 씹어 삼키려 가까이 다가오지도 않고 멀리 물러서지도 않은 채 영원히 그를 따라오는 그 눈길을.

그 눈길들이 한데 뭉쳐서 벌써 그의 영혼을 물어뜯고 있는 것 같았다.

"사람 살려……"

그러나 아Q는 입밖으로 소리를 지르지는 않았다. 그는 진즉부터 두 눈이 캄캄해지고 귀가 윙윙거리고 온몸이 산산이 흩어지는 것만 같았다.

그 사건으로 가장 큰 손해를 본 것은 거인 나리였다. 결국 도둑맞은 물건을 찾지 못했고 온 집안이 울고불고 난리였다. 그다음은 자오 씨 집안이었는데 생원이 도둑맞았다고 성에 신고하러 가다가 질나쁜 혁명당에게 잡혀 변발을 잘렸고 게다가 스무 냥의 현상금까지 걸었기에 온 집안이 울고불고 난리였다. 그날 이후 그들은 점점 멸망한 왕조의 후손 신세가 되어갔다.

　웨이쫭에서 여론은 한결같이 당연히 아Q가 잘못했다고 했고, 총살을 당한 것이 그가 잘못했다는 증거라고 했다. 그가 나쁜 사람이 아니면 왜 총살을 당했겠느냐고 했다. 그런데 성안의 여론은 좋지 않아서 다들 불만이었고 총살은 목을 치는 것보다 구경거리가 되지 못한다는 것이었다. 더구나 그는 얼마나 덜 떨어진 사형수였는가? 그렇게 오래 거리를 끌려다니면서도 노래 한곡 부르지 못하다니 괜히 따라다니느라 헛고생만 했다고 했다.

고향

나는 모진 추위를 무릅쓰고, 이천리나 떨어진 곳에서 떠난 지 이십여
년이나 되는 고향에 돌아간다.

한겨울이라 고향에 가까워질수록 날은 더욱 잿빛이 되고 차가운 바
람이 배 안으로 들어와 웅웅거렸다. 선창 틈으로 내다보니 창백한 하
늘 아래 쓸쓸하고 황량한 마을이 활기라곤 전혀 없이 여기저기 흩어져
있었다. 나도 모르게 슬픔이 일었다.

아아! 이것이 내가 이십년 동안 한시도 잊지 못했던 그 고향이란 말
인가?

내가 기억하는 고향은 결코 이렇지 않았다. 내 고향은 훨씬 좋았었
다. 하지만 내가 고향의 아름다움을 기억하고 그 아름다움을 말하려고
하자 그 모습은 이내 사라져버리고 표현할 말도 사라져버렸다. 고향이
란 원래 그런 곳인가. 나는 나름대로 이렇게 해석했다. 원래 고향은 이
렇다. 발전도 없고, 그렇다고 내가 느끼는 것 같은 슬픔도 없다. 단지
내 마음이 변해서 그런 것이다. 내가 좋은 마음으로 고향에 돌아온 것
이 아니어서 그런 것이다.

나는 고향과 작별하러 왔다. 오랫동안 우리 일가가 살던 집이 다른

성씨네에 팔렸다. 올해 말까지 집을 넘겨줘야 해서 정월 초하루 전에 익숙한 옛집과 영원히 작별하고 정든 고향과도 헤어져 내가 밥벌이하는 타관으로 이사를 가야 했다.

이튿날 이른 아침, 고향집 대문 앞에 도착했다. 지붕 기와에는 대가 꺾인 마른 풀들이 바람에 떨고 있었다. 이 낡은 집이 주인이 바뀔 수밖에 없는 이유를 말해주는 듯했다. 한집에 살던 친척들은 벌써 이사를 해서 무척 적막했다. 집 앞에 이르자 어머니가 벌써 마중나와 계셨고, 이어 여덟살짜리 조카 홍얼(宏兒)이 뛰어나왔다.

어머니는 기뻐했지만 애써 슬픔을 감추고 있는 것이 역력했다. 나더러 앉아 쉬면서 차를 마시라고 하면서도 이사 이야기는 꺼내지 않았다. 홍얼도 나를 본 적이 없어서 저만치 멀리서 멀뚱멀뚱 쳐다보기만 했다.

하지만 우리는 결국 이사 이야기를 꺼냈다. 나는 그쪽에 벌써 집을 얻어놓았고, 가구도 좀 장만해놓았다고 했다. 집에 있는 나머지 가구들도 처분하고 가서 다시 장만하자고 했다. 어머니도 그러자고 했다. 짐도 대충 다 꾸려놓았고 가지고 가기 어려운 가구도 거의 다 팔아치웠지만 몇푼 받지 못했다고 했다.

"하루이틀 쉰 뒤, 친척들에게 인사드리고 떠나도록 하자." 어머니가 말했다.

"그러지요."

"그리고 룬투 말이다. 그이가 집에 올 때마다 너에 대해 묻는다. 너를 무척 보고 싶어하더라. 내가 너 오는 날짜를 기별해두었으니 아마 건너올 게다."

그 순간, 내 머릿속에는 갑자기 신비로운 그림 하나가 떠올랐다. 푸른 하늘에는 황금빛 둥근 달이 걸려 있고 해변 모래밭에는 수박밭이 끝도 없이 펼쳐져 있다. 그 사이를 열한두살 된 소년이 목에는 목걸이를 하고 손에 들고 있던 작살을 오소리를 향해 던진다. 하지만 오소리는 몸을 돌려 피하더니 그의 다리 사이로 도망가버린다.

이 소년이 바로 룬투다. 내가 그를 안 것이 여남은살 때였으니 벌써 삼십년 전이다. 그때는 아버지가 살아 계셔서 집안 형편도 좋았고, 나도 어엿한 도련님이었다. 그해에는 우리집이 큰 제사를 지낼 차례였다. 제사는 삼년마다 순서가 돌아오기 때문에 아주 정중하게 준비했다. 정월에는 조상의 영정을 모셨다. 제물도 많고 제기에도 아주 신경을 썼는데, 제사지내러 오는 사람도 많고 제기를 훔쳐가려는 사람도 많았다. 우리집에는 '망위에(忙月)' 머슴이 있었다(우리 고장에서는 머슴을 셋으로 나누었는데, 일년 내내 일하는 머슴을 '챵넨(長年)', 며칠씩 일을 해주는 머슴을 '똰꿍(短工)', 자기 농사를 짓다가 설날이나 명절 때, 세를 거두어들일 때 와서 일해주는 머슴을 '망위에'라고 불렀다). 그런데 혼자서는 손이 부족하여 그가 자기 아들을 데려다가 제기를 지키게 했으면 한다고 아버지께 말씀드렸다.

아버지가 허락했다. 나도 기뻤다. 룬투란 이름을 진즉 들었고, 나하고 나이가 비슷하고, 윤달에 낳고 오행 중에서 '토(土)'가 빠졌다고 해서 그의 아버지가 이름을 룬투(閏土)라고 지었다는 걸 알고 있었다. 그는 덫으로 새도 잘 잡았다.

나는 설날이 오기를 손꼽아 기다렸다. 설날이 되면 룬투가 온다! 고대하던 그믐께가 되었다. 어느날 어머니가 나에게 룬투가 왔다고 일러주자 나는 날듯이 달려갔다. 룬투는 부엌에 있었다. 검붉고 둥근 얼굴에 작은 털모자를 쓰고 목에는 번쩍번쩍 빛나는 은목걸이를 걸고 있었다. 은목걸이만 보더라도 그의 아버지가 그를 얼마나 애지중지하는지를 알 수 있었다. 아들이 행여 죽을까봐 부처님께 치성을 드리고는 은

목걸이로 아이를 매어두는 것이었다. 그는 낯을 많이 가렸지만, 나에게만은 그러지 않았다. 주위에 사람이 없을 때는 나하고 이야기도 했고, 그래서 한나절 만에 우리는 친해졌다.

우리가 그때 무슨 이야기를 주고받았는지는 기억에 없지만, 룬투가 무척 즐거워했고, 예전에 보지 못한 것들을 성안에서 많이 보았다고 말했다.

이튿날, 나는 그에게 새를 잡아달라고 했다. 그가 말했다.

"그건 안돼. 눈이 많이 와야 해. 우리 동네 모래밭에 눈이 많이 오면 난 눈을 쓸고 그 자리에 빈터를 만들어서 큰 대바구니를 가져다가 짧은 막대로 받쳐. 그리고 그 밑에 곡식을 뿌린 뒤 참새가 먹으러 오면 그때 내가 멀리서 막대를 묶은 끈을 잡아당기는 거야. 그러면 참새가 대바구니에 갇히는 거지. 무슨 새든지 다 잡아. 참새, 뿔새, 비둘기, 파랑새……"

그뒤로 나는 눈이 오기를 손꼽아 기다렸다.

룬투가 다시 말했다.

"지금은 너무 추워. 내년 여름에 너 우리 동네에 올래? 우린 낮에는 바닷가에 가서 조개껍데기를 주워. 빨간색도 있고 초록색도 있고, 귀신 조개껍데기도 있고, 부처님 조개껍데기도 있어. 저녁에는 수박밭으로 가. 너도 갈 수 있어."

"지키는 사람 없어?"

"괜찮아. 길 가던 사람들이 목이 말라서 수박을 따먹어도 우리 동네에서는 도둑이라고 생각하지 않아. 두더지나 고슴도치, 오소리 같은 것은 지키지. 달빛이 비추면 수박밭에서 사각사각하는 소리가 들려. 오소리가 수박을 갉아먹는 거야. 그러면 쇠작살을 들고 살금살금 다가서는……"

나는 그 당시 오소리가 무엇인지 알지 못했다. 물론 지금도 모른다. 그저 강아지만하고 아주 사나울 거라고만 짐작했다.

"그게 사람도 물어?"

"작살이 있는데 뭐. 가다가 오소리가 보이면 찔러. 그런데 그놈은 영리해서 방향을 사람 쪽으로 틀고는 달려들어서 가랑이 사이로 도망가버려. 털이 기름처럼 미끄럽거든……"

세상에 이렇게 신기한 일도 있는 줄을, 나는 전혀 몰랐다. 해변에 그렇게 여러 가지 조개껍데기가 있는지, 수박에 그렇게 위험한 이야기가 담겨 있는지 몰랐다. 수박은 그저 과일가게에서 판다는 것만 알았다.

"우리 동네 모래밭에서는 물이 밀려들어오면 날치들이 마구 뛰어. 청개구리처럼 다리가 둘씩 달려가지고……"

아아! 룬투 가슴속에는 이토록 신기한 일들이 무궁무진하구나! 내 주위의 친구들은 그런 일들을 전혀 모른다. 그 아이들은 그런 것들을 몰랐다. 룬투가 햇볕에 있을 때 그애들은 나처럼 높은 담이 둘러쳐진 마당에서 네모난 하늘만 보고 있었다.

안타깝게도 정월이 지났고 룬투는 집에 돌아가야 했다. 나는 엉엉 울었고, 룬투도 부엌에 숨어 울면서 나오지 않다가 결국 그의 아버지에게 끌려갔다. 그는 나중에 아버지 편에 나에게 조개껍데기 한봉지와 예쁜 새털을 보내주었다. 나도 한두 번 물건을 보내주었는데, 그후 우리는 다시 만나지 못했다.

그런데 지금 어머니가 그 이야기를 하자 그때 기억이 갑자기 번개처럼 되살아나서 나의 아름다운 고향을 보는 것 같았다. 그래서 나는 바로 대답했다.

"그것 잘됐군요! 그 사람, 지금 어떻대요?……"

“그 사람? 형편이 썩 여의치 않나보더라……” 어머니가 말을 하면서 밖을 내다보았다. “저 사람이 또 왔네, 가구를 사러 왔다면서 멋대로 집어가버리지 뭐야, 내가 가봐야겠다.”

어머니가 일어나 밖으로 나갔다. 밖에서 몇몇 여자들 소리가 들렸다. 나는 훙얼을 불러서 그와 이야기를 나누었다. 글자를 쓸 줄 아는지, 이사가는 게 좋은지 물었다.

“우리 기차 타고 가요?”

“그래, 기차 타고 간단다.”

“배는요?”

“먼저 배를 탔다가……”

“아이고, 이게 누구야! 수염은 왜 그리 길었누!” 날카로운 쇳소리가 갑자기 들렸다.

깜짝 놀라 고개를 들었더니 광대뼈가 튀어나오고 입술이 얇은 쉰쯤 되어 보이는 여자가 내 앞에 서 있었다. 두 손을 허리춤에 바치고는 치마도 두르지 않은 바지 차림으로 두 발을 벌리고 서 있는 것이 영락없는 제도용 컴퍼스였다.

나는 깜짝 놀랐다.

“모르겠어? 내가 업어주기도 했잖아!”

나는 더욱더 놀랐다. 다행히 어머니가 다가와서 거들며 말했다.

“오랫동안 나가 있느라 잊은 게지. 너도 기억날 거다.” 그러면서 내게 말했다. “맞은편 집에 사는 양얼(楊二) 아주머니다. ……두부집 하던.”

아아, 기억이 났다. 어린시절 우리집 맞은편 두부집에는 양얼 아주머니가 하루종일 앉아 있었다. 다들 ‘두부 서시(西施)’라고 불렀다. 그런데 화장을 하지 않아서 그런지, 그때는 광대뼈도 이렇게 나오지 않았고 입술도 이렇게 얇지 않았다. 하긴 종일 앉아만 있어서 이렇게 컴퍼스처럼 서 있는 모습은 본 적이 없다. 당시 사람들이 여자 때문에 그 두부집 장사가 잘된다고 했다. 하지만 그때는 나이가 어려서 그랬겠지만 난 그녀에게 아무런 인상도 받지 못했고 그래서 완전히 잊은 것이다. 하지만 그 컴퍼스는 속이 편치 않았는지 무시하는 빛이 역력했다. 나뽈레옹을 모르는 프랑스 사람이나 워싱턴을 모르는 미국 사람을 비웃듯이 말했다.

"잊어먹었구먼? 하긴 이렇게 눈높은 귀하신 몸이 되셨으니……"

"그럴 리가요…… 제가……" 나는 당황하여 일어서며 말했다.

"그럼 말이야, 내 말 좀 들어봐요. 쉰(迅) 도령, 부자가 되었다던데, 옮기기도 힘든 이런 구닥다리 가구들은 가져가서 뭐 해, 나 주라고. 우리같이 없이 사는 사람들한테는 쓸모가 있거든."

"저 부자 아니에요. 이걸 팔아가지고……"

"에구머니, 도지사가 되었으면서도 부자가 아니야? 첩도 셋이나 거느리고 출타할 때면 여덟 명이 드는 가마를 탈 텐데, 그게 부자가 아니야? 거참, 나야 못 속이지."

아무리 말해도 소용이 없다는 걸 알았다. 입을 다문 채 말없이 서 있었다.

"아이고, 돈이 많을수록 더 짠돌이고, 그렇게 짠돌이니까 돈이 많은 게고……" 컴퍼스는 씩씩거리면서 돌아서더니 투덜대며 천천히 밖으로 나가다가 어머니 장갑 한 켤레를 허리춤에 슬쩍 넣어가지고 가버렸다.

그런 뒤, 가까이 사는 일가와 친척 들이 찾아왔다. 나는 접대를 하면서 틈틈이 짐을 꾸리고 그렇게 사나흘이 지났다.

날씨가 꽤 추운 날 오후, 점심을 먹고 앉아서 차를 마시고 있는데, 누가 들어오는 것 같아 돌아다보았다. 보자마자 나도 모르게 깜짝 놀랐고 황망히 일어나 마중을 나갔다.

룬투였다. 한눈에 알아보았지만 내 기억 속의 룬투는 아니었다. 그는 키가 배는 컸고 예전의 붉고 둥근 얼굴은 잿빛으로 검누렇게 변해 있었다. 게다가 깊게 주름이 파이고 그의 아버지처럼 눈주위가 온통 벌겋게 부어올라 있었다. 내가 알기로는 해변에서 농사를 짓는 사람들은 종일 바닷바람을 쏘이기 때문에 대개 이러했다. 머리에는 다 해진 벙거지를 쓰고, 몹시 얇은 면옷을 입은 몸은 잔뜩 움츠리고 있었다. 손에는 종이봉투와 긴 담뱃대를 들었는데, 내가 기억하는 혈색 좋고 통통하던 손이 아니라 굵고 거칠고 갈라져서 소나무 등걸 같았다.

그 순간 나는 너무 흥분해서 뭐라고 말해야 좋을지 몰랐다. 그저 이렇게 말했다.

"아아! 룬투 형, ─ 왔어요?……"

그러고는 많은 말들이 구슬꾸러미처럼 잇달아 쏟아져나오려고 했다. 뿔새, 날치, 조개껍데기, 오소리……, 하지만 무엇인가에 가로막힌 듯이 머리에서만 뱅뱅 돌 뿐, 입밖으로 나오지 않았다.

그가 멈추어섰다. 얼굴에는 기쁨과 처량함이 교차해 있었다. 입술을 꿈쩍였지만 아무 말도 없었다. 마침내 그의 태도가 공손해지더니 또렷하게 외쳤다.

"나리!……"

나는 소름이 끼쳤다. 나는 깨달았다. 우리 사이에 이미 슬프게도 두꺼운 장벽이 놓여 있다는 것을. 나도 아무 말도 할 수 없었다.

그가 고개를 돌리더니 "슈이성(水生)아, 나리께 인사드려라" 하면서 뒤에 숨어 있는 아이를 끌어냈다. 그 아이야말로 이십년 전의 룬투였다. 안색이 좋지 않고 약간 말랐으며 목에 은목걸이만 없을 뿐이었다.

“다섯째예요. 바깥세상 구경을 못해서 숨기만 하네요……”

어머니와 훙얼이 위층에서 내려왔다. 우리 소리를 들은 모양이었다.

“마님. 기별은 진즉 받았습니다. 얼마나 기뻤는지요, 나리가 돌아오신다고 해서요……” 룬투가 말했다.

“아니, 자네 무슨 말투가 그런가. 옛날에는 둘이 형, 동생 하지 않았나. 옛날처럼 쉰아, 그러게.” 어머니가 들뜬 듯이 말했다.

“아이고, 마님도 참…… 어디 그런 법이 있나요. 그땐 어려서 철이 없어서……” 룬투가 말하면서 슈이셩을 앞으로 불러 인사를 시키려 있지만 아이는 수줍어하면서 그의 뒤에 딱 달라붙었다.

“이애가 슈이셩인가? 다섯째라고? 다들 낯이 설어서 수줍어할 만도 하지. 훙얼아, 슈이셩이랑 가서 놀아라.” 어머니가 말했다.

훙얼이 그 말을 듣고 슈이셩을 불렀다 슈이셩이 선선히 그를 따라갔다. 어머니가 룬투더러 앉으라고 했다. 룬투는 한참을 머뭇거리더니 결국 앉았다. 긴 담뱃대를 탁자 옆에 내려놓고 종이봉투를 건넸다.

“겨울이라 뭐가 있어야지요. 말린 청대콩인데, 저희 집에서 말렸어요. 나리 드리려고……”

나는 그의 형편을 물었다. 그는 고개를 흔들 따름이었다.

“무척 어렵습죠. 여섯째까지 일손을 돕지만 그래도 입에 풀칠하기가 힘듭니다. …… 게다가 세상이 어지러워서…… 무슨 일을 해도 돈을 뜯기고, 법도 없고…… 수확도 좋지 않고요. 농사를 지어서 내다 팔아도 몇번씩 세금으로 뜯기고 나면 본전도 못 찾지요. 그렇다고 팔지 않으면 썩히는 도리밖에 없고요……”

그는 연방 고개를 저었다. 얼굴에 파인 그 많은 주름들이 전혀 미동도 하지 않아 흡사 돌조각 같았다. 그는 자신이 느끼는 고통을 말로 다 표현하지 못하겠는지, 잠시 침묵하더니 담뱃대를 꺼내 말없이 담배를 피웠다.

어머니가 형편을 묻자, 집안일이 바빠서 내일 돌아가야 한다고 했다. 게다가 아직 점심 전이라고 해서 부엌에 가서 직접 챙겨먹으라고 했다.

그가 나간 뒤 어머니와 나는 그의 형편에 한숨을 쉬었다. 자식들이 많은데다 흉년에 가혹한 세금, 그리고 군대와 토비, 관리, 지주 들이 한결같이 괴롭혀 말라비틀어진 나무인형 꼴이 되어버린 것이다. 어머니는 우리가 가지고 가지 않을 물건들은 죄다 그가 골라가도록 하자고 했다.

오후에 그는 물건 몇개를 골랐다. 긴 탁자 둘, 향로와 촛대 하나, 저울 하나였다. 그는 볏짚도 달라고 했다(우리 고장에서는 밥을 할 때 볏짚을 썼고 그 재는 땅에 거름으로 썼다). 우리가 떠날 때 배로 실어가겠다고 했다.

밤에 우리는 다시 이런저런 이야기를 나누었다. 모두 중요한 이야기는 아니었다. 이튿날 아침, 그는 슈이성을 데리고 돌아갔다.

그리고 다시 아흐레가 지났다. 우리가 떠나는 날이었다. 룬투가 새벽같이 왔다. 슈이성은 데려오지 않았고 다섯살짜리 딸을 데리고 와 배를 지키게 했다. 우리는 종일 바빠서 이야기를 나눌 틈이 없었다. 손님도 많았고, 환송하러 온 사람, 물건 가지러 온 사람, 그리고 환송도 하고 물건도 가져가려고 온 사람도 있었다. 밤이 되어 우리가 배를 탈 무렵이 되자 이 낡은 집의 크고작은 낡은 세간들이 죄다 치워졌다.

우리가 탄 배가 앞으로 나아갔다. 강 양쪽의 푸른 산들이 황혼 속에서 검푸른 색을 띤 채 배의 고물 쪽으로 밀려났다.

홍얼과 나는 선창가에 기대어 흐릿해지는 바깥 풍경을 같이 바라보았다. 그가 불쑥 물었다.

"큰아빠, 우리 언제 다시 돌아와요?"

"돌아와? 아직 떠나지도 않았는데 벌써 돌아올 생각을 하는구나."

"하지만 슈이성이하고 약속했어요. 그애 집에 놀러가기로요……"

그는 크고 검은 눈을 크게 뜨고서 골똘히 생각에 잠겼다.

나도 어머니도 망연해졌다. 그래서 룬투 이야기를 꺼냈다. 어머니가 말했다. 그 '두부 서시' 양얼 아주머니가 이삿짐을 챙기기 시작하고부터 날마다 왔다고 했다. 그런데 그저께는 그이가 잿더미에서 그릇하고 접시를 열 개 남짓 꺼냈다는 것이다. 설왕설래 끝에 결국 룬투가 묻어둔 것으로 결론이 났는데, 재를 실어갈 때 같이 가져가려 했다는 거였다. 양얼 아주머니가 이 일을 발견하고는 공치사를 하더니 '개 애간장 태우기'(우리 동네에서 닭을 키우던 장치로 나무상자 위에 듬성듬성 막대를 질러놓았는데, 그 안에 먹이를 주면 닭들은 목을 빼고 먹을 수 있지만 개들은 먹을 수가 없어서 애간장을 타게 한다고 하여 붙여진 이름이다)를 들고는 쏜살같이 도망갔다고 했다. 전족한 발에 굽 높은 신발을 신고도 그렇게 잘 뛸 수가 없더라고 했다.

옛집이 점점 내게서 멀어졌다. 고향산천도 점점 멀어졌다. 하지만 나는 아무 미련도 남지 않았다. 나는 그저 내 주위에 보이지 않는 높은 담이 둘러쳐 있고 나 혼자 그곳에 떨어져 있는 것만 같아 몹시 답답했다. 은목걸이를 하고 수박밭에 서 있던 그 어린 영웅의 모습이 예전에는 내게 아주 생생했다. 하지만 지금은 갑자기 희미해졌고, 그 또한 나를 한없이 슬프게 했다.

어머니와 훙얼은 잠이 들었다.

나는 누워서 배 밑을 두드리는 물소리를 들으며 내가 나의 길을 가고 있다는 것을 알았다. 나는 생각했다. 나와 룬투는 결국 이렇게 멀어졌구나. 하지만 우리 뒷세대들은 여전히 하나로 이어져 있다. 훙얼은 아직도 슈이성을 생각하고 있지 않은가. 나는 그들이 더이상 나 같지 않기를, 사람과 사람 사이가 멀어지지 않기를 바랐다…… 하지만 나는 그들이 하나가 되려고 하며 나처럼 고생하고 전전하는 삶을 사는 것도 바라지 않고, 룬투처럼 고생하면서 마비된 삶을 사는 것도 바라지 않는다. 그들은 새로운 삶을 살아야 한다. 우리가 살아보지 못한 삶을.

희망을 생각하자 갑자기 두려워졌다. 룬투가 향로와 촛대를 달라고 했을 때 나는 속으로 그를 비웃었다. 그가 늘 우상을 숭배하면서 한시도 잊지 못한다고 생각했다. 그런데 지금 나의 이른바 희망이란 것도 내 스스로가 만들어낸 우상이 아닐까? 그가 바라는 것은 가깝고 내가 바라는 것은 멀다는 차이가 있을 뿐이다.

몽롱한 내 눈앞에 해변의 파란 모래밭이 펼쳐졌다. 그 위 푸른 하늘에는 황금빛 둥근 달이 걸려 있다. 나는 생각했다. 희망이란 원래 있다고도 할 수 없고 없다고도 할 수 없다. 그것은 땅 위의 길과 같다. 원래 땅에는 길이 없었다. 가는 사람이 많아지면 길이 되는 것이다.

더 읽을거리

작품의 다른 번역본으로는 전형준 옮김 『아Q정전』(창비 2006)이 있고, 루쉰 특유의 산문세계를 접하기 위해서는 이욱연 옮김 『아침꽃을 저녁에 줍다』(예문 2003)가 적절하다. 루쉰 전기나 평전으로는 왕사오밍 지음, 이윤희 옮김 『인간 노신』(동과서 1997), 환산승 지음, 한무희 옮김 『노신평전』(일월서각 1982) 등이 있다.

郁達夫

| 위따푸 |

1896~1945

본명은 원(文)이고 따푸(達夫)는 자이다. 몰락지주의 집에서 태어났고 어려서 아버지를 잃었다. 큰형의 도움으로 일본에 유학하여 법학을 배우다가 문학으로 바꾸었다. 유학시절인 1921년 「타락」을 발표하여 작가로서 이름을 알렸다. 1921년 낭만주의 문학단체인 「창조사」를 결성하여 주요 동인으로 활동했다. 1922년에 출판된 첫 소설집 『타락』이 크게 인기를 누리면서 작가로서 입지를 굳혔다. 일본 사소설(私小說)과 사또오 하루오(佐藤春夫)의 영향을 받았다. 청년들의 고민을 반영한 과감한 자기해부를 통해 성욕과 변태적 심리, 그리고 혁명 퇴조기 청년들의 정서를 다룬 작품으로 당시 청년 독자들의 폭넓은 공감을 얻었다. 한편으로 사회적 약자에 동정을 표하는 작품을 발표하고 1920년대 후반에는 사회주의혁명에 동조하여 무산계급 문학을 제창했으며, 1930년대 항일전쟁이 시작된 이후에는 항일운동에 나서기도 했다. 1942년에 싱가포르를 거쳐 인도네시아로 가 일본인 점령지에서 일본 헌병의 통역을 하다가 1945년 일본군에 총살당했다.

은 중국 청년들에게 공명하였다. 중국 청년들의 자기정체성 확보와 민족의 정체성 확보가 같은 차원에서

시고되었던 중국 근대의 풍경을 엿볼 수 있다.

■　　타락 沈淪

　　작가가 일본 나고야 제8고등학교에 재학할 당시 자신의 경험을 담은 작품이다. 이 소설 속에 등
장하는 주인공의 이력은 거의 작가의 이력과 일치한다. 일본에 유학하고 있는 중국인 학생의 성적 억압,
그리고 약소민족인 중국인으로서 일본인들에게 '시나징(支那人)'이라고 멸시당하는 데서 오는 민족적 억
압을 병치시켜 다루고 있다. 작가 스스로는 이 작품을 두고 "청년들의 우울증을 해부했다"고 말한 바 있
는데, 당시 중국 청년들의 성적인 고민, 그리고 민족적 상황에 대한 울분을 대변하는 성격을 지니고 있다.
주인공이 형의 억압에서 벗어나 독립된 자아를 찾아가는 과정에서 자연스러운 성장과정으로서 성욕을 느
끼지만, 전통적인 윤리감각 속에서 그것을 죄악이라고 여기고 고뇌하는 자의식이 강렬하게 표출되어 있
다. 성적 욕구의 실현, 혹은 세계와 자아의 조화로운 일치 문제를 민족문제와 연결짓고 있는 점이 당시 많
은 중국 청년들에게 공명하였다. 중국 청년들의 자기정체성 확보와 민족의 정체성 확보가 같은 차원에서

시고되었던 중국 근대의 풍경을 엿볼 수 있다.

타락

1

그는 요즘 자신이 가엾을 정도로 고독하다고 생각했다.

조숙한 그의 성품이 세상 사람들과 어울릴 수 없는 지경까지 그를 밀어넣었고 세상 사람들과 그 사이에 놓인 장벽은 갈수록 높아졌다.

날씨는 하루하루 서늘해가고 학교는 개학을 한 지 보름이 지났다. 그날은 구월 이십이일이었다.

파란 하늘은 아득한 곳까지 구름 한점 없었고, 늘 새롭게 떠오르는 밝은 태양은 여전히 그의 궤도를 따라 한걸음 한걸음 나아가고 있었다. 간밤의 술을 깨게 해주는 달콤한 해장술 같은 단내를 품은 바람이 남쪽에서 간헐적으로 불어왔다. 아직 노랗게 익지 않은 벼논 사이로 실처럼 구불구불하게 난 논둑길을 따라 그는 조그만 워즈워스 시집을 들고 혼자서 천천히 걸었다. 사방을 둘러보아도 이 넓은 들판에 사람 그림자 하나 없었다. 어디선가 개 짖는 소리만 멀리서 날아와 아련하게 그의 귓가에 전해졌다. 그의 눈이 책을 떠나 꿈을 꾸듯이 개가 짖는 곳을 보았다. 하지만 잡목과 인가 몇채, 그리고 고기비늘 같은 기와지

붕 위로 비단 같은 엷은 안개가 흔들리고 있을 뿐이다.

"Oh you serene gossamer! You beautiful gossamer!"

이렇게 말하고 나자 그의 눈에 두 줄기 맑은 눈물이 솟구쳤다. 그 자신도 이유를 몰랐다.

한참 동안 멍한 표정으로 있는데 문득 등에서 끼쳐오는 보랏빛 향기가 느껴졌다. 길가 작은 풀이 살랑거리는 소리에 그만 꿈속 같던 순간이 깨져버렸다. 고개를 돌려 볼 때까지 작은 풀은 계속 흔들렸고 보라색 제비꽃 향을 실은 부드러운 바람이 그의 창백한 얼굴에 따사롭게 불어왔다. 이렇게 맑고 다사로운 초가을의 세계에서, 이 맑고 투명한 대기 속에서 그의 몸은 취한 듯 나른해졌다. 자애로운 어머니 품에서 잠을 자는 것 같았다. 꿈속에서 무릉도원에 온 것 같았다. 남부 유럽의 어느 해안에서 애인의 무릎에 누워 달게 낮잠을 자는 것 같았다.

주위를 둘러보자 풀과 나무 들이 모두 그에게 미소를 짓고 있는 것 같았다. 푸른 하늘을 보자 아득히 끝없는 대자연이 가만히 고개를 끄덕이는 것 같았다. 한참 동안 미동도 하지 않은 채 하늘을 쳐다보자 하늘에서는 꼬마 천사들이 등에 날개를 달고 어깨에는 활을 메고 춤을 추는 것 같았다. 그는 한없이 기뻤다. 자기도 모르게 입이 벌어지고 혼자 중얼거렸다.

"여기가 바로 너의 피난처다. 저속하기 짝이 없는 세상 사람들이 너를 시기하고 너를 경멸하고 너를 우롱한다. 이 대자연만이, 영원히 한결같으면서도 늘 새로운 창공의 밝은 태양, 늦여름의 미풍, 초가을의 맑은 공기만이 너의 친구, 너의 어머니, 너의 애인이니, 너 다시는 세상으로 나아가 저 천박한 남녀들과 함께하지 말 것이며, 이 대자연의 품에서, 이 순박한 시골에서 영원히 살아라."

이렇게 말하고 나자 그는 자신이 불쌍해졌다. 천 가지 슬픔과 만 가지 원망이 가슴속에 있지만 한마디도 밖으로 토해내지 못하는 신세 같았다. 두 눈에 눈물이 고이고, 그의 눈은 다시 그의 손에 들린 책으로 갔다.

Behold her, single in the field,

You solitary Highland lass!

Reaping and singing by herself;

Stop here, or gently pass!

Alone she cuts, and binds the grain,

And sings a melancholy strain;

Oh listen! for the vale profound

Is overflowing with the sound.

첫째 연을 보고 나서 그는 갑자기 특별한 생각없이 한장을 넘겨 세번째 연을 보았다.

Will no one tell me what she sings?

Perhaps the plaintive numbers flow

For old, unhappy, far-off things,

And battles long ago:

Or is it some more humble lay,

Familiar matter of today?

Some natural sorrow, loss, or pain,

That has been, and may be again?

이것도 요즘 그의 습관이었다. 책을 볼 때 차례차례 보지 않는 것이다. 몇백 페이지짜리 두꺼운 책은 말할 것도 없고 에머슨의 『자연론』(*On Nature*)이나 소로우의 『소요유』(*Excursion*) 같은 몇십 페이지짜리 얇은 책도 처음부터 끝까지 한편을 다 읽은 적이 없다. 처음 책을 펴서 네댓 줄이나 한두 페이지 읽고 그 책에 감동받으면 단숨에 그 책을 뱃속에 삼키고 싶어 안달하다가도 서너 페이지를 읽고 나서는 아쉬운 생각이 들었다. 그는 속으로 이렇게 말했다.

"이런 좋은 책은 단숨에 다 읽으면 안된다. 두고두고 천천히 음미하듯 읽어야 한다. 단번에 다 읽어버리면 내 열망도 사라질 것이다. 그럴 때 내게는 희망도, 꿈도 사라진다. 어떻게 그럴 수 있겠는가?"

그는 머리로는 이렇게 생각하지만 사실 속으로는 벌써 싫증을 내고 있었다. 그제야 그는 책을 한쪽으로 밀어놓고는 더이상 보지 않았다. 그리고 며칠 혹은 몇시간이 지난 뒤 예전에 그 책을 읽을 때처럼 끓어오르는 열정으로 다른 책을 읽었다. 그리고 며칠 혹은 몇시간 전에 그를 그렇게 감동시켰던 그 책은 어쩔 수 없이 잊혀졌다.

소리높여 워즈워스의 시 두 연을 읽은 뒤 그는 이 시를 중국어로 번역하기 시작했다.

「고독한 고원에서 수확하는 사람」

그는 "The Solitary Highland Reaper"란 시 제목을 이렇게 번역하는 수밖에 없다고 생각했다.

저 여자를 보라, 혼자서 초원에

저기 저 고원의 여자를 보라, 그녀는 홀로 쓸쓸히

그녀는 수확을 하며 끝없이 노래한다

멈추었다가 지나가는 아름답고 부드러운 모습

그녀 혼자서 벼를 베고 벼를 묶는다
그녀가 부르는 민가는 구슬프고
들어보라, 들어보라 저 아득한 깊이를
온통 그녀의 맑은 노래 소리뿐

누가 알까, 그녀가 무슨 노래를 부르는지
그녀가 중얼거리는 것은
옛사람들의 슬픈 사랑노래일까
무너진 왕조의 전쟁과 천군만마 이야기일까
거리에 떠도는 유행가일까
요즘 집안 이야기일까?
아니면 타고난 슬픔, 필연적인 상실, 당연한 비애
과거의 것들이지만 미래에 누군가 꼭 겪을.

그는 단숨에 번역을 하고는 돌연 재미가 식어 스스로를 비웃으며 말했다.

"이까짓 게 무엇이란 말인가? 교회 찬송가처럼 딱딱하지 않은가? 영국 시는 영국 시이고 중국 시는 결국 중국 시인데 번역해서 무엇 할 것인가?"

이렇게 중얼거리고는 자기도 모르게 미소를 지었다. 주위를 둘러보니 태양은 이미 기울었다. 드넓은 들판의 저쪽, 그리고 서쪽 지평선에 높은 산이 하루의 석양을 듬뿍 안고 떠 있다. 흐릿한 안개가 산 주위를 감싸고 보라색인 듯하면서도 아니고 붉은 듯하면서도 그렇지 않은 빛깔을 비추고 있다.

한참을 그렇게 정신을 놓고 서 있을 때 '으흠' 하는 기침소리가 났다.

뒤에서 한 농부가 다가왔다. 돌아보니 미소를 짓고 있던 그의 얼굴이 우울한 표정으로 바뀌었다. 웃는 모습을 남에게 보이지 않으려는 눈치였다.

2

그의 우울증은 갈수록 심해졌다.

그는 학교에서 배우는 교과서가 양초를 씹는 것처럼 하나도 재미가 없었다. 화창한 날이면 즐겨 읽는 문학책을 들고서 인적이 드문 산이나 호수로 가서 고독에 심취했다. 천지가 온통 적막한 시간, 하늘과 물이 서로를 비추는 곳에서 그는 풀과 나무, 벌레와 고기를 보고 하얀 구름과 푸른 하늘을 보면서 자신이 높은 곳에 우뚝 선 고고한 현인이고 세상에 홀로 초연한 은자(隱者)라고 생각했다. 한번은 산에서 농부를 만났는데 그는 스스로를 차라투스트라라고 여기면서 차라투스트라가 한 말을 농부에게 했다. 그의 과대망상증도 우울증에 비례하여 하루하루 더 심해졌다. 그는 사오일씩 연달아 학교에 가지 않은 적도 있었다.

어쩌다 학교에 가면 사람들이 그를 보는 것만 같았다. 그는 친구들을 이리저리 피했지만 어디를 가든 친구들의 악의에 찬 눈길이 그의 눈에 꽂히는 것 같았다.

수업 시간에 그는 반 친구들 중간에 앉아 있으면서도 심하게 고독을 느꼈다. 많은 사람들 속에 있을 때 느끼는 고독은 혼자 쓸쓸한 곳에 있을 때보다 더 견디기 힘들었다. 그의 친구들은 다들 열심히 즐겁게 강의를 들었지만 그 혼자만 몸이 강의실에 있어도 마음은 날아가는 구름이나 번개처럼 끝없이 공상에 빠졌다.

다행히 수업끝 종이 울렸다! 선생이 나간 뒤 친구들은 웃고 떠들기도 하고 잡담을 나누기도 했다. 다들 봄날 참새처럼 즐거웠다. 그 혼자만 인상을 찌푸린 채 혀에 천근짜리 돌이라도 매단 듯이 한마디도 하지 않았다. 그도 친구들이 다가와 말을 걸어주었으면 하고 바랐지만 친구들은 다들 자기 일만 하면서 즐거워했고, 그의 찌푸린 얼굴을 보고는 고개를 돌리고 가버렸다. 그래서 그는 친구들을 더욱 원망했다.

"저들은 다 일본사람이다. 그들은 다 나의 원수다. 내 언젠가 기필코 복수할 테다. 기어이 원수를 갚고 말 것이다."

비분강개할 때마다 이런 생각을 했다. 하지만 진정하고 나면 다시 자기 말을 비웃지 않을 수 없었다.

"그들은 일본사람이다. 그들이 너를 동정하지 않는 것은 당연하다. 네가 그들의 동정을 받고 싶어하기 때문에 그들을 원망하는 것이다. 이것은 너의 잘못 아닌가?"

친구들 중에도 먼저 나서기를 잘하는 사람이 있었다. 간혹 그에게 다가와 우스운 이야기를 하기도 했는데 그럴 때면 더없이 감격하여 그 친구와 속깊은 이야기를 나누고 싶었지만 입으로는 아무 말도 나오지 않았다. 결국 그를 이해해주던 몇몇마저도 어쩔 수 없이 그와 멀어졌다.

일본인학교 친구들이 웃으면 그들이 혹시 자신을 비웃는 것이 아닐까 늘 의심이 생겨 어느새 얼굴이 빨개졌다. 그들이 이야기를 하다가 우연히 그를 보기만 해도 바로 얼굴이 붉어졌다. 그들이 자기 이야기를 하고 있다고 생각한 것이다. 그와 친구들 사이의 거리는 갈수록 멀어졌다. 친구들은 다들 그가 고독을 좋아한다고 생각하고는 그에게 다가오려 하지 않았다.

어느날 수업이 끝나고 그는 책가방을 끼고서 여관으로 돌아왔다. 일본학생 세 명과 함께였다. 그가 하숙하고 있는 여관에 도착할 무렵 붉은 치마를 입은 여학생 둘이 갑자기 그의 앞에 나타났다. 도심 밖의 이런 교외에서 여학생을 본 적이 없어서 두 여학생을 보자마자 숨이 가빠졌다. 그들 네 사람과 두 여학생이 스쳐지나갈 때 같이 가던 세 일본인 친구들이 여학생들에게 물었다.

"너희들 어디 가니?"

두 여학생이 애교 띤 목소리로 대답했다.

"몰라!"

"몰라!"

일본인 친구 세 명은 크게 웃음을 터뜨리면서 우쭐해했다. 그 혼자만 자신이 그녀들하고 이야기라도 나눈 것처럼 부끄러워했고 재빨리 하숙집으로 뛰어들어가버렸다. 자기 방에 들어와서는 책가방을 타따미 바닥에 냅다 팽개치고는 바닥에 누웠다. 그의 가슴은 아직도 쿵쾅거렸다. 한손을 베개 삼아 받치고 다른 손을 가슴에 대고는 자신을 경멸하며 말했다.

"이 비겁한 놈!"

"부끄러워 고개도 들지 못했으면서도 후회는 또 뭐야?"

"후회할 거였으면 왜 그때 용기를 내지 못했어? 그이들하고 한마디도 못했느냐고?

"Oh, coward, coward!"

이렇게 말하자 문득 그 두 여학생의 눈길이 떠올랐다.

그 생기넘치던 두 쌍의 눈!

그 두 쌍의 눈에는 분명 기뻐하는 기색이 있었다. 하지만 다시 자세히 생각해보고는 소리를 지르며 말했다.

"바보, 바보! 그들이 생각이 있다고 해도 그게 너하고 무슨 상관이야? 그 여학생들이 추파를 보낸 상대는 일본인 친구들 세 명이었잖아?

아아! 아! 그 여학생들은 벌써 알고 있었다. 내가 지나인(支那人, 당시 일본인들이 중국인을 멸시하여 지나인이라고 불렀다—옮긴이)이라는 것을. 그렇지 않으면 왜 그 여학생들이 내게 눈길을 주지 않았단 말인가! 복수다 복수, 나는 기어이 그 여학생들에게 복수를 하고 말 것이다."

여기까지 말하자 불처럼 뜨거운 그의 이마에 얼음처럼 차가운 눈물이 몇방울 흘러내렸다. 그는 상심이 극에 달했다. 그날 밤, 그의 일기에는 이렇게 적혀 있었다.

나는 무엇 때문에 일본에 왔고, 나는 무엇 때문에 공부를 하는가. 일본에 온 이상 저들 일본인들에게 멸시를 받는 것은 자연 어쩔 수 없다. 중국이여, 중국이여! 너는 왜 부강하지 못한가, 나는 더이상 참을 수가 없다.

고향에 어찌 아름다운 산과 물이 없을 것인가? 고향에 어찌 꽃처럼 예쁜 여인이 없을 것인가? 나는 무엇 때문에 이 동해의 섬나라에 왔는가!

일본에 왔으면 그만이지, 무엇 때문에 이 빌어먹을 고등학교에 들어왔는가? 여기서 다섯 달 동안 공부하고 돌아간 사람들은 지금 다른 곳에서 재미를 보면서 잘살고 있지 않는가? 오륙년의 세월을 나더러 어떻게 견디란 말인가? 온갖 고생을 다하고 십수년 동안 공부한 뒤 귀국을 하면 그런 엉터리 유학생들보다 분명 더 나을 수 있을 것인가?

인생 백년, 하지만 젊은 날은 불과 칠팔년이다. 이 가장 순수하고 가장 아름다운 칠팔년을 나는 이 무정한 섬나라에서 허무하게 보내야 하다니, 불쌍하게도 나는 벌써 스물한살이다.

고목의 스물한살!

식어버린 재인 스물한살!

차라리 돌덩이로 변하는 게 낫겠다. 꽃피는 날들이 내게는 없으려
나보다.

지식도 필요없다. 명예도 필요없다. 오직 나의 마음을 위로해주고
나를 이해해줄 '마음'을 바랄 뿐이다. 불타오르는 심장! 그 불타오르
는 심장에서 나오는 동정! 동정에서 나오는 사랑!

내가 바라는 것은 사랑이다!

어느 아름다운 여인이 있어 나의 고초를 이해해준다면 그녀가 나
를 죽인다 해도 나는 기꺼이 그러겠다.

어느 부인이 있어 그녀가 예쁘든 추하든 진심과 진정으로 나를 사
랑해준다면 나는 그녀를 위해 죽겠다.

내가 바라는 것은 이성의 사랑이다!

하늘이여, 하늘이여, 나는 결코 지식을 바라지 않습니다. 나는 결
코 명예를 바라지 않습니다. 나는 저 무용한 금전도 바라지 않습니
다. 당신이 내게 에덴동산의 이브를 내려주시어 그녀의 육체와 영혼
을 모두 내게 깃들게 해주신다면 나는 그것으로 만족합니다.

3

그의 고향은 푸춘 강 가에 있는 조그만 도시다. 항저우까지 물길로
불과 팔구십리다. 이 강은 안후이 성에서 발원하여 저장 성을 관통해
흐르는데 강의 생김이 구불구불하여 경치가 언제나 새롭다. 당나라 때
한 시인은 이 강을 두고 '그림 같은 강(一川如畵)'이라고 찬탄했다. 그
는 열네살 때 어떤 선생더러 '일천여화'란 네 글자를 써달라고 해서 그

의 공부방에 걸었다. 그의 공부방에는 그 강으로 난 작은 창이 있어서 였다. 공부방이 크지는 않았지만 바람이 불든 비가 오든 흐리든 맑든, 그리고 봄과 가을에는 아침, 저녁으로 경치가 유명한 등왕각(藤王閣) 에 비길 정도로 훌륭했다. 그 조그만 공부방에서 열 몇해를 보내고서 야 형을 따라 일본에 유학왔다.

그는 세살 때 아버지를 잃었는데, 그즈음 그의 집은 견디기 힘들 정 도로 지독히 가난했다. 큰형은 어렵게 일본 W대학을 나와 뻬이징에 돌아와 진사시험에 합격하여 법무부에 배치를 받았는데, 두 해가 못 되어 우창혁명(1911년 신해혁명—옮긴이)이 일어나버렸다. 당시 그는 현 립(縣立) 소학교를 졸업하고 중학교를 이곳저곳 옮겨다니던 중이었다. 그의 집안사람들은 다들 그가 진득하지 못하다고 나무라면서 너무 제 멋대로라고 했다. 하지만 그의 말에 따르면 자기는 다른 학생들과 달 라서 한곳에서 차분히 공부를 할 수 없다는 것이었다. 그래서 그는 K 부(府)의 부속중학교에 들어가서 채 반년도 다니지 않고 갑자기 H부 부속중학으로 옮겼고, 삼 개월 다니다가 혁명이 났다. H부 부속중학이 휴교를 하자 그는 다시 작은 공부방으로 돌아왔다. 그 이듬해 봄, 열일 곱살이 된 그는 대학 예과에 들어갔다. 그 대학은 항져우 성 밖에 있었 는데 미국 장로회에서 돈을 기부해 세운 학교여서 억압적인 분위기가 물씬 풍겼다. 학생들의 자유는 바늘구멍처럼 작았다. 수요일에는 예배 가 있었고 일요일에는 밖으로 놀러가지도 못하게 하고 집에서 다른 책 을 보는 것도 금지였다. 찬송가를 부르고 기도하는 것 말고는 신구약 을 보는 것만 허락되었다. 매일 아침 아홉시에 일어나 아홉시 이십분 까지 예배를 보아야 하고 예배에 가지 않으면 점수를 깎였다. 그는 학 교 인근의 산수자연을 무척 좋아했지만 마음속에는 늘 반항심으로 차 있었다. 그는 자유를 사랑했고 그런 미신의 속박에 아무래도 복종을 할 수가 없었다. 다닌 지 반년이 안되었을 무렵 그 대학 주방요리사가 교장의 힘을 믿고 학생을 때렸다. 참지 못한 학생들 몇이 교장에게 이야기를 했는데 교장은 도리어 학생들이 잘못했다고 했다. 그는 그 일을 보고 너무 말이 되지 않는다고 생각했고 즉시 자퇴하고는 집에 돌아와 그 조그만 공부방으로 갔다. 그때는 벌써 유월 초였다.

집에서 삼 개월을 보낸 뒤 가을바람이 푸츈 강에 불어오고 강둑의 푸른 나무들이 시들어갈 무렵 다시 배를 타고 푸츈 강에서 내려 항져우로 갔다. 마침 스파이러우의 W중학이 편입생을 모집해서 그 학교에 가 M교장을 만났다. 그의 이력을 M교장 부부에게 이야기하자 M교장은 최상급반에 넣어주었다. 알고 보니 이 W중학도 미션스쿨이었고, M교장은 얼뜨기 미국선교사였다. 보아하니 이 학교는 H대학보다도 못했다. 천박한 교무주임—알고 보니 H대학 졸업생이었다—과 한바탕하고는 이듬해 봄에 나와버렸다. W중학을 그만둔 뒤 항져우에 있는 학교들을 둘러보았지만 모두 그의 마음에 차지 않았다. 그래서 더이상 학교에 들어가지 않기로 했다.

바로 그때 그의 큰형도 뻬이징에서 쫓겨났다. 그의 큰형은 무척 곧은 사람이었고 정부부처에서 일하는 동안 사심이라곤 전혀 없었다. 더구나 다른 부서 사람들보다 학식도 깊어서 부서 위아래 사람들이 다 그를 시기했다. 어느날 모 차장의 아는 사람이 찾아와서 그에게 한자리를 달라고 했는데 그는 고집스럽게 들어주지 않았다. 결국 그 일로 차장과 다투었고 며칠 지나서 형은 사표를 내고 법원으로 옮겨 법관이 되었다. 그의 둘째형은 그때 샤오싱에 있는 군대의 장교였다. 둘째 형은 군인 기질이 강하고 돈을 물쓰듯 했으며, 의협심이 강한데다 젊은이들과 사귀기를 좋아했다. 그들 삼형제는 그때까지 뜻대로 일이 풀리지 않아 동네 사람들이 그들 집안의 운세가 다했다고 입방아를 찧었다.

그는 집으로 돌아간 뒤 밤낮을 자신의 작은 공부방에서 칩거했다. 그의 할아버지와 큰형이 모아둔 책들이 그의 훌륭한 스승이자 다정한 벗이었다. 그의 일기에는 날마다 시가 적혔다. 어떤 때는 화려한 문장으로 소설을 쓰기도 했다. 소설에서 그는 자신을 정이 넘치는 용사로 만들기도 하고 이웃집 과부의 두 딸들을 귀족의 후손으로 만들기도 하고 고향 경치를 전원의 아름다운 풍경으로 만들기도 했다. 흥이 날 때는 자신이 쓴 소설을 간단한 외국어로 번역하기도 했다. 그의 환상은 갈수록 커져갔고 우울증도 아마 이때 싹트기 시작했을 것이다.

집에서 반년을 보낸 뒤 칠월 중순이 되어 그는 큰형의 편지를 받았다.

"법원에서 곧 일본 사법업무 시찰단을 파견하려 하는데 법원장에게 내가 일본에 가겠다고 했다. 며칠 안에 결정이 날 것이다. 일본으로 가기 전에 잠시 집에 갈 것이다. 셋째도 집에 있는 것이 결코 상책은 아니니, 이번에 너를 데리고 일본에 가야겠다."

이 편지를 받고 그는 큰형이 오기를 날마다 손꼽아 기다렸다. 구월 하순이 되어서야 그의 형과 형수가 뻬이징에서 왔다. 한달 동안 있다가 그는 큰형, 큰형수와 함께 일본으로 갔다.

일본에 온 뒤 그의 dreams of the romantic age('낭만적인 나이의 꿈' — 옮긴이)에서 아직 깨어나지 않은 채 어물어물 육 개월이 지난 뒤 토오꾜오 제1고등학교에 들어갔다. 열아홉살 가을이었다.

제1고등학교 개학이 다가올 무렵 그의 큰형은 돌아오라는 법원장의 지시를 받았다. 큰형은 그를 한 일본인 집에 맡겼다. 며칠 뒤 큰형과 형수, 새로 태어난 조카딸은 귀국했다.

토오꾜오 제1고등학교는 예과과정이 있었는데 중국 학생들을 위해 특별히 설치한 것이다.

여기 예과에서 일년 동안 준비하고 졸업을 해야만 각지 고등학교의 정식과정에 들어가서 일본 학생과 함께 공부할 수 있었다. 그는 예과에서는 문과를 택했지만, 졸업할 때는 큰형이 의과로 바꾸라고 하고 그도 당시에는 자기 생각이 없어서 큰형 말대로 의과로 바꾸었다.

예과를 마친 뒤, N시에 있는 고등학교가 가장 최근에 설립되었고 N시는 일본에서 미인들이 가장 많은 곳이라는 이야기를 듣고는 N시 고등학교로 가겠다고 했다.

4

스무살이 된 그해 팔월 이십구일 밤, 그는 토오꾜오 중앙역에서 야간열차를 타고 N시로 갔다.

그날은 음력 초사나흘쯤이었을 것이다. 우단 같기도 하고 푸르면서도 자줏빛을 띤 하늘에는 별들이 흩뿌려져 있었다. 서쪽 하늘 모퉁이에 걸려 있는 초승달은 화장을 하지 않은 선녀의 눈썹 같았다. 그는 혼자 삼등열차의 차창에 기대어 말없이 창밖 인가의 등불을 세었다. 기차는 어두운 밤공기 사이로 한곳 한곳을 지나 앞으로 나아갔고 도시의 불빛도 하나하나 흐려지자 그의 가슴에 불현듯 슬픔이 일었고, 그의 눈시울이 갑자기 뜨거워졌다.

"Sentimental, too sentimental!"

이렇게 소리치며 눈물을 닦고는 스스로를 비웃었다.

"토오꾜오에 두고 온 애인도 없고 형제도 아는 사람도 없는데 도대체 너는 누구 때문에 우는 것인가! 지난 생활에 대한 감상 때문인가, 일년 동안 산 미련 때문인가? 하지만 평소에 넌 토오꾜오를 사랑하지 않는다고 말하지 않았던가? 아, 일년이나 살았는데 어떻게 정이 없을 것인가. '꾀꼬리와 오래 지냈더니 정이 들어 이별하자니 지저귀며 우는구나'라는 옛날 시구 그대로다."

두서없이 한참 동안 이런저런 생각에 잠겨 있다가 문득 처음 신대륙 땅을 밟았던 청교도들을 떠올렸다.

"십자가를 진 그 떠돌이들도 고향 바닷가를 떠날 때 나처럼 비장하기 그지없었을 것이다."

기차가 요꼬하마를 지나서야 그의 감정이 차츰 평정을 찾기 시작했다. 멍하니 앉아 있다가는 엽서 한장을 꺼내 하이네(Heine) 시집을 받치고 토오꾜오에 있는 친구에게 시를 적었다.

눈썹 같은 달 버들가지 끝에 걸릴 때
정든 집을 떠나 세상 끝으로 간다
주위 술집은 술내기하느라 시끄럽고
거리 등불은 차를 좇아 멀리까지 환하다
이리저리 떠도는 소년은 눈물도 없고
가난한 신세 짐은 헌책뿐
늦은 밤 갈대뿌리에 가을 물이 오르고
그대에게 기대 남쪽 포구에서 한쌍의 물고기를 찾는다

흐릿한 전등불 아래서 말없이 한동안 앉아 있다가 하이네 시집을 펼쳤다.

Lebet wohl, ihr glatten Säle!

Glatte Herren, glatte Frauen!

Auf die Berge will ich steigen,

Lachend auf Euch niederschauen!

Heine's Harzreise

천박한 세상
무정한 남녀들
저 은연한 푸른 산을 보라
나는 바람을 타고 날아서
가리라
나는 저 높은 봉우리에서
그대들의 마지막을 웃으며 지켜보리라

단조로운 기차바퀴 소리가 계속해서 그의 귓전으로 날아왔다. 그는 채 삼십분이 못되어 그렇게 잠을 재촉하는 기차바퀴 소리의 유혹에 이끌려 꿈같은 신선의 경지로 빠져들었다.

새벽 다섯시, 하늘이 점점 밝아왔다. 차창으로 밖을 내다보니 푸른 하늘은 아직도 밤빛에 둘러싸여 있었다. 머리를 내밀고 내다보니 엷은 안개가 자연의 그림이 되어 뒤덮고 있었다. 그는 생각했다.

"오늘은 맑은 가을날의 좋은 날씨구나. 내가 박복하지는 않네."

한시간쯤이 지나자 기차가 N시의 역에 도착했다.

기차에서 내린 그는 역에서 한 일본학생을 만났다. 그 학생 모자에 하얀색 줄이 둘 있는 것을 보니 그도 고등학교 학생이었다. 그는 다가가서 모자를 벗고는 그 학생에게 물었다.

"제 X고등학교가 어디에 있지요?"

그 학생이 대답했다.

"저랑 같이 가시지요."

그는 그 학생을 따라 기차역을 나와 역앞에서 전차를 탔다.

이른 새벽이어서 N시의 가게들은 아직 문을 열지 않았다. 그는 일본 학생과 같이 전차를 타고 싸늘한 거리를 몇개 지나서 쓰루마이(鶴舞) 공원 앞에서 내렸다. 그는 일본학생에게 물었다.

"학교는 아직 멀었나요?"

"이리쯤 더 가야 합니다."

공원을 가로질러 논 사이로 난 좁은 길을 걸어가는데 해가 벌써 솟아 있었다. 볏잎에 맺힌 이슬이 보석 같았다. 앞쪽에 숲이 하나 있고, 숲 그늘 사이로 듬성듬성 농가 몇채가 눈에 들어왔다. 농가 지붕 위로 난 굴뚝 서너 개에서 엷은 연기가 푸른 새벽 대기 속으로 올라갔다. 한 줄기, 두 줄기 연기가 향로 향처럼 흔들렸다. 농가에서 아침을 짓고 있었다.

학교 인근의 여관에 도착해보니 일주일 전에 부친 짐은 벌써 도착해 있었다. 전에 중국인 학생이 이 집에 묵은 적이 있어서 주인은 정성스럽게 대해주었다. 그 집에 묵은 그날부터 이제 그에게는 수많은 즐거운 날들이 기다리고 있는 듯했다.

하지만 그런 앞날에 대한 희망은 첫날밤, 눈앞의 차가운 현실에 조롱당했다. 원래 그의 고향도 작은 도시였다. 토오꾜오에 온 뒤 인산인해를 이룬 사람들 속에서 늘 고독을 느끼기는 했지만 어렸을 때와 크게 다름없이 지냈다. 그런데 이곳 N시의 시골에서 그가 묵고 있는 여관은 외딴 인가로 인근에 이웃이 하나도 없었다. 왼쪽 문 바깥쪽으로 큰길 하나가 있을 뿐, 앞뒤는 죄다 논이었고 서쪽은 연못이었다. 더구나 학교가 아직 개학을 하지 않아 다른 학생들이 없어서 넓은 여관에 손님이라곤 그 혼자였다. 낮에는 그래도 그럭저럭 지냈지만 밤이 되면 창문을 열고 내다보아도 사방이 다 무겁게 가라앉은 어두운 그림자뿐이었다. 더구나 N시 인근은 넓은 들판이어서 아무리 둘러보아도 사면에 거치는 것 하나 없었고, 멀리 등불 하나가 깜빡거리는 것이 숲에는 귀기(鬼氣)가 감돌았다. 천장에는 쥐가 들끓어 찍찍거리며 먹이싸움을 했다. 창밖에는 오동나무 몇그루가 있어서 미풍에 잎이 흔들리면서 끝없이 서걱거렸고, 그는 이층에 묵고 있어서 오동잎 소리가 귓가에 더 가까이 들렸다. 그는 무서워서 거의 울 지경이었다. 도시에 대한 향수병(nostalgia)이 그날 밤보다 더 심했던 적은 없었다.

학교가 개학을 하고 친구들도 많아졌다. 감수성이 풍부한 그의 성품은 하늘과 땅과 숲과 나무와 물과 잘 어울렸다. 반년이 채 안되어 그는 대자연의 총아로 변했고 한순간도 자연의 정취를 떠날 수가 없게 되었다.

그의 학교는 N시 밖에 있었고, N시 인근은 아까 이야기한 그 큰 들판이어서 사방이 지평선이었고 끝없이 드넓었다. 당시는 일본의 공업이 아직 제대로 발달하지 않고 인구도 지금처럼 많지 않아서 학교 인근에는 숲과 공터가 널려 있고 작은 구릉이 많았다. 학생들을 보고 장사하는 문방구나 식당 몇곳을 빼고는 인근에 주민들이 없었다. 황량한 세상천지에 학생을 상대하는 여관집 몇개만이 새벽하늘의 별처럼 보리밭 참외밭 가운데 듬성듬성 흩어져 있었다. 저녁밥을 먹고서 검정 망또를 걸친 채 좋아하는 책을 들고서 뉘엿뉘엿 저물어가는 노을 속을 여유롭게 걷는 것이 여간 즐겁지 않았다. 전원을 좋아하는 그의 취미도 이런 idyllic wanderings('목가적인 산책' —옮긴이)에서 생겨났을 것이다.

생활은 특별히 별난 것이 없었다. 여유롭게 자유로워서 마치 중세나 고대로 돌아간 것 같았다. 세상 공기가 순하고 시정잡배들과 섞이지 않을 수 있는 고요하고 정갈한 곳이었다. 하루하루가 꿈같았다. N시에 온 뒤로 눈 깜짝할 사이에 벌써 반년이 지났다.

밤으로 낮으로 따뜻한 바람이 불어오고 풀빛이 점점 푸르러갔다. 여관 인근 보리밭의 보리 이삭도 한뼘 한뼘 자랐다. 풀과 나무, 벌레와 물고기들도 자랐고, 그가 조상에게서 물려받은 고민도 날마다 늘어갔다. 그가 매일 아침 이불 속에서 저지르는 죄악도 갈수록 늘어갔다.

그는 원래 고상하고 깨끗한 것을 지극히 좋아하지만, 일단 그런 나쁜 생각이 들자 지성의 힘도 소용이 없었고, 그의 양심도 마비가 되었다. 그가 어려서부터 가슴에 새겨왔던 "몸은 부모에게 받은 것이니 감히 훼손치 않음이 효의 시작이니라(身體髮膚 受之父母, 不敢毀傷 孝之始也)"라는 성인의 말씀도 돌아볼 겨를이 없었다. 그는 죄를 저지르고 나서는 어김없이 깊이 후회하고 자책하고는 이를 악물고 다음에는 절대 이런 짓을 하지 않겠노라고 다짐하지만, 다음날이면 어김없이 수많은 환상들이 다시 그의 눈앞에 생생하게 펼쳐지곤 했다. 그가 평소에 떠올리는 이브의 후손들은 다들 노골적으로 그를 유혹했다. 중년이 넘은 여성의 몸으로 그의 머리에서 처녀들보다 더 도발적으로 그의 정욕을 꼬드겼다. 이렇게 한 번이 두 번이 되고, 두 번이 습관이 되었다. 죄를 저지르고 나서는 도서관에 가서 의학서적을 찾았다. 의학서적에는 죄다 이런 죄는 몸에 가장 해롭다고 적혀 있었다. 그후 그의 공포는 갈수록 커져갔다. 하루는 어디에서인지 모르지만, 아마도 책에서였던 것 같은데, 러시아 근대문학의 창시자인 고골도 이런 병에 걸려 죽을 때까지 고치지 못했다고 들었다. 고골을 생각하면 마음이 좀 놓이기도 했다. 『죽은 영혼』을 쓴 대작가가 그와 같아서였다. 하지만 어디까지나 스스로 위안을 삼은 것일 뿐, 그의 가슴에는 깊은 걱정이 여전했다.

그는 깨끗한 것을 무척 좋아해서, 날마다 샤워를 했고, 몸을 몹시 아끼는 사람이어서 날마다 날달걀 몇개와 우유를 먹었다. 하지만 샤워하러 가거나 우유와 계란을 먹을 때면 늘 몹시 부끄러웠다. 그것이 다 죄의 증거이기 때문이었다.

하루하루 몸이 허약해지는 것 같았다. 기억력도 하루하루 감퇴되었다. 다른 사람을 만나기도 두려워지고 여자 앞에서는 더욱 어쩔 줄을 몰랐다. 학교 교과서도 점점 싫어졌고, 프랑스 자연파의 소설과 중국의 유명한 음란소설만 읽고 또 읽어서 거의 외울 정도였다.

어떤 때는 멋들어진 시를 한수 짓고는 자신의 머리가 아직 파괴되지 않았다면서 혼자 한없이 기뻐했다. 그럴 때마다 스스로에게 맹세를 했다.

"내 머리는 아직 쓸 만해. 이런 시도 쓸 수 있고. 이제 다시는 죄를 짓지 않을 것이다. 지난 일은 어쩔 수 없고, 이제 다시는 결코 죄를 짓지 않을 것이다. 지금부터 새롭게 출발한다면 내 머리는 괜찮을 것이다."

하지만 다급해지면 맹세는 다시 잊혀졌다.

매주 목요일, 금요일이나 매월 26, 27일에 되면 그는 아예 마음껏 탐닉했다. 속으로 다음주부터나 다음달부터는 결코 죄를 저지르지 않을 것이라고 생각해서였다. 토요일 밤이나 말일 밤에 머리를 깎고 샤워를 하여 잘못을 고치고 새로워지겠다는 약속으로 삼으려고도 해보았지만, 며칠이 지나면 또다시 어쩔 수 없이 달걀을 먹고 우유를 먹곤 했다.

자책과 공포 때문에 하루도 마음 편할 날이 없었다. 우울증도 이 때문에 더욱 심해졌다. 이런 상태가 한두 달 동안 계속되었고 학교는 여름방학을 했다. 여름방학 두 달 동안 그의 고민은 보통 때보다 더 심해졌다. 개학했을 때 그의 두 볼은 홀쭉해졌고 광대뼈는 튀어나왔다. 잿빛 눈두덩은 더욱 퀭해졌고 앙상해졌다. 총총하게 빛나던 두 눈은 죽은 생선 눈깔로 변해 있었다.

5

다시 가을이 왔다. 끝없는 창공은 나날이 높아갔다. 여관 옆의 논들도 황금색을 띠었다. 아침저녁으로 차가운 바람이 칼처럼 사람의 몸과 마음을 베었다. 가을과 겨울의 아름다운 날들이 바야흐로 멀지 않았다.

일주일 전 어느날 오후, 그는 워즈워스의 시집을 들고 논두렁을 여유롭게 한참 동안 걸었다. 그날 이후 순환성우울증이 그의 몸을 떠나지 않았다. 더구나 며칠 전 길에서 만난 두 여학생이 그의 머리에 맴돌아서 가만있을 수가 없었다. 그날 일을 생각하면 그는 지금도 얼굴이 달아올랐다.

그는 요즘 어디를 가도 편하지가 않고 불안했다. 학교에서는 일본인 친구들이 그를 따돌리는 것만 같았다. 몇명 있는 중국학생들을 만난 지도 오래였다. 중국인 친구를 찾아갔다가 돌아오면 마음이 더욱 공허했다. 중국 친구들은 늘 그를 이해해주지 않았다. 그가 친구들을 찾아갈 때는 동정을 받고 싶어서였는데 찾아가서 몇마디 하다 보면 도리어 잘못 찾아왔다고 후회가 되었다. 친구들과 죽이 맞아 기분이 나서 그의 생활을 모두 친구들에게 이야기할 때도 있었다. 결과는 괜히 말했다는 후회뿐이었고, 친구들을 찾아가지 않았을 때보다 자책감이 더했다. 어떤 중국 친구들은 그가 미쳤다고 말하기도 했다. 그 말을 듣고서 그런 말을 하는 중국학생들에게도 일본학생들에게처럼 복수심이 일었다. 그는 중국인 친구들과 갈수록 멀어졌다. 길에서 학교에서 마주쳐도 중국학생들과 아는 체를 하지 않았다. 중국유학생회가 있어도 당연히 가지 않았다. 그는 중국인 동포들과 원수가 되었다.

중국인 친구들 가운데 이상한 인간이 하나 있었다. 자기 결혼이 도덕적으로 문제가 있어서 남의 추문을 입에 올리며 자기 허물을 감추려 하는 자였는데, 그가 미쳤다고 말하고 다닌 것도 그 친구였다.

사람들과 교제를 끊은 뒤 금방 죽을 것처럼 외로웠는데 다행히 묵고 있는 여관집 주인의 딸이 있었다. 그의 마음이 그녀에게 끌렸다. 그러지 않았다면 자살했을 것이다. 주인의 딸은 올해 열일곱살이었다. 갸름한 얼굴에 눈이 상당히 컸고, 웃을 때면 두 볼에 보조개가 생기고 금니가 보였다. 그녀 스스로도 자기 웃는 모습이 귀엽다고 생각해서 평소에 자주 웃었다.

그는 속으로는 그녀를 몹시 좋아하면서도 밥을 가져다줄 때나 이불을 깔아줄 때 부러 무관심한 척했다. 속으로는 몇마디라도 이야기를 나누어보고 싶었지만 그녀만 보면 입이 떨어지지 않았다. 그녀가 방으로 들어오면 숨이 턱 막혔다. 그녀 앞에 있는 것이 정말 고통이어서 그녀가 방에 들어오면 밖으로 나갈 수밖에 없었다. 하지만 그녀를 사모하는 마음은 갈수록 더했다. 어느 토요일 저녁, 여관 학생들이 다들 N시로 놀러갔다. 그는 형편이 좋지 않아서 저녁을 먹고는 위쪽 호수에 갔다가 숙소로 돌아와 멀뚱하니 앉아 있었다.

한참을 그렇게 앉아 있었고, 그 넓은 이층에 그 혼자인 것 같았다. 한참을 그러고 앉아 있자니 지루해져서 다시 밖에 나가고 싶었다. 그런데 밖으로 나가려면 주인 방 앞을 지나쳐야 했다. 주인과 딸의 방이 대문 옆에 있어서였다. 그가 집에 들어올 때, 주인과 딸은 방에서 밥을 먹고 있었다. 그녀 앞을 지나칠 생각을 하자 밖에 나가고 싶은 마음도 사라졌다.

죠지 기씽(G. Gissing)의 소설을 꺼내 3, 4페이지나 읽었을까, 조용한 공기에 돌연 쏴아 하고 물 끼얹는 소리가 들렸다. 가만히 기울여보고는 숨이 갑자기 가빠지고 얼굴이 붉어졌다. 잠시 넋을 놓고 있던 그는 조용히 방문을 열고 발소리를 죽이면서 살금살금 계단을 내려갔다. 살며시 화장실로 들어간 뒤 서서 화장실 유리창으로 훔쳐보았다. 그 여관의 욕실은 화장실 옆에 있었고 화장실 유리를 통해 욕실의 움직임을 볼 수 있었던 것이다. 처음에는 그냥 한번 보고 갈 생각이었지만 일단 보고나자 못에라도 박힌 듯이 꿈쩍하지 않았다.

저 눈 같은 젖가슴!

저 희고 통통한 허벅지!

저 온몸의 곡선!

숨이 막혔다. 한참을 자세하게 뜯어보았다. 그의 얼굴 근육에 경련이 일어났다. 보면 볼수록 경련이 심해져서 그만 이마를 유리에 부딪히고 말았다. 수증기에 둘러싸여 있던 벌거벗은 이브가 애교스러운 목소리로 말했다.

"누구세요?……"

그는 소리를 죽이고는 급히 화장실을 빠져나와 이층으로 한걸음에 뛰어올라갔다.

방에 들어오자 얼굴은 불덩이이고 입은 바짝 탔다. 그는 자기 뺨을 때리면서 이불을 내려 잠자리에 들려고 했다. 하지만 이불 속에서 이리저리 뒤척일 뿐 끝내 잠을 못 이루고 일어나서는 귀를 쫑긋 세우고 아래층 동정을 살폈다. 물 뿌리는 소리가 멎고 욕실문이 열리는 소리가 들리더니 그녀의 발길이 이층으로 올라오는 듯했다. 그러자 얼른 이불에 고개를 파묻었다. 스스로에게 이렇게 말하고 있었다.

"문 앞에 그녀가 서 있어."

온몸의 피가 위로 솟구치는 것 같았다. 너무도 두렵고 너무도 부끄럽고, 그리고 너무도 기뻤다. 하지만 다른 사람이 물었다면 그가 기뻐했다는 것을 결코 인정하지 않았을 것이다.

그는 숨을 죽이고 두 귀를 바짝 세웠다. 문밖에 아무런 움직임도 없는 성싶었다. 일부러 기침을 해보았지만 역시 아무 소리도 없었다. 그가 그렇게 주저주저하고 있을 때 갑자기 그녀의 소리가 들렸다. 아래층에서 그녀의 아버지와 이야기를 하고 있었다. 그의 손에 식은땀이 흥건했다. 그녀가 하는 말을 들어보려고 필사적으로 애를 썼지만 들리지가 않았다. 잠시 이야기가 끊기더니 그녀 아버지가 큰소리로 웃었다. 그는 이불을 머리까지 뒤집어쓰면서 이를 악물며 말했다.

"아버지한테 다 이야기한 거야! 다 이야기했어!"

그날 밤, 그는 한숨도 자지 못했다. 이튿날 새벽 동이 틀 무렵 그는 조마조마하며 계단을 내려왔다. 세수를 하고 이를 닦고 주인과 딸이 아직 일어나기 전에 도망치듯이 그 여관을 나와 밖으로 뛰었다.

길의 먼지가 아침 이슬에 젖어 아직 채 마르지 않았다. 태양은 벌써 떠올랐다. 그는 무작정 동쪽으로 갔다. 멀리서 농부 하나가 야채를 실은 수레를 끌고서 천천히 다가왔다. 그 농부가 스쳐지나가면서 갑자기 그에게 말을 걸었다.

"안녕하세요!"

깜짝 놀라고, 파리하던 얼굴이 다시 붉어지고, 가슴이 쿵쾅거렸다. 그는 생각했다.

'설마 이 농부가 알고 있는 것일까?'

아무 생각도 하지 않고 한참을 뛰었다. 그러다 고개를 돌려 학교를 보니 저만치 멀리 있었다. 고개를 들어 하늘을 쳐다보니 태양이 높이 떠 있었다. 시계를 찾았지만 그 은색 시계를 차고 나오지 않았다. 태양의 각도로 보건대 벌써 아홉시가량 되었을 성싶었다. 몹시 허기가 졌지만 여관으로 돌아가서 주인과 딸을 대하고 싶지는 않았다. 허기를 채울 먹을거리를 사려고 주머니를 더듬었지만 일 전 이 푼밖에 없었다. 그는 동네 잡화점에 가서 일 전 이 푼을 다 꺼내 먹을거리를 조금 사서 보는 사람이 없는 데를 물색했다. 큰길 둘이 만나는 네거리에서 남쪽을 보니 그가 가려는 길과 교차하는 남쪽으로 난 길에 사람들이 거의 없었다. 그 길은 남쪽으로 비탈져 있고 양쪽은 높은 절벽이었다. 작은 산을 잘라내서 낸 길이었다. 그가 걸어온 큰길은 이 산의 능선이 었고 네거리는 그 길의 한가운데였다. 능선의 그 큰길을 가로지르는 길은 양쪽이 비탈져 있었다. 양쪽 높은 절벽을 다 지나면 넓은 들판을 가로지르게 되고 곧장 가면 시내로 통했다. 들판 저쪽 끝에는 깊은 숲 이 푸른 하늘을 가로지르고 있었다. 그는 생각했다.

"이게 A신궁일 거야."

그는 높은 절벽이 끝나는 곳까지 가서는 왼쪽으로 경사면 쪽을 바라 보니 높은 절벽 면에 담장이 둘러쳐 있고 초가집 몇채가 있었다. 초가 집 문에는 '향설해(香雪海)'라고 적힌 편액이 걸려 있었다. 큰길을 벗 어나 몇걸음 걷자 담장에 난 문이 나왔다. 문을 밀치자 편액이 걸린 문 이 그냥 열렸다. 그는 스스럼없이 걸어들어갔다. 안에는 꾸불꾸불 길 이 나 있는데, 문에서부터 경사면을 지나 곧장 산으로 통했다. 꾸불꾸 불한 길 양쪽에 늙은 매화나무가 많이 심겨 있는 것으로 봐서는 매화 나무숲이 분명했다. 그 꾸불꾸불한 길을 따라 북향의 경사면으로 산정 상에 오르자 눈앞에 그림 같은 평지가 펼쳐졌다. 산밑에서 시작해 남 쪽으로 난 산비탈길을 지나 산정상의 평지까지 이르는 경치가 퍽이나 기품이 있었다.

산정상에 있는 평지의 서쪽은 천길 낭떠러지였고 건너편 절벽과 마 주하고 있었는데, 두 절벽 사이를 잇는 통로가 방금 그가 지나온 북쪽 에서 남쪽으로 난 길이었다. 그 절벽을 뒤로하고 이층집 한채가 있고, 단층집이 몇채 있었다. 그 집들 문과 창문이 죄다 닫혀 있는 것으로 봐서는 매화가 필 무렵 술과 음식을 팔던 집이 분명했다. 이층집 앞에는 잔디밭이 있었다. 잔디밭 가운데에는 네모난 하얀 돌들이 꽃밭을 두르고 있었고 뜰에는 늙은 매화나무 한그루가 누워 있었다. 그 잔디밭의 남쪽 끝은 산정상의 평지가 남쪽으로 비탈져 내려가는 곳으로 비석이 하나 세워져 있는데, 매화나무숲의 역사가 적혀 있었다. 그는 비석 앞 잔디밭에 앉아 있다가 사온 먹을거리를 꺼내 먹었다.

다 먹고 나서 그는 우두커니 풀밭에 한동안 앉아 있었다. 주위에 아무도 없었고 멀리 나뭇가지에서 새 우는 소리가 이따금 들려왔다. 그는 고개를 들고 티없이 맑은 하늘과 하얀 태양을 보면서 주위의 나뭇가지와 집, 그리고 풀과 새 들이 모두 평화로운 태양빛 속에서 대자연의 이치에 따라 자라고 있다고 생각했다. 그가 어젯밤에 죄를 지은 기억은 먼 바다 돛의 그림자처럼 어디론가 사라져버렸다.

그 매화나무숲의 평지와 산비탈에는 꾸불꾸불한 길이 이리저리 많이 나 있었다. 그는 한동안 그 길들을 오가면서 산비탈의 매화나무숲 가운데에 단층집이 하나 더 있는 것을 발견했다. 그 집에서 동쪽으로 몇 발짝 너머에 오래된 우물 하나가 소나무 잎더미에 파묻혀 있었다. 우물 위의 펌프를 흔들자 삐걱거리는 소리만 날 뿐 물이 올라오지 않았다. 그는 생각했다.

"이곳은 매화가 필 때만 개방하는가 보군. 보통때는 사람이 살지 않나봐."

이런 생각을 하며 계속 혼자 중얼거렸다.

"비어 있으니 내가 이곳 주인한테 살게 빌려달라고 해도 되지 않을까."

생각이 여기에 미치자 그는 곧장 산으로 달려 내려갔다. 정원의 주인을 찾으려는 것이었다. 그가 문앞에 이르렀을 때 마침 오십대쯤 되어 보이는 농부가 정원으로 걸어들어왔다. 그는 농부에게 미안하다고 한 뒤 물었다.

"이 정원이 누구 것인지 아십니까?"

"이 정원은 내가 관리하는데요."

"어디 사시나요?"

"길 너머에 삽니다."

그렇게 말하면서 농부는 길가에 있는 자그마한 집 한채를 가리켰다. 그가 가리키는 서쪽으로 고개를 돌리자 높은 담벼락이 끝나는 곳에 작은 집 한채가 있었다. 그는 고개를 끄덕이며 다시 물었다.

"정원에 있는 저 집을 저에게 세주실 수 있으신지요?"

"가능하긴 합니다만, 당신 혼자인가요?"

"예, 저 혼자입니다."

"그럼, 절대 그럴 필요없습니다."

"아니 왜요?"

"당신 학교 학생들이 몇번 이사를 왔었어요. 그런데 너무 조용하다 보니까 열흘을 못 채우고 가버렸지요."

"전 다른 사람과 다릅니다. 세를 주시기만 하면 저는 조용한 게 문제되지 않습니다."

"그렇다면야 세를 안 줄 이유가 없지요. 언제 이사오겠어요?"

"당장 오늘 오후요."

"그렇게 하세요. 좋아요."

"죄송하지만 청소를 좀 해주셨으면 합니다. 이사와서 힘들지 않게요."

"그래요 그래, 이따 봅시다."

"이따 뵙지요."

6

　산 위에 있는 매화나무숲으로 이사온 뒤 그의 우울증(hypochondria) 증상이 바뀌었다.

　뻬이징에 있는 큰형과 사소한 일 때문에 사이가 멀어졌다. 그는 장문의 편지를 뻬이징에 보내 큰형과 절교를 선언했다.

　그 편지를 보낸 뒤 그는 집앞 잔디밭에서 한참을 골똘히 생각에 잠겼다. 스스로 생각해보니 자신이 세상에서 가장 불행한 사람이라는 생각이 들었다. 사실 이번 결별의 책임은 그에게 있었다. 형제 사이의 다툼이 남과 싸우는 것보다 더 심해진 뒤, 그는 큰형을 마치 전갈 보듯 했다. 다른 사람에게 무시를 당할 때마다 큰형을 끌어와 비유하곤 했다.

　"한집안 형제들끼리도 이러니 다른 사람들이야 오죽하겠어."

　그는 이런 결론에 도달할 때마다 그의 큰형이 모질게 대했던 일을 하나하나 상세히 기억해냈다. 그런 과거 일들을 열거한 뒤 큰형은 나쁜 사람이고, 자신은 착한 사람이라고 판결했다. 그뒤 자기의 좋은 점을 들면서 자신이 겪은 고생을 부풀려서 하나하나 세어보았다. 그는 자신이 이 세상에서 가장 고통받고 있는 사람이라는 것을 입증했고, 눈물이 폭포처럼 흘렀다. 그가 울 때면 허공에서 부드러운 목소리가 그에게 말을 건네는 듯했다.

　"아아, 울고 있는 게 당신인가? 당신은 정말 억울하군요. 당신 같은 착한 사람이 이렇게 세상사람들에게 구박을 받다니 정말 억울한 일이에요. 하지만 어떡해요. 이것도 운명인데요. 울지 마요. 몸 상하겠어요."

　그는 마음속에서 울리는 이 소리를 듣고는 속이 탁 트였다. 이런 슬품 속에도 감미로움이 숨겨져 있다고 느꼈다.

그는 큰형에게 복수하고 싶어서 의학을 때려치우고 문과로 옮겼다. 원래 문과에서 의과로 전과했던 것은 큰형 때문이었기에 다시 문과로 바꾸는 것은 큰형에 대한 분명한 선전포고였다. 그는 생각했다. 의과에서 문과로 바꾸면 졸업이 일년 늦어지게 된다. 졸업이 일년 늦어진다는 것은 그 일년만큼 일찍 죽는다는 것이다. 그러니 의과에서 문과로 바꾸어 졸업이 일년이 늦어지면 죽을 때까지 형에 대한 적의를 품을 것이다. 그는 혹시나 일이년이 지나 형제 사이의 감정이 예전처럼 다시 좋아질까 염려하고 있었고, 그래서 이번 전과는 큰형을 영원히 적대시하려는 일종의 방비책이었다.

날씨가 차츰 추워졌다. 이사온 지도 어언 한달이 되었다. 며칠 동안 날씨가 흐려서 잿빛 구름이 켜켜이 하늘에 걸려 있었다. 차가운 북풍이 불어오면 매화나무 잎들이 싸르르 떨어져 날렸다.

막 이사와서 그는 헌책을 팔아 밥해먹을 것들을 샀다. 한달 동안 직접 밥을 해먹었는데 날이 추워서 밥하기가 싫어졌다. 그래서 매일 정원 관리사에게 밥을 해달라고 맡겼다. 그래서 요사이 그는 퇴락한 절의 스님처럼 남들을 원망하고 자기를 욕하는 것 말고는 달리 할일이 없었다.

어느날 아침, 그는 일찍 일어나 동쪽으로 난 창문을 열자 앞 지평선에서 붉은 구름 몇줄기가 눈에 들어왔다. 동쪽 하늘 반쪽에는 연분홍 회색빛이 비추고 있었다. 어제 하루종일 가랑비가 내려서 이렇게 맑게 빛나며 떠오르는 해를 보니 다른 날보다 더 기뻤다. 산비탈로 가서 우물에서 물을 길어 세수를 하자, 한순간에 온몸에 기운이 넘쳐 예전 모습을 회복하는 것 같았다. 그는 집으로 뛰어올라가 황쭝쩌(黃仲則, 송대 시인—옮긴이)의 시집을 꺼내들고 큰 소리로 낭독하면서 매화나무숲 끝까지 뛰어서 한바퀴 돌았다. 얼마 안 있어 해가 떠올랐다.

그가 살고 있는 산정상에서 남쪽을 보면 너른 들판이 눈에 들어왔다. 너른 들판의 논들은 아직 수확을 하지 않았다. 황금빛 곡식이 푸른 하늘을 배경으로 태양의 새벽빛을 비추고 있는 모습이 그대로 밀레의 전원풍경화 한폭이었다. 자기가 마치 수천년 전의 원시기독교도라도 되는 것처럼 이 자연의 묵시를 대하자니, 자신이 기개가 작다는 것이 우스워졌다.

"용서하리니! 용서하리니! 너희 속인들이 내게 죄 지은 것, 내 모두 너희를 용서하리니, 오라, 그대들 오라, 나와 함께 평화롭게 지내자!"

손에는 시집을 든 채 눈에는 맑은 눈물이 흘렀다. 들판의 가을빛 앞에 묵묵히 서서 이런 일들을 생각하고 있을 때 문득 가까운 곳에서 두 사람이 소곤거리는 소리가 들렸다.

"당신 오늘밤에 꼭 와야 해!"

분명 남자 목소리였다.

"나야 꼭 오고 싶지. 그런데……"

그는 이 애교를 떠는 여자 목소리를 듣고는 전기에 감전된 것 같고 피가 멎는 것 같았다. 그는 갈대가 무성한 곳에 서 있었는데, 그는 갈대숲의 오른쪽에, 그 남녀는 갈대숲의 왼쪽에 있었다. 그래서 그 두 사람은 갈대숲 저편에 사람이 있는 줄 몰랐던 것이다. 그 남자가 다시 말했다.

"당신은 참 착해. 오늘 저녁에 와요. 우리 아직까지 이불 덮고 같이 자본 적이 없잖아."

"……"

갑자기 두 사람이 격렬하게 입맞추는 듯한 소리가 들렸다. 그는 음식을 훔친 들개처럼 조마조마하면서 몸을 숙인 채 엿들었다.

'가서 죽어라 이놈, 죽어라, 어쩌다 이런 천박한 지경까지 떨어졌는

가!'

 속으로는 이렇게 자기를 욕하면서도 귀를 쫑긋 세우고는 한마디도 놓치지 않으려고 신경을 한껏 곤두세웠다.

 땅의 낙엽이 바스락거리는 소리.

 벨트 푸는 소리.

 남자의 씩씩거리는 가쁜 숨소리.

 입술 빠는 소리.

 여자가 들릴 듯 말 듯, 끊어질 듯 말 듯 말했다.

 "제발! ……제발! ……어서 ……어서…… 그만…… 그만…… 남들이…… 남들이 봐요."

 그의 얼굴색이 대번에 잿빛이 되었다. 그의 눈이 불처럼 뜨거워졌다. 위턱과 아래턱이 덜덜덜 떨렸다. 더이상 서 있을 수가 없었다. 달아나고 싶었지만 두 다리가 말을 듣지 않았다. 한참을 애쓰다가 두 사람이 떠난 뒤 물에 빠진 개꼴이 되어 집으로 돌아와서는 이불을 덮고 잠이 들었다.

　　7

 밥도 먹지 않고 줄곧 자다가 오후 네시가 되어서야 일어났다. 노을이 가득했다. 들판 너머의 숲이 푸른 연기에 덮여 있었다. 그는 비틀비틀 산을 내려가 남쪽으로 난 큰 길을 따라 들판을 가로질러 그저 남쪽으로 걸었다. 들판이 끝나고, 신궁 앞 전차정류장에 도착했다. 마침 남쪽에서 전차가 와서 자기도 모르게 올라탔다. 왜 전차를 타는지, 어디로 가는 전차인지도 알지 못했다.

오륙분쯤 가다가 전차가 섰다. 운전사가 갈아타라고 해서 다른 차를 탔다. 이삼십분을 가다가 차가 다시 멈추었다. 종점이라고 하는 소리에 차에서 내렸다. 눈앞이 항구였다.

드넓은 바다가 오후의 태양 속에서 미소짓고 있었다. 바다 저편 남쪽에 산 하나가 투명한 공기 속에 은은히 떠 있었다. 서쪽은 방파제가 길게 바닷속까지 이어졌다. 방파제 밖에는 등대가 사람처럼 서 있었다. 빈 배 몇척과 삼판선 몇척이 묶인 채 흔들거렸다. 해안 가까이에서는 기울어가는 햇살을 받아 부표가 붉게 떠 있었다. 멀리서 바람이 불어오자 어딘가에서 무미건조한 사람 말소리가 들려왔는데 무슨 말인지, 어디서 들리는지도 알 수 없었다.

그는 한동안 해안을 걸었다. 뭔가를 두드리는 소리가 났다. 다가가 보니 도선을 부르는 소리였다. 조금 서 있자니 작은 발동선 하나가 저쪽 해안에서 다가왔다. 사오십쯤 되어 보이는 노동자를 따라 그 작은 발동선에 올라가 앉았다.

동쪽 해안에서 조금 내려가자 해안에 커다란 집 하나가 있었다. 대문도 아주 컸고 마당에는 인공으로 만든 산도 있고 화초로 예쁘게 꾸민 집이었다. 그는 들어가도 되는지 묻지도 않고는 안으로 들어섰다. 몇걸음 떼지 않아 애교스러운 여인의 목소리가 그를 불렀다.

"어서 오십시오!"

얼결에 놀라서 그 자리에 멈추어섰다. 속으로 생각했다.

'술집인가 보구나. 이런 곳에는 기녀가 있다고 하던데.'

그런 생각이 들자 찬물을 뒤집어쓴 듯 정신이 번쩍 들었다. 얼굴색도 변했다. 들어가고 싶었지만 들어가지지가 않았고, 나가고 싶었지만 나가지지가 않았다. 토끼처럼 소심하고 원숭이처럼 음험한 마음이 그를 일대 곤경에 빠뜨렸다.

“들어오세요. 어서!” 안에서 다시 웃음을 띠고 애교스럽게 불렀다.

‘망할 것, 내가 소심하다고 비웃는 것이냐?’

화가 나자 그의 얼굴색이 불처럼 달아올랐다. 이를 야무지게 물고는 발을 가볍게 한걸음 내디뎠다. 두 주먹을 불끈 쥐고는 그 젊은 기녀와 싸움이라도 하려는 듯이 앞으로 나아갔다. 하지만 그의 붉으락푸르락한 얼굴색과 떨리는 얼굴 근육은 아무래도 숨길 수가 없었다. 그가 그 기녀 앞에 섰을 때는 어린애처럼 거의 울상이 되어 있었다.

“올라오시지요!”

“올라오세요!”

그는 마음을 다잡고서 열일고여덟 되어 보이는 기녀를 따라 올라갔다. 그때서야 마음이 다소 진정이 되었다. 몇걸음 가자 어둡고 좁은 복도가 나오고 어지러운 분향기가 났다. 일본여자 특유의 살냄새가 머릿기름 향과 합쳐져서 코에 훅 끼쳐왔다. 그 순간 현기증이 일고 눈앞에 별이 보여서 뒤로 넘어지듯 한걸음 물러섰다. 다시 정신을 수습하고 보니 깜깜한 한가운데 화장한 둥근 얼굴의 여인이 미소를 짓고 서서 그에게 물었다.

“해변 쪽이 좋으세요? 아니면……”

여인의 입에서 달고 부드러운 숨결이 그의 얼굴에 끼쳐왔다. 자기도 모르게 그 숨결을 깊이 들이마셨다. 자신이 지금 무슨 짓을 하고 있는지 의식하고는 얼굴이 다시 붉어졌다. 그가 얼버무리려 그녀에게 대답했다.

“해변 쪽 방으로 하지.”

작은 해변 쪽 방에 들어서자 기녀가 무엇을 먹겠느냐고 물었다. 그가 대답했다.

“그냥 아무거나 가져와.”

"술은 하실 건가요?"

"해야지."

기녀가 나간 뒤 그는 일어나서 화선지가 발라진 창문을 열었다. 바깥 공기가 들어왔다. 방 공기가 탁한데다 아까 복도에서 맡은 여인의 향기가 아직 남아 있어서 바깥 공기가 이내 묻혀버렸다.

푸른 바다가 조용히 눈앞에 펼쳐졌다. 밖에는 바람이 가볍게 부는지 한조각 한조각 파도가 햇빛을 되비추면서 금붕어의 비늘처럼 꿈틀거렸다. 그는 창문 앞에 그렇게 서 있다가 나직이 시 한구절을 읊었다.

"붉은 노을 바닷가 집을 물들이네."

서쪽을 바라보자 태양이 서남쪽 지평선에서 한길 남짓 높이로 떠 있었다. 가만 보고 있어도 마음에서 그 기녀를 떨쳐버릴 수가 없었다. 그녀의 입김과 머리, 그리고 몸에서 나던 그 향기 말고는 아무것도 생각나지 않았다. 시를 읊고 싶은 마음은 가짜이고, 여자의 몸을 생각하는 마음이 진짜라는 것을 그제야 알았다.

잠시 후 그 기녀가 술과 안주를 들고 들어왔다. 그의 앞에 무릎을 꿇고는 친절하게 술을 따랐다. 그녀를 찬찬히 뜯어보면서 그녀에게 마음속 고민을 모두 털어놓고 싶은 마음이 일었다. 하지만 그녀의 눈을 차마 볼 수가 없었고, 혀가 전혀 꿈쩍도 하지 않았다. 그는 벙어리처럼 그녀의 무릎 위에 가지런히 놓인 여리고 하얀 손과 옷 틈으로 비치는 분홍색 속치마를 곁눈질했다.

원래 일본여자들은 속옷을 입지 않고 그저 짧은 속치마만 한장 두른다. 밖에는 긴 치마를 입지만 옷에는 단추가 없고 허리에 넓은 허리띠만 두르고 뒤에 네모난 매듭을 짓는다. 걸음을 뗄 때마다 옷 앞쪽이 열려서 분홍색 속치마와 하얀 다리를 슬쩍 볼 수 있다. 일본여자들 특유의 아름다움이다. 그가 길에서 여자들을 만나면 온통 정신을 집중하는 것도 그 때문이었다. 그가 스스로를, '이 짐승! 개! 비겁한 놈!'이라고 욕할 때도 그때였다.

그는 기녀의 속치마를 보고는 마음이 쿵쾅거렸다. 그녀와 이야기를 나누고 싶을수록 말이 나오지가 않았다. 그 기녀가 못 견디겠는지 가만 그에게 말했다.

"어디 사세요?"

이 말을 듣자 그의 파리한 얼굴에 붉은 기운이 일었다. 들릴 듯 말 듯 대답을 했는데 뭐라고 하는지 알 수가 없었다. 가련하게도 그는 또다시 단두대에 서 있었다.

원래 일본인들은 중국인을 멸시했다. 우리가 개돼지를 멸시하듯이. 일본인들은 다들 중국인을 '지나인'이라고 불렀다. 일본에서 '지나인'이란 세 글자는 '도둑놈'이라는 욕보다 더 듣기 싫었다. 그런데 지금 이 꽃같은 여인 앞에서 그는 어쩔 수 없이 '나는 중국인이야'라고 자인할 수밖에 없었다.

"중국, 중국이여, 그대 왜 강해지지 않는 것이냐!"

그는 온몸이 떨렸다. 금방이라도 눈물이 떨어질 듯했다.

그 기녀는 그가 심하게 떠는 것을 보고는 혼자 술을 마시며 진정하는 게 낫겠다 싶어서 이렇게 말했다.

"술이 떨어졌네요, 제가 한병 더 가져올게요."

조금 지나서 그 기녀가 올라오는 발소리가 들렸다. 그는 자기에게로 온다고 생각하고는 옷매무새를 가다듬고 자세를 바로했다. 하지만 그녀에게 속았다. 그녀는 다른 손님 셋을 데리고 옆방으로 갔다. 세 손님이 기녀를 놀렸고, 기녀도 애교를 떨면서 말했다.

"그러지 마세요. 옆방에 손님 있단 말이에요."

그 소리를 듣자 벌컥 화가 났다. 속으로 그들을 욕하며 말했다.

‘개자식들! 속물들! 네놈들이 감히 나를 모욕해? 복수할 테다. 복수! 내 기어이 네놈들에게 복수할 것이다. 세상에 진심을 가진 여자가 어디 있겠는가! 나를 배신한 그년, 네가 감히 나를 버려? 됐다, 됐어, 이제 다시는 여자를 사랑하지 않을 것이다. 다시는 여자를 사랑하지 않겠다. 난 내 조국을 사랑할 것이다. 나는 조국을 애인으로 삼을 것이다.’

그는 곧장 뛰쳐나가서 열심히 공부를 하고 싶었다. 하지만 마음속으로는 그 옆방의 속물들이 부러웠다. 속으로는 그 기녀가 그에게로 다시 돌아오기를 기대했다.

그는 화를 가라앉히며 묵묵히 술잔만 몇잔 비웠고, 몸이 더워졌다.

창문을 열었다. 해가 곧 산너머로 떨어질 것 같았다. 다시 몇잔을 연거푸 마셨고 눈앞의 바다 풍경이 몽롱해졌다. 서쪽 방파제 밖에 있는 등대의 까만 그림자가 아까보다 훨씬 길어졌다. 아득한 박무로 하늘과 바다가 분간이 되지 않았다. 흐릿한 엷은 안개 사이로 떨어질 듯 말 듯 한 태양이 작별을 아쉬워하는 듯했다. 그는 한참 동안 그렇게 보고 있자니 어쩐지 우스웠다. 하하하 한바탕 웃고는 손으로 뜨거운 두 볼을 비비고는 중얼거렸다.

“취했군 취했어.”

그때 그 기녀가 들어왔다. 얼굴이 붉어진 채 창문 옆에 서서 멍청히 웃고 있는 것을 보고는 물었다.

“창문을 이렇게 많이 열어놓으면, 안 추워요?”

“안 추워요. 안 추워. 노을이 저렇게 좋은데, 안 볼 수 있어?”

“정말 시인이시군요! 술 가져왔어요.”

“시인! 난 진짜 시인이라고. 종이하고 붓 좀 가져와봐. 내가 시 하나 써서 보여줄게.”

그 기녀가 나가자 스스로 생각해도 좀 이상했다. 속으로 생각했다.

"내가 어떻게 이렇게 대담해졌지?"

데운 술을 연거푸 몇잔 비우자 더욱 유쾌해져서는 하하 소리를 내어 웃기도 했다. 옆방의 그 속물들이 큰 소리로 일본노래를 부르는 것을 듣고는 그도 목소리를 높였다.

> 취해 난간을 두드리니 술취한 듯 차갑고
> 강호에 쓸쓸히 떠도는데 겨울도 저문다
> 가엾어라 앵무중주(鸚鵡中州)의 뼈여
> 아직도 장사태부(長沙太傅)가 되지 못하였구나
> 밥 한그릇에 천금으로 보답하기는 쉬워도
> 오억가를 부르며 관문을 나서기는 어려워라
> 아득히 안개 자욱한 물을 돌아보며
> 다시 조국을 위해 눈물 흘리며 남몰래 노래한다

큰 소리로 몇번을 읽고는 술에 취해 그 자리에 쓰러졌다.

8

술에서 깨보니 붉은 비단이불을 덮고 있었다. 이불에서 독특한 향기가 났다. 방은 크지 않지만 낮에 술을 먹던 그 방이 아니었다. 방에는 십촉짜리 전등이 걸려 있고 베개 가에는 찻주전자와 찻잔 두 개가 놓여 있었다. 그는 차를 두세 잔 마신 뒤 비틀거리면서 방 밖으로 나갔다. 그가 문을 열자 낮의 그 여종업원이 달려왔다. 그녀가 말했다.

"술 좀 깨셨어요?"

그가 고개를 끄덕였고, 웃음을 지으며 대답했다.

"깼어요. 화장실이 어디죠?"

"절 따라오세요."

그는 그녀를 따라갔다. 낮에 지나갔던 그 복도에 불이 환하게 켜져 있었다. 노랫소리가 요란하게 들리고 삼현 소리, 웃고 떠드는 소리가 귓가에 들려왔다. 낮의 일들이 떠올랐다. 술에 취해서 기녀에게 한 말들을 떠올리자 얼굴이 뜨거워졌다.

화장실에서 방으로 돌아와서는 기녀에게 말했다.

"이 이불은 당신 거요?"

기녀가 웃으며 말했다.

"예."

"지금 몇시나 됐소?"

"여덟시 오십분쯤 되었을 겁니다."

"계산서 가져와요."

"예."

그는 계산을 하고서 지폐 한장을 꺼내 그녀에게 주었다. 그의 손이 자기도 모르게 떨렸다. 그 기녀가 말했다.

"괜찮습니다."

그는 돈이 적어서 그런 줄 알았다. 얼굴이 다시 붉어져서 주머니를 뒤졌지만 지폐 한장뿐이어서 건네면서 말했다.

"적다고 사양하지 말고 받아두구려."

그의 손이 더욱 심하게 떨렸고, 목소리도 떨렸다. 기녀가 그를 보며 낮은 목소리로 말했다.

"고맙습니다."

그는 곧장 아래층으로 내려가 구두를 신고는 밖으로 나왔다.

밖은 매우 추웠다. 이날은 아마도 음력 초여드레, 아흐레쯤일 것이다. 차가운 반달이 하늘의 왼편에 걸려 있었다. 푸르고 둥근 하늘 지붕에 별들이 흩뿌려져 있었다.

해변을 걷는 그를 먼 해안선에서 고기잡이하는 등불이 귀신불처럼 이끌었다. 작은 파도 사이에 은색 달빛이 비추어 도깨비불처럼 깜빡거렸다. 왠지 문득 바다에 뛰어들어 죽고 싶었다.

주머니를 더듬어보았지만 전차를 탈 돈도 없었다. 낮의 일을 생각하면 자신을 욕하지 않을 수가 없었다.

"내가 어떻게 그런 곳을 갈 수 있는가? 난 이미 가장 비천한 인간이 되었다. 후회해도 소용없다. 후회해도 늦었다. 나는 여기서 죽으련다. 내가 바라는 사랑은 아마도 얻지 못할 것이다. 사랑이 없는 삶이 식은 재와 무엇이 다를까? 아, 이 메마른 삶이여, 메마른 삶이여. 세상 사람들이 모두 나를 원수로 대하고 나를 업신여긴다. 한집안 친형제조차도, 집안식구들조차도 나를 이 세상 밖으로 밀어내려 한다. 나는 장차 어떻게 살 것이며, 나는 또 이 고통스러운 세상에서 왜 살아야 하는가!"

생각이 여기에 미치자 하염없이 눈물이 흘렀다. 잿빛 얼굴은 죽은 사람 같았다. 손으로 눈물을 닦지도 않아서 두 줄기 눈물이 그의 얼굴을 비추는 달빛을 받아 풀잎에 맺힌 아침이슬처럼 빛났다. 고개를 돌려 자신의 마르고 긴 그림자를 본 그는 마음이 아팠다.

"불쌍한 내 그림자여. 이십일년 동안 나를 따라다녔구나. 이제 이 바다가 너의 무덤이다. 내 몸이 다른 사람들에게 모욕을 당했다고 해도 너를 이렇게까지 쇠약하게 만들지 말았어야 했는데, 나의 그림자여, 나를 용서하여라!"

서쪽을 보자 등대의 빛이 붉은색이 되었다 초록색이 되었다 깜빡거리면서 자기 직분을 다하고 있었다. 초록빛 불이 바다를 비추면 해면에 푸른 길이 열렸다. 더 서쪽으로 고개를 돌리자 서쪽 푸른 하늘에 별 하나만 흔들리고 있었다.

"저 흔들리는 별 아래가 바로 내 조국이고, 내가 태어난 곳이다. 나는 저 별 아래서 열여덟 해 세월을 보냈다. 나의 고향이여, 나는 이제 너를 다시 볼 수가 없다."

그는 걸으면서 처량하고 슬픈 말들을 죄다 쏟아냈다. 한동안 걷다가 다시 서쪽 하늘의 별을 쳐다보았다. 눈물이 폭포처럼 흘렀다. 주위의 경치와 사물 들이 온통 흐릿해졌다. 눈물을 한번 훔치고는 멈추어서서 긴 한숨을 내쉬었다. 끊어졌다 이어졌다 하면서 말했다.

"조국이여, 조국이여! 나의 죽음은 그대 때문이다!"

"그대 어서 부자가 되어라! 강해져라!"

"그대에게는 고통받는 수많은 아들딸들이 있다!"

더 읽을거리

위따푸의 문학세계를 폭넓게 안내한 강경구의 저서 『욱달부 심종문 소설의 연구』(중문출판사 1999)가 있다.

沈從文

| 선충원 |

1902~88

후난(湖南)성 묘족 출신이다. 소학교를 졸업한 뒤 군대에 들어갔다가 1922년 뻬이징으로 가서 독학을 한다. 이때 쉬즈모(徐志摩) 등과 교유하면서 문학공부를 하였다. 1924년부터 작품활동을 시작하는데, 주로 후난성의 소수민족 지역을 배경으로 자연과 하나되어 사는 순박한 인성을 지닌 사람들의 토속적인 삶, 도가적이고 낭만적인 세계를 다루었다. 시적이고 서정적인 그의 작품은 중국 향토문학의 상징으로 거론된다. 사회주의 정부가 들어선 뒤에는 문학창작을 접고 중국 고대복식사 연구에 몰두했고, 문혁 동안에는 하방당하기도 했다. 대표작으로 『변방의 도시(邊城)』(1934)가 있다.

■   샤오샤오 蕭蕭

선충원의 대표작 중 하나이다. 외딴 시골이 배경으로, 이 마을 사람들은 '공맹(孔孟)'의 도에 따라 사는 사람들이 아니고 자신들 나름의 관례에 따라 사는 사람들이다. 이 마을에서는 여성을 팔고 사는 것이나 여자를 대를 잇는 도구로 여기는 것이 도덕적 차원의 문제로 인식되지 않는다. 자기보다 나이 어린 신랑을 키우기 위해 시집을 간다는 소재는 다른 작가의 작품에서는 대개 여성의 고통과 비극을 드러내는 데 활용되지만, 이 작품에서는 그렇지가 않다. 여주인공 샤오샤오는 그것을 자연스러운 삶의 과정으로 받아들이고 전보다 더 잘 산다. 이것은 무지나 노예성의 소치가 아니라 마을 사람들의 삶의 논리이며 이들은 그것을 흡사 자연의 이치처럼 받아들이며 사는 사람들이다. 이 작품에서 선충원은 샤오샤오의 삶을 축으로 삼아 이러한 시골 사람들의 순박하고 자연에 따르는 삶의 모습을 서정적으로 재현한다. 작가의 문학적 개성이 바로 여기에 있다.

이 작품은 원형구조로 되어 있다. 샤오샤오는 열두살 때 남의 집 며느리가 된다. 남편은 그녀보다 아홉살이나 어려 이제 갓 젖을 뗀 뒤였다. 그녀는 나중에 시댁일을 도와주던 사내의 아이를 갖게 된다. 시댁에서 쫓겨나거나 다른 집에 팔릴 운명이지만 아들을 낳은 뒤 그대로 눌러앉아 원래의 남편과 정식으로 합방하게 된다. 그리고 다른 사내와의 사이에서 낳은 아들에게 과거의 자기 남편과 그녀가 그러했듯이, 아들보다 여섯살이 많은 여자를 아내로 구해준다. 이렇게 이야기의 처음으로 다시 돌아오는 원형의 구조 자체가 이 작품의 주제이다. 물론 이러한 원형구조를 위협하는 것들이 작품에 등장한다. 풍문처럼 스쳐지나가는 여학생이란 존재가 근대(modern)에서 온 위협이라면 바둑이는 전통사회의 욕망, 전통사회 내부에서 온 위협이다. 하지만 그러한 위협요소들도 결국은 '관례'대로 살아가는 시골.마을의 질서를 파괴하지 못하는 것이다. 이들의 삶은 근대 혹은 전근대라는 규정 너머, 비(非)근대의 시공간 속에 있다고 해야 할 것이다.

샤오샤오

시골에서는 피리를 불며 신부를 맞는다. 정월이 되면 날마다 있는 일이다.

피리 뒤에 두 가마꾼이 꽃가마를 메고 따른다. 구리 자물쇠가 채워진 가마에 타고 있는 사람은 평소라면 입어볼 꿈도 꾸지 못할 울긋불긋한 예쁜 옷을 입었지만 훌쩍거리며 운다. 어린 나이에 시집을 가는 여자 마음에는 신부가 된다는 것은 어머니를 떠나는 일이자 다른 사람의 어머니가 되는 일이다. 이제 여러 가지 새로운 일이 일어날 것이다. 흡사 꿈을 꾸듯이, 낯선 사내와 한 침상에서 자고 가문의 대를 이을 것이다. 생각이 여기에 이르면 덜컥 겁이 난다. 그러고는 다른 신부들이 그러했듯이 자기도 울어야 할 것 같아 울음을 터뜨린다.

물론 울지 않는 신부도 있다. 샤오샤오가 그랬다. 이 어린 여자는 어머니가 없다. 어려서 농사짓는 큰아버지에게 맡겨져 종일 조그만 대바구니를 들고 길가나 밭두렁에 나가 개똥을 줍고 나물을 캤다. 그런 그녀에게 시집간다는 것은 그저 이 집에서 저 집으로 옮겨가는 일에 불과하다. 그래서 시집가던 날 그녀는 웃었다. 부끄럽지도, 무섭지도 않았다. 다른 집 며느리가 된다는 것이 대관절 무슨 일인지 알지도 못했다.

샤오샤오가 남의 집 며느리가 된 것은 열두살 때였다. 그때 꼬마신랑은 채 세살도 되지 않았다. 그녀보다 아홉살이나 적었고 이제 갓 젖을 떼었을 때였다. 지방관례에 따라 시댁 대문에 들어서고부터 그녀는 남편을 동생이라 불렀다. 그녀가 날마다 하는 일이라고는 동생을 안고 동네 입구에 있는 버드나무 아래나 냇가에서 놀고, 그러다가 배가 고프면 먹을 것을 챙겨주고 울면 달래주고, 호박꽃이나 강아지풀을 따서 꼬마신랑의 머리에 꽂아주거나 뽀뽀를 해주는 일이었다. "어이고 내 착한 동생, 쯧쯧……" 하면서 땟국이 흐르는 꼬마 얼굴에 입을 맞추어주면 아이는 어느새 웃었다. 아이는 기쁘고 신이 나면 행동이 거칠어져서 작은 손으로 샤오샤오의 머리를 잡아당겼다. 그 시절에는 대개 머리를 그다지 다듬지 않았다. 어떤 때는 머리 뒤로 늘어뜨린 댕기머리를 너무 오래 잡아당겨 붉은 댕기매듭마저 헐거워질 정도가 되면 화를 내면서 동생의 머리를 쥐어박았다. 그러면 동생은 앙 하고 울음을 터뜨렸고, 그러면 샤오샤오도 덩달아 울상이 되어 동생의 우는 얼굴을 가리키며 말했다. "어디 이리 와봐, 이렇게 못되게 굴면 커서 나쁜 사람 돼요!"

해가 뜨는가 하면 비가 내리기도 하고 그렇게 세월은 흘러갔다. 날마다 신랑을 돌보았고 집안에 도울 일이 있으면 손을 보태기도 했다. 냇가에 가서 빨래도 하고 기저귀도 빨고, 우렁이도 잡아 옆에 앉아 있는 어린 신랑이 가지고 놀게 했다. 밤이 되어 잠을 잘 때면 그 나이 또래들이 꾸는 그런 꿈을 꾸었다. 뒷문 모퉁이나 어디에서 큰돈을 줍기도 하고 맛있는 것을 먹기도 하고 나무에 오르기도 하고 물고기로 변해 물속을 이리저리 돌아다니기도 했다. 그런가 하면 몸이 한없이 작고 가벼워져서 수많은 별들이 펼쳐진 곳까지 날아오르기도 하였다. 사람은 아무도 없었고, 하얀 구름 하나와 황금빛 한줄기뿐이었다. 그래서

"엄마!" 하고 소리를 지르다가 잠에서 깨기도 했다. 잠에서 깨어났지만 심장은 여전히 두근거렸다. 옆사람이 소리에 놀라 잠에서 깨어나 욕을 한다. "미친 것, 도대체 무슨 생각을 하는 거야! 낮에 그렇게 싸다니니까 밤에 그런 꿈을 꾸지." 샤오샤오는 그저 듣기만 할 뿐 아무런 대꾸도 못하고는 키득키득 웃었다. 한번은 즐거운 꿈을 한창 꾸고 있는데 남편이 울어서 그만 꿈에서 깨버렸다. 남편은 원래 자기 엄마, 아빠 옆에서 잤는데 너무 많이 먹었거나 아니면 다른 일로 가끔 한밤중에 악을 쓰며 울다가 오줌을 싸고 똥을 싸는 일이 잦았다. 시어머니도 어찌지 못할 정도로 남편이 울면 샤오샤오가 조용히 일어나 잠에 취한 채 반쯤 감긴 눈으로 침상에 가서 남편을 안아들고는 달을 보여주고, 별을 보여주었다. 어떤 때는 서로 마주 보며 아이처럼 "어! 저기 봐, 고양이가 있네" 하면서 안아주었고, 그러면 남편은 웃었다. 이렇게 둘이서 한동안 놀다보면 남편은 스르르 눈을 감았다. 그가 잠이 들면 침상에 내려놓고 곁에 서서 지켜보았다. 멀리서 들리는 닭 우는 소리에 이내 날이 샐 것이라는 것을 알면서도 그녀는 조그만 침상으로 파고들어가 잠을 청했다. 날이 밝았다. 꿈을 꾸지는 못했지만 자기도 모르게 눈을 떴다 감았다 하는데 눈앞에 가운데가 보랏빛이고 테두리가 노란 환상적인 해바라기꽃이 펼쳐져 있다. 정말 멋진 광경이다.

샤오샤오가 이 집에 와 조막만한 남편의 어린 아내가 되었지만 예전보다 결코 힘들지는 않았다. 그녀가 시집온 지 여섯 달 만에 몸이 부쩍 성장한 것만 봐도 그렇다. 바람이 불고 비가 내리는 날들 속에서, 아무도 눈길을 주지 않는 후미진 뜰 모퉁이에 있는 피마자에서 싹이 나고 가지가 돋고 하루하루 무성해지는 듯했다. 이 꼬마 아가씨는 어린 남편은 전혀 안중에 없는 것처럼 하루가 다르게 커갔다.

여름밤은 꿈같다. 밥을 먹고는 다들 마당에 앉아 더위를 쫓는다. 풀로 엮은 부채를 흔들면서 하늘의 별과 처마 끝의 반딧불을 본다. 호박시렁에서 찌르르찌르르 우는 벌레소리가 베틀소리처럼 가까워졌다 멀어졌다 하는 것이 떨어지는 빗소리 같고, 아득히 벼꽃 향기가 얼굴로 불어오면 이제 너나없이 한마디씩 농담을 건넬 때이다.

샤오샤오는 키가 무척 컸다. 그녀는 자주 풀더미에 올라가 깊은 잠에 빠진 남편을 품에 안고서 조용히 자기 마음대로 지은 산골민요를 불렀다. 남편에게 노래를 불러주다보면 그 노래에 자기도 최면상태에 빠져 어느새 잠이 들었다.

마당에는 시아버지와 시어머니, 시할아버지와 시할머니 그리고 품을 팔러 온 두 사내가 작은 의자에 흩어져 앉아서 잡담을 나누면서 초저녁 시간을 보냈다.

할아버지 곁에 놓인 담배쌈지가 어둠속에서 빛을 내고 있었다. 쑥대로 만들어서 다리가 긴 모기를 쫓아내는 데 효과가 그만인데 할아버지 발 옆에 까만 뱀처럼 웅크리고 있었다. 할아버지는 간간이 담배쌈지를 집어들어 흔들었다.

낮에 들일 할 때 있었던 일이 생각났는지, 할아버지가 입을 열었다.

"싼진(三金)이 그러던데, 그제 또 여학생들이 지나갔다더라."

다들 웃음을 터뜨렸다.

왜 웃는 것일까? 이들에게는 여학생 하면 우스꽝스러운 모습이 떠올라서다. 다른 여자들처럼 머리를 길게 땋아내린 것이 아니라 꼭 참새 꼬리만큼 머리를 남긴 것이 얼핏 보면 비구니 같으면서도 꼭 그렇지도 않았다. 옷차림도 그랬다. 서양사람 같으면서도 꼭 그렇지도 않았다. 먹는 것이나 쓰는 것마다 다 달랐다. 그런 모습이 생각만 해도 우스웠던 것이다.

샤오샤오는 잘 몰라서 웃지 않았다. 그러자 할아버지가 말을 이었다.

"샤오샤오, 너도 크면 여학생이 되겠네!"

다들 웃음을 터뜨렸다.

샤오샤오는 어리석지 않았다. 분명 자기에게 좋지 않은 일이라고 생각했고, 그래서 얼른 덧붙였다.

"할아버지, 난 여학생이 되지 않을래요."

"넌 영락없는 여학생이야, 꼭 되어야 해."

"난 안할래요."

사람들이 일부러 놀리면서 이구동성으로 말한다. "샤오샤오, 할아버지 말이 맞아, 넌 여학생이 돼야 해."

샤오샤오는 마음이 다급해져서 어찌해야 좋을지 몰랐다. "하면 하지, 누가 무섭데요." 여학생이 된다고 해서 나쁠 것이 없다는 것을 사실 샤오샤오는 전혀 알지 못한다.

이곳에서 여학생이라는 것은 언제나 이상한 존재였다. 매년 유월 여름방학이란 것이 되면 꼴불견인 번화한 곳에서 다른 곳으로 가는 길에 여학생들이 삼삼오오 이곳을 지나갔다. 시골 사람들 눈에 여학생들은 다른 세상에 사는 사람들이었다. 차림새도 기기묘묘하고 행동 역시 정말 불가사의했다. 마을 사람들에게는 이런 여학생들이 지나가는 것이 온종일 농담거리가 되고 웃음거리가 되었다.

할아버지는 이 마을의 인물이었다. 그래서 당신이 아는 대로 여학생들이 대도시에서 어떻게 생활하는지를 떠올리고는 샤오샤오더러 여학생이 되어보라고 놀린 것이다. 샤오샤오는 그런 말을 들을 때마다 그저 농담이라고 생각하면서도 당황스러웠고, 그저 악의없는 말이라고 생각할 수가 없었다.

할아버지가 알고 있는 여학생이란 이런 사람들이었다. 날이 춥든 덥든 옷을 입고 배가 고프든 부르든 먹고, 밤에는 자시(子時)가 되어야 잠을 잔다. 낮에는 어엿한 일이라고는 아무것도 하지 않고 노래나 부르고 공놀이를 하고 서양책만 본다. 그녀들은 돈만 쓸 줄 알아서, 일년에 물소 열여섯 마리나 살 수 있는 돈을 쓴다. 성이나 도시에서 어디를 갈 때는 걸어다니는 것이 아니라 큰 상자에 들어가기만 하면 그 상자가 가려는 곳까지 데려다준다. 학교에서는 남녀가 같이 수업을 하고 친해지면 멋대로 그 남자와 잠을 자는데, 중매쟁이도 필요없고 함이 오가지도 않고, 그것을 '자유'라고 부른다. 여학생들도 관리(官吏)가 되기도 하는데 가족을 데리고 부임하면 남편은 영감님이라 불리고 자식은 도련님으로 불린다. 그녀들은 소를 키우지는 않지만 소젖과 양젖을 먹는다. 송아지나 양의 새끼처럼. 소나 양의 젖을 살 때는 철깡통에 담긴 것을 샀다. 극을 보러 가기도 하는데 그곳은 큰 사당 같다. 옷에서 서양돈을 꺼내서(그 서양돈이면 암탉 다섯 마리는 살 수 있다), 종이 한장을 사고는 그 종잇조각을 들고 안으로 들어가면 앉아서 서양사람들이 하는 그림자극을 볼 수 있다. 억울한 일을 당해도 욕을 퍼붓거나 울지도 않는다. 나이는 스물네살씩이나 먹었으면서도 시집을 가려고 하지 않는다. 서른, 마흔이 되어서도 시집을 가지 않은 사람도 있었다. 남자를 어려워하지도 않고 남자들도 그 여자들을 괴롭히지 못했다. 남자들이 괴롭히면 관가에 가서 재판을 걸어 관에서 벌로 남자들에게 돈을 받아내게 한다. 그 돈은 그녀들이 자기 혼자 마음대로 썼다. 어떤 때는 관하고 똑같이 나누기도 한다. 그녀들은 빨래도 하지 않고, 밥도 하지 않는다. 돼지도, 닭도 키우지 않았다. 아이가 있어도 고작 오 위안이나 십 위안에 사람을 사서 아이를 맡기고는 자기는 온종일 극을 보고 마작을 하고 쓸데없는 책을 읽는다.

　요컨대 그녀들 하는 일 하나하나가 다 괴상망측하고, 농사짓고 사는 사람들이 하는 것하고는 달라서 어떤 것들은 정말 터무니없었다. 그런데 한번은 할아버지 이야기를 들으면서 샤오샤오의 마음에 종잡을 수 없는 생각이 들기 시작했다. 그녀도 여학생이 되면 할아버지가 말한 여학생들처럼 그런 일을 하는 것일까? 어쨌든 샤오샤오는 여학생이 된다는 게 무섭지 않았다. 이 시골소녀에게 여학생이 된다는 생각이 처음으로 생겨난 것이다.

할아버지가 여학생이 어떤 사람들인지 말해주자 샤오샤오는 혼자서 한참을 웃었다. 웃고 나서는, 그녀가 말했다.

"할아버지, 내일 여학생들이 지나가면, 저 좀 불러주세요. 제가 좀 보게요."

"네가 본다고? 그 여자들이 잡아다가 하녀로 삼으면 어떡하려고."

"그 여자들, 안 무서워요."

"그 여자들은 서양책을 보고 경을 외우는데도 안 무서워?"

"그럼 관음보살 나무아미타불 하거나 삼장법사가 손오공 머리를 조일 때 외우던 주문만 외우면 돼요, 전 안 무서워요."

"그 여자들은 사람도 잡아먹어, 관리들이 시골사람들만 잡아먹듯이 말이야. 사람들 뼛조각까지 먹고도 토해내지 않아. 그래도 안 무서워?"

샤오샤오가 자신있게 대답했다. "그래도 안 무서워요."

그때 샤오샤오가 안고 있던 그녀의 남편이 울음을 터뜨렸다. 무슨 일인지 자다가 울었다. 샤오샤오는 엄마처럼 어르기도 하고 겁을 주기도 했다.

"어이고, 우리 동생, 울지 마, 그렇지, 울면 여학생이 와서 잡아먹어요."

남편이 그래도 계속 울자 하는 수 없이 안고 일어나 왔다갔다했다.

샤오샤오가 남편을 안고 할아버지에게서 멀어지자 할아버지는 사람들
과 다른 이야기를 나누었다.

샤오샤오의 마음에는 이제 '여학생'이 생겨났다. 꿈에도 여학생이 자
주 나타났고, 여학생들과 같이 길을 가는 꿈도 꾸었다. 혼자서 저절로
간다는 그 상자를 타본 듯도 했다. 그 상자가 자기 걸음보다 훨씬 빠른
것 같지는 않았다. 꿈속에서 본 그 상자는 곡식창고 같았다. 안에는 작
은 회색빛 쥐들이 있었는데 붉은 눈을 하고서 이리저리 뛰어다니고,
문틈으로 들어가서는 작은 꼬리를 밖으로 내놓기도 했다.

그런 일이 있고 난 뒤부터 할아버지는 샤오샤오를 꼬마 계집애라고
도 부르지 않고, 샤오샤오라고도 부르지 않았다. 여학생이라고 불렀
다. 그럴 때마다 샤오샤오는 자기도 모르게 대답을 했다.

시골의 세월도 다른 세상과 마찬가지여서 나날이 다르다. 다른 세상
에 사는 사람들은 세월을 낭비하지만 샤오샤오와 같은 사람들은 세월
을 소중하게 썼다. 자기 분수에 따라 자기에게 정해진 바대로 살았다.
도시의 많은 문명인들은 여름에 부드러운 씰크 옷을 입고, 좋은 음료
수를 마시고 갖가지 재미있는 일을 하면서 보냈다. 그런데 샤오샤오
집안은 여름에 힘들게 일을 해 열 근 남짓한 마를 거두고 이삼십 짐의
호박을 수확했다.

아기 신부인 샤오샤오는 여름 동안에 남편을 돌보면서도 삼베를 네
근이나 짰다. 음력 팔월 가을 추수때가 되면 인부들은 호박을 땄고, 흙
먼지를 쓰고 줄줄이 쌓여 있는 대야만큼 큰 호박들 사이에서 노는 일
이 여간 재미있는 일이 아니었다. 호박을 딸 때가 되면 가을은 벌써 완
연해졌다. 집 뒤 숲속 나무에서 떨어진 붉고 노란 나뭇잎들이 마당에
가득했다. 샤오샤오는 호박 옆에 앉아서 나뭇잎으로 모자를 엮어 남편

에게 주었다.

인부들 가운데 바둑이라고 불리는 이가 있었다. 스물세살로, 샤오샤오의 남편을 안고 대추나무에 가서 대추를 땄다. 대나무로 대추나무를 때리면 바닥이 온통 대추 천지였다.

"바둑이 오빠, 그만하세요. 다 못 먹어요."

그렇게 소리쳐도 멈추지 않았다. 남편이 대추를 따달라고 해서 샤오샤오 말을 들어줄 수가 없다는 투였다. 샤오샤오는 그래서 그의 어린 남편에게 소리를 쳤다.

"동생, 대추 그만 주위. 날것 많이 먹으면 배탈난단 말이야."

남편이 샤오샤오 말을 듣고는 주머니 가득 대추를 넣어가지고 샤오샤오에게 와서 대추를 권한다.

"누나 먹어, 이게 가장 큰 거야."

"안 먹을래."

"하나 먹어."

그녀의 두 손이 비어 있을 리가 없다. 나뭇잎 모자 테두리를 만드느라 바빠서 도와주었으면 하던 참이었다.

"동생, 대추를 내 입에 넣어줘."

남편은 그녀의 명령대로 하면서 재미있는지, 하하 웃었다.

그녀는 나뭇잎을 더 가져올 테니 남편더러 대추를 놓고 모자 테두리를 꼭 잡고 있으라고 했다.

남편은 그녀가 시키는 대로 했다. 하지만 가만히 잡고 있지를 못하고 장난스럽게 몸을 흔들며 노래를 불렀다. 아이는 고양이처럼 기분이 좋았다 하면 가만있지를 않고 소란을 피웠다.

"동생, 그게 무슨 노래야?

"바둑이 형아가 가르쳐준 거야."

"한번 다 불러봐."

남편은 자기가 기억한 대로 노래를 부르기 시작했다.

하늘에 구름이 일고, 구름은 꽃이 되고
옥수수숲 사이에 콩을 심으니
콩넝쿨은 옥수수를 휘감고
아가씨는 젊은이와 뒤엉키고

하늘에 구름이 일어, 구름에 구름이 겹치고
땅밑에 무덤을 파, 무덤에 무덤이 겹치고
아가씨 그릇을 씻어, 그릇에 그릇이 겹치고
아가씨 침대에서, 사람에 사람이 겹치고

이 노래가 무슨 뜻인지 남편은 알지 못했다. 노래를 부르고는 잘 불렀느냐고 물었다. 샤오샤오가 잘 불렀다고 하고는 누구한테 배웠느냐고 물었다. 바둑이 오빠가 가르쳐주었다는 것을 알면서도 일부러 물었다.

"바둑이 형아가 가르쳐줬지. 형아는 재미있는 노래를 많이 알아. 내가 크면 더 가르쳐준댔어."

바둑이 청년은 노래도 잘 부른다고 했다. 샤오샤오가 말했다.

"바둑이 오빠, 나한테도 좋은 노래 하나 불러주세요."

외모를 보면 마음을 안다고 그 바둑이란 사내는 그리 바른 사람은 아니었다. 샤오샤오가 노래를 듣고 싶어한다는 것을, 샤오샤오가 노래를 알아들을 만한 나이가 되었다는 것을 알고는 그녀에게 「열살 신부와 한살 신랑」이란 노래를 불러주었다. 아내는 나이가 많고 밖으로 나돌

면서 떳떳하지 못한 일을 마음대로 하고 다니지만 남편은 어려서 젖
먹는 것밖에 모르는 그에게 젖을 먹여준다는 내용이었다. 남편은 무슨
노래인지 알지 못했지만 샤오샤오는 조금 눈치를 챘다. 노래를 들은
샤오샤오가 "나 무슨 내용인지 알아" 하는 표정으로 화를 내며 바둑이
에게 말했다.

"바둑이 오빠, 이건 좋은 노래가 아니에요, 욕하는 노래잖아요."

바둑이가 변명하듯 말했다. "욕하는 노래 아니야."

바둑이는 더이상 말을 잇지 못했다. 기왕에 노래는 부른 것이고 잘못
되었으면 사과하고 다시 부르지 않으면 그만이었다. 그녀가 조금 알아
들었다는 것을 눈치채고는 할아버지에게 일러바쳐 꾸중을 들을까봐
얼른 말머리를 여학생 이야기로 돌렸다. 그가 샤오샤오에게 여학생들
이 체조를 하고 서양노래를 부르는 것을 본 적이 있느냐고 물었다.

바둑이가 말을 꺼내지 않았으면 샤오샤오는 그 일을 거의 잊을 뻔했
다. 바둑이가 여학생 이야기를 꺼내자 그녀가 요근래 여학생이 지나가
는 것을 보았느냐고 물었다. 한번 보고 싶었다.

바둑이는 호박을 안아서 시렁에서 담장 모퉁이로 옮기면서 여학생들
이 노래 부르던 이야기를 꺼냈다. 원래는 할아버지에게서 들은 것이었
다. 그는 살을 붙여서 샤오샤오에게 이야기를 늘어놓기 시작했다. 여
학생 네 명이 지나가는 것을 보았는데 다들 깃발을 들고 헐떡거리며
길을 가면서도 군인들처럼 노래를 불렀다고 했다. 말할 것도 없이 새
빨간 거짓말이다. 하지만 이야기를 들은 샤오샤오는 너무 웃겼다. 바
둑이가 그런 것을 '자유'라고 한다고 말해서였다.

바둑이는 말주변이 좋아서 우스운 소리도 잘하지만 조금 천박스럽기
도 한 인물이었다. 샤오샤오가 감탄스럽다는 듯이 "바둑이 오빠는 어
깨가 정말 커요"라고 하자, "난 어깨만 큰 게 아니야"라고 받았다.

"키도 커요."

"내 몸은 안 큰 게 없어."

샤오샤오가 남편을 안고 간 뒤 바둑이와 같이 호박을 따던 벙어리라는 사내가 평소에는 늘 닫고 있던 입을 열었다.

"바둑아, 너 나쁜 짓 좀 그만해라. 그애는 열세살밖에 안된 어린애야. 아직 십년은 기다려야 같이 잘 수 있다고."

바둑이는 아무 소리 없이 뺨을 한대 날리고는 바닥에 가득 떨어진 대추를 주우러 대추나무 밑으로 갔다.

호박을 따던 가을, 날짜를 계산해보니 샤오샤오가 시집온 지 일년이 되었다.

서리와 눈이 몇번 내리고 청명과 곡우가 몇번 지나고 집안사람들이 다들 샤오샤오가 어른이 되었다고 했다. 하늘이 도와서 그런지 찬물을 마시고 거친 음식을 먹어도 사시사철 병 한번 걸리지 않은 채 이렇게 빨리 성숙해졌다. 시어머니가 가위라도 되는 것처럼 샤오샤오가 클 수 있는 기회를 잘라내려고 갖은 애를 썼지만 시골의 태양과 공기는 사람이 잘 자라는 데 거름이 되었다. 괴롭힌다고 막을 수 있는 일이 아니었다.

샤오샤오는 열다섯이 되자 어른처럼 자랐다. 하지만 마음은 여전히 아이 같아서 아무것도 몰랐다.

나이를 더 먹으면 집안일도 늘기 마련이다. 삼에서 실을 뽑고 물레를 돌리고 빨래를 하고 남편을 돌보고 돼지 먹일 풀을 베고 맷돌질을 하고, 옷에 풀먹이는 일도 해야 했다. 무슨 일이든 배워야 했지만 조금만 배워도 할 줄 알았다. 시골 풍습에 따르면 자기가 더 일을 해서 얻은 것은 자기 것으로 가질 수가 있어서, 요 이삼년 동안 샤오샤오가 모은 삼베와 무명천은 족히 세 달 정도는 물레질을 해야 손에 넣을 수 있을 만큼이나 되었다.

남편은 진즉 젖을 뗐다. 시어머니가 또 아들을 낳아서 다섯살짜리 아들은 온전히 샤오샤오 차지가 되었다. 어디를 가든지 무슨 일을 하든지 남편은 그녀를 졸졸 따라다녔다. 간혹 남편은 어떤 때는 샤오샤오를 무서워했고 그녀를 엄마처럼 생각해 허튼 짓을 하지 않았다. 둘은 사이좋게 잘 지냈다.

그 마을도 천천히 발전해갔다. 할아버지의 농담은 샤오샤오의 댕기머리를 잘라버리면 자유로워지지 않겠느냐는 이야기로 옮겨갔다. 그 말을 듣고 있는 샤오샤오도 어느 여름날 여학생을 본 적이 있다. 할아버지 말을 진지하게 받아들인 것은 아니지만 할아버지가 그런 농담을 할 때면 그녀는 물가로 가서 손으로 댕기머리를 말아올리고는 댕기머리가 없으면 어떤 모습이 될지 생각해보았다. 살짝 마음이 동하기도 했다.

돼지 먹일 풀을 베러 남편을 데리고 우렁이산 산기슭에 자주 갔다.

어린아이는 아무것도 모르고 남이 부르는 노래를 따라불렀다. 그가 노래를 부르면 바둑이가 달려왔다.

바둑이가 샤오샤오에게 딴 마음을 품고 있다는 것을 샤오샤오도 어렴풋이 짐작은 하고 있어서 불안할 때가 많았다. 하지만 바둑이도 남자여서 남자의 좋은 점과 나쁜 점을 부족하지 않게 지니고 있었다. 힘든 일을 잘하고 손발이 부지런하고 우스갯소리도 잘했다. 그래서 샤오샤오의 남편은 그와 놀기를 좋아했다. 하지만 틈만 보이면 샤오샤오에게 달라붙어 샤오샤오의 불안을 해소시킬 방도를 궁리했다.

산은 크고 사람은 작고 사방이 나무들로 뒤덮여 있어서 평소에는 샤오샤오가 어디에 있는지도 모르지만 바둑이는 높은 곳에서 노래를 불러 샤오샤오 곁에 붙어다니는 남편을 놀렸다. 남편이 조그만 입으로 노래를 하면 바둑이는 산을 넘고 고개를 넘어 어느새 샤오샤오 앞으로 달려왔다.

어린아이는 바둑이만 보면 마냥 즐거워했고, 그가 어떤 사람인지 알지 못했다. 그는 바둑이더러 풀로 벌레도 만들어주고 진짜 벌레도 잡아주고 대나무피리도 만들어 놀아달라고 할 참이었지만 바둑이는 생각이 달랐다. 그더러 만들 재료를 찾아오라고 멀리 보내고는 샤오샤오 곁에 앉아 샤오샤오가 들으면 얼굴을 붉힐 노래를 부를 생각뿐이었다.

그녀는 무서워서 남편더러 가지 말라고 한 적도 있지만, 가끔은 바둑이가 곁에 있고 남편이 멀리 가버리면 도리어 좋았다. 마침내 어느날 샤오샤오는 바둑이에게 마음을 열어 부인이 되었다.

그때 남편은 산아래로 가서 산딸기를 따가지고 왔고 바둑이는 노래를 여러 곡 불렀는데 마지막에는 샤오샤오를 위해 불렀다.

예쁜 아가씨 집 앞 비탈길
다른 사람은 적은데 사내들은 많네
쇠신 짚신이 다 닳은 것이
그대 아니면 누구 탓일까?

그러고는 샤오샤오에게 말했다. "나 너 때문에 잠을 잘 수가 없어." 그러면서 오늘 일을 사람들에게 말하지 않겠다고 맹세했다. 이 말이 무슨 뜻인지 모르는 샤오샤오는 그저 그의 튼튼한 팔에만 눈길을 주었고, 마지막 한마디만이 귀에 울렸다. 바둑이는 다시 그녀에게 노래를 불러주었다. 그녀는 마음이 어지러웠다. 그녀는 그에게 하늘을 걸고 맹세하라고 했고, 모든 게 다 보장되면 그가 하자는 대로 하겠다고 했다. 남편은 쐐기에 쏘여 부어올라서 돌아왔다. 샤오샤오가 남편의 작은 손을 꼭 잡고 입으로 불어주고 빨아주었다. 방금 전에 있었던 일을 떠올리고는 자신이 생각없이 나쁜 일을 저질렀다는 것을 어렴풋이 깨달았다.

바둑이가 그녀를 유혹하여 나쁜 짓을 한 것은 보리가 익기 시작하는 사월이었다. 유월이 되자 배도 익어갔지만 그녀는 채 익지 않은 배가 먹고 싶었다. 그녀는 몸이 이상하다는 느낌이 들었다. 산에서 바둑이를 만나자 그에게 말하고 어떻게 할지 물었다.

한참 이야기를 해도 바둑이는 아무 생각이 없었다. 전에는 하늘에 맹세했다고 하지만 지금은 아무런 대책이 없었다. 이 사내는 키는 크지만 겁이 많았다. 키가 커서 나쁜 일은 잘 저지르는데, 담이 작아 잘못을 저질러놓고도 대책을 찾지 못했다.

잠시 후 뱀처럼 긴 댕기머리를 만지작거리던 샤오샤오가 도시를 생각해내고는 말했다.

"바둑이 오빠, 우리 도시로 가서 자유롭게 되자, 다른 사람들 일을 해주면서 살고. 그럼 안돼?"

"그게 되겠어? 도시에 가서 뭘 하겠어?"

"내 배가 불러온단 말이야."

"우리 약을 찾아보자. 장에서 약을 판대."

"그럼, 얼른 약을 구해와. 내 생각에는……"

"도시로 도망가서 자유롭고 싶다 이거지, 그건 안돼. 낯선 곳에서 밥을 빌어먹어도 도리가 있는 거야. 기분내키는 대로 그럴 수는 없어."

"너, 이런 양심없는 인간 같으니라고. 너 때문에 나는 완전히 망했다고. 정말 죽고 싶어."

"널 배신하지 않겠다고 맹세했잖아."

"배신하지 않는 게 무슨 소용이야? 제발 어서 내 뱃속에 있는 이 살덩이 좀 가져가. 나 무서워."

바둑이는 더이상 아무 말도 않고 한동안 가만있더니 가버렸다. 얼마 안 있어 남편이 왔다. 샤오샤오 혼자 풀밭에 앉아 울면서 눈이 붉어진 것을 보았다. 속으로 이상했는지 남편은 한참을 보고 있다가 샤오샤오에게 물었다.

"누나, 왜 울어?"

"아냐, 눈에 먼지가 들어가서 그래, 아파서."

"내가 불어줄게."

"괜찮아."

"이것 봐, 내가 이것 가져왔어."

계곡에서 주워온 조그만 조개와 조약돌을 샤오샤오 앞에 늘어놓았다. 샤오샤오는 흔들리는 눈물 속에서 그것들을 보다가 억지로 웃으며 말했다. "동생, 우리 친하지? 그러니까 내가 울었다고 집에 이야기하면 안돼. 일러바치면 나 화낼 거야." 이 일은 정말 집안사람들 누구도 알지 못했다.

반달이 지나 바둑이는 아무 말도 없이 옷가지만 챙겨가지고 떠나버렸다. 할아버지가 같이 지내던 벙어리에게 바둑이가 왜 가버렸는지, 어디로 갔는지 아느냐고 물었다. 벙어리는 고개만 저었고, 바둑이에게 빚 이백 위안을 받아야 하는데 말 한마디 없이 가버렸다면서 양심없는 인간이라고 했다. 벙어리는 자기 말만 할 뿐 바둑이가 왜 떠났는지는 이야기가 없었다. 집안사람들은 사건이 터진 그날은 이상한 일이라고 생각했고, 그 다음날은 이렇게저렇게 이야기를 하더니 그가 아무것도 훔쳐가지도 가져가지도 않았기 때문에 시간이 지나자 자연스럽게 그를 잊었다.

샤오샤오는 예전 그대로였다. 그녀는 바둑이를 잊을 수 있기를 바랐다. 하지만 배는 날이 갈수록 달라졌고 뱃속에 있는 것이 움직이면서 그녀 혼자서 애가 닳고 늘 악몽을 꾸었다.

그녀는 걸핏하면 화를 냈고 그녀 성격이 이렇게 변한 것은 남편만 알았다. 그녀가 남편에게만 심하게 굴었기 때문이었다.

여전히 날마다 남편과 함께 지냈다. 그녀의 마음과 생각은 스스로도 종잡을 수 없었다. 그녀는 지금 죽으면 모든 게 다 좋을 것만 같았다. 하지만 왜 죽어야 하나? 그녀는 그래도 살고 싶었다. 기쁘게.

집안사람들 중에 누가 그냥 지나가는 말로라도 남편 이야기를 꺼내거나 꼬마아이 이야기를 꺼내거나 바둑이 이야기를 꺼내면 그 말이 주먹이 되어 샤오샤오의 가슴을 연방 때렸다.

팔월이 되면서 그녀는 다른 사람이 알까봐 더 걱정이 되어 남편을 데리고 사당으로 놀러가서는 향의 재를 한입 먹었다. 남편이 그 모습을 보고는 왜 그러느냐고 물으면 샤오샤오는 배가 아프다면서 이것을 먹어야 한다고 말했다. 부처님에게 간절히 빌었다. 하지만 부처님은 그녀의 소원을 들어주지 않았고 뱃속의 것은 점점 커져갔다.

계곡에 가서 찬물을 먹기도 했다. 그러다 남편이 보고 물으면 목이 말라서 그런다고 말했다.

그녀가 생각할 수 있는 모든 방법을 다 써보았지만 원치 않는 일을 떨칠 길이 없었다. 부풀어오른 배는 남편만 알았다. 그녀는 이 일을 부모에게 차마 말할 수가 없었다. 오랜 시간 같이 지내왔지만 나이차가 있어서인지 남편은 샤오샤오를 무서워하면서도 자기 부모보다도 더 좋아했다.

그녀는 다른 일들과 마찬가지로 바둑이가 맹세하던 그날 일을 여전히 기억했다. 가을이 되어 쐐기벌레들이 번데기가 되더니 이제는 형형

색색의 예쁜 나비가 되어 집 안을 날아다녔다. 남편이 일부러 자기를 괴롭히기라도 하듯이 몇달 전 쐐기에 쏘였던 일을 들추곤 하여 샤오샤오의 마음을 괴롭혔다. 그녀는 그래서 쐐기라면 질색이었고 보기만 하면 발로 밟아버리고 싶었다.

어느날, 여학생 여럿이 지나간다는 소리가 들렸다. 그 말을 들은 샤오샤오는 눈을 멀거니 뜨고서 꿈을 꾸듯 멍하니 해가 떠오르는 곳을 한참 동안 바라보았다.

샤오샤오도 바둑이처럼 도망을 치려고 했다. 짐을 챙겨 여학생들이 간 그 길을 따라 도시로 가려고 했다. 하지만 떠나지 못하고 집안사람들에게 발각되었다. 이 일은 시골 사람들에게는 큰 사건이었다. 그래서 그의 두 손을 묶어 부엌에 버려두고는 하루를 굶겼다. 집안사람들이 왜 도망가려고 했는지 추궁하고 나서야 십년 뒤 꼬마신랑에게 아이를 낳아주고 대를 이어줄 샤오샤오의 배를 이미 다른 사람에게 빼앗겨 씨앗이 뿌려진 사실을 알게 되었다. 정말 큰 사건이었다. 조용히 살던 집안사람들이 이 일로 혼란에 빠졌다. 화를 내는 사람, 눈물을 흘리는 사람, 욕을 하는 사람, 그러면서 다들 엉망이 되어버렸다. 집안 대들보에 목을 맬 것인가, 물에 뛰어들 것인가, 독약을 마실 것인가, 샤오샤오에게는 온갖 생각들이 꼬리에 꼬리를 물고 밀려들었다. 하지만 나이가 너무 어린 그녀는 살고 싶었고, 결국 죽음을 택하지 않았다. 그래서 할아버지는 이런 현실을 감안하여 현명한 방법을 생각해냈다. 샤오샤오를 방에 가두고 사람을 시켜 잘 감시하게 하고는 그녀의 친척을 불러와서는 도리에 따라 샤오샤오를 물에 빠뜨려 죽일지 다른 곳에 팔아버릴지 결정하라고 했다. 체면을 원한다면 물에 빠져 죽게 할 것이고 차마 그럴 수 없다면 파는 것에 동의할 것이다. 샤오샤오에게는 큰아버지뿐이었다. 근처 마을에서 농사를 짓고 있었는데 처음 전갈을 받았을 때, 그녀의 큰아버지는 술이나 한잔하러 오라는 줄 알았다. 도착해서야 이런 체면 구기는 일이 일어났다는 것을 알고는 순박하고 착실한 이 가장은 어찌할 줄을 몰랐다.

나온 배가 더없이 확실한 증거였고 다른 말이 필요없었다. 관습에 따라 물에 빠져 자진하는 것은 '공자왈'이나 읽는 집안의 가장이 체면을 중시하여 저지르는 어리석은 짓이다. 샤오샤오의 큰아버지는 공자왈을 읽지 않는 사람이었고, 차마 샤오샤오를 물에 빠뜨려 자진시킬 수는 없었다. 그래서 중고품이 되어 두번째 시집을 보내는 쪽을 택했다.

이것도 처벌이었지만, 극히 자연스러워 보였다. 손해를 입은 쪽은 남편 집이니까 관습에 따라 다른 집에 시집을 보내 받는 돈으로 손해를 벌충하는 것이다. 그녀의 큰아버지는 이 결정을 샤오샤오에게 전하고는 떠났다. 샤오샤오는 큰아버지의 옷자락을 잡고 놓지 않은 채 울었다. 큰아버지는 한번 돌아다볼 뿐 한마디 말없이 떠났다.

시간이 흘러도 샤오샤오를 원하는 적당한 사람이 나타나지 않아서 임시로 우선 남편 집에 묵었다. 일이 명명백백하게 가려진 이상 시골 관례대로 이제 더이상 대단한 일이 아니었다. 뒤처리만 남았다는 것을 다들 잘 알고 있었다. 처음 얼마 동안 어린 남편은 샤오샤오와 같이 지낼 수 없었지만 얼마 지나서는 예전에 그랬듯이 누이와 동생처럼 웃고 떠들면서 함께 지냈다.

남편도 샤오샤오 뱃속에 아이가 있다는 것을 알았고, 이 때문에 샤오샤오가 시집을 간다는 것도 알았다. 남편은 샤오샤오를 보내기 싫었고 샤오샤오도 가기 싫었다. 다들 관례에 따라 그래야 하고, 어쩔 수 없이 그럴 뿐, 왜 그래야 하는지는 알지 못했다.

샤오샤오를 보러 올 손님을 기다렸지만 십이월이 되어도 보러 오는 사람이 없었다. 샤오샤오는 하는 수 없이 이 집에서 새해를 맞았다.

샤오샤오는 이듬해 이월에 열 달을 채우고 아들을 낳았다. 머리는 둥글고 눈은 크고 목소리는 우렁찼다. 다들 산모와 아이를 잘 돌보았다. 관례대로 닭을 삶아 찹쌀로 빚은 술과 함께 먹여 보혈을 하도록 했고, 종이를 태워 신에게 감사를 드렸다. 집안사람들 모두 아이를 좋아했다.

아들도 낳았고 샤오샤오도 다른 집으로 시집가지 않았다.

샤오샤오가 정식으로 남편과 합방을 할 때, 아이는 어느새 열살이었고, 꼴풀을 베는 데에도 따라다니며 어엿한 집안의 식구가 되었다. 평소에 샤오샤오의 남편을 큰아버지라고 불렀고, 그러면 큰아버지도 대답을 하며 화를 내지 않았다.

아이의 이름은 뉴얼(牛兒)이었다. 뉴얼이 열두살이 될 때 장가를 갔다. 신부는 그보다 여섯살이 많았다. 신부가 나이가 많아야 일을 잘할 수 있고 집안일도 거들 수 있어서 집안에 도움이 된다. 문 앞에서 피리 소리가 나고 신부는 가마 속에서 크윽크윽 울어서 할아버지와 증조할아버지를 경황없게 만들었다.

이날 샤오샤오는 몸을 푼 지 얼마 되지 않아서 아이가 이제 갓 만 세 달이 되었다. 막 태어난 마아마오(毛毛)를 안고서 집 안 느릅나무 울타리에서 구경했다. 십년 전 남편을 처음 안던 그날과 같은 모습을.

巴金

| 빠진 |

1904~2005

쓰촨(四川)성 청떠우(成都) 출신이다. 끄로뽀트낀에 심취하여 아나키즘의 영향을 깊게 받았다. 이런 영향으로 관료 지주 집안에 반발하여 1922년에 집을 나와 샹하이로 갔다. 1923년 프랑스에 유학하여 처녀작 『멸망(滅亡)』을 써서 귀국 후인 1929년에 발표하면서 작가 생활을 시작했다. 1931~33년에 『안개(霧)』『비(雨)』『번개(電)』로 이어지는 애정 삼부곡을 썼고, 이어 그의 대표작인 『가(家)』(1933)『봄(春)』(1938)『가을(秋)』(1940)로 이루어진 격류 삼부곡을 발표했다. 봉건 대가정의 젊은이들이 겪는 비극과 갈등을 다룬 작품으로 당시 젊은이들에게 폭발적인 환영을 받았다. 항일전쟁 기간 중에는 국민당이 통치하는 당시 현실의 어둠을 비판하는 작품을 주로 발표했다. 사회주의 정권이 들어선 뒤 작가협회 부주석을 역임하기도 했지만 문혁 때 그의 아나키즘 사상이 집중적으로 비판을 받으면서 고초를 겪었다. 문혁이 끝난 뒤 1977년에 복권되었고, 1978년부터 문혁 시기의 경험을 담은 『수상록(隨想錄)』을 써서 문혁을 고발하고, 문혁이 일어난 데 대한 중국인들, 특히 지식인들의 책임과 총체적 반성을 촉구하면서 전세계적으로 주목을 받았다. 노벨상 후보에 오르기도 했고, 죽을 때까지 중국작가협회 회장을 맡았다. 대표작으로 『가』『차가운 밤(寒夜)』『휴식의 뜰(憩園)』등이 있다.

■ **노예의 마음 奴隷的心**

빠진의 초기 작품으로 아나키즘 사상이 함축되어 있다고 평가하기도 한다. 소설에는 펑(彭)과 정(鄭)이라는 대립하는 두 계급을 상징하는 인물이 등장한다. 한 사람은 노예의 후손이고 한 사람은 노예 주인의 후손인데, 이 두 사람이 동료 학생으로 만난 것이다. 펑은 그의 할아버지와 아버지가 노예였다. 그의 할아버지는 몸과 마음까지 철저히 노예화된 노예, 즉 자신이 노예인 줄도 모르는 노예였다. 하지만 그의 아버지는 자신이 노예라는 것과 세상이 불공정하다는 것을 알지만, 감히 노예로서 자신의 운명을 바꾸기 위해 행동할 엄두를 내지 못했다. 그런데 이제 펑은 자신의 조상이 노예라는 것을 밝힌 가운데 반항과 복수를 감행하기 위해 혁명당에 가입한다. 노예의 마음을 떨쳐버리기 위한 몸부림이 혁명당에의 투신으로 나타난 것인데, 그는 결국 체포되어 총살당한다. 노예의 혈통을 끊기 위한 그의 선택이었다.

이런 펑을 만난 뒤, 노예의 수를 늘리는 것이 평생의 꿈인 노예 주인의 후손 정은 공포를 느낀다. 하지만 펑이 한동안 보이지 않는 동안 그는 공포와 죄책감에서 벗어나 노예 숫자를 늘렸고, 노예에 둘러싸여 여유롭고 편안한 귀족의 삶을 누리던 중에 펑이 총살을 당했다는 소식에 펑과 관련한 과거의 모든 것을 잊게 된다. 펑은 "자기 행복을 모두 버려서 다른 사람에게 행복을 가져다주는 것, 다른 사람을 위해 자기의 생명을 희생하고도 조금도 후회를 하지 않는 것, 이것이 바로 노예의 마음이야. 그 마음을 우리 조상들은 할아버지에게 전해주었고, 할아버지는 아버지에게 전해주었고, 아버지는 다시 나에게 전해준 거야"라고 했다. 그가 죽음으로써 노예의 마음도 사라졌을까?

노예의 마음

"우리 조상은 노예였어!" 펑(彭)이 어느날 자랑스럽게 나에게 말했다.

난 친구가 많다. 그들도 나에게 자기 조상 이야기를 했다. 그들은 하나같이 우쭐거리면서 말했다. "우리 조상은 얼마나 노예가 많았는데!" 그 친구들 대부분은 지금도 노예를 여러 명 거느리고 있었다. 물론 몇몇은 노예 숫자가 줄거나 완전히 없어진 경우도 있었다. 그런 친구들은 지나간 황금시대를 늘 안타깝게 회상하곤 했는데, 그들의 행동이나 이야기에서 알 수 있었다.

나의 경우, 내 기억에 따르면 이렇다. 우리 증조할아버지는 노예가 네 명이었고, 할아버지는 여덟 명, 아버지 대가 되어서는 열여섯 명이었다. 나도 노예를 열여섯 거느리고 있다. 나는 내가 자랑스럽다. 내가 노예 주인이어서이다. 그리고 내게는 꿈이 있다. 노예 숫자를 열여섯 명에서 서른두 명까지 늘이는 것이다.

그런데 내 삶에 펑이 등장해서는 난데없이 조금도 부끄러워하지 않은 채 심지어는 뽐내듯이 나에게 자기 조상은 노예였다고 말한 것이다. 나는 그가 틀림없이 미쳤다고 생각했다.

펑의 이력에 대해서 나는 알지 못한다. 하지만 그는 내 친구다. 내가 그를 알게 된 것은 다른 친구들의 경우와 달랐다. 그는 우연히 내 삶에 뛰어들어왔다. 사정은 이러했다.

어느날 나는 학교에서 나오는 길에 생각에 빠져 넋을 잃은 채 찻길로 걸음을 내디뎠다. 차 한대가 뒤에서 다가오면서 계속 경적을 울려도 나는 듣지 못했다. 차가 나를 거의 치려는 순간 갑자기 억센 팔이 내 어깨를 잡고는 옆으로 밀쳤다. 나는 땅에 넘어질 뻔했고 차는 안전하게 지나갔다. 정신을 수습하고서 돌아다보니 큰 키에 깡마른 청년이 무뚝뚝한 얼굴로 내 뒤에 서 있었다. 나는 고맙다고 했다. 그는 대꾸도 하지 않고 웃지도 않은 채 그저 날 바라볼 뿐이었다. 얼마나 눈길이 날 카롭던지! 그러고는 혼잣말처럼 말했다. "앞으로는 조심하라고." 그러고는 뚜벅뚜벅 가버렸다. 나는 그날 그를 알게 되었다.

우리는 과가 달랐다. 나는 문학을 공부했고, 그는 사회과학을 공부했다. 우리는 같은 수업을 들은 적이 없었지만, 자주 만났다. 만날 때면 그저 두세 마디 이야기를 건넬 뿐이었고 어떤 때는 한마디도 하지 않고 차가운 눈길만 교환하기도 했다. 하지만 우리는 결국 친구가 되었다.

우리 둘이 길게 이야기한 적은 거의 없었고, '날씨가 좋네'와 같은 인사치레를 건네본 적도 없다. 우리는 단도직입으로 말을 나누었다.

우리 둘은 친한 친구라고 할 수 있지만 나는 결코 그를 좋아하지 않았다. 내가 그와 친구가 된 것은 태반이 감격과 호기심 때문이었다. 난 그를 존경한 것 같다. 하지만 그를 결코 좋아하지는 않았다. 그는 외모나 말이나 행동거지 할 것 없이 따뜻한 정이라곤 없었다. 어디로 보나 그는 냉혹한 사람으로 보였다.

그의 처지가 어떤지는 나도 몰랐다. 그가 이야기하지 않았다. 하지만 학교생활하는 것을 보면 돈있는 집 자식이 아니라는 것은 알 수 있었다. 그는 평소에 무척 절약했고 영화도 보지 않고 무도장에도 가지 않았다. 하루종일 수업 듣는 것 말고는 숙소에 누워 책을 보거나 운동장이나 학교 밖에서 산책을 했다. 그는 웃지도 않았고 말없이 깊은 생각에 빠져 있곤 했다.

그래서 나는 그가 머릿속에 무엇인가를 숨기고 있다고 생각했다. 나는 그하고 삼년 동안 학교를 같이 다녔지만 삼년 내내 깊은 생각에 빠져 있던 모습만 보았을 뿐이다.

하루는 내가 더이상 참지 못하고 물었다. "펑 형, 진종일 그렇게 골똘히 생각에 빠져 있는데, 도대체 뭘 그리 생각하는 거야?"

그는 썰렁하게 대답했다. "자넨 몰라." 그러고는 돌아서서 가버렸다.

그의 대답은 훌륭했지만 나는 정말 이해할 수가 없었다. 사람이 이 나이에 왜 그리 어둡고, 왜 그리 괴팍한가? 그 이유를 나는 정말 알 수가 없었다. 하지만 왜 그런지 이해가 되지 않아서, 이상하기만 해서 더더욱 그 이유를 알고 싶었다. 그런 뒤로 나는 더욱 그의 행동을 주의깊게 지켜보았고 그가 보는 책과 그가 어울리는 친구를 유심히 살폈다.

그는 사실 친구라고 해보아야 나 말고는 아무도 없었다. 물론 그가 아는 사람이 몇몇 있었지만 아무도 그와 내왕하려고 하지 않았고 그도 다른 사람의 친구가 되는 것을 즐거워하지 않았다. 그는 늘 무뚝뚝한 얼굴이었다. 상대가 누구이건 늘 그랬다. 여학생들이 이야기를 걸어도 좀처럼 웃는 얼굴이 아니었다. 나는 그를 잘 알았지만, 나에게도 쌀쌀맞게 대했다. 내 생각에 내가 그를 좋아하지 않은 이유는 그 때문일 것이다.

나는 그가 무슨 책을 보는지 유심히 살펴본 적이 있다. 그는 꽤나 잡다하게 이것저것 보았고, 온통 이상한 책투성이로 나는 저자 이름도 들어본 적 없는 책들이었다. 게다가 어떤 책들은 일년 내내 도서관 서가에 꽂힌 채 찾는 사람이 하나도 없는 책들이었다. 그는 여러 종류의

책을 읽었다. 어제는 소설책을 읽고 오늘은 철학책을 읽고 내일은 역사책을 읽는 식이었다. 그가 읽는 책으로 그를 이해한다는 것은 사실 불가능했다. 내가 처음부터 끝까지 그 책을 읽어보지 않고서는 책의 내용을 전혀 알 수가 없어서였다.

그러던 어느날 밤, 그가 불쑥 내 방에 왔다. 이번 학기부터 나는 학교 밖에서 살고 있었다. 학교 부근에 살기 편한 방을 얻었는데, 이층이어서 창문으로 학교와 학교 앞 도로, 그리고 새로 생긴 조그만 골프장도 볼 수 있었다.

펑이 방에 들어와 주저없이 새로 산 하얀 소파에 앉았다. 낡은 외투의 먼지를 털고는 한참 동안 말이 없었다. 나는 책상에서 책을 보고 있던 참이었다. 그에게 눈길을 한번 주고는 다시 책으로 고개를 돌렸다. 내 눈은 책에 있었지만, 머리에는 온통 그의 헌 외투 밑에 깔린 새로 산 소파 생각뿐이었다.

"정(鄭) 형, 지금 중국에 노예가 얼마나 있는지 알아?" 그가 갑자기 가라앉은 목소리로 물었다.

"몇백만은 될걸." 나는 시큰둥하게 대답했다. 정확한지는 모르지만, 며칠 전에 한 친구가 이야기하는 것을 들었다. 난 그런 문제에 전혀 관심이 없었다.

"몇백만? 실제로는 몇천만도 넘어!" 펑이 괴로운 목소리로 변했다.

"노예의 의미를 넓게 잡으면 중국 인구 가운데 적어도 4분의 3 이상이 노예야."

'어쨌든 난 노예가 아니야.' 나는 다행스럽다는 듯이 이렇게 생각했다. 다시 고개를 들고 펑을 보았을 때, 난 그가 왜 그리 괴로워하지는 알 수 없었다.

"그런데 자넨 노예가 있나?" 그가 갑자기 단도직입적으로 물었다.

나한테 노예가 없는 줄 알고 업신여기고 있다고 생각했고, 나를 한참 잘못 보고 있구나 싶었다. 우리집에는 분명 열여섯 명의 노예가 있다. 나는 자신만만하게 웃음을 지었다. 나는 뻐기듯이 대답했다. "나 같은 사람들이야 당연히 노예가 있지, 우리집에는 노예가 열여섯 명 있어!"

내 말을 들고서 그가 픽 웃었다. 순간, 나는 내게로 날아오는 그의 눈길에 깃든 한없는 경멸을 발견했다. 그의 눈길에는 존경도 부러움도 없었다. 노예를 열여섯이나 데리고 있는 사람을 경멸하고 있었다. 나는 어안이 벙벙했다. 내 눈을 믿을 수가 없었다. 왜 그런지 알 수가 없었다. 나는 생각했다. 그리고 알아냈다. 질투하고 있는 것이리라. 그의 경제여건을 볼 때 그에게 노예가 있을 리 없다. 나는 동정하듯이, 안타깝다는 듯이, 그에게 말했다. "자네 집에도 노예가 있겠지?"

그런데 뜻밖에도 그가 나를 쏘아보는 눈길에 자부심이 가득했다. 그가 당당하게 말했다. "내 조상은 노예야!" 그가 이 말을 할 때, 자랑스러운 업적을 이야기하는 것 같았다. 그것이 나를 더욱 놀라게 했다.

"그럴 리가 있나. 자네 뭘 그리 겸손해하나. 우린 친구 아닌가." 내가 말했다.

"겸손이라고? 내가 뭣 하러 겸손을 떨겠어?" 그는 이상하다는 듯이 말했다. 그의 표정을 보니 내가 이상한 말이라도 한 것 같았다.

"하지만 자네가. 자네 조상이 노예였다고 분명히 말하지 않았는가." 내가 변명하듯 말했다.

"그래, 내 조상은 원래 노예였어."

"하지만 자네는 대학에 다니고 있지 않은가……" 내가 말했다. 나는 그래도 그의 말을 믿을 수가 없었다.

"자네 얘기는 노예의 후손들은 대학에 다녀서는 안된다는 뜻인가?" 그가 거만하게 물었다. "내가 보기에 자네 조상들도 노예가 아닌 것처럼 보이지는 않네."

나는 머리에 채찍을 한대 얻어맞은 것 같아 머리를 감싸쥐고 일어났다. 일대 모욕을 당했다고 생각했다. 그가 있는 쪽으로 걸어갔다. 나는 그의 앞에 서서 잔뜩 화가 나서 바라보며 말했다. "자네, 우리 조상이 자네 조상 같은 줄 아나? 아냐, 절대 아니야. 우리 부친은 노예를 열여섯이나 거느렸고, 우리 조부는 노예가 여덟 명이었어. 증조부는 노예가 넷이었고. 그리고 그 윗대 조상들은 그보다 더 노예가 많았다고." 사실, 그 윗대까지 올라가서도 노예를 데리고 있었는지는 의문이다. 고조할아버지는 조그맣게 장사를 했으니 노예가 없었을 것이고 노예의 후손이었을 가능성도 다분하다. 하지만 나는 늘 그가 높은 벼슬을 하고 호화스러운 저택에서 수많은 처첩을 거느리고 수백명의 노예를 거느리고 살았다고 생각해왔다.

자주는 아니었어도 몇번은 사람들에게 "우리 조상도 높은 벼슬을 했다"고 말하기도 했다. 그런데 지금 그가 감히 내 면전에서 내가 노예의 후손이라고 말하고 있으니 이건 보통 모욕이 아니었다. 평생 이렇게 심한 모욕은 처음이었다. 참을 수가 없었다. 기어이 복수를 하고 말 것이다. 나는 증오에 찬 눈으로 그를 쏘아보았다. 우리의 눈길이 부딪쳤다. 그 순간 그의 싸늘한 눈길을 보고서 나는 차츰 평상심을 회복했다. 그를 잘 대해주어야 한다는 생각이 들었다. 내게 은혜를 베푼 적이 있어서였다. 나는 내 자리로 돌아왔다.

"그래, 자네 말을 믿네. 자네 같은 사람은 분명 노예 주인 집안에서 태어났을 거야. 나 같은 사람이 노예 주인 집안에서 태어날 수 없는 것처럼. 그래서 내가 자부심을 느끼는 걸세." 그의 태도는 아주 거만했고, 말은 비꼬는 투가 역력했다.

나는 그가 지금 질투가 나서 미칠 지경인 상태라고 생각했고, 그러자 픽 웃음이 삐져나왔다.

　그 순간 그의 얼굴이 분노의 표정으로 바뀌었다. 손으로 뭔가를 털어내는 시늉을 했다. 그의 눈앞에서 나를 털어내는 것 같았다. "웃는군. 왜 웃지? 그래, 나는 노예의 후손이라는 것이 자랑스러워. 그들의 마음하고 내 마음이 가까워져서 그래. ……자네가 뭘 알겠어? 좋은 방에서 따뜻한 이불 덮고 달콤한 꿈을 꾸며 사는 자네가 알 턱이 없지. ……난 정말 자네 같은 사람들의 눈을 동그래지게 만들고 싶어! ……그래, 나는 노예의 후손이야. 내가 감출 게 뭐 있어. 난 내가 노예의 후손이라는 것을 조금도 부끄럼없이 선언할 수 있어. 부모도 노예였고, 할아버지도 노예였어. 증조부도 노예였고. 이렇게 거슬러 올라가다 보면 아마 우리 집안에는 노예가 아닌 사람이 하나도 없을 거야."

　그가 분명 제정신이 아니고, 그래서 여기서 사고를 치지 않도록 핑계를 만들어 내보내는 것이 상책이라고 생각이 들었다. 하지만 그는 곧 말을 이었다.

　"그래, 자넨 노예가 열여섯 명 있지. 만족스럽고, 즐겁고, 자랑스럽겠지. 그런데 자네, 자네 노예들이 어떻게 지내는지 아나? 노예 이야기를, 한가지라도 들어본 적 있나? ……아마 없을 거야. 자넨 모를 거야."

　"그래, 내가 자네한테 노예 이야기를 하나 해주지. ……우리 할아버지는 아주 충성스러운 노예였어. 나는 우리 할아버지보다 더 충성스러운 사람을 보지 못했어. 주인집에서 사십오년을 고생고생하며 일했지. 할아버지는 노예의 아들이어서 아주 어려서부터 노예가 되었지. 내가 기억할 수 있을 때 이미 할아버지는 백발이었어. 그때 우리는 어느 관사 뒤편의 낡은 집에서 아버지와 어머니, 할아버지, 나 이렇게 살았어. 어머니는 집에서 편히 자는 경우가 드물었지. 어머니는 주인집에서 마님하고 아가씨 시중을 들었고. 나는 할아버지가 큰주인나리나 작은주인에게 꾸중 듣는 것을 자주 보았는데, 할아버지는 얼굴을 붉힌 채 연방 "알겠습니다요"라고 말했지. 겨울에 사나운 바람이 낡은 집을 뒤흔들면 찬바람이 문틈으로 새어들어와 추워서 잠을 잘 수가 없었어. 침상은 어찌나 딱딱하고 이불은 또 어찌나 얇던지. 어린아이와 할아버지, 그리고 장년이 되어가는 아버지는 마른 나뭇가지와 건초를 찾아 바닥에 불을 피우고는 쪼그려앉아서 불을 쬐었어. 그때 할아버지가 입을 열었어. 이런저런 이야기를 하더니 또 설교를 시작했어. 커서 정직하고 성실한 훌륭한 사람이 되라고. 당신처럼 충성을 다해 주인을 모셔야 한다고. 할아버지는 착한 마음으로 살면 꼭 좋은 일이 있다고 했지. 아버지는 말씀이 없던 분이셨어. 할아버지가 일장 설교가 끝날 무렵, 불기운도 점점 사그라지고 시간도 늦어서 우리 세 사람은 서로를 꼭 껴안고서 침상에서 추운 밤을 보냈지."

"그런데 할아버지가 말한 '좋은 일'이 결국 일어났어. 어느 여름날 새벽에 할아버지가 갑자기 사라진 거야. 나중에 화단 홰나무가지에 목을 맨 채 발견되었지. 나는 할아버지의 죽은 모습은 보지 못했어. 어머니가 보지 못하게 했고, 사람들이 서둘러 시체를 처리해버렸거든. 할아버지는 나무 판때기에 눕혀졌고 거적으로 상반신을 덮어서, 난 할아버지의 그 튼튼하고도 더러운 발만 겨우 볼 수가 있었지. 할아버지는 그렇게 가셨고, 그게 할아버지와 마지막이었어."

"할아버지가 왜 목을 매셨을 것 같나? 소문에 그 이유는 간단했어. 할아버지가 죽기 전날에 주인이 귀중품 하나가 없어진 것을 알고는 할아버지가 그걸 훔쳐가서 팔았다고 한 거야. 할아버지는 자기처럼 주인에게 충직한 몸이 어찌 감히 주인 물건을 훔치겠느냐고 하소연했지. 하지만 그 하소연은 주인에게 뺨 두 대를 맞는 것으로 돌아왔고 갖은 욕을 하더니 할아버지더러 물어내라고 했어. 할아버지는 수치스럽다고 생각했어. 주인에게 송구스럽다고 여긴 거지. 주인의 신임을 얻지 못하고, 주인의 은혜에 보답할 수가 없어서 말이야. 생각할수록 괴로웠지. 더구나 노예 노릇을 오래 했어도 모아놓은 것이라곤 하나도 없으니 그 돈을 물어낼 길도 없었지. 결국, 사십오년 동안 충성을 다해 주인을 모셨건만 결과는 허리띠로 정원 홰나무에 자기 목을 매는 것이었어. 그게 바로 할아버지가 말한 '좋은 일'이었지."

"관사에 사는 사람들은 다들 할아버지가 불쌍하다고 하면서도 할아버지가 물건을 훔쳤다고 생각했지. 그때부터 나는 노예의 후손이자 도둑의 손자가 되었지. 하지만 난 할아버지가 물건을 훔쳤다는 것을 믿을 수가 없었어. 할아버지가 그런 일을 할 리가 없다고 믿었지. 할아버지는 좋은 분이셨거든. 그뒤, 밤이면 아버지는 늘 나를 품에 안고 주무셨어. 아버지는 낮에 일이 힘들어서 금방 잠이 들었지. 하지만 난 착한 할아버지가 생각나곤 했지. 잠을 이루지 못하고 평소 인자하던 할아버지 얼굴을 떠올렸어. 눈물이 났어. 눈물이 눈을 가렸지. 문득 내가 할아버지 품에 있는 것 같더군. 난 할아버지를 꼭 껴안았어. 감정이 북받쳐 소리를 질렀지. '할아버지, 전 믿어요. 할아버지가 훔쳤을 리가 없어요. 절대 할아버지가 훔치지 않았어요.'"

"그때 말소리가 들렸어. '뉴얼아, 너 뭐라고 하는 거냐?' 아버지 목소리라는 것을 알았지. 난 소띠여서 어려서 이름이 뉴얼(牛兒)이었어. 난 눈물을 닦았고, 할아버지는 어느새 보이지 않았어. 내 옆에서 자고 있는 사람은 아버지였고, 나는 큰 소리로 울었어. 아버지도 잠을 잘 수가 없었지. 아버지도 우셨어. 아버지가 날 달래면서 말하더군. '뉴얼아, 네 말이 맞다. 할아버지가 훔친 게 아니야. 난 누가 훔쳤는지 알아.' 그래서 나는 아버지 어깨를 끌어당기며 다급하게 말했어. '누가 훔쳤는지 말해주세요. 누가 훔쳤냐고요? 아버지는 아시죠? 나한테 말해주세요.'

아버지는 난처해 보였지. 아버지는 한참을 망설이더니 한숨을 쉬더군. 그런 뒤, '이야기해줄 테니, 절대 다른 사람에게 말하지 않는다고 약속해라.' 나는 맹세했어. 아이의 말이라 믿음이 가지 않았겠지만 아버지는 내게 말해주더군. 그는 슬픈 목소리로 말했어. '난 큰도련님이 훔쳤다는 것을 안단다. 네 할아버지도 아시고. 이 일을 절대 다른 사람에게 말하면 안된다. 할아버지가 나서서 당신 목숨을 버리셨으니 나도 진실을 입밖에 낼 수가 없다. 이제 돌아가셨으니 말해도 믿을 사람도 없고, 도리어 우리만 성가셔진다……'"

펑은 여기까지 이야기하고는 잠시 멈추었다. 이어 쓴웃음을 지으며 덧붙였다. "내가 지금 전한 아버지 말은 물론 꼭 그대로가 아니야. 하지만 핵심은 잊지 않았어. 설마 내가 지어낸 이야기라고 생각하는 건 아니겠지?"

나는 묵묵히 고개를 끄덕였다. 그러고는 계속 이야기하라고 했다. "나도 아버지가 왜 그런지 그 이유를 몰랐어. 차마 더 물어보지 못했고. 난 할아버지가 너무나도 보고 싶었고, 그래서 많이 울었지."

"그때 내게는 그래도 아버지와 어머니가 있었어. 난 부모님을 사랑했고, 부모님도 날 사랑했지. 할아버지가 돌아가시고 나서 아버지 얼굴에는 늘 수심이 가득했지. 웃는 모습을 본 일이 드물어."

"어느날 밤, 겨울이었어. 아버지는 나랑 방에서 불을 쬐고 있었어. 그런데 갑자기 밖이 시끄럽더니, '사람 살려!' 하고 외치는 소리가 들리더라고. 난 놀라서 아버지 품에 숨어서 아버지 목을 꼭 껴안았지. 아버지가 내 귀에 대고는 따뜻하게 말했지. '괜찮아. 안 무서워. 아빠가 있잖아.' 조금 있자 밖이 조용해졌어. 몇시간쯤 지났을까, 누가 와서 아버지를 부르더군. 주인나리가 부른다는 거였어. 가서는 한참이 지나도 돌아오지 않더군. 나는 혼자 방에서 덜덜 떨었어. 조금 있으니 아버지가 어머니하고 돌아왔지. 두 사람 얼굴에 눈물 자국이 있더군. 아버지는 나를 안고 계속 우셨어. 어머니에게는 가슴아픈 말을 하셨지. 그날 밤 우리 셋은 꼭 끌어안고 잤어. 아버지와 어머니가 나눈 이야기는 기억이 안 나. 당시 어린 내가 알아듣지 못하는 말들이었거든. 몇마디는 기억나. '내가 죽는 게 나아, 살아봤자 뭐 하겠어? 우린 주인의 노예이니 주인 말을 들을 수밖에. ……우리가 자식을 더 많이 낳고 그 아이들이 손자를 낳아봤자 남의 노예가 될 뿐이야. 누구도 노예의 운명을 벗어날 수가 없어. 이렇게 살아 뉴얼마저 남의 노예가 되고 노예의 혈통을 이어가게 하느니 차라리 내 목숨을 주인에게 팔아서 뉴얼을 공부시켜 이런 삶에서 벗어나게 하는 게 나아……"

펑은 그때 눈이 붉어졌다. 그는 잠시 멈추더니 다시 말을 이었다. "그때 아버지가 한 말은 지금도 기억나. 평생 잊지 못할 거야. 아버지 말을 내 말투로 전해서 자네들 말투와 비슷해졌지만 그래도 그 말 속에 아버지의 그 마음이 뛰고 있는 것을 얼마간 느낄 수 있을 걸세."

"……어머니는 별말이 없이 그저 아버지를 안고 우셨어. 입으로 웅얼거리면서 말하시더군. '나더러 어떻게 살라고 그래요……' 난 두 분이 왜 그러는지 몰랐지만 나도 울었어."

"이튿날 새벽 침상에서 자고 있는데, 누가 와서 아버지를 데리고 갔지. 어머니가 아버지 옷소매를 잡고 울었고 나도 어머니를 따라했어. 그 사람들이 그러더군, 아버지가 어제저녁에 사람을 때려죽였다고. 믿을 수가 없었어. 어제저녁, 아버지는 분명히 나를 데리고 불을 쬐고 있었거든. 밖에서 소란스러운 소리가 들렸을 때 아버지는 나를 품에 꼭 안아주었고, 내 곁을 떠난 적이 없으니 밖에 나가 사람을 때려죽였을 리가 없는 거지. 아버지는 따지지도 않고 말없이 고개를 숙인 채 사람들한테 끌려갔어. 나는 마음이 다급했고, 뛰어가 아버지 소매를 붙잡고 늘어졌는데, 말이 입밖으로 나오지 않더군. 그 사람들은 나를 땅바닥에 내동댕이쳤고, 아버지는 끌려가셨어."

"그뒤로 아버지를 다시 보지 못했어. 들리는 말로는 몇달 되지 않아 감옥에서 병으로 죽었다고 하더군. 어머니도 관사 일을 그만두셨지. 우리는 관사 밖에 살게 되었고, 난 공부할 기회를 얻었지. 돈은 다 주인이 주었고. 주인은 아버지 목숨을 사서 자기 아들 대신 죽게 한 것이었지(난 나중에 작은주인님이 사람을 죽였다고 말하는 것을 들었지). 주인은 약속을 어긴 적이 없었어. ……자네가 보기에 내가 감격했을 것 같은가? 아닐세. 난 그를 증오했어. 그의 아들도. 그들은 내 원수였고, 내 할아버지와 아버지를 해쳤어. 하지만 난 그들의 돈이 필요했어. 우리 아버지가 목숨으로 바꾼 돈 말이야. 아버지는 목숨을 바쳐서 내게 지금 이런 여건을 만들어준 것이지. 아버지의 목적은 이루어졌어. 어쨌거나 난 노예의 혈통을 끊었으니까 말이야……"

그가 갑자기 말문을 닫았다. 그의 얼굴에 무서운 경련이 일었다. 그는 입술을 세게 깨물었다. 폭발하려는 분노를 참는 것 같았다. 속에 어떤 말이 숨겨져 있는 것 같았다. 그의 이야기에 얼마간 마음이 움직이기는 했지만, 난 여전히 날카로운 눈길로 그를 바라보고 있었다. 내 눈길이 그를 가만 내버려두지 않고 그에게 물었다. "자네 남에게 말 못할 무슨 고충이라도 있나?"

내 뜻을 알아차린 듯, 그의 낯빛이 이내 붉어졌다. 부끄러워서인지 분노 때문인지는 알 수 없었다. 그가 자리에서 일어나 방 안을 몇걸음 걷더니 다시 앉았다. 갑자기 얼굴 표정이 무섭게 변했다. 그가 말했다. "맞아, 내 이야기는 이게 다가 아니야. 아직 말하지 않은 게 있어. ……내가 다 이야기하지. 하루는 학교에서 좀 일찍 돌아왔는데 어머니가 어떤 남자와 침상에 앉아 있더라고. 두 사람은 나를 보지 못했고, 나는 문밖에 숨었어. 분노와 수치심이 일더군. 나는 밖에서 죽어라고 공부하고 있을 때 어머니는 집에서 다른 남자와 놀아나다니. 그런 생각에 마음이 아팠어. 하지만 난 어머니를 사랑했기에 그 자리에서 어머니에게 모욕을 주기는 싫었어. 그 남자가 작은주인님이라는 것도 알았지. 다른 사람도 아닌 바로 그 작은주인님 말이야! 우리 할아버지를 해치고 아버지를 해친 그 인간이 이제 어머니까지 해치려고 온 것이지. 어머니가 작은주인님에게 말하는 것 같더라고. '어서 가세요. 어서. 아이가 올 시간이에요.' 작은주인님이 뭐라고 몇마디 하자 어머니가 다시 말하더군. '제발 오지 마세요. 이렇게 오시다 보면 아이와 맞닥뜨릴 거예요. 제발 은혜를, 자비를 베풀어주세요……"

"방으로 들어갔더니 어머니 혼자 침상 모퉁이에 앉아서 고개를 파묻고 멍하니 있더라고. 내가 급하게 어머니 앞으로 다가가자 깜짝 놀라면서 얼굴이 빨개지면서 물었어. '너 왔니?'"

"나는 어머니 다리를 꼭 껴안았지. 창피하고 화가 나서 말했어. '엄마, 엄마가 창피해 죽겠어. 아빠가 죽은 지 일년도 안되었는데 다른 남자와 바람을 피우다니!' 어머니는 아무 말도 하지 않으셨어. '난 학교에서 죽어라 공부하는데 엄마는 이런 짓이나 하고, 창피해 죽겠어.' 엄마는 '뉴얼!' '뉴얼!' 하면서 내 이름만 부르더니 침상에 몸을 숙이고는 엉엉 울었어. 어머니 울음소리에 내 마음이 약해졌어. 어머니가 나를 얼마나 사랑하는지, 나를 얼마나 아끼는지, 어떻게 매일 밤마다 내 옆에서 내 공부를 도와주었는지, 어떻게 날 위로하고 힘을 주었는지가 떠올랐어. 그래서 나는 어머니에게 잘못을 빌었어. '엄마, 내가 잘못했어요. 제가 그런 말로 어머니 마음을 아프게 하지 말았어야 하는데. 용서하세요.' 어머니는 꿈쩍도 하지 않았고 한참이 지나서야 고개를 들고 앉아서는 나를 곁으로 부르시더군. 그러고는 슬픈 목소리로 말했어.

'뉴얼아, 네 잘못이 아니다. 내가 너한테 용서를 구해야 한다. 네 아버지가 죽은 뒤로 나한테는 너밖에 없다. 내가 이렇게 살고 있는 것도 다 너 때문이다. 너 아니었으면 난 벌써 네 아버지 곁으로 갔을 게다. 너 아버지가 죽기 전에 한 말 기억하니? 아버지는 널 꼭 공부를 시켜 노예가 되지 않게 하라고 했어. 다른 인생을 살라고 말이다. 네 아버지가 당신 목숨을 던졌는데, 나라고 목숨이 아깝겠느냐? 전생에 무슨 죄를 졌는지, 아니면 다른 이유가 있는지 내가 관사에서 마님하고 아가씨를 모실 때, 작은주인님이 자주 나를 성가시게 굴곤 했다. 난 그때마다 이리저리 피하곤 했다. 그런데 네 아버지가 죽고 나서 그 사람이 자주 날 찾아왔다. 나도 그 사람이 그저 심심풀이로 날 가지고 노는 거라는 걸 알았다. 다른 데 가서는 그렇게 쉽게 못할 것인데, 다 내 얼굴이 반반한 게 죄다. 우리가 지금 그 집 돈으로 살고 있고 너도 공부를 해야 하고 그 집 돈이 필요하니 그 집하고 척질 수가 없다. 그 인간은 무슨 짓이라도 저지를 수 있는 인간이다. 그러니 내가 거절할 방도가 없다. …… 뉴얼, 날 용서해라. 널 공부시킬 수 있고 널 노예로 만들지 않을 수만 있다면 네 엄마는 이 한몸 하나도 아깝지 않다.' 물론 이 말도 어머니의 원래 말이 아니라 내가 대강 기억하는 것이네."

"난 어머니를 꼭 껴안았어. 나는 한결 어머니가 사랑스러웠어. 전보다도 훨씬. 나는 괴롭게 말했지. '어머니, 너무 고생시켜서 미안해요. 나 공부 그만둘래요. 더이상 어머니를 이렇게 고생시킬 수가 없어요. 공부를 그만둘래요. 그냥 노예가 될게요.'"

"어머니가 내 입을 막으면서 말했어. '허튼소리 그만해라. 넌 공부해야 한다. 꼭 훌륭한 사람이 되어야 해. 널 공부시키기 위해서라면 평생을 고생스러워도 엄마는 괜찮다.'"

"어머니는 울면서 밤새도록 나를 설득했고, 결국은 어머니 말을 든

기로 했지. 이튿날 새벽, 나는 예전처럼 학교에 갔고, 공부를 그만두겠다는 말을 다시는 하지 않았지. 정말 열심히 공부했지. 학교에서 가르치는 지식이라면 무엇이든 죄다 먹어치웠지. 그 지식 너머에 내 빛나는 앞날이 있을 것이라고 믿었거든. 난 노예의 혈통을 끊고자 하는 부모님의 바람을 기어이 이루어드리겠노라고 결심했거든."

"하지만 고통스러운 현실이 내 머리를 짓눌렀고, 지난 과거가 귀신처럼 내 마음에 달라붙어 놓아주지를 않았어. 사는 게 너무 고통스러웠어. 노예 처지에서 벗어나려고 하는 사람에게는 특히 더욱더 그랬지. 하지만 희망은 있었어. 나에게는 어머니의 사랑과 어머니의 기대가 있었거든. 그것이 내게 그 모든 것을 견뎌낼 힘을 주었어."

"작은주인님은 당연히 자주 드나들었지. 속으로는 그를 증오하면서도 아무런 내색도 하지 않았어. 그가 가고 나면 어머니는 사람이 변했어. 오랫동안 울기만 해서 어머니를 달래느라 한참 동안 애를 먹었지. 그런 생활이 아마 조금만 더 계속되었어도 어머니는 진즉 죽었을 거야. 그런데 다행히도 네댓 달이 지나 작은주인님에게 어린 첩이 생겨 더이상 우리집에 오지 않았지. 어머니와 난 평화롭게 몇년을 지냈어. 내가 여기 대학에 들어올 때까지 말이야."

"어머니가 죽은 지 이제 삼년이야. 하루도 어머니를 잊은 적이 없어. 하루도 아버지와 할아버지를 잊은 적도 없고. 난 늘 비천하게 살다 간 그들을 생각해. 난 조금도 부끄럽지 않아. 그들 때문에 얼굴이 붉어진 적도 없고. 나는 내 조상이 노예라는 게 자랑스러워. 그래, 난, 아주 자랑스러워. 할아버지가 억울하게 도둑으로 몰려 목을 매고 아버지는 다른 사람 죄를 대신 뒤집어쓰고 감옥에서 죽고, 어머니는 간통한 여자로 몰렸지만, 누가 그 사람들을 더럽다고 할 수 있어? 남에게 해코지라도 했나?……"

그의 말이 격해졌다. "그래, 자넨 아마 그 사람들들 비웃겠지. 무시할 거야. 하지만 자네가 그 사람들의 마음을 안다면 달라질 거야. 그들의 황금빛 마음은 자네 같은 사람들한테서는 찾을 수가 없어!"

"난 자주 밤이 깊도록 잠을 못 자. 그들을 생각하면서 시달리곤 하지. 이건 부끄러움이 아니야. 이건 분노야. 난 상상하곤 해. 지금 내가 편안하게 침상에서 잠을 잘 때, 지금 어디선가는 수백만, 수천만의 노예가 자신의 불행한 운명에 눈물을 흘리고 있을 것이라고. 그 사람들은 내 할아버지처럼 살면서 고생하고 있을 거야. 하지만 그 시각, 주인들은 달콤한 꿈에 취해 있겠지. 그들 가운데 어느 늙은이는 도둑 누명을 쓰고 이튿날 새벽 목을 매고 죽을 운명을 기다리고 있을 것이고, 나이든 노예는 어쩔 수 없이 남의 죄를 뒤집어쓰고 징역살이를 가려고 기다리고 있을 것이고, 어머니와 딸은 주인 품에서 노리개가 되고 있겠지. 아이들은 아버지를 껴안고 울고 있고. 이런 생각을 하면 내 마음은 독한 저주로 가득차지. 난 자네 같은 사람들을 저주했어. 자네 같은 사람들을 없애버리려고 했지. 한사람도 남기지 않고 말이야. 자네들은 내 할아버지를 죽이고, 내 아버지의 목숨을 앗아가고, 내 어머니를 욕보였어, 지금 그 사람들은 다 죽었는데, 자네들은 아직도 살고 있어. 나는 자네들에게 기어이 복수할 것이야!……"

그의 모습이 무섭게 변했다. 그가 일어나더니 내 쪽으로 다가왔다. 나는 놀라서 소리를 지를 뻔했다. 맞설 태세를 하려던 순간 그가 창문 앞으로 갔다. 그는 창 앞에서 바깥을 내다보면서 손가락으로 밖을 가리키더니 분노하면서 말했다. "저것 봐!" 난 그의 손가락이 가리키는 쪽을 쳐다보았다. 엇비스듬히 보이는 작은 골프장이었다. 골프장에는 대낮처럼 불이 환했다. 흰옷을 입은 하인 두세 명이 문 앞에서 어슬렁거렸고 반라의 외국 여자가 표를 팔고 있었다. 말쑥하게 빼입은 남녀

청년들 한쌍씩이 여유롭게 문으로 들어갔다.

"우리는 일년 내내, 하루종일 죽어라 일하는데, 우리 할아버지는 나무에 목을 매어 죽고, 아버지는 감옥에서 병들어 죽고, 어머니와 누이는 겁탈을 당하고, 우리 아이들은 울고 있어. 저 사람들, 자네 같은 사람들 중에서는 눈을 씻고 찾아도 양심있는 사람을 찾을 수가 없어." 그의 목소리에 끝모를 분노가 담겨 있었다. 오랫동안 고통받아온 계급의 온갖 고통이 그 목소리 속에 일렁이는 것 같았다. 그 목소리가 사정없이 내 마음을 때렸다. 내 눈이 돌연 번쩍 뜨였다. 내 눈앞에 수많은 비참한 장면이 떠올랐다. 나는 내 집에 노예가 열여섯 명이 있다는 것을 똑똑히 안다. 그리고 노예 숫자를 서른두 명까지 늘리려고 한 적도 있다. 16, 32. 이런 숫자들이 내 눈앞에 어른거렸다. 내가 바로 그 작은 주인님 같았다. 내가 그의 할아버지를 해치고 아버지를 나 대신 징역살이시키고 그의 어머니를 능욕한 것 같았다. 나는 두려워졌다. 포획물을 채가려고 노리는 두 눈이 내 몸에 훑고 있는 것 같았다. 나는 내 종말이 다가왔다고 생각했다. 나도 모르게 기겁을 하며 소리를 질렀다.

"정 형, 왜 그래? 뭐라고 한 거야?" 그가 부드럽게 물었다.

나는 한참 동안 말을 할 수가 없었다. 나는 그저 눈만 비볐다.

"정 형, 내가 무섭나? 내가 자네를 해치지 않을 거라는 걸 자네도 알지 않나?" 그가 쓴웃음을 지으며 말했다.

그러자 나는 어느정도 진정되었다. 나는 그의 얼굴을 유심히 보았다. 그의 얼굴에는 흉악한 모습이라곤 없었다. 그가 전에 내 목숨을 구해주었던 것도 기억났다. 나는 알 수 없다는 듯이 물었다. "펑 형, 자네는 왜 그때 날 구해주었나? 나도 노예 주인이고, 자네의 원수인데, 왜 그냥 차에 치여 죽게 내버려두지 않은 건가?"

그는 쓴웃음만 지을 뿐 한동안 가만있었다. 그런 뒤 차분하게 말했다. "아마 내게도 노예의 마음이 있나봐."

나는 조용히 그를 바라보았다. 한바탕 울고 싶었다.

그는 내가 말이 없자 그의 말뜻을 알아듣지 못한 줄 알고는 덧붙였다. "자기 행복을 모두 버려서 다른 사람에게 행복을 가져다주는 것, 다른 사람을 위해 자기의 생명을 희생하고도 조금도 후회하지 않는 것, 이것이 바로 노예의 마음이야. 그 마음을 우리 조상들은 할아버지에게 전해주었고, 할아버지는 아버지에게 전해주었고, 아버지는 다시 나에게 전해준 거야." 그는 손으로 자기 가슴을 가리켰다. 나는 그의 가슴에서 붉은 심장이 요동치는 것을 보는 듯했다. 나는 고개를 돌려 내 가슴을 보았다. 프랑스제 실로 만든 내 멋진 상의가 모든 것을 덮고 있었다.

"노예의 마음, 난 언제나 이 노예의 마음을 떨쳐버릴 수 있을까……" 그의 고통스러운 소리가 내 귓가에까지 전해졌다. 나는 얼른 귀를 막았다. 나는 그런 노예의 마음조차도 없다. 아마 난 필경 마음이라는 것조차 없는 사람인가 보다. 나는 너무도 부끄럽고, 두렵고, 슬프고, 혼란스러워 쓰러졌다. 그가 언제 갔는지도 기억나지 않는다.

그뒤 나는 그를 만날 일이 별로 없었다. 그의 행동이 갈수록 괴팍하게 변해서였다. 운동장에도 그의 발길이 줄었고, 학교 밖을 산책하는 것도 보지 못했다. 나는 숙소에서 그를 찾았지만 찾지 못했다. 우리는 결국 소원해졌다. 나중에는 그의 이야기를 잊게 되었다. 내게는 나의 친구들이 있고, 나의 오락이 있었다. 영화관에도 가고 무도장에도 가고 여자친구하고 골프장에도 갔다. 나는 친구들과 자기 집 노예 이야기를 할 때면 자랑스럽게 말했다. "우리집에는 노예가 열여섯 명이야. 머잖아 노예 숫자를 서른두 명까지 늘일 수 있을 거야."

내가 졸업을 하고 몇년 지나지 않아 그 꿈은 정말 이루어졌다. 나는 서른두 명의 노예를 갖게 되었다. 그들은 마음을 다 바쳐 우리 집안사람들을 모셨다. 나는 즐겁고, 만족스러웠다. 예전에 펑이 내게 말한 노예 이야기는 깨끗이 잊어먹었다.

어느날, 나는 아내와 같이 정원에서 더위를 피하고 있었고, 다섯 명의 노예가 옆에서 시중을 들고 있었다. 나는 그날 신문을 뒤적이다가 우연히 이곳 지방뉴스 난에서 한 혁명당원이 총살을 당했다는 기사를 보았다. 그 혁명당원의 이름이 펑과 같았다. 분명 그 사람, 내 생명을 구해주었지만 내게서 잊혀진 은인이라는 것을 나는 알았다. 그가 여러 해 동안 잊혀졌다가 다시 내 머리에 떠올랐다. 나는 그가 이제야 그 노예의 마음을 떨쳐버렸다는 생각이 들었다. 그에게는 다행스러운 일일 것이다. 하지만 그가 내 생명을 구해준 일을 떠올리자 마음이 꺼림칙했다. 나는 신문을 물끄러미 보며 한동안 생각에 잠기다가 길게 한숨을 내쉬었다.

"여보, 당신 웬 한숨이에요?" 아내가 손을 건네 내 손을 어루만졌다. 그녀가 따뜻하고도 놀란 눈으로 나를 보았다.

"아무것도 아니오. 옛날 학교 친구 하나가 죽어서." 나는 담담하게 대답했다. 아내의 한없이 사랑스럽고 아름다운 얼굴과 빛나는 큰 눈을 보면서, 나는 모든 것을 잊었다.

더 읽을거리

빠진의 대표작 『가』(박난영 옮김, 황소자리 2006)가 번역되어 있다. 빠진의 문학세계를 전반적으로 이해하기 위해서는 박난영의 『혁명과 문학의 경계에 선 아나키스트 바진』(한울아카데미 2006)이 도움이 된다. 문혁의 비극을 고발한 그의 수상록의 일부를 번역한 『매의 노래』(홍석표 외 옮김, 황소자리 2006)도 나와 있다.

茅盾

| 마오뚠 |

1896~1981

본명은 천떠홍(沈德鴻)이고 자는 옌삥(雁冰)이다. 마오뚠은 그의 여러 필명 가운데 하나이다. 중국 사회에 대한 냉철한 분석을 바탕으로 한 리얼리즘 작품을 주로 썼다. 일부에서 그를 '사회분석파' 작가로 분류하는 것은 이 때문이다. 1921년 중국 근대문학의 최초 문학단체인 '문학연구회'의 주요 발기인이었다. 서구의 리얼리즘이론을 적극 소개하면서 '문학은 인생을 반영해야 한다'는 취지를 내건 이 문학단체가 '인생파' '사실파' 등으로 불리는 데 크게 기여했다. 공산주의 단체에 가입하여 혁명운동에 가담하기도 했고, 1928년 당시 혼란한 중국 현실을 배경으로 한 「환멸(幻滅)」 「동요(動搖)」 「추구(追求)」 등의 중편을 발표하여 작가로서의 입지를 굳혔다. 사회주의 정권이 수립된 이후 문화부장관을 맡기도 했다. 대표작으로는 1930년대 상하이를 배경으로 제국주의와 매판자본의 협공 속에서 몰락하는 민족자본의 운명을 그린 『한밤중(子夜)』(1933)이 있다.

■   린 씨네 가게 林家鋪子

　　소설은 만주사변(1931)을 일으킨 뒤 일본이 중국 침략에 본격적으로 나서면서 촉발된 샹하이사변(1932) 시기를 배경으로 한 중소상인의 몰락을 그리고 있다. 소설에서 린 씨네 가게는 사면초가에 처해 있다. 국민당 관료들의 착취와 압박, 일본의 침략으로 인한 사회경제적 혼돈, 대자본의 압박 등등으로 말미암아 소도시의 이 가게가 결국 파산하고 마는 것이다. 제1차 세계대전 이후 제국주의 침략이 느슨해진 가운에 중국 경제가 성장하지만 이어 일본이 본격적으로 중국을 침략하면서 중국 경제는 다시 붕괴되기 시작한다. 마오뚠은 이런 시대를 배경으로 하여 제국주의의 침략과 국민당 정부의 부패 등으로 중국 민족 자본이 파산하고 마는 비극을 다루는 데 심혈을 기울인 작가인데, 이 작품 역시 그런 경향을 잘 보여준다. 제국주의의 침략과 부패하고 타락한 정부로 인해 초래되는 현실의 위기의 가장 큰 피해자는 하층민이라는 점을 부각시키고 있다.

린 씨네 가게

1

그날 린(林) 씨 딸은 입이 산만큼 나온 채 학교에서 돌아왔다. 평소 같으면 가방을 내팽개치자마자 경대 앞에 앉아서 빗질을 하고 단장을 했을 것이다. 그런데 오늘은 침대에 누워 모기장 꼭대기만 우두커니 바라보고 있었다. 얼룩고양이가 뒤따라 침대에 올라와서는 린 씨 딸의 허리에 몸을 비비면서 두어 번 야옹 하고 울었다. 본능적으로 손을 내밀어 고양이를 쓰다듬더니 돌아누워 베개에 얼굴을 묻으면서 소리쳤다.

"엄마!"

대답이 없었다. 엄마의 방은 바로 옆인데다 금이야 옥이야 하는 하나뿐인 딸이어서 딸이 돌아온 성싶으면 곧장 전족한 발로 뒤뚱거리며 달려왔다. 배가 고프지 않느냐고 물으면서 엄마가 맛있는 것을 남겨두었다고 말하곤 했다. 우 씨 어멈더러 어서 가서 훈툰(중국식 만둣국—옮긴이)을 사오라고 하기도 했다. 그런데 오늘은 이상했다. 엄마 방에서 분명 말소리가 나고 딸꾹질소리도 나는데 엄마가 한마디 대답도 없었다.

린 씨 딸은 침대에서 돌아누우며 고개를 세웠다. 엄마가 누구와 이야기를 하기에 저렇게 소곤소곤하는지 엿들을 참이었다.

하지만 잘 들리지가 않았다. 엄마의 딸꾹질소리만 귓가에 날아들 뿐이었다. 그런데 갑자기 엄마 목소리가 높아졌다. 화가 난 듯했다. 몇마디가 아주 또렷하게 들렸다.

──이것도 일본물건이고, 저것도 일본물건이고, 나 참!……

린 씨 딸은 깜짝 놀랐다. 머리를 자를 때 자른 머리카락이 목에 달라붙었을 때처럼 온몸이 바짝 타들어갔다. 일본물건 때문에 학교에서 사람들에게 비웃음을 당하고 욕을 먹었고, 집에 돌아와서도 기분이 엉망이었던 것이다. 그는 그녀 곁에 꼭 붙어 있는 고양이를 밀쳐내고 일어나서는 새로 지은 비취색 치파오를 벗어들고 툭툭 털더니 한숨을 내쉬었다. 포플린과 낙타털로 만든 이 멋진 옷도 일본에서 온 것이라고 했다. 그녀는 낙타털 치파오를 옆으로 밀쳐놓고는 침대 밑에서 조그만 소가죽 상자를 꺼내서 화풀이라도 하듯이 뚜껑을 열었다. 상자에 든 물건을 침대에 쏟았다. 알록달록한 옷과 잡동사니 들이 침대에 가득 나뒹굴었다. 고양이가 깜짝 놀라 침대에서 뛰어내려 몸을 사리더니 의자에 올라가 웅크리고 앉아 여주인을 물끄러미 바라보았다.

옷더미를 한참 뒤적이던 린 씨 딸이 정신나간 것처럼 침대맡에 멍하니 서 있었다. 이 많은 옷과 물건 들은 보면 볼수록 예쁘지만, 백번을 보아도 분명 일본제품이었다. 이 옷들을 이제 입을 수 없다는 말인가! 그녀는 아까웠다. 아버지가 새옷을 다시 장만해줄 것 같지도 않았다. 끝내 눈시울이 붉어졌다. 이 일본물건들이 좋은 것은 사실이지만 일본사람들은 싫었다. 그 사람들은 왜 군대를 동원해 동북 3성을 쳐들어왔을까? 그런 일만 없었더라면 이 일본옷을 입는다고 누가 비웃고 욕을 하겠는가?

"딸꾹──"

갑자기 방문 밖에서 소리가 났다. 린 씨 부인의 뒤뚱거리며 걷는 가녀린 몸매가 문에 비쳤다. 상자의 옷들이 다 꺼내진 채로 딸이 비단적삼만 입고 침대맡에 서 있는 것을 보고서 어머니는 깜짝 놀랐다. 마음이 다급해지자 '딸꾹' 소리가 더 심해졌고 한동안 말을 못했다.

딸이 엄마에게 달려와서는 울상이 되어 말했다.

"엄마! 전부 다 일제뿐이에요. 내일 나 뭘 입어야 해?"

린 씨 부인이 고개를 저으며 연방 딸꾹질을 했다. 한손은 딸의 어깨를 잡고, 다른 손으로는 자기 가슴을 쓸어내렸다. 한참이 지나서야 겨우 말문을 열었다.

"애야, 딸꾹, 왜 그렇게 옷은, 딸꾹, 다 벗고 그러니? 감기 들라, 딸꾹— 이놈의 병이, 딸꾹, 널 낳던 때 생기더니, 딸꾹, 요즘은 갈수록 심해지니. 딸꾹—"

"엄마! 나 내일 뭘 입어야 해? 나 집에만 박혀서 안 나갈 거야, 애들이 날 놀리고 욕한단 말이야."

린 씨 부인은 대답이 없었다. 연방 딸꾹질을 하면서 침대로 가 낙타털 치파오를 집어서 딸의 몸에 걸쳐주고는 침대를 톡톡 두드리며 딸더러 앉으라고 했다. 고양이가 다시 린 씨 딸의 발에 다가와서는 고개를 들어 실눈을 하고 린 씨 부인을 쳐다보다가 다시 딸을 쳐다보았다. 그러더니 게을러빠진 움직임으로 린 씨 딸 발등으로 다가가더니 신발에 등을 비볐다. 린 씨 딸이 고양이에게 발길질을 하자 몸이 뒤틀린 채 침대로 떨어지더니 얼른 린 씨 부인 뒤로 숨었다.

두 사람 다 한동안 말이 없었다. 어머니는 딸꾹질하느라 바빴고 딸은 '내일 뭘 입고 갈지' 궁리하느라 바빴다. 일제(日製) 문제는 옷만 해당하는 것이 아니었다. 다른 물건도 마찬가지였다. 친구들이 다들 부러워하는 화장품가방이나 샤프연필 같은 것들이 죄다 일제였다. 그녀가 애지중지하는 것들이었다.

"아가, 딸꾹, 배고프지 않니?"

린 씨 부인이 한참 동안 앉아 있더니 딸꾹질이 잦아들자 평소 애지중지하는 딸에게 늘 하던 레퍼토리를 시작했다.

"안 고프단 말이야. 아이, 엄마는 왜 항상 배 고프냐고만 물어. 내일 학교에 입고 갈 옷이 없어서 속타 죽겠는데!"

린 씨 딸이 어리광을 부리며 말했다. 몸을 웅크린 채로 누워서 얼굴은 어머니 등뒤를 향하고 있었다.

딸이 왜 입을 옷이 없다고 하는지 알 수가 없었던 린 씨 부인은 세 번을 듣고서야 그 말뜻을 알아차렸다. 신경을 써주어야 했지만 이놈의 딸꾹질이 도와주지 않은 채 그치질 않았다. 그때 다행히도 린 씨가 들어왔다. 손에 종이쪽지가 하나 들려 있었고, 얼굴은 곰팡이라도 핀 듯이 잿빛이었다. 마누라는 연방 딸꾹질을 하고 있고, 딸은 침대에 옷을 내팽개쳐놓고 누워 있는 것을 보고는 잠시 무슨 생각을 하는가 싶더니 눈살을 찌푸렸다.

"밍슈(明秀), 너네 학교에서 무슨 항일회(抗日會)라는 게 있느냐? 방금 이런 편지가 왔다. 네가 내일 또 일본옷을 입고 오면, 그 사람들이 불살라버리겠단다. 법도 없고, 하늘도 없는 세상이라니, 헛참……"

"딸꾹— 딸꾹."

"정말, 이런 법이 어디 있어 그래. 세상에 일본옷 안 입는 사람이 어디 있다고, 왜 우리한테만 시비를 거는 거야! 그리고 일본물건 안 파는 집이 어디 있다고 우리집만 법을 어겼다고 문을 닫으라는 거야, 제기랄!"

린 씨는 씩씩거리며 몇마디를 더 내뱉고는 침대 옆에 있는 의자에 앉왔다. "아빠, 나한테 헌 솜저고리가 하나 있는데 일본 것은 아니에요. 하지만 그걸 입고 나갔다가는 사람들이 분명 놀릴 거예요."

린 씨 딸이 침대에서 일어나며 말했다. 그녀는 아버지에게 일본물건이 아닌 새옷을 하나 맞추어달라고 할 생각이었다. 하지만 아버지의 안색이 좋지 않을 것을 보고는 차마 입밖에 낼 수가 없었다. 그렇다고 낡은 솜저고리를 입고 나가서 사람들에게 놀림받을 것을 생각하니 울음이 나왔다.

"딸꾹, 딸꾹— 아이고! 딸꾹, 울지 마라, 누가 널 비웃어. 딸꾹, 딸아……"

"밍슈야, 내일 학교 갈 필요없다! 밥도 못 먹게 될 판인데, 공부는 무슨 공부냐!"

린 씨는 괴로운 듯이 말했다. 손에 든 그 종이쪽지를 갈가리 찢어버리고 방을 나가면서 한숨을 내쉬었고, 발걸음이 거칠었다. 하지만 얼마지 않아 다시 다급하게 돌아와서는 린 씨 부인을 보며 말했다.

"장롱 열쇠 어디 있소? 내게 주구려!"

린 씨 부인 얼굴이 대번에 하얗게 변했다. 눈이 동그래져서 남편을 보는데, 언제까지 그녀를 괴롭힐 것 같던 딸꾹질이 그 순간 뚝 그쳤다.

"어쩔 수 없어, 귀신같이 달라붙는 그놈들 입을 채워주는 수밖에."

린 씨는 잠시 주저하더니 한숨을 내쉬고는 말을 이었다.

"난 사백 위안 이상은 못 줘. 당(黨) 사무실 인간들이 적다고 하면 차라리 장사를 그만두고 말지. 그자들더러 와서 차라리 가게 문을 닫으라고 할 거야. 우리 가게 맞은편 위챵샹(裕昌祥)네는 일본물건을 우리보다 더 많이 들여놓아서 족히 일만 위안어치는 될 거야. 그런데 겨우 오백 위안 내고 아무 일 없잖아. 에잇, 그까짓 것 오백 위안, 외상 못 받은 셈 치지 뭐. 열쇠 이리 줘요. 그 금목걸이면 삼백 위안은 받을 수 있을 거야."

"딸꾹, 딸꾹, 정말, 강도보다 더한 것들!"

열쇠를 찾는 린 씨 부인 손이 떨렸다. 금방이라도 눈물이 흘러내릴 것 같았다. 하지만 린 씨 딸은 소리를 내어 울지는 않았다. 눈물이 그렁그렁한 눈을 크게 뜨고 멍하니 서 있었다. 어렴풋이 상상할 수 있을 것 같았다. 지난번 언제인가 그녀 학교에 와서 굶주린 개 같은 눈을 하고서 그녀를 노려보던 무슨 위원이라든가, 그 정이 뚝 떨어지게 생긴 까맣게 생긴 곰보가 우리집 금목걸이를 하고 입을 헤헤 벌리며 좋아 날뛰는 모습, 그리고 그 곰보가 아버지와 다투고, 아버지가 그에게 얻어맞는 모습이 상상이 되었다.

"아악!"

린 씨 딸이 갑자기 소리를 지르며 어머니에게 달려들었다. 린 씨 부인이 놀라 딸꾹질할 겨를도 없이 힘들게 말했다.

"우리 딸, 울지 마라, 설 쇠고 아버지가 돈이 생기면 새옷을 해줄게. 딸꾹, 날강도 같은 놈들! 다들 우리더러 돈이 많다고 하지만, 딸꾹, 해가 갈수록 손해를 보고 있으니, 게다가 네 아버지가 비료 장사를 하다가 사기까지 당하고 말이다. 딸꾹— 가게 돈이 죄다 남의 돈이란다. 우리 딸, 딸꾹, 어이쿠 이놈의 병 차라리 죽는 게 낫지. 딸꾹, 이년만 지나면 너도 열아홉살이니 좋은 혼처를 찾아야지. 딸꾹, 그래야 내가 죽어도 안심이지. 나무관세음보살! 딸꾹—"

2

다음날 린 씨네 가게는 물건을 새롭게 진열했다. 지난 일주일 동안 일본물건들을 일부러 눈에 잘 띄지 않는 뒤쪽에 진열했는데, 그것들을 다시 가장 좋은 자리에 진열하였다. 그런 뒤 린 씨는 상하이(上海)의 큰 가게들이 쓰는 방법을 흉내내어 '10% 대 염가쎄일'이라고 쓴 붉은 색 종이를 유리문에 여러 장 붙였다. 이날은 섣달 스무사흘이었다. 수입물건을 파는 읍내 가게들에게는 대목이었다. 린 씨가 예정에 없이 지출한 사백 위안도 이번에 벌충해야 하고 린 씨 딸의 새옷도 요며칠 장사에 달려 있었다.

열시가 넘자 읍내로 나온 시골사람들이 무리지어 거리를 오갔다. 팔에 바구니를 끼고 있는 사람도 있고 아이 손을 잡고 가는 사람도 있었다. 들떠서 시끄럽게 이야기를 나누면서 걸어갔다. 린 씨네 화려한 가게 앞에서 사람들이 다들 걸음을 멈추었다. 아내는 남편을 부르고 아이들은 아빠와 엄마를 부르면서 물건들을 보고 감탄을 늘어놓았다. 곧 있으면 설날이었다. 아이들은 새 양말이 신고 싶었고, 여자들은 집에 있는 세숫대야는 벌써 깨지고 온 집안사람들이 같이 쓰는 수건이 반년이나 지난 낡은 것이고 비누도 떨어진 지가 이미 한달도 더 지났다는 사실을 비로소 떠올렸다. 이렇게 싸게 팔 때 그런 것들을 사고 싶었다. 린 씨는 계산대에 앉아 긴장을 하면서도 얼굴 가득 웃음을 머금고 그런 시골사람들을 바라보았다. 그러고는 데리고 있는 점원 두 명과 일을 배우고 있는 견습직원 둘을 돌아보았다. 물건이 팔리고 돈이 들어올 것이라는 희망이 마음속에 차올랐다. 그런데 시골사람들은 한참 동안 이것저것 가리키며 감탄을 하더니 슬금슬금 건너편 위창상 네 가게로 가서 물건을 보는 것이었다. 목을 빼고서 그런 시골사람들 뒷모습을 바라보는 린 씨 눈에서 불이 났다. 당장에라도 그 사람들을 붙잡아 끌어오고 싶었다.

"딸—꾹."

계산대 뒤쪽에 있는 내실로 통하는 문 옆에 앉아 있던 린 씨 부인이 한참 동안 겨우 참고 있던 '딸국' 소리를 마지못해 토해냈다. 린 씨 딸은 어머니 옆에 기대서서 말없이 거리를 바라보고 있었지만, 속이 뒤집혔다. 그녀의 새옷이 적어도 절반은 벌써 날아가버린 것이다.

린 씨는 계산대 앞으로 나가 건너편 동업자 위챵샹네를 질투어린 눈으로 바라보았다. 종업원 네다섯 명이 계산대 앞에 일자로 늘어서서 손님을 기다리고 있었다. 하지만 그 시골사람들 가운데 계산대 쪽으로 가는 사람은 한사람도 없었고, 그저 한참 동안 보다가 그대로 가버렸다. 린 씨는 속이 후련했다. 위챵샹네 종업원들을 보며 웃음이 터졌다. 그때 예닐곱 명쯤 되는 시골사람들이 린 씨네 가게로 왔다. 그 가운데 한 젊은이가 앞으로 한걸음 나서더니 고개를 기웃거리며 걸려 있는 서양우산에 눈길을 주었다. 린 씨가 재빠르게 고개를 돌렸다. 좋아서 입이 쩍 벌어졌다. 그는 고대하던 손님을 자기가 직접 응대했다.

"아, 서양우산 보게요. 젊은이, 이거 아주 싸요. 하나에 구십전에 드릴게요! 구경해보세요."

종업원 하나가 벌써 서양우산 두세 개를 꺼내 그중 하나를 펴서 그 시골청년 손에 덥석 쥐어주면서 장사 수완을 발휘했다.

"손님, 이것 보세요! 양단 천에다 살이 튼튼해서 맑은 날에도 그렇고 비 오는 날에도 아주 멋있어요. 하나에 구십전이니 이것보다 싼 것은 없어요. ……저 집에서는 하나에 일 위안 해요. 이것보다 훨씬 좋지 않은데도 말이에요. 직접 비교해보시면 알 겁니다."

그 시골청년은 우산을 들고서 아무 생각 없는 사람처럼 그저 입만 빼끔거렸다. 고개를 돌려 오십대쯤 되어 보이는 노인네를 보더니 손에 든 우산을 접었다 폈다 했다. "살까요?"라고 물어보는 것 같았다. 노인네가 버럭 소리를 질렀다.

　　　　　　　　　　　　　　　중국 **창비세계문학**

"이 녀석! 너 정신있어. 우산을 사려고? 장작 한배를 싣고 와서 고작 삼 위안 받고 팔았어. 네 어미는 쌀 사가지고 오길 기다리고 있고. 무슨 돈이 있어 우산을 사, 이놈아!"

"싸긴 한데, 돈이 있어야지."

서서 물건을 구경하던 시골사람들이 너나없이 한숨을 쉬며 한마디씩 하고는 힘없이 발길을 돌렸다. 그 시골청년은 얼굴이 붉어진 채 고개를 젓더니 우산을 내려놓고 가려고 했다. 그러자 린 씨가 다급해져서 얼른 값을 더 내리면서 말했다.

"어이, 어이, 젊은이, 얼마면 되겠소? 잘 봐요, 물건이 정말 좋다니까."

"싸기는 한데, 돈이 없어서요."

노인네가 대답을 하고는 아들을 끌고 도망치듯이 가버렸다. 린 씨는 얼굴을 잔뜩 찌푸린 채 계산대로 갔다. 온몸에서 힘이 빠졌다. 그도 알고 있었다. 자기가 장사를 못하는 것이 아니라 실은 시골사람들이 너무 가난해서 구십전 하는 우산 하나 살 형편이 못된다는 것을. 그는 건너편 위창상네 가게를 슬쩍 건너다보았다. 몇사람이 구경만 할 뿐 역시 사는 사람이 없었다. 위창상네 옆에 있는 성타이(生泰) 잡화점이나 완성(萬生) 제과점은 아예 구경하는 사람 코빼기도 보이지 않았다. 지나가는 시골사람들이 다들 바구니는 들고 있어도 하나같이 텅 비어 있다. 간혹 보퉁이를 든 사람도 있었는데, 보지 않아도 쌀이었다. 한달 전에 수확한 만생종 벼조차도 지주와 고리대금 빚쟁이 들에게 모조리 털린 처지여서 지금 시골사람들은 쌀을 비싼 값에 한두 되씩 사다 먹고 있었다. 이 모든 사정을 린 씨는 알고 있었고, 이 때문에 자기 장사도 간접적으로 고리대금업자에게 착취를 당하고 있다고 생각했다.

정오가 점점 가까워지자 거리를 오가는 시골사람들도 줄어들었다.

린 씨네 가게는 겨우 일 위안어치 정도밖에 팔지 못했다. '10% 대 염가 쎄일'이라고 쓴 붉은 광고 종이 값이나 될 정도였다. 린 씨는 고개를 숙인 채 기가 죽어 내실로 들어갔다. 아내와 딸을 볼 마음도 나지 않았다. 린 씨 딸이 눈물을 머금은 채 고개를 숙이고 방구석 쪽에 앉아 있었다. 린 씨 부인은 연방 딸꾹질을 하면서 힘겹게 남편에게 말했다.

"사백 위안이나 가져다 바치고, 밤새 물건을 새로 진열하기에, 딸꾹, 일제물건들이 잘 팔릴 줄 알았는데 이렇게 찬바람만 씽씽 부니, 딸꾹, 어이고!…… 부엌 어멈은 또 품삯을 달라고 하고……"

"아직 한나절 남았잖아! 초조해할 것 없어요."

린 씨는 애써 스스로를 위로했지만 마음이 아팠다. 칼로 에이는 것보다 더했다. 답답하여 조금 걸었다. 판매를 늘리려고 갖은 방법을 다 생각해보았지만 소용이 없었다. 찬바람만 씽씽 날리기는 다른 집도 마찬가지였고, 그의 집만 그런 것이 아니었다. 너나없이 가난해져서 방법이 없었다. 그래도 오후 장사는 괜찮을 거라고 기대를 걸었다. 읍내에 사는 사람들은 대개 오후에 물건을 사러 나왔다. 그 사람들도 설인데 장을 보지 않을 것인가? 그들이 물건을 살 마음만 있다면 린 씨는 잘 팔 자신이 있었다. 그의 물건들이 다른 집보다 싸기 때문이다.

린 씨는 그런 기대에 힘입어 다시 마음을 수습하고 계산대에 앉아서 오후 손님들을 기다렸다.

오후는 오전과 완연히 달랐다. 길에 사람들은 많지 않았지만 거의 다 아는 사람들이었다. 다들 이름을 아는 처지였고, 아버지나 할아버지의 이름이라도 아는 사람들이었다. 린 씨는 계산대 옆에서 부드러운 눈길을 한 채 한가롭게 이야기를 나누면서 자기 가게 앞을 지나가는 읍내 사람들을 바라보았다. 그는 계속 기쁜 표정으로 오가는 사람들에게 소리쳤다.

"어이, ○○형, 칭펑꺼(淸風閣)에 차 마시러 가나? 오늘 싸게 파니까 와서 구경 한번 해봐."

간혹 그가 아는 체한 사람이 가던 발걸음을 멈추고 가게 안으로 들어오면 린 씨와 종업원들은 허둥지둥하면서 물건을 살지 말지 종잡기 어려운 고객 눈치를 예민하게 살폈다. 손님의 눈이 어떤 물건에 가는지를 살피고는 얼른 그 물건을 가져다 보여주었다. 린 씨 딸은 안채로 통하는 문 옆에 서서 물건을 살지 말지 종잡기 어려운 고객에게 아버지가 "아저씨"라고 부르는 것을 지켜보고 있었다. 견습점원이 차도 내오고 담배도 권했다.

린 씨는 값을 잘 깎아주었다. 십전 정도의 끝자리 숫자를 깎으려고 하면 종업원에게서 주판을 건네받아 셈을 해본 뒤 어쩔 수 없다는 듯이 주판의 끝자리 숫자를 털어버리고는 웃으면서 말했다.

"정말 본전도 못 건지는데. 그래도 단골이니까 해드려야지 어쩌겠어요. 앞으로 자주 이용이나 해주세요!"

오후 내내 이렇게 손님들을 맞으며 보냈다. 현찰과 외상을 합쳐 크고 작은 거래가 십여 건 이루어졌다. 린 씨 솜저고리가 금세 땀에 젖었다. 피곤해도 마음은 즐거웠다. 건너편 위창상네 가게를 쏘아보았다. 자기 가게만큼 흥청거리지는 않아 보였다. 안채로 통하는 문 옆에서 쳐다보고 있던 린 씨 딸 얼굴에도 얼마간 웃음이 돌고 린 씨 부인도 딸꾹질을 덜했다.

불을 밝힐 시간이 가까워질 무렵, 린 씨는 이날 장사를 결산했다. 오전에는 장사를 안한 것이나 진배없었지만 오후에는 십육 위안 팔십 전 오 푼어치를 팔았다. 그중 팔 위안은 외상이었다. 린 씨가 엷은 웃음을 짓는가 싶더니 이맛살을 찌푸렸다. 오늘 '대 염가쎄일'은 정말 본전에 판 것이어서 비용도 못 건지고 세금은 말할 것도 없었다. 잠시 멍한 표정이더니 다시 금고를 열고는 장부 몇권을 꺼내 넘기면서 한참 동안 주판을 굴렸다. 받을 빚이 일천삼백원쯤인데 읍내에 깔린 게 육백 위안이고 인근 시골에 깔린 게 칠백 위안이었다. 하지만 갚아야 할 빚은 상하이 뚱성(東升) 상점 것만 해도 팔백 위안이었고, 전부 합치면 이천 위안이 넘었다. 린 씨는 낮게 한숨을 쉬었다. 내일도 장사가 이렇게 안되면 올해 설대목에 한몫 보기는 틀린 성싶었다. 그는 유리창에 붙인 '10% 대 염가쎄일'이라는 붉은 종이를 보면서 이렇게 생각했다. '오늘처럼 염가쎄일을 하면 어쨌거나 장사는 잘될 거야. 하지만 손해를 보는 것은 아닐까? 장사는 안되면서 지출은 지출대로 나가고 말이야. 먼저 손님을 끌어들이고 그런 다음 점차 값을 올리는 수밖에…… 시골에서 도매라도 떼러 온다면 더없이 좋으련만!'

그때 누군가 가게로 들어서는 바람에 린 씨의 달콤한 꿈이 깨졌다. 쉰살쯤 되어 보이는 노인네였다. 부들부들 떨리는 걸음으로 가게에 들어오는데 손에 자그마한 파란색 보자기가 들려 있었다. 린 씨가 고개를 드는 순간 그 노파와 눈이 마주쳐서 피하려고 해도 피할 수가 없었다. 하는 수 없이 걸어가서 인사를 했다.

"셋째 마님, 설장 보러 나오셨어요? 안으로 좀 드세요. 아슈(阿秀), 어서 마님 좀 부축해드려라."

린 씨 딸은 벌써 안채로 통하는 문으로 사라져버려서 아버지가 시키는 소리를 듣지 못했다. 주(朱) 씨네 셋째 마님은 연방 손을 내저으면서 가게 앞에 놓인 의자에 앉더니 조심스럽게 파란 보자기를 열었다. 보자기에는 장부 하나뿐이었다. 두 손으로 그것을 들고서 린 씨 코앞에 디밀었다. 쭈그러진 입술이 몇번 움찔거렸다. 무슨 말을 하려는 참이었는데 린 씨가 장부를 건네받으면서 서둘러 말했다.

"알겠습니다요. 내일 제가 댁으로 보내드릴게요."

"음, 음, 시월, 십일월, 십이월, 합쳐서 세 달이야. 삼삼은 구니까 구 위안이지? 내일 보낸다고? 음, 음, 그럴 것 없어. 내가 가지고 갈 거야."

셋째 마님의 쭈그러진 입이 비틀렸다. 말하는 것이 몹시 힘들어 보였다. 그녀는 린 씨에게 삼백 위안 빚을 주었고 매달 삼 위안씩 이자를 받아가고 있었다. 그런데 요즘 들어 세 달 동안 이자가 밀려 있었다. 연말에 함께 갚겠다고 했기에 노인네가 대목장을 보러 나왔다가 직접 린 씨네 가게에 온 것이었다. 쭈그러진 입을 꾹 다물고 있는 것을 보니 기어이 돈을 손에 쥐지 않고서는 한발짝도 옮기지 않을 태세였다.

린 씨는 머리를 틀어쥔 채 말이 없었다. 그까짓 구 위안 이자를 떼어 먹을 생각은 추호도 없었다. 그저 세 달 동안 장사가 안되고 날마다 겨우 입에 풀칠하는 정도밖에 벌지 못하는데다 세금에 상납까지 바치다 보니 본의아니게 빚을 끌어온 것이었다. 그런데 오늘도 갚지 않았다가 는 이 노인네가 가게 앞에서 시끄럽게 할 것 같았다. 그렇게 되면 체면 이 말이 아니게 되고 앞으로의 장사에도 영향이 있을 것이었다.

"알겠어요, 그렇게 하세요. 가지고 가세요. 가지고."

린 씨는 결국 화난 듯이 말했고, 목소리가 거칠어졌다. 그는 계산대 로 가서 하루종일 번 현찰을 모두 꺼내고 호주머니에 든 돈을 모두 꺼 내었다. 일 위안짜리 여덟 장과 십 전짜리, 그리고 동전 마흔 개를 합 쳐서 셋째 마님에게 건넸다. 노인네가 그 돈을 받아서는 꼼꼼하게 세 고 또 세었다. 손을 덜덜 떨면서 돈을 파란 보자기에 싸는 것을 보고 있던 린 씨가 자신도 모르게 한숨을 내쉬었다. 몇푼이라도 다시 찾아 보자는 생각이 머리를 스쳤다. 그는 억지로 웃음을 지으면서 말했다.

"셋째 마님, 보자기가 다 해졌네요. 좋은 것으로 하나 장만하세요? 아주 좋은 수건도 있고 비누도 있어요. 하나 사서 새해에 쓰세요. 값도 싸니까요."

"그만둬, 됐어. 늙은이가 뭐에 쓰겠어!"

주 씨네 셋째 마님은 손사래를 치면서 장부를 주머니에 집어넣고는 파란 보자기를 들고 가버렸다.

린 씨는 우거지상이 되어 안채로 들어갔다. 주 씨네 셋째 마님이 이자를 받아가는 통에 다른 빚까지 생각이 난 것이었다. 다리 머리에 사는 천라오치(陳老七)에게 이백 위안, 장 과부에게 일백오십 위안이니 합쳐서 이자만 오십 위안이었다. 형편이 좋지 않아 끌어온 것들인데 기한이 되기 전에 갚아야 했다. 그는 손가락을 꼽으며 날을 세어보았다. 스무나흘, 스무닷새, 스무엿새, 스무엿새면 시골에 깔린 외상은 거둬들일 수 있을 것이다. 가게 일을 하는 셔우성(壽生)이 그저께 수금하러 갔으니 아무리 늦어도 스무엿새면 돌아올 것이다. 그런데 읍내에 깔린 외상은 스무아흐레나 되어야 수금할 수 있다. 샹하이 도매상의 수금원이 필시 모레면 올 것이니 돈놀이하는 헝위안(恒源)에 가서 빌리는 수밖에 없다. 그런데 내일 장사는 어떡한담……

고개를 폭 숙이고 걸으면서 이런 생각을 하고 있는데, 딸아이의 목소리가 들렸다.

"아빠, 이 비단 어때요? 일곱 자인데 사 위안 이십 전 주었어요, 비싸지 않지요?"

린 씨는 속으로 울컥했다. 걸음을 멈추고 눈만 부릅뜬 채 아무 말도 하지 않았다. 린 씨 딸은 손에 비단을 받쳐들고서 웃고 있었다. 사 위안 이십 전, 큰돈은 아니었다. 하지만 오늘 겨우 십육 위안 남짓 팔았고, 그것도 본전에 파는 떨이였다. 멍한 채로 서 있던 린 씨가 힘없이 물었다.

"너, 돈은 어디서 났니?"

"외상으로 났어요."

린 씨는 또 빚을 졌다는 소리를 듣고는 얼굴이 구겨졌다. 그래도 자기가 애지중지하고 마누라도 오냐오냐하며 키우는 딸이어서 린 씨는 어쩔 수 없이 쓴웃음을 지었다. 이윽고 그는 한숨을 쉬며 조용히 나무랐다.

"성질은 급해가지고서. 설 쇠고 나서 사면 좋지 않니!"

3

다시 이틀이 지났다. 대 염가쎄일을 하는 린 씨네 가게는 장사가 정말 잘되었다. 매일 삼십 위안어치나 장사를 했다. 린 씨 부인의 딸꾹질도 크게 줄어서, 평균 잡아 오분에 한번씩밖에 하지 않았다. 린 씨 딸은 가게와 안채를 바삐 뛰어다녔다. 발그레한 얼굴에 늘 웃음을 띠고 있었다. 가게에 나와 장사를 돕다가 어머니가 두세 번 불러서야 안채로 들어갈 때도 있었다. 그럴 때면 이마의 땀을 닦으면서 신이 난 목소리로 다급하게 대답했다.

"엄마, 왜 또 불러! 나 하나도 힘들지 않단 말이야! 아빠는 온몸이 땀투성이고 목도 쉬었다고, 엄마. 방금 손님 하나가 오 위안어치나 샀어. 엄마, 나 힘들지 않으니까 걱정하지 마. 제발. 아빠가 잠깐 쉬고 금방 나오랬어."

린 씨 부인은 고개를 연방 주억거리며 딸꾹질을 했다. 그러면서도 '나무관세음보살'을 읊조렸다. 거실에는 사기로 된 부처님이 모셔져 있고 향불이 타고 있었다. 린 씨 부인은 뒤뚱뒤뚱 불상 앞으로 걸어가서는 머리를 조아리며 부처상에 보살펴주셔서 고맙다면서 자비를 베풀어달라고 치성을 드렸다. 린 씨 장사가 계속 잘되게 해달라고, 딸이 어엿하게 잘 자라서 내년에 훌륭한 사위를 보게 해달라고 빌었다.

　계산대에서 손님을 맞을 때면 린 씨는 이런저런 생각이 고개를 들어 머리가 어지러웠다. 그러다 문득 건너편 위챵샹네 가게가 눈에 들어왔다. 계산대에 종업원하고 주인이 할일 없이 서 있었다. 비웃으면서 이렇게 빈정대는 것만 같았다. "저런 린 가네 멍청이들, 손해를 보면서 쎄일을 하다니! 장사가 잘될수록 본전을 까먹게 되니 문닫는 날도 그만큼 빨라지겠지." 린 씨는 입술을 지그시 깨물면서 결심했다. '두고봐라, 내일부터는 무슨 일이 있어도 물건 값을 올리고 질이 떨어진 물건을 좋은 물건 값에 팔고 말 것이다.'

　그때, 지난번에 일본물건 판매금지조치를 어기고 일본물건을 판 문제로 시달릴 때 도와서 문제를 해결해준 상인회 회장이 린 씨 가게 앞을 지나가면서 린 씨에게 웃음을 보내며 축하한다고 말하고는, 린 씨 어깨를 두드리면서 나직하게 말했다.

　"어때? 사백 위안 들인 보람이 있지? 그래도 뿌(卜) 국장 쪽에도 신경 좀 써. 괜히 샘나서 심통부리지 않게 말이야. 장사가 잘되면 배아픈 사람도 많아지거든. 뿌 국장이야 그런 마음이 없더라도 꼬드기는 인간들이 있기 마련이거든."

　린 씨는 상인회 회장이 마음을 써준 것이 고마웠다. 하지만 그 말을 듣는 순간 가슴이 무너져내렸고 장사할 염도 싹 가셔버렸다.

　무엇보다 불안한 것은 수금하러 간 셔우성이 아직까지 돌아오지 않고 있다는 것이다. 셔우성이 받아온 돈으로 빚을 갚아야 해서 그를 애타게 기다렸다. 상하이 뚱성 가게의 수금원은 그저께 벌써 읍내에 와서 더이상 미루지 말라고 대놓고 독촉하고 있었다. 셔우성이 오지 않으면 헝위안 사채업자에게 빚을 내는 수밖에 없었다. 그렇게 되면 오륙십 위안의 이자를 더 내야 하니 날마다 손해를 보고 있는 린 씨로서는 그야말로 살을 에는 고통이 아닐 수 없었다.

네시쯤 되었을 때 길 가는 사람들이 왠지 시끄럽게 떠드는 모습이 눈에 들어왔다. 얼굴빛이 다급해 보이는 것이 필시 무슨 일이 일어난 성싶었다. 수금 간 셔우셩에게 제발 아무 일도 없어야 한다는 생각에 온 정신이 팔려 있던 터여서 린 씨는 분명 쾌속선이 강도를 당한 것이라는 생각에, 가슴이 벌렁거렸다. 그는 길 가는 사람을 불러세워 다급하게 물었다.

"대체 무슨 일이오? 리 시(市)로 가는 쾌속선이 강도라도 만난 것이오?"

"강도요? 나다니기 정말 힘들어졌어요. 강도는 아무것도 아니에요, 사람을 잡아갔대요."

루(陸) 씨 성을 가진 유명한 떠돌이중이 건성으로 대답하면서 린 씨네 가게에 있는 알록달록한 물건들을 힐끔거렸다. 린 씨는 어찌된 영문인지 종잡을 수가 없어서 마음이 더욱 타들어갔다. 린 씨가 떠돌이중을 밀쳐내고는 다른 이에게 물었다. 다리목에 사는 왕싼마오(王三毛)였다.

"리 시로 가는 쾌속선이 강도를 당했다는 게 사실이야?"

"분명 깡패놈 아수의 수하들이 한 짓일 거예요, 아수가 총살을 당했잖아요, 그 사람 부하들이 얼마나 지독해요?"

왕싼마오가 걸어가면서 대답을 했다. 린 씨는 속이 타서 이마에 식은 땀이 맺혔다. 셔우셩이 분명 오늘 돌아올 것이고, 리 시에서 수금하는 것을 감안하면 쾌속선을 타고 돌아올 것이 틀림없었다. 벌써 네시가 넘었는데 아직 오지 않은데다가 왕싼마오가 저렇게 말하니 의심할 여지가 없었다. 린 씨는 리 시의 쾌속선이 강도를 당했다는 이야기는 자기 스스로 만들어낸 사건이라는 사실은 잊고 있었다. 그는 얼굴이 땀

범벅인 채로 안채에 뛰어들어갔다. 그 바람에 안채 문턱에 걸려 하마터면 넘어질 뻔했다.

"아버지, 샹하이에서 싸움이 났대요! 일본군들이 폭탄을 던져서 쟈뻬이(閘北)를 불태워버렸대요……"

린 씨 딸이 소리치며 린 씨에게 달려왔다.

린 씨는 머리가 멍해졌다. 원래는 샹하이에서 싸움이 일어나건 말건 그와는 상관이 없었다. 하지만 일본군하고 관계된 이상 그렇지가 않았다. 그는 흥분한 딸의 얼굴을 보며 물었다.

"일본군들이 폭탄을 터뜨렸다고? 너 어디서 들었느냐?"

"지나가는 사람들이 다 그러던데요. 일본군들이 대포를 쏘고 수류탄을 던졌다고요. 쟈뻬이가 다 타버렸대요!"

"앗, 그럼, 리 시 쾌속선이 강도를 당했다는 이야기는?"

린 씨 딸이 고개를 저으며 등불에 홀린 나비가 달려가듯이 밖으로 달려나가버렸다. 린 씨는 멍하니 서 있다가 안채로 통하는 문에 기대서서 머리를 감싸쥐었다. 린 씨 부인은 딸꾹질을 하면서 "나무관세음보살, 폭탄이 우리 머리에 떨어지지 않게 해주소서!"라고 주문을 외우고 있었다. 린 씨는 가게로 갔다. 딸과 두 종업원이 열심히 떠들고 있었다. 맞은편 성타이 잡화점 주인인 호랑이 진(金) 씨도 계산대에서 손가락질을 하며 떠들고 있었다. 샹하이에 전쟁이 났고 일본 비행기들이 폭탄을 떨어뜨려 쟈뻬이가 불에 탔고 샹하이는 지금 가게들이 전부 문을 닫았다는 것이었다. 강도가 쾌속선을 털었다는 사람은 없었다. 리 시의 쾌속선은 아무 탈 없이 진즉 도착했다고 했다. 호랑이 진 씨는 쾌속선을 타고 온 인부들이 자루 두 개를 짊어지고 가는 것을 보았다고 했다. 아무 일도 없었고 강도를 만나지도 않았다고 했다.

이제 거리가 온통 샹하이 전쟁 이야기였다. 종업원들은 사람들 틈에 섞여 "왜놈 새끼들!"이라고 욕하는가 하면 어떤 사람은 "왜놈 물건을 사는 놈은 개자식이다!"라고 외치기도 했다. 린 씨 딸은 그 말을 듣자 얼굴이 붉어졌다. 그래도 린 씨는 끄떡하지 않았다. 다들 일본물건을 팔고 있었고 몇백 위안을 가져다 바치고 "일본 상표만 떼면 된다"는 허가를 받은 터였다. 그의 가게에 있는 물건은 이미 국산인 셈이었고 사는 사람들도 다들 "국산이야, 국산" 하면서 사갔다. 이 거리의 장사꾼들이 상하이에서 일어난 전쟁 때문에 장사할 마음이 싹 가셔버렸지만 그래도 린 씨는 여전히 자기가 해야 할 일을 손에서 놓지 않았다. 또다시 사채업자에게 고리대를 빌리고 싶지 않아서 상하이 도매상에서 온 수금원에게 하루이틀만 더 기다려달라고 사정해보기로 했다. 서우성이 늦어도 내일저녁께는 분명 돌아올 것이라고 말했다.

"린 사장, 잘 아시는 분이 왜 이러십니까? 지금 상하이에 전쟁이 났어요. 내일모레면 기차도 끊길 거요. 오늘밤에는 떠나야 한단 말입니다. 하루이틀 더 기다릴 형편이 아니라는 말입니다. 오늘 내로 돈을 가지고 오세요. 내일새벽에 떠날 수 있게 말입니다. 나도 남의 집 밥 먹고 사는 사람입니다. 제발 저 좀 살려주세요!"

상하이에서 온 수금원은 린 씨의 사정을 조금도 봐주지 않았다. 더이상 말을 넣을 여지가 없을 성싶었다. 꾹 눌러 참고 돈놀이하는 형위안에 가서 돈을 빌리는 수밖에 없었다. 그 '돈귀신'은 돈이 급하다는 것을 알면 불난 집에서 도적질해가듯이 이자를 더 높이 부르려고 할 것이다. 그런데 경리를 맡고 있는 이의 말투가 완전히 예상 밖이었다. 이 '돈귀신'이 린 씨 말을 듣고서도 아무 반응이 없었다. 낡은 물담뱃대를 물고서 꾸룩꾸룩 소리만 낼 뿐이었다. 한대를 다 태우고 나서야 천천히 입을 열었다.

"안되겠네요. 일본군이 쳐들어와서 상하이가 철시를 했어요. 은행이

랑 사채업자들도 문을 닫았고요. 언제 좋아질지 누가 알겠어요. 샹하이 길이 끊겼으니 우리 같은 사람들은 발 잘린 게 신세이지요. 돈이 돌지 않아요. 아무리 신용있는 데서 나서도 해줄 수가 없어요. 미안합니다. 정말 어쩔 수가 없어요."

머리가 멍했다. 이 돈귀신이 이자를 올리려고 수작을 부릴 것이 틀림없으니 간절하게 통사정을 해볼 생각이었는데 뜻밖이었다. 경리란 자는 아예 못을 박듯이 말했다.

"방금 주인께서 분부를 하셨어요. 당신께서 접한 소식에 따르면 이번 난리는 심상치 않을 것이라면서 저희더러 얼른 돈을 거두어들이라고 하셨어요. 린 사장님은 처음에 오백 위안을 빌려갔고 스무이튿날 다시 일백 위안, 그래서 합이 육백 위안이군요. 그믐날 전까지는 깨끗하게 정리를 해주셔야겠습니다. 오랜 단골이고 하니 그때 가서 이러니저러니 하면서 서로 체면 상하지 않도록 오늘 미리 말씀드리는 겁니다."

"허—, 하지만 지금 가게 형편이 정말 말이 아닙니다. 외상이 걷히는 걸 보아야 합니다."

린 씨는 한동안 넋을 잃고 있다가 겨우 이 두 마디를 했다.

"어이고, 왜 이렇게 겸손해하십니까? 요새 사장님네 장사가 다른 데보다 잘되지 않습니까. 그까짓 육백 위안이 어려울라고요? 오늘 제가 형님께 다 말씀드렸으니 깨끗이 해결해주시리라 믿습니다. 그래야 저도 주인어른께 체면이 서지 않겠습니까?"

돈귀신 경리가 차갑게 말하면서 일어섰다. 린 씨는 온몸이 얼어붙었다. 일이 진즉에 틀린 성싶었다. 물러나올 수밖에 없었다. 그는 멀리 샹하이에서 터진 전쟁이 그의 조그만 가게에까지 영향을 미치고 있다는 것을 그제야 깨달았다. 올 설은 참으로 넘기기가 어렵구나! 샹하이의 도매상은 물건 값을 독촉하고 사채업자는 설 이전에 갚으라고 하는

데 셔우셩은 아직 돌아오지 않고 어떻게 되었는지 알 수가 없다. 읍내에 깔린 외상을 작년 같으면 80퍼센트는 수금했을 텐데 올해는 어림도 없을 것 같다. 앞에 놓인 길이라고는 오직 하나, "일시휴업, 창고정리 쎄일"의 길뿐이었다. 파산이나 다름없었다. 그의 가게에 이미 자기 자본은 없다. 결산을 하면 그에게 남는 것이라고는 맨몸뚱이 세 식구뿐이었다.

린 씨는 생각할수록 막막했다. 왕셴교(望仙橋)를 지나면서 다리 밑을 흐르는 탁한 물을 내려다보았다. 내 한몸 던지면 그만이지, 하는 생각이 들었다. 그런데 누가 뒤에서 그를 불렀다.

"린 선생, 샹하이에서 전쟁이 터졌다는 게 진짜야? 동부시장에 군대가 들어와서는 상인회에 돈을 내라고 했는데 첫마디가 이만 위안이었대. 상인회가 지금 회의를 하고 있다나봐."

고개를 돌려보니 자기 가게에 이백 위안을 빌려준 천라오치였다. 역시 린 씨에게 빚을 준 사람이었다.

"그래—"

린 씨는 몸서리가 쳐졌다. 한마디 대답을 하고는 서둘러 다리를 건너 단숨에 집으로 달렸다.

4

평소 같으면 저녁상에 고기요리 하나 야채요리 두 가지가 올라오는데, 린 씨 부인은 그날 저녁상에 특별히 한 접시를 더 올렸다. 빠셴러우(八仙樓)에서 돼지고기볶음을 사왔다. 린 씨가 좋아하는 요리였다. 게다가 황주(黃酒)도 한병 준비했다. 린 씨 딸은 입이 귀에 걸렸다. 장사도 잘되고, 비단 치파오도 새로 맞추고, 샹하이에 전쟁이 일어났지만 일본군들을 무찌르고 있다고 하지 않은가. 린 씨 부인이 딸꾹질하는 횟수도 훨씬 줄어들어서 십분에 한번 정도였다.

린 씨는 속이 답답해 죽을 지경이었다. 답답해 술을 마시면서 딸을 보고, 마누라를 보았다. 폭탄처럼 나쁜 소식을 투하해버릴까 하는 생각이 몇번이나 들었지만 끝내 그럴 용기가 나지 않았다. 그는 아직 절망하지 않았다. 어떻게든 한번 해볼 작정이었다. 어떻게든 한동안 알리지 않을 생각이었다. 때문에 상인회에서 군대에 오천 위안을 내기로 하고 린 씨에게 이십 위안을 할당했을 때 그는 조금도 주저하지 않고 즉각 그러겠다고 했다. 그는 최후의 오분까지라도 집이 어렵다는 진실한 상황을 부인과 딸에게 알리고 싶지 않았다. 그의 계획은 다른 사람에게서 받을 돈을 80퍼센트쯤 받고 그가 진 빚도 80퍼센트 정도 갚는다는 것이었다. 샹하이에 전쟁이 터지고 사채업자도 돈을 빌려주지 않으니 구실을 댈 수 있을 것이다. 그런데 문제는 받은 돈하고 주는 돈 사이에 육백 위안가량 차이가 난다는 것이었다. 살을 떼내어 상처를 치료하듯이 죽을힘을 다해 물건을 싸게 파는 길밖에 없었다. 그렇게 돈을 건져서 우선 당장 버텨보는 것이다. 요새 같은 판국에 누가 먼 장래를 생각할 수 있을 것인가? 우선 당장의 앞가림이나 하고 볼 일이다.

이렇게 생각이 가닥을 잡은데다 황주를 한병 마신 덕분에 린 씨는 밤새 달게 푹 잤다. 악몽도 꾸지 않았다.

다음날 린 씨가 일어나자 벌써 여섯시 반이었고, 날은 흐려 있었다. 머리가 지끈거렸다. 그는 서둘러 쌀죽 두 그릇을 먹고는 가게로 나갔다. 샹하이 수금원이 낯을 찡그린 채 앉아서 답을 기다리고 있었다. 하지만 린 씨가 정작 놀란 것은 건너편 위창샹네 가게에도 알록달록한 종이가 내붙었는데 거기에 '10% 할인 대 염가쎄일'이라고 적혀 있다는 것이다. 린 씨가 밤에 생각했던 계산이 건너편 집 문에 붙은 알록달록한 종이에 순식간에 흔들리고 만 것이다.

"린 사장, 농담이 심하십니다그려. 어제저녁까지도 답을 주지 않다니요. 배가 여덟시에 있습니다. 배를 타고 가서 다시 기차를 타야 하니 여덟시 배를 꼭 타야만 합니다. 어서—"

샹하이 손님이 더이상 못 참겠다는 듯이 말하면서 주먹을 탁자에 올려놓았다. 린 씨는 그저 미안하다고 하면서 한번 봐달라고 청했다. 샹하이에서 전쟁이 터져 돈도 변통할 수가 없으니 오랫동안 거래한 단골인만큼 사정을 봐달라고 했다.

"그럼, 저더러 빈손으로 돌아가라는 겁니까?"

"그, 그거야 그럴 수는 없지요. 저희 집 셔우성이 돌아오면 가져오는 걸 다 드리겠습니다. 제가 거기서 한푼이라도 빼내면 인간이 아닙니다."

린 씨는 떨리는 목소리로 말했다. 눈물을 가까스로 참았다.

그렇게까지 말하자 샹하이 손님은 더이상 말이 없었다. 하지만 그 자리에 그대로 앉아서 좀처럼 갈 기미가 보이지 않았다. 린 씨는 다급해서 심장이 두근거렸다. 요즘 들어 장사가 잘 안되기는 했지만 그래도 체면은 차리고 살았다. 그런데 지금 이렇게 빚쟁이가 가게에 버티고 앉아 있으니 이 일이 알려지는 날에는 그의 신용도 끝장이었다. 빚을 낸 곳이 한두 곳이 아닌데 한꺼번에 다 달려들면 가게는 그날로 문을 닫는 수밖에 없었다. 그는 이런 불가항력의 상황에서도 머리를 굴리며 샹하이 손님에게 안채로 들어가 앉아 있으라고 몇차례 청했지만 빚쟁이는 응하지 않았다.

하늘에서는 부슬부슬 겨울비가 내리기 시작했다. 거리는 썰렁한 채 사람들이 보이지 않았다. 이 거리가 생긴 이래 이렇게 쓸쓸한 세밑은 처음이었다. 삭풍이 간판을 때리며 윙윙거렸다. 겨울비가 점점 눈으로 변했다. 길을 따라 늘어선 가게 종업원들이 계산대에서 고개를 들어 멍하니 쳐다보았다.

린 씨와 샹하이 수금원이 서로 이야기를 나누는 둥 마는 둥 하고 있었다. 린 씨 딸이 안채로 통하는 문으로 나와서는 길가에 서서 부슬부슬 내리는 겨울비를 바라보았다. 문 뒤에서 전해오는 린 씨 부인의 딸꾹질 소리가 점점 심해졌다. 린 씨는 샹하이 손님 이야기를 받아주면서 딸을 보고 마누라의 딸꾹질 소리를 듣고 있노라니 가슴이 아려왔다. 생각해보니 그의 일생에 정말 행복이라곤 털끝만큼도 없었던 것 같았다. 하지만 도대체 누가 그를 이 지경까지 몰아가는지, 알 수가 없었다. 샹하이 손님은 기분이 조금 누그러졌는지 갑자기 부드럽게 말했다.

"린 사장, 당신은 참 좋은 사람입니다. 별다른 취미도 없고, 오직 성실하게 장사만 하니 말입니다. 이십년 전만 해도 아마 돈 좀 벌었을 겁니다. 하지만 지금은 세상이 달라졌어요. 가져다 바칠 세금이나 돈이 많아서 지출이 늘었는데 장사는 안되니, 이렇게 버티는 것만도 정말 대단한 능력이십니다."

린 씨는 한숨을 내쉬며 쓴웃음을 지었다. 겸손의 표현인 셈이다.

샹하이 손님이 잠시 가만히 있더니 다시 말을 이었다.

"올해 이곳은 지난해보다 장사가 못한 것 같습니다. 그렇지요? 내지는 시골에 기대 장사를 할 수밖에 없는데 시골이 너무 가난하니 어떻게 해볼 방법이 없지요. 어, 벌써 아홉시네! 당신네 수금원은 왜 아직도 안 오는 거지요? 그 사람 믿을 만해요?"

린 씨는 속이 뜨끔하여 한순간 대답을 못했다. 가게에서 일한 지 칠팔년이나 된 고참 종업원인데다 지금까지 사고 한번 낸 일이 없었지만 끝까지 그러리라고 누가 보장할 수 있을 것인가. 더구나 날짜가 지났는데도 돌아오지 않고 있다. 샹하이 손님은 린 씨의 머뭇거리는 표정을 보며 웃었다. 그 웃음소리가 퍽 이상했다. 그때 린 씨 딸이 고개를 돌려 린 씨에게 다급하게 소리쳤다.

"아빠, 셔우성이 돌아왔어요! 온몸이 흙투성이예요"

린 씨 딸이 외치는 소리도 이상했다. 린 씨가 튀어 일어났다. 기쁘고 반가워서 얼른 계산대 앞으로 뛰어갔다. 그런데 그를 보는 순간 가슴이 무너져내리고 두 발이 얼어붙었다. 셔우성은 벌써 가게에 들어와 있었는데 정말로 온몸이 흙투성이였다. 가쁜 숨을 내쉬며 앉더니 아무 말이 없었다. 보아하니 이미 일이 어그러졌다는 생각이 들었다. 놀라서 정신을 수습하지 못했고 입도 열리지 않았다. 샹하이 손님이 옆에서 이마를 찌푸렸다. 잠시 후 셔우성이 가쁜 숨을 고르며 말했다.

"큰일날 뻔했어요! 하마터면 붙잡혔다니까요."

"쾌속선이 정말로 강도를 당한 거야?"

린 씨는 너무 놀라 속이 꽉 막혀 겨우 한마디를 했다.

"강도가 아니에요. 군인들이 배에 탄 사람들을 잡아갔어요. 어제오후에 쾌속선을 놓쳤어요. 오늘새벽에 배를 탔는데, 배꾼이 어디서 들었는지 배에 탄 사람들을 잡아간다는 말을 듣고는 뚱펑(東風) 밖에 배를 대고 숨었어요. 우리가 뭍에 올라 반리 길도 못 갔는데 배에 탄 사람들을 잡아간다는 이들과 마주쳐버렸어요. 서부시장에 있는 빠오샹(宝祥) 옷가게 아마오(阿毛)가 끌려갔지요. 저는 죽어라 달려서 샛길로 도망쳐왔어요. 빌어먹을, 하마터면 목숨 내줄 뻔했어요."

셔우성은 말을 하면서 옷섶을 헤치고 배에 두른 수건에 싼 것을 꺼내 린 씨에게 건넸다. 그러면서 말했다.

"다 여기 있어요. 리 시의 황마오지(黃茂記)는 지독한 인간이에요.

그런 인간은 내년부터 조심해야겠어요. 전 가서 세수 좀 하고 옷 갈아입고 올게요."

린 씨는 그 수건 꾸러미를 받아 손으로 만지작거렸다. 얼굴에 웃음이 비쳤다. 계산대로 가서 그 수건 꾸러미를 풀었다. 먼저 장부를 한번 본 뒤 주판을 놓고서 돈을 세었다. 일 위안짜리 은전이 십일 위안, 십 전짜리 은전이 이백 위안, 지폐 사백이십 위안, 그리고 어음이 두 장이었는데, 한 장은 오십 냥, 다른 한 장은 육십오 냥이었다. 이것을 전부 샹하이 손님에게 준다고 해도 일백 위안이 모자랐다. 린 씨는 한참을 생각하다가 담배를 뻐끔거리고 있는 샹하이 손님을 몇번 슬쩍 넘겨보고는 한숨을 쉬었다. 자기 살을 잘라주는 기분으로 어음 두 장과 지폐 사백 위안을 샹하이 손님 앞에 내밀었다. 그런 뒤 이래저래 사정을 듣고서야 샹하이 손님은 고개를 살짝 끄덕이며 "알겠소" 하고 한마디를 했다.

그런데 샹하이 손님이 어음을 두어 번 보더니 웃음을 흘리며 말했다.

"미안한데, 린 사장님, 이 어음 좀 현금으로 바꾸어다줄 수 있겠소?"

"그러지요. 그래."

린 씨는 서둘러 그러겠다고 하고는 서둘러 어음 뒤에 가게 도장을 찍어서 종업원을 불러서 헝위안 돈놀이 집에 가서 현금으로 바꿔오라고 했고 어음을 잘 간수하라고 당부했다. 다시 한참이 지나 종업원이 빈손으로 돌아왔다. 헝위안에서 어음만 받고서 돈을 내주지 않는다는 것이었다. 린 씨 빚 대신 어음을 저당잡은 것이다. 날은 이제 진짜 눈이 내리기 시작했다. 린 씨는 직접 가보려고 우산도 받지 않고서 눈을 맞으며 헝위안에 갔다. 하지만 허사였다.

"린 사장, 어떻게 됐습니까?"

린 씨가 굳은 인상으로 돌아온 것을 보고 샹하이 손님이 조바심이 나서 물었다.

린 씨는 통곡이라도 하고 싶은 심정이었지만 아무 말도 없이 한숨만 쉬었다. 샹하이 손님에게 한번 봐달라고 사정하는 수밖에 달리 방도가 없었다. 셔우성도 나와 린 씨를 거들며 말했다. 그들은 나머지 이백 위안 남짓한 돈은 새해 초열흘 이전에 샹하이로 부치겠다고 약속했다. 오랜 단골 사이로 단오나 추석, 설 같은 명절이면 두말 않고 어김없이 결산을 해왔지 않느냐면서 이번에는 정말 예상치 못하게 시국이 이런 통에 어쩔 수 없이 이렇게 되었고, 자신들이 일부러 그런 것이 결코 아니라고 말했다.

하지만 돈을 얼마간 더 보탤 수밖에 없었다. 린 씨는 괴로웠지만 며칠 동안 장사에서 번 현금을 긁어모아 오십 위안을 더 만들어 모두 사백오십 위안을 건네주었다. 그제야 골치를 썩이던 그 샹하이 수금원을 보낼 수 있었다.

시간이 벌써 열한시였다. 하늘에는 여전히 눈이 펄펄 날리고 있었다. 손님은 그림자도 보이지 않았다. 린 씨는 한참 고민에 빠져 있다가 셔우성하고 이곳 외상을 어떻게 받으면 좋을지 의논했다. 두 사람의 눈살이 동시에 찌푸려졌다. 읍내에 깔린 외상 육백 위안을 받아낼 자신이 정말 없었다. 셔우성이 린 씨의 귀에 바짝 입을 가져다대고 가만히 말했다.

"남쪽 거리의 쥐룽(聚隆)하고 서쪽 거리의 허위안(和源)도 사정이 좋지 않답니다. 두 집에 깔린 우리 돈이 삼백 위안은 되는데 미리 손을 써야지 떼먹히면 낭패입니다."

린 씨 얼굴색이 변하고 입술이 떨렸다. 그런데 셔우성이 목소리를 더 낮추고 한층 소름끼치는 소식을 전했다.

"그리고 한가지 더 있습니다. 우리를 두고 고약한 소문이 돌고 있습니다. 헝위안 주인도 분명 이 소문을 들어서 우리를 이렇게 몰아세우는 거고요. 샹하이 수금원도 어렴풋이 알고 있었을지 모릅니다. 문제는 누가 우리에게 이런 짓을 하느냐는 것입니다. 혹시 건너편 집 아닐까요?"

셔우셩이 말하면서 입술을 내밀어 위챵샹네 쪽을 가리켰다. 린 씨는 셔우셩의 입을 따라 그쪽을 힐끔 쳐다보았다. 가슴이 두근거렸다. 울상이 되어 한동안 아무 말도 할 수 없었다. 가슴이 저려오고 아렸다. 이제는 정말로 무너지고 말겠구나. 그러지 않는 게 도리어 이상할 지경이었다. 국민당 나리가 돈을 뜯어가지 사채업자가 압박을 하지 동업자가 중상을 하지, 게다가 외상까지 떼이게 되었으니 이렇게 겹겹이 밀려오는 시련을 누구라고 이겨낼 수 있을 것인가. 그런데 왜 그가 이렇게 벌을 받아야 하는가? 그는 부친에게서 이 조그만 가게를 물려받았다. 돈을 헤프게 써본 적도 없다. 얼마나 성실하게 장사를 해왔는가. 남에게 몹쓸 짓을 한 적도 없다. 앙심을 품은 적도 없다. 그의 조상들도 남에게 나쁜 짓을 하거나 남의 원한을 살 만한 일을 하지 않았다. 그런데 왜 이렇게 운명이 가혹한 것인가?

"하지만 주인님, 그런 소문에 애태우지 마십시오. 원래 흉년에는 헛소리들이 많은 법입니다. 들자니 읍내 가게들 가운데 열에 아홉은 이번 설대목을 무사히 넘기기가 어려울 거랍니다. 시절이 좋지 않으니 장사도 말이 아닌 거지요. 원래 잘나가던 가게들도 올해는 다 굶어죽을 지경이랍니다. 우리 가게만 그런 게 아니에요. 하늘이 무너져내리는 난리 때문에 다들 고생하는 셈이니 상인회에서 어쨌거나 방법을 생각해내겠지요. 이렇게 다들 문을 닫을 수야 없는 노릇 아니겠어요? 그렇게 되면 시장 꼴이 뭐가 되겠어요?"

린 씨가 속을 태우는 것을 보다못해 셔우셩이 일부러 위로를 건넸지만, 그런 말을 하면서도 어쩔 수 없이 한숨이 새어나왔다.

눈은 갈수록 거세게 내렸다. 거리가 온통 하얗게 변했다. 개 한마리가 꼬리를 내리고 지나갔다. 몸을 부르르 떨어 쌓인 눈을 털어내더니 꼬리를 가랑이 사이에 집어넣고 걸어갔다. 이 거리가 생긴 뒤로 이렇게 썰렁하고 처량한 세밑은 처음이었다. 그즈음, 멀리 샹하이에서는 일본군의 대포가 그 화려한 도시를 향해 미친 듯이 불을 뿜고 있었다.

5

쓸쓸했던 설대목도 결국 지나갔다. 읍내에 있는 크고작은 가게 스무집가량이 문을 닫았다. 그중에는 '신용 제일'이라고 소문났던 비단가게도 들어 있었다. 린 씨에게 삼백 위안 빚을 지고 있는 쥐룽과 허위안도 결국 문을 닫았다. 섣달그믐 낮에 셔우성이 그 두 집을 찾아가 한나절이나 입품을 팔아 겨우 이십 위안가량 받아냈다. 가게가 망한 뒤 다들 빚을 한푼도 건지지 못했다고 했고, 두 가게 주인들은 어디로 숨었는지 찾을 수가 없다고 했다. 린 씨는 다행히 상인회 회장이 힘을 써준 덕분에 아직까지 시골로 도망갈 필요까지는 없었지만 정월 보름까지 형위안 사채업자에 빚진 사백 위안을 청산해야 했다. 더구나 가혹한 조건까지 추가되어서 정월 초닷새, 가게가 다시 문을 여는 그날부터 형위안에서 사람을 보내 린 씨 가게 앞에 지키고 서서 매일 물건 판 돈의 80퍼센트를 가져가 빚에서 제하겠다고 했다.

새해 나흘째 되는 날, 린 씨 집안은 초상집이었다. 린 씨는 한숨을 푹푹 내쉬고 부인은 연발대포처럼 딸꾹질을 했다. 딸은 딸꾹질도 하지않고 한숨도 쉬지 않았지만 몇년 동안 병석에서 찌든 사람처럼 얼굴이 누렇게 떴다. 새로 맞춘 그녀의 비단 치파오는 집안일을 돌보는 우 씨 어멈의 월급을 주느라 진즉에 전당포에 가 있었다. 견습직원이 아침 일곱시부터 동네에서 딱 하나 있는 전당포로 달려가 문이 열리기를 기다렸다가 아홉시가 되어서야 손에 이 위안을 쥐고 돌아왔다. 그뒤 전당포는 더이상 물건을 받지 않았다. 이 위안이 가장 높게 쳐준 것이라고 했다. 당신한테 얼마나 귀중한지 몰라도 이 위안에 잡아줄 수밖에 없다고 했다. 이 위안이라고 값을 부른 뒤 입을 닫아버렸다. 시골사람들이 추위에 떨면서도 솜저고리를 벗어 전당포 창구에 내밀면 전당포 종업원은 옷을 훌훌 털어보고는 밖으로 휙 던지면서 화를 냈다. "안 받아!"

새해가 시작되고 날씨가 참 좋았다. 관우(關羽)를 모시는 관제묘(關帝廟) 앞에 있는 공터에 예년처럼 새해 대목 장사를 하려고 여기저기서 떠돌이 장사꾼들이 몰려와 좌판을 벌이는가 하면 놀이패들이 몰려들어와 재주를 부렸다. 사람들이 좌판 앞에서 쭈뼛거리다가 텅 빈 자기 주머니를 만져보고는 이내 발길을 돌렸다. 아이들이 엄마 옷자락을 붙잡고는 폭죽 좌판 앞에 서서 사달라고 떼쓰다가 뺨을 얻어맞곤 했다. 새해 대목을 노리고 일부러 달려온 장사치들은 밥값도 못 벌고 있었고, 그래서 방값 때문에 그들이 묵고 있는 '안샹(安商) 여관' 집주인과 날마다 티격티격했다.

오로지 재주 한번 보여주고 팔 위안을 받는 놀이패들만 대목을 만났는데, 국민당 사무실 나리들이 그들을 불러서 '태평스러운 새해'의 기분을 한껏 북돋았다.

정월 초나흗날 저녁, 린 씨는 삼 위안을 겨우 쓸어모아 술자리를 차리고 가게 사람들에게 '재물신 술'(五路酒, 상인들이 초나흗날 저녁에 재물신을 맞기 위해 마시는 재신주(財神酒)——옮긴이)을 대접하면서 내일 가게 문을 여는 일을 의논했다. 사실, 린 씨는 속에 생각이 있었다. 계속 문을 열자니 손해를 볼 것이 불을 보듯 하고, 그렇다고 문을 닫자니 세 식구 생계가 막막했다. 게다가 받을 빚만도 사오백 위안이나 되는데 일단 문을 닫으면 그 돈을 받기가 더욱 어려워질 것이다. 유일한 방법은 지출을 줄이는 것이지만, 그렇다고 세금이나 상납은 거부할 수 없는 노릇이고 '양아치'들의 갈취도 피할 수 없었다. 방법은 종업원을 한두 사람 줄이는 것인데 종업원이 세 사람뿐인데다 서우성은 가게의 오른팔이고 나머지 둘은 처지가 참으로 가련했다. 더구나 둘을 내보내고 나면 장사할 일손이 부족했다. 집안은 더이상 줄일 방도가 없었다. 집안 일을 거들어주는 우 씨 어멈은 벌써 내보냈다. 그는 어쩔 수 없이 이대로 계속 가보는 수밖에 없다고 생각했다. 혹시라도 부처님의 자비를 받을지 아는가? 시골 사람들의 누에농사가 잘되면 그가 본 손해를 메워줄지도 모르지 않을까?

가게 문을 여는 데 가장 큰 문제는 물건이 부족하다는 것이었다. 현금을 샹하이로 보내지 않으면 물건을 받을 수가 없었다. 샹하이의 전란은 더욱 심해져서 외상거래는 생각할 수도 없었다. 재고도 진즉 바닥이 나서 진열대에 있는 텅 빈 내의 상자도 그저 눈가림용으로 올려놓은 것이다. 가게에 남은 것이라고는 세숫대야나 수건 같은 일용잡화뿐이었다. 이런 것들은 아직 많았다.

다들 술을 마시면서 머리를 쥐어짜보았지만 좋은 생각이 나지 않았다. 그러던 중 이런저런 이야기를 나누다가 문득 한 종업원이 말했다.

"세상이 어지러울 때는 사람 팔자가 개만도 못하지요. 샹하이 쟈뻬이가 불에 다 타버려서 수십만이나 되는 사람들이 알몸뚱이로 빠져나왔대요. 훙커우(虹口) 일대는 아직 불이 나지도 않았는데 벌써 사람들이 다 피난갔대요. 일본놈들이 얼마나 지독한지, 아무것도 못 가지고 나가게 한대요. 지금 샹하이 집값이 몇배가 뛰었대요. 피난나온 사람들이 다 시골로 나오고 있고 우리 읍내에도 어제 한패가 왔대요. 다들 좋은 사람들 같았는데 이제 오갈 데 없는 처지가 되어버렸지요."

린 씨는 고개를 흔들며 한숨을 쉬었다. 그 말을 들은 셔우성에게 기발한 생각이 떠올랐다. 그는 젓가락을 놓고 술잔을 들어 한입에 털어넣고는 입가에 미소를 띠며 린 씨에게 말했다.

"사장님, 아쓰(阿四) 말을 들으셨지요? 우리 가게 세숫대야 수건 비누 양말 치약 칫솔 같은 것을 다 처분할 수 있게 됐네요."

린 씨는 눈을 크게 떴다. 셔우성의 말뜻을 알아듣지 못한 것이다.

"사장님, 하늘이 내린 기회입니다. 샹하이에서 피난나온 사람이라면 그래도 얼마간 돈이 있을 것이고 생활에 필요한 물건은 사지 않을 수가 없겠지요? 그 장사를 우리가 한발 앞서 하는 겁니다."

셔우성이 말을 덧붙였다. 그러고는 다시 술잔을 비웠다. 얼굴에 웃음이 가득했다. 다른 두 종업원들도 그제야 알아차리고는 하하 크게 웃었다. 린 씨만 여전히 감을 잡지 못했다. 요즘 형편이 힘들다 보니 이렇게 한박자 느려진 것이다. 그는 멍한 표정으로 물었다.

"자신있어? 세숫대야나 수건은 다른 집에도 있는데……"

"사장님, 잊어버리셨군요. 세숫대야나 수건 같은 것은 우리 가게가 물건이 가장 많아요. 위챵샹네는 세숫대야가 열 개도 없을 것이고, 그것도 좋은 것은 다 팔고 남은 것들이에요. 이번 장사는 우리 말고 다른 가게는 못해요. 어서 사방에 광고를 써붙이고, 피난민들이 살고 있는 곳에 붙여야 합니다. 아, 아쓰, 그 사람들이 어디 살아? 우리 거기다 광고를 붙이자고."

"친척이 있는 사람들은 친척집으로 가고, 없는 사람들은 서쪽 누에 공장의 빈방을 빌려서 묵고 있어요."

아쓰라는 종업원이 대답했다. 얼굴이 밝아졌다. 자기가 뜻하지 않게 큰 공을 세운 것에 우쭐했다. 린 씨는 그제야 알아차렸다. 마음이 즐거워지자 머리도 잘 돌아가기 시작했다. 그는 곧장 광고할 문구를 만들고는 가게에 있는 일용품을 세어보았다. 십여 종은 되는 듯싶었다. 그는 샹하이 큰 상점들이 여러 물건을 쎄트로 만들어 일 위안에 파는 '일 위안 쎄트'를 생각해냈다. 세숫대야와 수건, 칫솔, 치약 등을 쎄트로 만들어 일 위안에 파는 방법이었다. '대 염가쎄일, 일 위안 쎄트'라고 크게 광고문구를 쓰게 했다. 가게에 남아 있던 커다란 색지를 셔우성이 잘라서 붓으로 썼다. 두 종업원은 부산하게 세숫대야와 수건, 칫솔, 치약을 가져다가 쎄트로 만들었다. 일손이 모자랐다. 린 씨는 딸을 불러 광고지를 쓰고 물건도 가져오게 했다. 그는 일 위안 물건 쎄트를 몇가지 더 만들었는데, 모두 자잘한 일용필수품들이었다.

그날 밤, 린 씨네 가게는 새벽이 되어서야 일을 마칠 만큼 바빴다. 다음날 아침 일찍, 요란한 폭죽 소리와 함께 가게 문을 열었다. 린 씨네 가게는 완전히 달라져 있었다. 밤새워 만든 광고를 밤에 여기저기에 붙였다. 서쪽 누에공장 일대는 셔우성이 직접 가서 붙였는데 그곳 누에공장의 피난민들을 술렁이게 만들었고 다들 구경거리라도 생긴 듯이 일어나자마자 광고를 보았다.

안채의 린 씨 부인도 꼭두새벽에 일어나 부처님 상앞에서 향을 사르고 고개를 땅에 찧으면서 빌었다. 그녀는 모든 소원을 다 빌었다. 샹하이에 난리가 더 커져서 더 많은 사람들이 피난오게 해달라는 것만 빼고서.

모든 것이 순조로웠다. 모든 것이 셔우성의 예상대로였다. 새해 문을 연 첫날 린 씨 가게만 장사가 잘되었다. 오후 네시가 되었을 때 정말 일백 위안어치를 팔았다. 읍내에서 근 십년 동안 없었던 신기록이었다. 판 물건은 대부분이 '일 위안 쎄트'였다. 하지만 서양우산이나 비신 같은 것도 덩달아 팔렸다. 장사는 그야말로 일사천리였다. 피난민이라지만 그래도 샹하이에 살면서 보고 들은 게 다른 사람들이어서 시골사람들이나 읍내사람들처럼 째째하지 않았다. 물건을 살 때도 시원시원했고 물건을 한번 쓱 보고는 그냥 현금을 건넸고, 까다롭게 물건을 고르거나 잔돈을 깎으려고도 하지 않았다.

린 씨 부인은 딸이 총총거리며 뛰어들어와 장사가 잘된다고 말하면 부처님에게 가서 머리를 조아렸다. 그녀는 속으로 이런 생각도 했다. '나이 차이만 많이 나지 않아도 셔우성을 사위로 맞으면 좋을 텐데.' 셔우성도 물이 차오르는 열일곱 된 스승의 딸을 점찍어놓고 눈길을 주고 있는지 모를 일이었다.

한가지 일이 린 씨 기분을 잡쳐놓았다. 형위안에서 털끝만큼의 사정도 헤아려주지 않고 이날 물건 판 돈의 80퍼센트를 가져가버렸다. 더구나 누가 부추겼는지 주 씨네 셋째 마님하고 다리 머리에 사는 천라오치, 그리고 장 과부까지 와서 '먹고살 게 없다'고 핑계를 대면서 이자를 받아갔다. 이자뿐 아니라 원금까지 달라기도 했다. 하지만 기쁜 소식도 있었다. 또다른 한패의 피난민들이 왔다는 것이었다.

저녁식사 때, 고기요리를 두 접시 더 내놓으면서 점원들의 노고를 치하했다. 다들 셔우성이 대단하다고 칭찬했다. 린 씨도 기분이 좋았지만 주 씨네 셋째 마님하고 세 사람이 와서 돈을 갚으라고 한 일이 마음에 걸렸다. 연초에 이런 일을 당하면 불길하기 마련이다. 셔우성이 분개하면서 말했다.

"그 세 사람이 뭘 안다고 그랬겠어요. 분명 누가 뒤에서 꼬드긴 겁니다."

셔우성은 말을 하면서 가게 건너편 쪽을 향해 입을 삐쭉거렸다. 린 씨가 고개를 끄덕였다. 그들이 앞뒤 분간을 못하는 사람들이라 더욱 상대하기가 어려웠다. 한사람은 노인네였고, 둘은 혼자 고생하면서 사는 여자들인지라 물렁하게 대해서도 안되지만 강하게 대해서도 안될 법이었다. 린 씨는 한참 생각을 굴리다가 상인회 회장을 찾아보는 수밖에 없다고 생각했다. 대신 나서서 그 세 사람에게 말을 넣어달라고 할 참이었다. 셔우성에게 말하자 적극 찬성이었다.

그리하여 저녁을 먹고 그날 장부를 정리한 뒤 린 씨는 상인회 회장을 찾아갔다.

린 씨가 이만저만해서 왔다고 말하자 상인회 회장이 단숨에 그러마고 응낙했고, 린 씨 장사 수완이 좋다고 치켜세워주었다. 린 씨네 가게가 탄탄하게 일어설 것이고 잘될 것이라고 했다.

"한가지, 내 진즉 말을 건네려던 일이 있네. 그동안 기회가 닿지 않아서 말이야. 읍내 뿌 국장이 어디서 보았는지 자네 딸을 무척 마음에 두고 있다네. 뿌 국장이 내일모레면 마흔인데 아직 아들을 못 보았어. 집에 마누라가 둘 있지만, 여지껏 자식을 못 보았어. 딸이 가서 아들이든 딸이든 애만 낳아주면 국장의 정실이 되는 것일세. 허, 그렇게 되면 나도 덕 좀 볼 수 있겠지."

린 씨는 이런 난관이 기다리고 있을 줄은 꿈에도 생각하지 못했다. 머리가 멍해져서 한동안 말이 나오지 않았다. 상인회 회장이 정중하게 말을 이었다.

"우리 오랜 친구 사이 아닌가? 무슨 말인들 못하겠어. 이런 일은 우리 같은 늙은이들이 보기에는 체면깎이는 일 같지만 꼭 그런 것만도 아닐세. 요즘 이런 일이 흔하기도 하고. 딸은 그래도 정실로 들어가는 것 아닌가. 더구나 뿌 국장이 이런 생각을 가지고 있는 이상, 들어주지 않았다가는 필시 무슨 일을 당할 것이네. 물론 응해주면 앞날이 훤히 트이는 거고. 내가 다 자네를 생각해서 이런 말을 하는 것이네."

"호의야 어찌 제가 모르겠습니까? 하지만 우리는 별볼일없는 집안인데다가 여식도 이치에 어두워서 뿌 국장 같은 높은 분하고 인연을 맺는 것이 언감생심 어디 가당하기나 한가요."

린 씨가 눈 딱 감고 말을 받았다. 가슴이 몹시 쿵쾅거렸다.

"허허, 자네가 높은 곳을 노리는 것이 아니라 그 사람이 마음을 두고 그러는 것이네. 이렇게 하세. 자네는 돌아가서 부인과 잘 의논해보시게. 나는 잠시 접어두고 있겠네. 뿌 국장을 보면 마땅한 기회가 없어서 꺼내지 못했다고 하겠네. 어떤가? 하지만 자네도 조만간 내게 답을 해주게."

"음…… 그러지요—"

한참을 생각을 하다가 린 씨는 마지못해 대답했다. 얼굴은 이미 사색이 되어 있었다.

집에 돌아와 린 씨는 딸을 내보내고는 부인에게 자초지종을 이야기했다. 그가 말을 채 마치기도 전에 린 씨 부인이 딸꾹질 발작을 하기 시작했다. 이웃집에서도 들릴 정도였다. 그녀가 올라오는 딸꾹질을 억지로 참느라 숨을 몰아쉬며 말했다.

"어떻게 그걸 들어줘요. 딸꾹, 결국 첩 자리 아니에요. 딸, 꾹, 결혼시켜 남의 집에서 시집살이시킬 생각만 해도 가슴이 미어지는데요."

"나도 그렇소. 하지만—"

"꺽, 우리야 곧이곧대로 장사나 하면서 사는 사람들인데, 딸꾹, 우리가 안한다는데 억지로 끌고 가기야 하려고요. 딸꾹—"

"하지만 그 인간은 기어이 찾아와서 해코지를 할 것이오. 강도보다 더 지독한 인간이거든."

린 씨가 목소리를 낮추며 말했다. 금방이라도 눈물이 떨어질 것 같았다.

"제가 사생결단을 내지요. 딸꾹, 나무관세음보살 저희 좀 살려주십
시오."

린 씨 부인의 목소리가 떨렸다. 일어서더니 몸을 뒤뚱거리면서 밖으
로 나가려고 했다. 린 씨가 얼른 막아서며 소리를 질렀다.

"어디 가려고? 어딜!"

그와 동시에 린 씨 딸이 방에서 나왔다. 벌써 다 들은 것 같았다. 얼
굴이 잿빛이었고 눈도 푹 꺼져 있었다. 린 씨 부인은 딸을 보자 덥석
끌어안고는 울면서 딸꾹질을 했다. 그러면서 가쁜 숨을 몰아쉬면서 말
했다.

"딸꾹, 딸아, 딸꾹, 아무도 널 데려가지 못한다. 내가 그놈하고 같이
죽을 것이다. 딸꾹, 널 낳던 해에 내가 이 병을 얻어, 딸국, 열일곱이
되도록 힘들게 키웠는데, 딸꾹, 죽어도 같이 죽자. 딸꾹, 진즉 셔우성
에게 주었으면 얼마나 좋았을꼬. 딸꾹, 강도 같은 놈, 하늘이 무섭지도
않느냐."

린 씨 딸도 울면서 소리쳤다. "엄마!" 린 씨가 두 손을 비비면서 한숨
을 내쉬었다. 울음소리가 커지는 것에 붙어사는 이웃들이 듣고 놀랄
것 같았고 정초에 이러는 것이 불길할까 걱정되었다. 자기도 속이 부
글부글 끓어오르지만 겨우 참으면서 두 모녀를 달랬다.

그날 밤, 린 씨네 세 식구는 다들 잠을 제대로 자지 못했다. 내일아침
일찍부터 일어나 장사를 해야 했지만 걱정이 되어 밤새 뒤척였다. 지
붕에서 무슨 소리만 나도 가슴이 벌렁거리면서 뿌 국장이 해코지를 하
러 찾아올 것만 같았다. 하지만 정신을 수습하고 곰곰이 생각해보면
자신은 그야말로 곧이곧대로 장사만 해온 사람이었고 법 한번 어겨본
적이 없었다. 장사가 잘되어 다른 사람 빚만 갚는다면 해코지를 당할
이유가 없었다. 아무 이유도 없는데 그가 그런 짓을 할 수 있을까? 장

사는 이제 한가닥 출구가 보이고 있었다. 그런데 딸을 낳아 번듯하게 키운 것이 도리어 화가 되고 있었다. 진즉 혼처를 정해버렸다면 이런 일이 없었을까? 상인회 회장은 진심으로 나를 도우려는 것일까? 하지만 방법이 없었다. 그에게 사정하는 수밖에 없었다. 그건 그렇고 마누라가 또 저렇게 딸꾹질을 해대니, 저놈의 병을 어쩐담!

날이 희붐하게 밝자 린 씨는 자리에서 일어났다. 눈두덩이 푸석푸석하고 머릿속이 벌집이었다. 그래도 정신을 가다듬고 장사를 해야 했다. 가게를 셔우셩 혼자에게만 맡길 수는 없었다. 그도 요며칠 동안 지쳐 있었다.

린 씨는 계산대에 앉아 있기는 하지만 불안했다. 장사는 잘되었지만 수시로 온몸이 부들부들 떨렸다. 낯선 덩치 큰 사람이 물건을 사러 오면 뿌 국장이 정탐하거나 사건을 일으키려고 보낸 사람인가 싶어 가슴이 방망이질했다.

그런데 이상하게도 이날따라 장사가 생각보다 잘되었다. 낮에 벌써 오륙십 위안가량 매출을 올렸고, 손님 중에는 읍내사람도 있었다. 물건을 사가는 것이 아니라 빼앗아간다고 할 정도였다. 도산해서 물건을 떨이로 처리할 때나 보던 광경이 벌어지고 있었다. 린 씨는 기쁘면서도 한편으로는 두려웠다. 그는 장사가 이렇게 잘되는 것이 오히려 왠지 심상치 않은 조짐처럼 보였다. 과연, 점심때가 되어 셔우셩이 조용히 말했다.

"밖에 소문이 돌고 있습니다. 쓰레기 같은 물건들을 떨이로 넘겨 돈을 건진 뒤 도망하려고 한다고요."

린 씨는 화도 나고 겁도 나서 아무 말도 나오지 않았다. 그런데 갑자기 제복을 입은 두 사람이 들이닥쳐 물었다.

"누가 린 사장이오?"

린 씨가 황망히 일어났지만 채 대답도 못했다. 제복을 입은 두 사람이 그를 끌고 갔다. 셔우성이 쫓아갔다. 막아볼 요량으로 왜 그런지 물어보려고 했지만 끌고 가던 두 사람이 소리쳤다.

"넌 누구야? 저리 꺼져! 당에서 물어볼 게 있어."

6

그날 오후 린 씨는 돌아오지 않았다. 가게가 바빠서 셔우성도 몸을 빼서 알아보러 갈 수가 없었다. 안주인이 모르도록 했지만 견습사원 하나가 입을 놀리는 바람에 린 씨 부인이 거의 숨이 넘어갈 지경이었다. 그녀는 딸을 꼭 붙들어둔 채 안채로 통하는 문지방을 넘지 못하게 막으면서 말했다.

"네 아버지가 사람들에게 잡혀갔다. 다음에는 널 잡으러 올 거다. 딸꾹—"

린 씨 부인은 셔우성을 불러 자초지종을 물었다. 셔우성이 사실대로 말하는 게 좋지 않아 보여서 에둘러 위로하며 말했다.

"사모님, 걱정하지 마세요. 별일 없을 거예요. 사장님은 당사무소에 돈을 결산하려고 가셨어요. 장사가 이렇게 잘되는데 뭐가 걱정이세요."

그러고는 셔우성은 린 씨 부인을 피해 린 씨 딸에게 가만히 말했다. "무엇 때문에 그러는지 아직 알 수가 없어." 그는 린 씨 딸에게 바깥일은 자기가 있으니 사모님을 잘 모시라고 당부했다. 린 씨 딸은 말이 하나도 귀에 들어오지 않았지만 셔우성 말에 그저 고개만 끄덕였다.

밖에서 장사를 하랴 린 씨 부인이 수시로 물어보는 통에 들어가서 적당한 말로 얼버무리랴 셔우셩은 린 씨의 행방을 수소문해볼 틈이 나지 않았다. 등불을 켤 무렵이 되어서야 상인회 회장이 와서 그에게 소식을 알려주었다. 린 씨가 당사무소에 억류되어 있다는 것이다. 린 씨가 돈을 싸들고 도망가려 한다는 소문 때문이라고 했다. 린 씨는 사채업자에게 진 빚만이 아니라 주 씨네 셋째 마님과 다리 머리께 천라오치, 장 과부 같은 어렵게 사는 사람들에게 육백 위안을 빚지고 있는데, 그 돈을 떼일지 몰라서 당사무소에서 어려운 사람들의 이익을 지켜주려고 린 씨를 억류하고 있다는 것이다. 셔우셩더러 얼른 돈을 마련하라고 했다.

셔우셩은 놀라서 얼굴이 하얗게 변했다. 한참 넋이 빠져 있더니 겨우 물었다.

"먼저 사람을 풀어주면 안됩니까? 사람이 나와야 어디 가서 돈을 마련해볼 것 아닙니까?"

"거참, 사람을 풀어주라고! 빈손으로 어떻게 사람을 빼오나?"

"회장님, 부탁드리니 방법을 좀 알려주시지요. 좋은 일 한번 하시는 셈 치고요. 저희 사장님하고 오랫동안 나눈 정을 보아서도 제발 좋은 일 한번 해주십시오."

상인회 회장이 이마를 찌푸리고 한동안 말이 없더니 셔우셩을 건너다본 뒤 셔우셩을 끌고 구석으로 가 소리를 낮추어 말했다.

"자네 사장 일인데 내가 어떻게 팔짱만 끼고 있겠는가? 다만 일이 아주 어렵게 꼬였어. 내 자네한테 솔직히 말하는데 뿌 국장에게 내가 사정해보았는데, 뿌 국장이 자네 사장이 한가지만 응낙하면 자기가 도와줄 수 있다고 하더군. 내가 방금 당사무소에서 자네 사장을 만나 들어주라고 권했더니 그 사람도 그러마고 승낙을 했어. 그럼 다 된 것 아니야? 그런데 당지부의 그 곰보라는 놈이 얼마나 지독한지 통 말을 들으려고 안해……”

“아니 그 사람이 뿌 국장 체면도 보아주지 않는단 말인가요?”

“그렇다니까. 곰보라는 놈이 뭐라고 이리저리 떠벌린 통에 뿌 국장
도 어쩔 수가 없게 됐어. 둘이 한바탕했다고. 그러니 일이 아주 심하게
꼬여버린 것이야.”

셔우성이 한숨을 쉬었다. 어떻게 해야 할지 생각이 나지 않았다. 잠
시 뒤 셔우성이 한탄하듯이 말했다.

“하지만 우리 사장님이 무슨 죄를 진 것은 아니지 않습니까.”

“그 사람들은 무슨 이치를 따지는 사람들이 아니야. 힘이 있으면 그
걸로 끝이지. 자네, 린 씨 부인에게 가서 전하게. 걱정 말라고. 그리고
아직 고초를 당하지는 않았지만 온전히 꺼내려면 돈이 필요하다고 말
이야.”

상인회 회장이 말하면서 두 손가락을 펴 보이고는 총총히 가버렸다.

셔우성은 한참을 망설였지만 좋은 생각이 나지 않았다. 두 동료 종업
원이 그를 붙잡고 물었지만 대꾸도 하지 않았다. 상인회 회장의 말을
사모님에게 전할 것인가? 돈을 써야 하지만 사모님에게 모아둔 돈이
없다는 것을 그는 잘 알고 있었다. 가게에서도 이틀 동안 번 돈의 80퍼
센트를 헝위안에서 가져가버렸다. 남은 것은 오십여 위안뿐이다. 그
돈으로 무엇을 할 것인가? 상인회 회장이 이백 위안은 있어야 한다고
손짓을 하지 않았는가. 그걸로 될지 안될지도 모를 일이다. 이렇게 가
다가는 장사가 아무리 잘된들 소용없는 노릇이었다. 그는 맥이 탁 풀
렸다.

안에서 그를 불렀다. 들어가서 사정을 보고 결정하는 수밖에 없었다.

린 씨 부인은 딸의 어깨에 기댄 채 가쁘게 숨을 몰아쉬며 말했다.

“딸꾹, 방금, 딸꾹 상인회 회장이 왔다며, 딸꾹, 뭐라 하든가?”

"아뇨, 안 왔습니다요."

셔우셩이 거짓말을 했다.

"내게 감출 필요없네. 딸꾹, 나도, 다 알고 있다네. 딸꾹, 자네 얼굴색이 하얗게 됐어. 딸내미가 다 보았네."

"사모님 염려 마세요. 상인회 회장이 별일 아니라고 했어요. 뿌 국장이 도와주려고 하는데……"

"뭐라고? 딸, 꾹, 뭐라고? 뿌 국장이 도와주려고 한다고. 딸꾹, 아이고 대자대비하신 부처님, 딸꾹, 제발 그만두라고 해, 딸꾹, 내 다 알아. 자네 사장님, 이제, 딸꾹, 끝장이네. 딸꾹, 나도 그만 살라네. 딸꾹, 다만 저 아슈 딸내미가 마음에 걸리니, 딸꾹, 자네가 아슈를 데리고 살게, 딸꾹, 둘이 잘 살아보게, 딸꾹, 셔우셩, 자네가 아슈에게 잘해준다면 난 그걸로 그만이네. 딸꾹, 어서 떠나게! 그 사람들이 빼앗으러 오기 전에. 딸꾹 날강도 같은 놈들! 부처님도 소용이 없구먼!"

셔우셩의 눈이 둥그레졌다. 무슨 말을 해야 할지 몰랐다. 사모님 정신이 이상해진 게 아닌가 하는 생각이 들었다. 하지만 그런 것 같지는 않았다. 그는 슬쩍 딸 아슈를 보았다. 마음이 콩콩 뛰었다. 린 씨 딸도 얼굴이 빨개져서 고개를 숙인 채 아무 말도 없었다.

"셔우셩 선배, 셔우셩 선배, 누가 찾습니다."

견습사원이 한걸음에 달려들어오며 소리쳤다. 셔우셩이 서둘러 뛰어나갔다. 상인회 회장이라도 다시 왔나 싶어서였다. 그런데 뜻밖에도 건너편 위창샹네 주인 우 씨였다. "어쩐 일이십니까?" 셔우셩이 속으로 짚이는 게 있어서 우선생의 얼굴을 흘겨보았다.

우 씨가 린 씨의 소식을 물었다. 얼굴 가득 웃음을 띠면서 말했다. "별일 없을 것이니 걱정 말게." 셔우셩은 그 얼굴이 수상쩍었다.

"이 댁 물건을 좀 넘겨받으려고 왔네만……"

우 씨가 웃음을 거두고 갑자기 말투를 바꾸었다. 그러면서 소매에서 종이 하나를 꺼냈다. 여러 줄 글씨가 적혀 있었는데 린 씨가 '일 위안 쎄트' 물건을 팔 때 쓴 것이었다. 셔우셩은 그것을 보자마자 원래 이런 수작이었다는 것을 알아차렸다. 그가 곧장 대꾸했다.

"사장님이 계시지 않으니, 제가 함부로 할 수가 없습니다."

"자네가 사모님에게 말하면 되지 않나?"

셔우셩이 머뭇거리며 대답을 못했다. 린 씨가 붙잡혀 있는 이유를 조금은 알 것 같았다. 먼저 린 씨가 도망가려 한다는 소문이 돌았고 그런 뒤 린 씨가 억류되었다. 그러고는 위창샹네가 와서 물건을 넘겨달라고 하고 있다. 전후사정이 훤히 짚어졌다. 셔우셩은 화가 치밀기도 하고 두렵기도 했다. 우 씨의 요구를 들어주면 린 씨의 장사는 물론이고 자기가 그동안 쏟아부은 고생도 물거품이 된다는 것을 잘 알고 있었다. 그렇다고 들어주지 않으면 어떤 수작을 부릴지 모를 일이었다. 그래서 그는 한번 떠보기로 했다.

"그럼, 제가 가서 사모님에게 말씀드리지요. 그런데 사모님은 필시 현금거래를 하려고 할 겁니다."

"현금이라고? 거참, 셔우셩, 자네 지금 농담하는가?"

"사모님 성격이 원래 그렇습니다. 저도 어쩔 수 없습니다. 내일 다시 얘기하시지요. 방금 상인회 회장님이 그러셨습니다. 뿌 국장이 힘을 써주고 있으니 사장님이 오늘저녁이면 돌아오실 거라고요."

셔우셩이 일부러 쌀쌀맞게 말하면서 종이쪽지를 우 씨 손에 다시 쥐어주었다.

우 씨 얼굴이 씰룩거렸다. 서둘러 그 종이쪽지를 셔우셩 손에 다시 쥐여주면서 다급하게 대답했다.

"그렇게 하세, 좋아, 현금 달라면 주겠네. 오늘밤에 물건을 넘겨주게. 내 현금으로 지불하겠네"

셔우성이 다시 이맛살을 찌푸리며 안채로 들어갔다. 위챵샹네가 물건을 넘겨달라고 한다고 린 씨 부인에게 말했다. 그러면서 그녀를 설득했다.

"사모님, 방금 상인회 회장이 왔었습니다. 사장님이 잘 계시고, 고생도 하지 않고 계신다고 했습니다. 하지만 돈을 써야 풀려나올 수 있다고 했습니다. 가게에는 지금 오십 위안밖에 없습니다. 위챵샹네가 와서 물건을 넘겨달라고 하는데, 장부를 보니 모두 백오십 위안가량은 됩니다. 물건을 넘겨주지요. 한시라도 빨리 사장님을 구하는 것이 상책입니다."

린 씨 부인은 또다시 돈을 써야 한다는 말을 듣고는 눈물을 주르륵 흘렸다. 딸꾹질소리가 천둥소리 같았다. 그저 손사래만 칠 뿐 말이 나오지 않았고 머리를 탁자에 댄 채 주먹으로 쾅쾅 소리가 나게 탁자를 때렸다. 셔우성은 더이상 이야기를 건넬 수가 없을 것 같아 조용히 물러나왔다. 그런데 사잇문 곁에서 린 씨 딸이 쫓아나왔다. 얼굴은 시체처럼 창백하고 목소리는 떨리고 갈라졌다. 그녀가 다급하게 말했다.

"엄마가 너무 분해서 정신이 흐릿해지셨어요. 연방 아버지가 그자들 손에 벌써 돌아가셨다고 말하세요. 얼른 가서 위챵샹네에게 그러자고 하세요. 어서 아빠를 구해야지요, 셔우성 오빠—"

린 씨 딸이 여기까지 말하더니 갑자기 얼굴이 붉어져서는 앞으로 뛰어들어가버렸다. 셔우성은 그녀의 뒷모습을 보면서 한동안 멍하니 서 있었다. 돌아서나오면서 위챵샹네에게 넘겨주는 물건을 자신이 짊어지기로 마음먹었다. 적어도 그녀하고 자신 둘만이라도 같은 생각을 하고 있지 않은가.

저녁상을 가게에 차려놓았지만, 셔우성은 생각이 없었다. 위챵샹네가 돈을 가지고 오기를 초조하게 서서 기다렸다가 일백 위안을 손에 들고, 팔십 위안은 몸에 감추고 나는 듯이 상인회 회장에게 달려갔다.

반시간쯤 지나 셔우성과 린 씨가 같이 돌아왔다. 안채로 들어서자 린 씨 부인이 보고는 기겁을 했다. 린 씨가 진짜로 살아 돌아온 것을 알고는 부처님 앞으로 재빨리 달려가서 머리를 조아렸다. 바닥에 머리를 조아리는 소리가 딸꾹질소리보다 크게 울렸다. 린 씨 딸이 옆에서 그 모습을 보고 있었다. 우는 것 같기도 하고 웃는 것 같기도 했다. 셔우성이 품에서 종이봉투 하나를 탁자에 꺼내놓으며 말했다.

"남은 돈 팔십 위안입니다."

린 씨가 한숨을 내쉬었다. 잠시 후 힘없는 목소리로 말했다.

"거기서 죽게 내버려두면 될 것을, 왜 쓸데없이 돈을 써! 돈이 없으니 이제 우리는 죽는 수밖에 없다."

린 씨 부인이 갑자기 바닥에서 일어서더니 다급하게 무슨 말인가를 하려고 했지만 딸꾹질에 계속 나오는 바람에 말문이 막혀버렸다. 린 씨 딸이 소리를 죽이고 훌쩍훌쩍 울었다. 린 씨는 울지 않았다. 또다시 한숨을 쉬더니 목이 메어 말했다.

"물건도 없으니 가게 문을 열 수도 없고, 그런데 빚 독촉은 성화이고……"

"사장님!

셔우성이 사장을 부르면서 손가락에 찻물을 찍어 탁자에 '주(走, 도망—옮긴이)' 자를 써 보였다.

린 씨가 고개를 저었다. 눈물이 주르르 흘러내렸다. 부인을 보고, 다시 딸을 보았다. 그런 뒤 다시 한숨을 푹 쉬었다.

"사장님, 이 길밖에 없습니다. 가게의 돈을 긁어모으면 일백 위안가량 됩니다. 그걸 가지고 가십시오. 한두 달이면 될 겁니다. 여기 일은 제가 책임지겠습니다.”

셔우성이 목소리를 낮추며 말했다. 하지만 린 씨 부인도 다 듣고 말았다. 그녀가 딸꾹질을 억누르며 다급하게 소리쳤다.

“너희들도 가거라! 아슈, 너도. 나 혼자 여기 두고. 내가 결판을 낼 터이다. 딸꾹!”

린 씨 부인은 별안간 사람이 씩씩하게 달라져서는 위층으로 올라갔다. 린 씨 딸이 “엄마!”를 부르며 따라서 올라갔다. 린 씨는 멍하니 계단을 쳐다보았다. 마음속에서 뭔가 잡히는 듯하면서도 도무지 딱히 생각이 떠오르지 않았다. 셔우성이 목소리를 낮추어 말했다.

“사장님, 따님도 데리고 가시지요. 따님이 여기 있으면 사모님도 마음이 놓이지 않으실 겁니다. 그자들이 데려갈까봐서요.”

린 씨가 눈물을 흘리면서 고개를 숙였다. 쉽사리 결심을 못했다.

셔우성도 끝내 눈시울이 붉어졌다. 한숨을 내쉬고는 탁자를 돌아 나갔다.

갑자기 린 씨 딸의 울음소리가 들렸다. 린 씨와 셔우성이 깜짝 놀랐다. 그들이 계단으로 달려가자 린 씨 부인이 방에서 나오는데 손에 종이봉투가 들려 있었다. 린 씨와 셔우성이 계단 앞에 있는 것을 보고는 다시 방으로 들어가면서 말했다. “다들 들어오세요. 내게 생각이 있어요.” 그녀가 린 씨와 셔우성 앞에 그 종이봉투를 내놓으며 말했다.

“제가 은밀히 모아둔 돈이에요. 딸꾹, 이백 위안가량 될 거예요. 이 돈의 절반을 가지고 가세요. 딸꾹, 아슈는 제가 결정할게요. 셔우성에게 줍시다. 딸꾹, 내일 아슈는 아버지하고 같이 떠나라. 딸꾹, 나는 안 간다. 셔우성은 며칠간 나하고 지낸 뒤 다시 이야기하고. 딸꾹, 내 살날이 얼마 남지 않았다는 것을 내가 잘 안다. 너희들 내 앞에서 절을 해라. 내가 마음을 놓게 말이다. 딸꾹.”

린 씨 부인은 한손으로는 딸을 잡고 다른 한손으로는 셔우성을 잡고서 절을 시켰다.

절을 한 뒤 두 사람은 얼굴이 붉어졌고 고개를 숙였다. 셔수성이 슬쩍 린 씨 딸을 넘겨다보았다. 그녀의 눈물 속에 미소가 들어 있었다. 셔우성은 가슴이 쿵쾅거렸고 눈물이 두 방울 떨어졌다.

린 씨가 안도의 숨을 내쉬며 말했다.

"잘됐어, 이렇게 하자. 하지만 셔우성, 네가 여기서 그 사람들을 상대해야 하니 각별히 조심해라!"

7

린 씨네 가게는 결국 도산하고 말았다. 린 사장이 도망했다는 소식이 온 읍내에 퍼졌다. 채권자들 중에서 헝위안에서 가장 먼저 사람을 보내 물건을 저당잡았다. 그들은 장부를 찾으려고 다 뒤졌지만 한권도 없었다. 셔우성에게 물었다. 셔우성은 병이 나 누워 있었다. 그러자 린 씨 부인에게 따져물었다. 꼬리를 물고 이어지는 린 씨 부인의 딸꾹질과 눈물콧물이 대답의 전부였다. 그래도 '린 씨 마님'인 처지이니 사람들도 더이상 어쩌지를 못했다.

열한시가 되자 빚쟁이들이 몰려와 가게 안이 북새통이었다. 헝위안네와 다른 채권자들이 저당잡을 물건을 나누느라 다투었다. 가게는 텅 비었지만 가게 집기들을 합치면 빚의 70퍼센트 정도는 되었다. 하지만 다들 자기 돈의 90퍼센트, 심지어 자기 돈 전부를 받아낼 생각뿐이었다. 상인회 회장이 나서서 혀가 닳도록 이야기해도 소용이 없었다.

경찰관 두 명이 와서 곤봉을 들고 문앞에 서서 구경꾼들에게 소리를 질렀다.

"왜 나는 못 들어가게 하는 거야. 난 삼백 위안이나 빚이 있다고. 내 돈 말이야."

주 씨네 셋째 마님이 입술을 삐쭉이며 경찰에게 따지고 있었다. 몰려든 사람들 틈에서 이리저리 밀렸다. 이마에 손가락만한 푸른 힘줄이 솟았다. 한참을 밀고 당기던 그녀에게 다섯살짜리 아이를 안은 장 과부가 다른 경찰관에게 들여보내달라고 애걸하는 것이 눈에 들어왔다. 그 경찰관은 눈을 게슴츠레 뜨고서 아이를 어르는 척하면서 슬며시 손등으로 장 과부의 가슴을 문지르고 있었다.

"장 과수댁—"

주 씨네 셋째 마님이 숨을 씩씩거리며 불렀다. 돌계단에 주저앉더니 쭈그러진 입을 놀리기 위해 애썼다.

장 과부가 몸을 돌려 자기를 부르는 사람을 찾았다. 그러자 경찰관이 느물거리는 목소리로 소리쳤다.

"왜 그리 보채고 그래! 조금 있으면 들어간다니까!"

이 말을 들은 구경꾼들이 다들 웃음을 터뜨렸다. 장 과부가 애써 못 들은 척하면서 눈물을 글썽이며 걸음을 떼었다. 마침 주 씨네 셋째 마님이 돌계단에 앉아 숨을 돌리는 모습이 눈에 들어왔다. 장 과부가 넘어지듯이 주 씨네 셋째 마님 곁으로 가 돌계단에 앉더니 대성통곡을 하기 시작했다. 그녀는 울면서 신세타령을 했다.

"아이고 애아버지, 왜 나만 남겨두고 가셨소. 내가 이렇게 죽을 고생을 하는지 알기나 하는 거요. 강도 같은 병사놈들이 당신을 쏴 죽인 게, 그저께가 벌써 삼 년이오. ……빌어먹을 린 가 놈이 가게를 망해먹고 내가 열 손가락 다 닳아가면서 모은 백 위안을, 말 한마디 없이 떼먹었으니, 아이고, 이 가난뱅이 서러운 신세, 돈있는 놈들이 이렇게 마음씨가 고약하니……"

애어멈이 울자 아이도 울었다. 장 과부가 아이를 보듬어안고서 더 서럽게 울었다.

주 씨댁 셋째 부인은 울지 않았다. 핏발이 서고 움푹한 두 눈을 부릅뜬 채 같은 말을 되풀이하고 있었다.

"가난뱅이 목숨도 목숨이고, 돈있는 사람 목숨도 같은 목숨인 법이여. 내 돈을 떼어먹어, 내 숨 끊어질 때까지 해볼 테다."

그때 가게에서 누군가가 사람을 헤치고 나왔다. 다리 머리에 사는 천라오치였다. 그는 얼굴이 새파래져서 사람들을 밀치면서 뒤에다 대고 욕을 해댔다.

"에라 이 날강도 같은 놈들, 어디 잘사나 두고보자. 하늘이 무너지든 땅이 꺼지든 이 천라오치가 네놈들 끝장을 볼 날이 있을 것이다. 빚을 받으려면 다 같이 나누어야 공평하지……"

천라오치는 욕을 하면서 주 씨네 셋째 마님과 장 과부를 발견하고는 두 사람 이름을 부르며 말했다.

"셋째 마님, 장 과수댁 거기 그러고만 앉아 있을 거요? 저놈들이 물건 다 가져가요. 나 혼자 입으로는 저놈들 열 입을 당할 수가 없어요. 그 개 같은 강도놈들이 우리 돈은 빚이 아니라고 억지를 부린다니까요……"

장 과부가 듣더니 더욱 서럽게 울었다. 아까 그 경찰관이 다가오더니 곤봉으로 장 과부 어깨를 밀치며 말했다.

"어이, 울긴 왜 울어? 당신 남편이 죽은 게 언제인데, 아직까지 울어?"

"개자식! 남은 돈을 떼였는데, 너는 지금 여자를 희롱하고 있어."

천라오치가 버럭 소리를 지르며 경찰을 밀쳐냈다. 그 경찰관이 눈이 동그래져서 그를 때리려고 했다. 구경꾼들이 소리를 지르며 경찰관에게 욕을 퍼부었다. 그러자 다른 경찰이 얼른 달려오더니 천라오치를 떼어놓으며 말했다.

"당신 여기서 떠들어봐야 소용없어. 우린 당신에게 원한진 것도 없고 상인회에서 문 좀 지켜달라고 해서 온 것뿐이라고. 우리도 먹고살려니 어쩔 수 없다고."

"천라오치, 한번 당사무실에 가서 고발해보는 게 어때?"

사람들 속에서 누가 소리쳤다. 목소리만 들어도 이 거리에서 유명한 떠돌이중이라는 것을 알 수 있었다.

"그래 가보자, 가봐, 그 사람들이 뭐라고 하는지 보게."

여러 사람들이 소리를 질렀다. 하지만 희롱을 한 그 경찰관은 비웃으면서 천라오치의 어깨를 누르면서 말했다.

"내 충고하는데 괜히 쓸데없는 짓 하지 않는 게 좋을 거야. 거기 가봐야 소용없다고. 린 씨나 기다렸다가 돈을 받아내라고. 그렇게 입을 딱 씻지는 못할 테니까."

천라오치 얼굴이 사나워졌다. 하지만 어떻게 해야 할지 몰랐다. 구경꾼들이 가보라고 하자 그는 주 씨네 셋째 마님과 장 과부에게 말했다.

"한번 가봅시다. 그쪽에서 우리 같은 가난한 사람들을 돌보아준다고 날마다 떠들고 있으니 말이오."

"맞아요. 어제는 그 사람들이 린 사장을 붙잡아두었어요. 도망 못 가게 한다고요. 가난한 사람들이 돈을 떼일까봐 그런다고 했어요."

가보라고 하는 소리가 길게 울렸다. 그리하여 전혀 뜻하지 않게 그들 세 사람과 구경꾼 들이 당사무실로 가게 되었다. 장 과부는 가면서도 계속 훌쩍거렸고 남편을 죽인 군인에게 욕을 퍼붓고 빌어먹을 린 씨에게 욕을 퍼붓고 개 같은 경찰관에게 욕을 퍼부었다.

당사무실에 거의 다 도착했을 때 문 앞에 서 있던 경찰관 네 명이 곤봉을 든 채 멀리 소리를 질렀다.

"썩 꺼져! 더이상 다가오지 말라고!"

"우리는 고소하러 왔소. 린 씨네 가게가 파산을 했는데 우리 돈을 받지 못했단 말이오."

천라오치가 가장 앞줄에 서서 큰 소리로 말했다. 그런데 경찰관들 뒤에서 갑자기 곰보가 튀어나오며 욕을 해대면서 사람들을 때리라고 소리를 질렀다. 하지만 경찰들은 그대로 선 채 입으로만 위협을 가했다. 천라오치 뒤에 있던 구경꾼들이 소리를 질렀다. 곰보가 화를 내며 소리쳤다.

"무식한 쌍놈들! 여기가 너희들 그런 일이나 처리해주는 데인 줄 알아? 썩 꺼지지 않으면 발포할 거야."

곰보가 발을 구르며 때리라고 경찰관 네 명을 윽박질렀다. 맨 앞줄에 선 천라오치는 벌써 몇대를 얻어맞았다. 구경꾼들이 어지럽게 흩어졌다. 주 씨네 셋째 마님이 넘어졌다. 장 씨 과부는 경황중에 신발이 하나 벗겨져 얼쩡거리다 사람들에게 밀려 넘어졌다. 사람들 발길에 밟히지 않으려고 이리저리 뒹굴다가 겨우 일어나 몇발짝 걸음을 떼다보니, 그제야 아이가 보이지 않는다는 사실을 깨달았다. 옷자락을 보니 피가 묻어 있었다.

"아이고, 내 새끼, 내 핏줄, 날강도들이 사람 죽였네, 옥황상제님 제발 살려주시구려!"

그녀는 머리가 풀어헤쳐진 채 울며불며 달려갔다. 문이 닫힌 린 씨네 가게 앞에 이르렀을 때 그녀는 완전히 미친 사람이 되어 있었다.

施蟄存

| 스져춘 |

1905~2003

작가이자 평론가로 져쟝(浙江)성 항져우(杭州) 출신이며 샹하이에서 자랐다. 대학에서 불문학을 공부했고 1926년에 중국 공산주의 청년단에 가입했지만 다음해에 탈퇴했다. 모더니즘 문학잡지인 『현대(現代)』와 『무궤열차(無軌列車)』의 편집에 참여했다. 1930년대 중국문단에는 모더니즘 문학이 유행하고 심리분석 소설이 등장하는데, 스져춘은 조숙한 중국 현대문명의 도시 샹하이를 배경으로 도시인의 생활을 심리분석 기법을 통해 표현했다. '중국 현대 심리소설의 개척자'라든 가 '진정한 의미의 모더니스트 작가'라고 불리는 것은 이 때문이다. 사회주의 정권이 성립된 이후로는 샹하이사범대학 교수로 재직하면서 학술연구에만 전념했다.

장맛비가 내리는 저녁 梅雨之夕

스져춘의 대표작이다. 상하이에 사는 평범한 회사원인 중년 남자 '나'는 어느 비 내리는 날 저녁 퇴근길에서 한 여자와 해후한다. 장맛비는 평범한 일상을 사는 주인공을 무료하고 단조로운 일상에서 탈출시키는 역할을 한다. 비와 우산은 일상의 무료한 시간을 차단하고 주인공에게 현실과 격리된 낭만적 사랑의 시공간을 열어준다. 그런 가운데 빗속에서 우연히 만난 여인이 그에게 현대 도시문명과 평범한 일상에서 억압된 욕망을 불러일으킨다. 그녀를 통해 주인공은 첫사랑의 여인을 떠올리게 된다. 하지만 결국 주인공은 그녀와 헤어져 집으로 돌아와 문을 두드린다. 안에서 들리는 목소리는 방금 빗속에서 만났던 여자의 것이지만 문을 열고 들어가 마주친 얼굴은 아내의 것이다. 비 오는 날 저녁 그를 무료한 일상에서 탈출시켜주었던 낭만적 사랑으로의 여행은 끝나고 다시 현실로 돌아온 것이다. 그렇게 다시 현실로, 자신의 아내로 돌아올 수밖에 없으면서 그는 왜 빗속에서 우산 속의 여자에게 빠진 것일까.

장맛비가 내리던 저녁

장맛비가 추적추적 내렸다.

비를, 내가 싫어하는 것은 아니다. 내가 싫어하는 것은 빗속을 질주하는 오토바이 바퀴이다. 옷에 흙탕물을 튀기고 심지어는 황송하게도 입으로까지 그 좋은 맛을 보기도 한다. 나는 사무실에서 한가할 때면, 하얀 허공에 내리는 빗줄기를 창밖으로 바라보면서 동료들에게 그런 이기적인 차바퀴에 대해 원망을 늘어놓는다. 오토바이를 타는 사람들은 비가 내리는 날에는 돈 아낄 생각 말고 차를 차는 편이 좋을 거라고 친절하게 충고를 하는지 모르겠다. 하지만 나는 그런 호의에 굴복하지 않는다. 돈을 아끼려는 것이 아니었다. 나는 후드득후드득 비 떨어지는 소리를 들으며 우산을 쓰고 가는 것을 좋아한다. 집도 회사에서 가까워서 일이 끝나고 집에 갈 때 굳이 전차를 탈 필요가 없었다. 비오는 날 전차 타기를 좋아하지 않는 또다른 이유는 비옷이 없어서다. 비 내리는 날 전차에서 비옷을 입은 신사들, 부인들, 아가씨들과 비좁은 찻간에서 부대끼다 보면 빗물투성이가 되어 제아무리 좋은 우산이 있어도 온몸이 젖어서 집에 들어가게 된다. 저녁 무렵, 가로등이 막 켜질 때 인도를 따라 잠시 한가한 마음으로 걸으면서 비 내리는 도시 풍경을 보는 것은, 깔끔하지는 않아도, 나만의 오락거리이다. 흐릿한 비안 개 속을 오가는 차와 사람 들의 윤곽이 흐릿해진다. 큰길에 노란 등불 이 거꾸로 비친다. 간혹 경광등의 붉은색과 초록색이 행인들의 눈에 번쩍거리기도 한다. 비가 세게 내릴 때면 가까이 있는 사람 말소리도 아무리 목소리를 높여도 공중으로 날아가버린다.

사람들은 이런 나를 두고 사서 고생한다고 하지만 내가 얼마나 큰 재 미를 느끼는지 모른다. 간혹 오토바이 바퀴가 흙탕물을 튀기기는 하지 만 그렇다고 내 습관을 바꾸어놓지는 못했다. 습관이 되었다고 해도 그럴 만한 것이, 벌써 삼사년을 이렇게 해왔다. 문득 비옷을 하나 살까 하는 생각이 들 때도 있다. 비오는 날 차를 타거나 걸을 때 흙탕물이 옷에 튀는 일을 당하지 않을 터이니 말이다. 하지만 아직까지는 살아 가는 희망의 하나로 마음속에 남겨두고 있다.

요 며칠 연일 큰비가 내렸지만 여전히 아침에 우산을 쓰고 회사에 가 서, 오후에 우산을 쓰고 집에 왔다. 날마다 그랬다. 어제 오후, 회사일 이 산더미처럼 쌓여 있었다. 네시가 되어 창밖을 보니 비는 아직도 거 셌고, 사무실에는 나 혼자였다. 차라리 좀더 일을 하기로 했다. 첫째는 내일 일의 짐을 덜기 위해서였고 둘째는 비를 피해 빗발이 좀 약해진 뒤 가려는 것이었다. 그렇게 해서 여섯시까지 어물거렸고, 비는 진즉 멈추었다.

밖으로 나오자 거리에는 등불이 다 들어와 있었다. 하지만 하늘빛은 오히려 밝아졌다. 우산을 끌면서 처마에서 떨어지는 낙숫물을 피해 천 천히 걸었다. 장시(江西) 거리에서 쓰촨(四川) 거리 다리까지 삼십분 가량 걸었다. 우체국의 큰 시계가 여섯시 이십분을 가리켰다. 그런데 다리에 올라서기 전에 하늘빛이 다시 무겁게 가라앉고 어두워졌다. 하 지만 신경쓰지 않았다. 저녁시간이어서 그런가 보다 했다. 그런데 막

다리에 들어서자 소나기가 까만 구름 사이로 쏟아지고 후드득후드득 비 떨어지는 소리가 나기 시작했다. 쓰촨 거리와 쑤져우(蘇州) 천 양쪽 길 행인들이 이리저리 황급히 비를 피하고 있었다. 나조차 마음이 다급해지기 시작했다. 저 사람들은 뭐가 저리 급할까? 저 사람들도 지금 내리고 있는 것이 비이고 생명에 위협이 되지 않는다는 것을 분명히 안다. 그런데도 왜 저렇게 다급하게 피하는 것일까? 옷이 젖을까봐 그렇다고 하겠지만, 우산을 들고 있는 사람이나 비옷을 입은 사람조차 서둘러 피하고 있었다. 내가 보기에는 이것은 무의식적인 혼란이었다. 빗속에서 한가롭게 산책하는 재미를 몰랐다면 나도 저 사람들처럼 저렇게 다급하게 다리를 건넜을 것이다.

어차피 앞에도 비가 내리는데, 무엇 때문에 뛰는 것일까? 우산을 펴면서 그런 생각이 들었다. 어느새 톈퉁(天潼) 거리 입구였다. 큰길에 주룩주룩 비가 내리는 것이 참으로 장관이었다. 간혹 오토바이가 비를 뚫고 나왔다가는 다시 빗속으로 질주해가는 것 말고는, 전차도 인력거도 보이지 않았다. 다들 어디로 숨어버렸는지 이상했다. 걸어가는 사람들도 거의 없었다. 가게 처마 밑이나 포장 밑에 모여 있는 게 보였다. 우산이 있는 사람도 우산이 없는 사람도, 비옷을 입은 사람도 비옷을 입지 않은 사람도, 다들 모여서 싫은 눈길로 어찌해볼 도리가 없는 비를 쳐다보고 있었다. 저 사람들은 도대체 어떤 날씨에 쓰려고 우산이나 비옷을 샀는지, 이해할 수가 없었다.

벌써 원졘스(文監師) 근처까지 왔다. 불편한 게 없었다. 좋은 우산이 있어서 얼굴이 비에 젖을 리도 없었다. 다리는 좀 축축해졌지만 그래봤자 집에 가서 양말을 갈아신으면 그만이었다. 나는 걸으면서 빗속의 북쪽 쓰촨 거리를 보았다. 어른어른 희미하게 비치는 이유는 제법 시적인 운치가 느껴졌다. '느껴졌다'고 한 이유는 무슨 구체적인 생각이

든 것이 아니어서였다. '난 여기서 꺾어져야 한다'는 것 말고는 다른 생각이 들지 않았다.

인도를 벗어나면서 길에 오가는 차가 있는지 유심히 살폈다. 길을 건너 윈졘스 거리로 갈 생각이었다. 그런데 그때까지 보이지 않던 전차 한대가 내 앞에 섰다. 나는 걸음을 멈추고 다시 인도로 물러나 전봇대 옆에 서서 전차가 출발하기를 기다렸다. 차가 멈추어서 있을 때 안심하고 길을 건널 수도 있었지만 그렇게 하지 않았다. 샹하이에 오래 산 사람으로서 길을 가는 규칙을 알고 있었지만, 길을 건널 수 있었는데도 왜 건너지 않았는지는 나 자신도 모르겠다.

나는 일등칸에서 내리는 승객들을 세고 있었다. 왜 삼등칸에서 내리는 사람을 세지 않는가? 일부러 그런 것이 아니라 일등칸이 차 앞에 있어서 승객들이 바로 내 앞에서 내려 확실히 볼 수 있어서였다. 첫번째로 내린 사람은 빨간 비옷을 입은 러시아인이었고 두번째 사람은 중년의 일본부인이었다. 그녀는 서둘러 차에서 내려서는 손에 일본식 우산을 받쳐들고 고개를 숙이고는 생쥐처럼 차 앞을 돌아 윈졘스 거리로 들어갔다. 나는 그녀를 안다. 그녀는 제과점 여주인이었다. 세번째, 네번째 사람은 닝뽀(寧波) 출신처럼 보이는 중국인 상인이었다. 둘은 녹색 비닐로 된 중국식 비옷을 입었다. 다섯번째로 내린 승객, 아마도 마지막일 성싶은 사람은 아가씨였다. 손에는 우산이 들려 있지 않았고 비옷도 입고 있지 않았다. 비가 그친 뒤에 전차를 탄 모양이었다. 하지만 불행히도 목적지에 도착하고 보니 이렇게 비가 많이 내리고 있었다. 나는 그녀가 틀림없이 아주 먼 곳에서 차를 탔을 것이라고 짐작했다. 적어도 챠떠(卡德) 거리보다 몇정거장 앞에서 탔을 것이다.

그녀가 차에서 내렸다. 말랐지만 양쪽 어깨뼈가 드러날 정도는 아니었다. 난감해하면서 인도로 올라섰을 때 그녀의 아름다움이 내 눈길을 끌었다. 아름다움도 여러 가지다. 물론 얼굴이 아름다운 것이 가장 중요한 요소이지만, 우아하거나 신체균형이 잘 잡혀 있다거나 심지어 침을 뱉어도 저속하지 않거나 최소한 혐오감을 주지 않는 것도 중요한 사항이다. 돌이켜보면, 그 빗속의 여인은 이런 기준에 딱 맞았다.

그녀는 길 양쪽을 둘러보더니 원젠스 거리를 보면서 모퉁이를 돌았다. 서둘러 인력거를 부르려는 것이리라. 그녀의 눈길을 따라 나도 둘러보았지만 적막하기만 할 뿐 오가는 인력거가 한대도 없었다. 비는 여전히 원없이 내리고 있었다. 그녀는 한바퀴 돌아보고는 다시 돌아와서 한 목기점(木器店) 처마 밑으로 피했다. 고민스러운 눈치였고 살짝 눈살을 찌푸렸다.

나도 처마 밑으로 들어갔다. 전차는 벌써 출발했고 길이 텅 비어서 건널 수 있었다. 그런데 나는 왜 길을 건너서 집으로 가지 않는 것일까? 이 여인에게 무슨 미련이 있는 것일까? 아니었다. 결코 미련 같은 것은 없었다. 내가 돌아오면 등불 아래서 같이 저녁밥을 먹으려고 집에서 기다리고 있는 아내 때문도 아니었다. 당장에는 내가 아내가 있는 몸이라는 생각도 들지 않았다. 눈앞에 한 아름다운 대상이 있고, 더구나 곤경에 처해서 외롭게 혼자 서서 영원히 내릴 것 같은 장맛비를 멍하니 바라보고 있는 것, 그저 이것 때문에 나도 모르게 발걸음을 그녀 곁으로 옮겼다.

처마 밑에 있는데다 굵은 빗방울도 떨어지지 않았지만 바람이 불면 차가운 빗줄기가 우리에게 날려왔다. 나는 그래도 우산이 있어서 용감한 중세 무사처럼 우산을 방패삼아 습격해오는 빗줄기 화살을 막을 수 있었다. 하지만 그 여인은 그대로 비에 젖었다. 엷은 씰크 옷이 검은색이었지만 소용이 없어서, 두 팔뚝선이 그대로 드러났다. 그녀는 몸을 돌려 비스듬히 서서 몹쓸 비가 자신의 앞가슴을 적시는 것을 피하려

했다. 팔뚝이 빗물에 젖고 옷이 몸에 달라붙는 것이 뭐 그리 대단할까? 나는 문득 그런 생각이 들었다.

날이 좋을 때는 거리에 흔한 게 손님을 부르는 인력거다. 하지만 정작 인력거가 절실한 때는 하나도 보이지 않았다. 나는 인력거꾼들이 장사를 못한다고 생각했다. 아니면 필요한 사람이 너무 많아서 공급이 수요를 감당하지 못해 이렇게 큰길에서 인력거가 그림자도 보이지 않는 것일 수 있다. 인력거꾼들도 비를 피하고 있는지도 모른다. 이런 큰비에 인력거꾼들이라고 비를 피하지 않겠는가? 인력거가 있거나 말거나 평소에는 관심이 없었다. 그런데 난데없이 이런 생각을 하게 된 것은 인력거꾼이 원망스럽게까지 느껴져서였다. 이렇게 아름다운 여인이 빗속에 딱하게 서서 당신들을 애타게 기다리고 있는데, 당신들은 왜 한달음에 달려와 손님을 태우지 않는단 말인가?

이런 생각을 아무리 해도 인력거는 끝내 보이지 않았다. 하늘빛이 정말 어두워졌다. 멀리 길 건너편 가게 앞에 있던 편한 옷차림의 남자 몇 명은 더이상 참지 못하고 바지를 접고는 비를 무릅쓰고 뛰어갔다. 여인의 긴 눈썹이 찡그려지고 눈동자가 반짝반짝 빛나는 것이 눈에 들어왔다. 마음이 다급해진 성싶었다. 그녀의 걱정스러운 눈빛과 내 눈이 서로 교차했고, 그녀 눈에 내가 이상해 보인다는 것을 알았다. 왜 이 사람은 가지 않고 계속 여기 서 있는 것일까? 우산도 있고 구두도 신었는데, 누구를 기다리는 것일까? 비오는 날 길에서 누구를 기다린단 말인가? 나를 저렇게 날카롭게 쳐다보는 것이 호의에서일까? 그녀가 훑어보면서 나를 재보더니 어두운 하늘로 눈길을 옮기는 모습을 보고는, 난 그녀가 이런 생각을 하고 있다고 단정했다.

나는 우산이 있었고 그것도 두 사람을 넉넉히 가릴 만큼 컸다. 이 생각이 왜 진즉 들지 않았는지 모를 일이다. 하지만 그런 생각이 지금 들

었다고 해서 어쩔 것인가? 나는 우산으로 장맛비를 맞지 않게 그녀를
가려줄 수 있다. 그녀와 함께 걸어가서 인력거를 잡을 수도 있고, 멀지
않으면 그녀를 집까지 바래다줄 수도 있다. 집이 멀다고 안될 것도 없
다. 마음을 굳게 먹고 내 호의를 드러낼까? 나는 호의라고 생각하지만
그녀가 의심하면 어쩌지? 방금 내가 상상한 것처럼 그녀가 오해해서
거절할 수도 있다. 설마 그녀가 이렇게 끝없이 비바람이 치는 추운 저
녁 길거리에서 혼자 늦게까지 서 있기야 하겠는가? 아니야! 비는 금방
그칠 거야. 벌써 한참을 내렸잖아. ……그런데 얼마나 된 거야. 나는
시간이 빗물 속에 흘러가는 것도 까맣게 잊고 있었다. 나는 시계를 꺼
냈다. 일곱시 삼십사분이었다. 한시간 남짓 지났다. 이렇게 계속 내리
지는 않겠지. 저것 봐. 배수구도 내보내지 못한 물이 그 위까지 덮고서
소용돌이를 이루는데, 흘러갈 곳을 찾지 못한 물이 인도에까지 차오르
는 건 아니겠지? 그럴 리는 없을 것이다. 그렇게 오랫동안 내리지는 않
을 것이다. 조금 멈추기만 하면 그녀는 분명 가버릴 것이다. 비가 멈추
지 않더라도 인력거가 적어도 한대는 올 것이다. 그녀는 아무리 비싸
더라도 타고 갈 것이다. 그럼 나는 당연히 가야겠지? 당연히 가? 그러
지 않으면?

　그렇게 또 십분이 흘렀다. 나는 아직도 가지 않았다. 비는 멈추지 않
고 차도 흔적이 없었다. 그녀도 여전히 초조하게 서 있었다. 나는 잔인
한 호기심이 발동하여 그녀가 이런 곤란한 지경에서 자기 자신을 결국
어떻게 하는지 보고 싶었다. 이렇게 곤란해하는 그녀를 보면서 내게서
연민과 방관의 심리가 반반씩 일었다.

　그녀가 다시 이상하다는 듯이 나를 쳐다보았다.

　그 순간, 문득, 나는 느꼈다. 왜 방금 전에는 그것을 못 느꼈을까. 스
스로도 이상했다. 그녀가 내 우산으로 자기를 씌워주기를, 자기를 바

래다주기를, 꼭 집까지가 아니라도 원하는 곳까지 바래다주기를 기다리고 있는 듯한 느낌이 들었다. 당신은 우산이 있는데 왜 가지 않지요? 저를 받쳐주고 싶으면서도 적당한 때를 기다리고 있는 건가요? 그녀의 눈빛이 나에게 이렇게 말하고 있었다.

내 얼굴이 붉어졌다. 하지만 고개를 숙이지는 않았다.

부끄러워서 얼굴을 붉힌 채 여인의 눈길을 대하는 것이 결혼한 뒤로 흔한 일은 아니었다. 스스로 생각해도 이상했다. 나는 내 얼굴이 붉어진 것을 어떻게 해명할까? 아니다. 문득 남자로서의 용기가 솟았다. 나는 복수를 할 테다. 이렇게 말하고 보니 너무 심각한 것 같았다. 하지만 최소한 그녀를 이기고 싶다는 마음이 갑자기 나를 재촉했다.

마침내 나는 그 여인 쪽으로 다가가 내 우산 한쪽으로 그녀를 가려주었다.

"아가씨, 차가 금방 오지는 않을 것 같은데요. 괜찮으시다면 제가 바래다드리지요. 우산이 있으니까요."

나는 집까지 바래다주겠다고 말하고 싶었지만 그녀가 집에 가는 길이 아닐 수 있다는 생각이 순간적으로 들었고, 그래서 이렇게 말했다. 이 말을 하면서 나는 있는 힘을 다해 태연한 척했지만, 그런 억지 태연함 뒤에서 내 맥박이 사정없이 급하게 뛰고 있다는 것을 그녀는 분명 진즉 알아차렸을 것이다.

그녀는 나를 쳐다보며 살짝 미소를 지었다. 그렇게 시간이 흘렀다. 그녀는 내 행동의 동기를 재고 있었다. 상하이는 나쁜 곳이다. 사람과 사람이 서로를 믿지 못한다. 그녀도 우물쭈물하면서 결정을 내리지 못할 것이다. 비가 정말 얼른 그치지 않을까? 인력거가 정말 한대도 오지 않을까? 이 사람 우산을 빌려서 갈까? 모퉁이를 돌면 인력거가 있을 텐데 거기까지 바래다달라고 할까? 그 정도는 괜찮지 않을까?…… 괜

찮을 것이다. 아는 사람을 만나도 의심하지 않겠지?…… 그런데 시간
은 너무 늦었고 게다가 비는 그칠 생각을 않는다.

그래서 그녀는 나에게 고개를 끄덕였다. 아주 살짝.

고맙습니다. 빨간 입술이 열리고 부드러운 쑤져우(蘇州) 발음이 새
어나왔다.

서쪽의 원젠루로 들어서자 빗소리가 우산을 때리고 한 여인이 옆에
있으니 이게 무슨 일인가 싶어 나 스스로 놀랐다. 일이 이렇게 전개되
어도 괜찮을까? 그녀는 누구일까? 내 곁에서 걷고 있는, 내가 우산을
받쳐주고 있는 그녀. 아내 말고 최근 몇년 동안 이런 경험을 해본 적이
없다. 나는 고개를 돌려 뒤돌아다보았다. 가게에서 사람들이 손에서
일을 놓은 채 나를, 우리를 보고 있었다. 비의 장막 너머로 의심스럽다
는 듯이 쳐다보는 그들의 표정을 충분히 읽을 수 있었다. 속으로 나는
놀랐다. 나를 아는 사람이라도 있을까? 아니면 그녀를 아는 사람이 있
나? ……고개를 돌려 그녀를 보자 그녀가 고개를 숙였다. 그저 걸음을
떼는 것에만 몰두하고 있었다. 내 코가 그녀의 머릿결에 가까워지자
향기가 났다. 이렇게 둘이 같이 가고 있는 것을 우리를 아는 사람이 보
면 어떻게 생각할까? ……나는 우산을 내려 우리의 이마를 가렸다. 일
부러 몸을 구부리지 않는 한 우리의 얼굴을 볼 수가 없다. 그의 이런
행동이 그녀의 의중에 들어맞은 것 같았다.

나는 처음에는 그녀의 오른쪽에 섰다. 오른손으로 우산대를 잡고 조
금이라도 더 그녀를 씌워주려다 보니 팔이 자꾸 위로 올라갔다. 팔이
아프기 시작했다. 하지만 고생이란 생각은 전혀 들지 않았다. 그녀를
힐끔 보았다. 하지만 망할 우산대가 내 시선을 가로막았다. 옆모습을
보니 정면에서 보았을 때만큼 예쁘지는 않았다. 그런데 이때 문득 새
로운 것을 발견했다. 그녀가 누군가를 쏙 빼닮은 것이었다. 누구일까?

나는 찾고, 또 찾았다. 기억이 나는 듯했다. 하지만 설마…… 거의 날마다 떠올리는 내가 아는 한 여자, 지금 내 곁에서 같이 걷고 있는 사람과 비슷한 몸매에 비슷한 얼굴, 그런데 그 얼굴이 왜 지금 아무리 생각해도 떠오르지 않는 것일까? ……아, 그래, 내가 왜 그 생각을 못했을까. 정말 이럴 수가 없어. 내 첫사랑 그녀, 같은 학교를 다니고 이웃에 살았던 그녀와 꼭 닮았지 않은가? 이렇게 옆에서 보고 있자니 영락없었다. 그녀와 헤어진 지도 몇년이나 지났고 우리가 마지막으로 만난 날 그녀는 겨우 열네살이었다. ……일년, ……이년, 그래 칠년이 되었다. 나는 결혼을 했고 그녀를 다시 보지 못했다. 훨씬 더 예쁘게 자랐을 것이다. ……하지만 나는 그녀가 성인이 된 것을 보지 못했다. 그래도 내 머릿속 그녀의 인상은 더이상 열네살 소녀 모습이 아니었다. 내가 자주 꿈속에서, 잠을 잘 때 꾸든 백일몽을 꾸든 꿈속에서 그녀를 그리워할 때면 그녀를 다 큰 스무살의 예쁜 여인으로 그리곤 했다. 그녀는 목소리도 좋고 몸매도 좋았다. 어쩌다 내가 슬플 때면 그녀는 내 환각 속에서 부인으로 변하기도 했고, 젊은 어머니가 되는 경우도 있었다.

그런데 어떻게 이렇게 그녀를 닮았을까? 열네살 때의 모습이 여전히 남아 있는 것을 보면 혹시 진짜 그녀일까? 그녀가 상하이에 오지 말란 법도 없지 않은가? 그래, 그녀야! 세상에 이렇게 똑같이 생긴 사람이 어디 있겠어? 그녀가 나를 알아보았을까…… 물어봐야겠다.

아가씨는 쑤저우 분인가요?

네.

분명 그녀이다. 이런 기회가 생기다니! 그녀가 언제 상하이로 왔을까? 집이 상하이로 이사온 것일까? 그렇지 않으면? 나는 두려웠다. 그녀가 상하이로 시집을 온 것일까? 그녀는 분명 나를 벌써 잊었다. 그렇지 않으면 내가 바래다주도록 하지 않았을 것이다. ……내 모습이 바뀌어서 나를 못 알아볼지도 모른다. 세월도 오래되었고. ……그런데 그녀는 내가 결혼한 것을 알까? 모른다면, 그리고 지금 나를 알아보면 어떻게 한담? 그녀에게 말해야 하나? 그럴 필요가 있다면 어떻게 말하지?……

나는 무심코 길가를 쳐다보았다. 한 여자가 가게 카운터 앞에 앉아 있었다. 우울한 눈빛으로. 나를 보는 것 같기도 하고 그녀를 보는 것 같기도 했다. 그런데 갑자기 그녀가 내 아내처럼 보였다. 저 사람이 왜 여기에 있는 것일까? 나는 알 수가 없었다.

우리는 지금 어디로 가고 있는가? 나는 유심히 보았다. 조그만 야채 시장이었다. 그녀가 금방 다 왔다고 할 것 같았다. 나는 이 기회를 놓치지 말아야 한다. 그녀에 대해 좀더 많은 것을 알아야 한다. 그런데 우리의 끊어진 우정을 다시 이어야 하는가? 그래, 적어도 우정이라도? 나는 그녀에게 그저 선의를 베푼 낯선 사람으로 남아 있어야 하는가? 나는 망설여졌다. 어떻게 해야 좋은가.

나는 그녀가 어디를 가는지 알아야 할 것 같았다. 그녀가 집에 가는 것은 아니겠지. 집, 부모 집이라면 상관없다. 나도 들어갈 수 있다. 어렸을 때처럼. 그런데 그녀의 집이라면? 왜 그녀가 결혼했는지를 물어보지 않았을까…… 혹시 그녀의 집도 아니고 남편의 집이라면? 점잖은 청년신사를 보게 될 것이다. 후회가 되기 시작했다. 오늘 난 왜 이렇게 들떠 있는가. 집에서 아내가 초조하게 나를 기다리고 있는데 쓸데없는 남의 일에 신경이나 쓰고 말이다. 북쪽 쓰촨 거리에 인력거가 있을까? 내가 이렇게 내 우산으로 그녀를 바래다주지 않았던들 그녀는 분명 벌써 인력거를 잡았을 것이다. 지금 말을 걸지 않으면 그녀가 몸을 돌려 가버린 뒤 나 혼자 남을 것이다.

그래, 한번 시도해보자.

"아가씨, 성이 어떻게 되세요?"

"류(劉)씨인데요."

류라고? 분명 거짓말일 것이다. 그녀는 벌써 나를 알아보았다. 그녀는 나에 관해서 분명 알고 있다. 그녀가 나를 속이는 것이다. 그녀는 다시 나를 아는 체하기 싫은 것이다. 우정조차도 이어가고 싶지 않은 것이다. 여자여! ……그대는 왜 성을 바꾸었는가? ……남편의 성일까? 류…… 왜 그랬을까?

혼자서 오랫동안 이런 생각에 빠져 있지는 않았다. 매력있는 여성과 함께 길을 가는 불과 몇분 동안에 이런 생각들이 내 마음속에서 빠르게 일어났다. 내 눈이 그녀를 떠나지 않았다. 어느새 빗줄기가 약해져서 비가 내리는 게 느껴지지 않을 정도였다. 오가는 사람들도 늘었다. 인력거도 몇대가 휙 지나가는 게 보였다. 그녀는 왜 인력거를 잡지 않는 것일까? 곧 목적지에 다 와서이리라. 그녀는 속으로는 나를 알아보았지만 차마 아는 체를 할 수가 없어서 일부러 머뭇거리며 나하고 같이 가고 있는 것일까?

가는 바람이 불어 그녀의 옷깃이 뒤로 날렸다. 그녀가 얼굴을 돌려 앞에서 불어오는 바람을 피했다. 감은 눈이 예뻤다. 무척이나 시적인 매력을 풍기는 모습이었다. 일본화가 스즈끼 하루노부(鈴木春信)의 그림 「비 내리는 밤에 궁궐에 들어가는 미인도」를 떠올렸다. 등불을 들고 비바람에 해진 우산을 들고서 밤에 신사 앞을 걷는데, 옷과 등불이 바람에 날리자 고개를 돌려 비와 바람의 위세를 피하는 모습이 무척 탈속적인 느낌이었다. 눈여겨보니 그녀에게도 그런 분위기가 있었다. 나는, 다른 사람 눈에는 그녀의 남편이나 애인처럼 보일 것이다. 나는 내 역할을 이렇게 비유하는 것에 스스로 우쭐해했다. 그렇다, 그녀가 내 첫사랑의 상대였을 때 나는 진짜로 이런 역할을 누린 적이 있다. 촉촉한 바람에 그녀의 볼 향기가 실려왔다. 아내에게서 나는 향기와 같았다. 옛 시에 나오는 '등불을 들고서 예쁜 여인을 몸소 전송하다(擔簦親送綺羅人)'는 구절이 오늘 나의 이 뜻밖의 만남에 딱 맞는다는 생각이 들었다. 스즈끼 하루노부의 명화가 다시 떠올랐다. 스즈끼가 그린 미인은 그녀와 닮지 않았다. 하지만 아내의 입술과 그림 속 여인의 입술은 닮았다. 나는 다시 그녀를 보았다. 그런데 이상했다. 내가 방금 오해한 그 첫사랑의 여인이 결코 아니라는 생각이 든 것이었다. 그녀는 전혀 상관없는 여자였다. 눈썹과 이마, 코, 턱이 세월 때문에 바뀌었다고 해도 어떤 흔적도 전혀 찾을 수가 없었다. 특히 거북스러운 것은 그녀의 입술이었다. 옆에서 보니 너무 두꺼웠다.

나는 갑자기 마음이 편해지고 숨도 탁 트였다. 나도 모르게 그녀를 위해 우산을 받치고 있었던 손이 점점 아려오기 시작한 것 말고는 아무런 느낌이 들지 않았다. 내가 바래다주는 내 곁에 있는 이 낯선 여인의 모습이 내 마음의 감옥에서 풀려나는 것 같았다. 그제야 시간이 완전히 밤이 되었고 우산에는 가랑비 소리도 들리지 않는다는 것이 느껴졌다.

"고맙습니다. 이제 됐습니다. 비가 멈추었네요."

그녀는 내 귓가에 이렇게 말했다.

나는 문득 놀라서 손에 든 우산을 접었다. 가로등 불빛이 비친 그녀의 얼굴이 오렌지빛이 되었다. 다 온 것일까? 그게 아니라 목적지까지 내가 바래다주는 것을 원하지 않아서 비가 멈추었을 때 내게 작별을 고하는 것일까? 그녀가 가는 곳이 대관절 어디인지 내가 볼 수 있는 방법은 없을까?……

"아닙니다, 괜찮으시다면 제가 모셔다드릴게요."

"아니에요, 저 혼자 갈 수 있습니다. 괜찮아요. 시간도 늦었는데 정말 죄송합니다.

내가 바래다주는 것이 내키지 않는 눈치였다. 비가 계속 내리면 어떻게 했을까? ……나는 무정한 날씨가 원망스러웠다. 삼십분만 더 오면 좋으련만. 그래, 삼십분이면 충분하다. 순간 나는 나를 쳐다보는 그녀의 눈길에서, 내 대답을 기다리는 눈길에서 어떤 특별한 단정함이 느껴졌고, 그것이 빗속의 바람처럼 내 어깨로 날아왔다. 나는 모욕감을 느꼈다. 내가 대답을 하려는데 그녀는 이미 나를 기다려주지 않았다.

"고맙습니다. 이제 돌아가셔야죠. 안녕히 계세요."

그녀가 살짝 옆으로 비켜서 말하면서 한걸음을 뗐다. 그러고는 다시 돌아보지 않았다. 나는 길 가운데 서서 그녀의 뒷모습이 금방 황혼 속으로 사라지는 것을 보았다. 나는 멍하니 서 있었다. 인력거꾼이 다가와서 타겠느냐고 할 때까지.

인력거를 타고 나는 꿈에서 깨자마자 꿈꾼 것을 잊어버린 것처럼 날았다. 나는 무엇인가 마무리짓지 못한 일이 있는 것 같아 마음이 찜찜했다. 하지만 그것이 무엇인지는 분명하지가 않았다. 나는 손에 든 우산을 펴고 싶었지만 그것이 내 무의식 때문이라는 것을 알고는 실소를 지었다. 비는 내리지 않았다. 완전히 개었다. 하늘에 듬성듬성 별이 나왔다.

인력거에서 내렸다. 나는 문을 두드렸다.

"누구세요?"

이것은 내가 우산으로 바래다준 그 여인의 목소리였다! 이상했다. 그녀가 어떻게 우리집에 있을 수 있나? ……문이 열렸다. 집 안은 등불이 환했다. 그런데 등불을 뒤로하고 반쯤 열린 대문 옆에 서 있는 사람은 분명 그 여인이 아니었다. 어른어른 흐릿한 가운데, 나는 카운터

앞에 앉아 질투어린 눈길로 나와 같이 가는 여인을 쳐다보던 그 눈길
이라는 것을 알아차렸다. 나는 경황이 없이 문으로 들어섰다. 등불 아
래서, 나는 이상했다. 왜 아내의 얼굴에서 더이상 그 여자의 환각을 찾
을 수 없는 것일까.

　아내가 왜 이리 귀가가 늦었느냐고 물었다. 친구를 만났다고 했다.
샤리원(沙利文)에서 간단히 먹었고 비가 그치기를 기다리느라 오래 앉
아 있었다고 했다. 이 거짓말을 입증하느라 나는 밥을 조금만 먹었다.

老舍

| 라오셔 |
1899~1966

만주족 출신으로 뻬이징에서 태어났다. 작품에서 뻬이징어를 가장 잘 구사한 작가로 평가받는다. 어려서 아버지가 죽은 뒤 가난 속에서 성장했고 이는 그의 작품세계에도 영향을 미쳤다. 뻬이징사범학교를 졸업하고 교사생활을 하다가 1924년에 중국어 교사로 영국에서 체류하기도 했다. 이 기간 중 영문학을 많이 접하면서 소설창작을 시작해 『장씨의 철학(老張的哲學)』(1926) 등을 발표하면서 개성적인 작품세계를 선보였다. 이후, 유머와 뻬이징 구어, 그리고 가난한 서민들에 대한 애정을 다룬 작품들을 연속하여 발표했다. 1929년에 귀국한 뒤 산뚱대학(山東大學)에서 교수를 지냈고, 1936년에 대표작 『낙타 샹즈(駱駝祥子)』를 발표했다. 부자가 되겠다는 일념으로 시골에서 뻬이징에 온 한 인력거꾼이 끝내 꿈을 이루지 못하고 타락하고 마는 비극적 결말을 다룬 이 작품은 라오셔를 세계적인 작가의 반열에 오르게 했다. 사회주의 정권이 들어선 뒤 뻬이징시 문인연합회 회장을 맡고 활발한 작품활동을 했지만, 문화대혁명이 발발하고 1966년 홍위병들에게 끌려가 비판과 모욕을 당한 뒤 호수에 뛰어들어 자결했다.

■ 초승달 月牙兒

라오셔 작품의 개성이 집약되어 있는 작품이다. 현실의 도저한 어둠속에서 한순간 짧게 떠올랐
다가 이내 스러져 어둠속에 묻혀버리는 한 여성의 비극적 운명을 다루었다. 주인공은 어려서 아버지를 잃
고 홀어머니와 함께 살아간다. 홀어머니는 딸을 키우기 위해 갖은 고생을 하지만 가난은 더욱 심해지고
결국 몸을 팔게 된다. 딸은 엄마를 떠나 독립하지만 가난한 여성 혼자의 힘으로 헤쳐나가기에는 세파가
너무 거칠다. 결국 자신마저 어머니의 길을 따라 몸을 팔게 되고, 그러다가 두 모녀가 극적으로 해후했지
만 돈이 지배하는 세상에 시달리면서 병들고 찌든 두 모녀는 더이상 예전의 모녀가 아니다. 어머니는 손
님을 모으고 딸은 몸을 파는 비극적인 나날을 살다가 딸이 결국 단속에 걸려 감옥에 갇힌다. 그곳에서 그
녀는 예전 아버지를 묻고 오던 날 보았던 초승달을 다시 본다. 여성으로서, 특히 가난한 여성으로서 독립
하여 살아가기에 현실은 너무도 가혹했고, 그녀는 어둠속 한켠의 여린 초승달에 불과했다. 이 소설의 특
장은 문체에 있다. 짧고 서정적인 문체는 악마 같고 흡혈귀 같은 당시 현실과 대조를 이루면서 현실의 비
극을 한층 고조시킨다. 순수하고 여린 존재들이 돈이 지배하는 현실에서 어떻게 훼멸되어가는지를 여실
히 묘파하는 라오셔 문학의 개성을 확인할 수 있다.

초승달

1

그렇다. 나는 또 초승달을 본다. 한기를 머금은 엷은 황금색 갈고리다. 몇번인가, 내가 이런 초승달을 본 것이. 여러 번이었다. 초승달은 그때마다 늘 다른 느낌과 다른 모습을 하고 있다. 앉아서 볼 때마다 초승달은 내 기억 속의 푸르른 구름에 걸려 있곤 한다. 잠들려는 꽃을 깨우는 저녁바람처럼 나의 기억을 불러일으키는 것이다.

2

처음으로 초승달을 보았을 때, 한기를 머금은 초승달은 무척 차가워 보였다. 내 기억 속의 첫 초승달은 쓰라린 것이었다. 힘없이 희붐한 달빛이 내 눈물어린 얼굴을 비추었다. 그때 나는 빨갛고 짧은 솜저고리를 입은 일곱살짜리 여자아이였다. 어머니가 기워준 작은 모자를 쓰고 있었던 걸로 기억한다. 남색 천에 자잘한 꽃이 새겨져 있었다. 나는 조그만 집 문간에 기대어 초승달을 쳐다보았다. 그때 집 안은 약냄새, 담배냄새, 어머니의 눈물과 아버지의 병으로 가득했다. 나는 홀로 외롭게 계단에 앉아 초승달을 바라보곤 했다. 나를 찾는 사람도 없었고, 내게 저녁밥을 해주는 사람도 없었다. 나도 집안이 말이 아니라는 것을 알고 있었다. 다들 아버지의 병을 입에 올렸기 때문이다. 그렇지만 무엇보다 내 자신이 비참하게 느껴졌다. 춥고, 배가 고팠다. 아무도 나를 아랑곳하지 않았다. 초승달이 질 때까지 서 있었다. 아무것도 없었다. 나는 끝내 울음을 터뜨렸다. 그러나 내 울음소리는 어머니 울음소리에 가려졌다. 아버지의 신음소리는 더이상 들리지 않았고, 아버지 얼굴에는 이미 하얀 천이 덮여 있었다. 나는 그 하얀 천을 들추고 아버지를 보고 싶었지만 무서워서 그러지 못했다. 아버지는 조그만 방을 다 차지하고 누웠다. 어머니는 흰옷을 입었고, 내 빨간 저고리 위에도 옷깃 쪽을 박지 않은 흰 두루마기가 씌워졌다. 그 옷자락의 흰 실밥을 자꾸 뜯던 일이 생각난다. 다들 바쁘게 움직였다. 시끌벅적하고, 몹시 울었지만, 별로 할일은 없었다. 떠들 일도 없는 것 같았다. 얇은 널빤지로 짠 관 속에 아버지를 넣었다. 관은 사방에 구멍이 숭숭 뚫려 있었다. 그런 뒤 대여섯 명이 메고 갔다. 어머니와 나는 뒤에서 울었다. 나는 지금도 아버지를 기억하고, 그 나무관도 기억한다. 그 관은 아버지의 모든 것을 마감했다. 아버지가 보고 싶어지면 그 관을 열어야만 볼 수 있다고 생각했다. 그러나 그 관은 땅속 깊이깊이 묻혀 있다. 성밖 어디에 묻혔는지 나는 안다. 그러나 지상에 떨어진 빗방울처럼 아마도 영원히 찾지 못할 것이다.

3

어머니와 나는 계속 흰옷을 입고 있었다. 나는 다시 초승달을 보았다. 추운 날이었다. 어머니는 나를 데리고 성밖에 있는 아버지 묘에 갔다. 그때 어머니는 얇은 종이를 한묶음 쥐고 갔다. 그날따라 어머니는 각별히 나에게 잘해주었고, 내가 걷기 힘들어하면 업어주었고, 성문 어귀에서는 군밤도 사주었다. 날씨가 어찌나 추웠던지, 밤만 따끈할 뿐 모든 것이 다 차가웠다. 먹기가 아까워 밤으로 손을 덥혔다. 그날 얼마나 걸었는지 확실히는 모르지만 꽤 많이 걸은 성싶다. 아버지 장례를 치르던 날은 사람들이 많아서인지 그다지 멀게 느껴지지 않았다. 그런데 어머니와 단둘이, 그것도 어머니는 아무 말이 없었고 나도 그러했기에, 적막한 상태로 황톳길을 걷노라니 한없이 멀기만 했다. 겨울 해는 짧았다. 무덤이라고 해봤자 고작 조그만 흙 한더미였다. 멀리 황토 언덕 위로 해가 기울었다. 어머니는 나를 한쪽 가에 내버려둔 채 무덤을 붙잡고 울었다. 나는 무덤가에 앉아 밤을 가지고 놀았다. 어머니는 한참 울고 나서 종이를 태웠다. 종이는 재가 되어 내 눈앞에서 두 바퀴를 그리다가 땅에 가만 내려앉았다. 바람은 잔잔했지만 아주 추웠다. 어머니는 또 울었다. 나도 아버지가 생각났지만 그 때문에 울고 싶지는 않았다. 그보다는 어머니가 우는 것이 너무 불쌍해 보여 눈물을 흘렸다. "엄마, 울지 마, 울지 마." 어머니 손을 끌자 더욱 서럽게 울었다. 어머니가 나를 품에 안았다. 해가 금방 질 것 같았다. 주위에는 아무도 없었다. 우리 모녀 둘뿐이었다. 어머니도 좀 무서웠는지 눈물을 머금은 채 나를 데리고 내려가기 시작했다. 얼마만큼 길을 갔을까, 어머니는 다시 고개를 돌려 뒤를 돌아다보았다. 이미 어두워져 아버지의 무덤을 알아볼 수 없었다. 무덤들이 무더기로 언덕 밑까지 널려 있는 것만 보였다. 어머니는 한숨을 쉬었다. 우리는 지친 나머지 겨우 걸음을 뗐다. 성문에도 못 왔을 때, 나는 초승달을 보았다. 사방이 깜깜했고, 소리 하나 없었다. 초승달만이 차가운 빛을 내고 있었다. 나는 쓰러졌고, 어머니가 나를 안았다. 어떻게 성에 들어왔는지 모른다. 하늘에 초승달이 있었던 것만은 어렴풋이 기억난다.

4

　여덟살이 되었을 때, 나는 이미 물건을 전당포에 잡히는 것을 배웠다. 돈을 빌려오지 못하면 우리 모녀가 밥을 먹지 못한다는 것도, 달리 무슨 방도만 있어도 어머니가 나를 보내지 않으려 한다는 것도 알았다. 어머니가 내게 작은 보자기를 내어줄 때면 솥에 죽 한숟가락 남지 않았다는 것을 나는 잘 알고 있었다. 우리집 솥은 체면차리는 과부처럼 깨끗했다. 봄철이어서 우리 솜옷은 벗기가 무섭게 전당포에 맡겨졌다. 이제 거울밖에 남지 않았다. 나는 거울을 들고 조심조심하면서도 빨리 가야 한다는 것을 알았다. 전당포는 일찍 문을 닫았다. 나는 전당포의 붉은 대문과 그 높고 긴 계산대가 두려웠다. 그 대문만 보면 가슴이 콩닥거렸다. 그러나 어쨌든 들어가야 했다. 문턱이 어찌나 높은지 기어넘다시피 했다. 나는 안간힘을 쓴 끝에 겨우 물건을 내놓고 소리쳤다. "잡히러 왔어요." 돈과 전표를 받아 손에 꼭 쥐고는 재빨리 집으로 뛰었다. 어머니가 걱정하고 있다는 것을 잘 알기 때문이었다.
　그런데 이번에는 전당포에서 거울을 받아주지 않았다. '1호'와 함께 가져오라고 했다. 나는 '1호'가 무엇인지 알았다. 그래서 나는 거울을 가슴에 안고 죽어라 집으로 달렸다. 어머니는 울었다. 어머니는 다른 물건을 찾지 못했다. 눈에 익어서인지 좁은 방이지만 그래도 돈이 되는 물건들이 꽤 많다고 생각했다. 그런데 막상 어머니와 함께 잡힐 만한 물건을 찾아보고서야 쓸 만한 게 적다는 것을, 아주 적다는 것을 내 어린 마음은 비로소 깨달았다. 어머니는 전당포에 가지 말라고 했다. "엄마, 우리 뭘 먹어?" 그러나 어머니가 은비녀를 빼주었다. 하나밖에 남지 않은 은붙이였다. 어머니가 시집올 때 외가에서 해준 것이다. 이제 어머니는 이 마지막 은붙이를 내게 주며, 거울을 내놓으라고 했다. 나는 있는 힘을 다해 전당포로 달려갔지만 그 무서운 대문은 꼭 닫혀 있었다. 은비녀를 손에 꼭 쥔 채 문턱에 앉아 있었다. 차마 크게 울음을 터뜨리지 못한 채 하늘을 보았다. 아아, 또 그 초승달이 나의 눈물을 비추었다. 오래도록 울었다. 어머니가 어둠속에서 다가와 내 손을 꼭 쥐었다. 따뜻한 손, 나는 모든 괴로움을 잊었다. 배고픔조차도. 나를 잡아주는 어머니의 이 따뜻한 손만 있으면 그만이었다. 나는 훌쩍거리며 말했다. "엄마, 우리집에 가서 자고, 내일아침에 다시 와, 응?" 어머니는 아무 대답이 없었다. "엄마, 저 초승달 좀 봐, 아버지가 돌아가시던 날도 저렇게 비스듬히 걸려 있었는데, 어째서 늘 저렇게 비스듬히 걸려 있는 거야?" 얼마쯤 걷다가 내가 물었다. 어머니는 여전히 말이 없었다. 어머니 손이 조금 떨렸다.

5

　어머니는 온종일 남의 빨래를 해주었다. 나는 어머니를 돕고 싶은 마음이 간절했지만 그럴 수가 없었다. 그저 어머니 옆에서 기다리는 수밖에 없었다. 어머니가 일을 끝내기 전에는 결코 자러 가지 않았다. 어떤 때는 초승달이 뜰 때까지도 어머니가 빨래를 했다. 그 냄새나고 소가죽 같은 양말은 가게 종업원들이 가져온 것이었다. 어머니는 그 '소가죽'을 빨고 나면 밥을 먹지 못했다. 나는 어머니 옆에서 달을 보았다. 박쥐들이 마치 은색 실에 마름을 꿰어놓은 것처럼 달빛 아래를 오가다 어느새 어둠속으로 사라지곤 했다. 어머니가 불쌍하게 느껴질수록 나는 초승달을 더욱 사랑하게 되었다. 초승달을 보고 있으면 내 마음속이 탁 트이기 때문이다. 초승달은 여름이면 더욱 사랑스럽다. 늘 얼음같이 서늘한 기운을 담고 있다. 나는 지상에 자그마한 그림자를 만들었다가 금세 사라지고 마는 초승달을 사랑한다. 초승달은 어스름한 것이 또렷하지 않다. 그림자조차 없어지고 나면 세상은 일순 아주 짙은 어둠으로 변하고, 별은 유난히 밝아진다. 꽃도 향기를 더한다. 우리 이웃에는 꽃나무가 많았고, 커다란 아카시아나무는 우리에게 눈처럼 꽃을 떨어뜨렸다.

6

어머니의 손이 갈라졌다. 그 손으로 등을 긁어주면 아주 시원했다. 그러나 빨래를 하느라 그렇게 된 것이기에 차마 자주 긁어달라고 할 수가 없었다. 어머니는 양말에서 나는 냄새 때문에 자주 밥을 먹지 못해 야위었다. 나는 어머니가 뭔가를 생각하고 있다는 것을 알았다. 무슨 생각을 하고 있는지는 알지 못했다.

　　　　　　　　　중국 **창비세계문학**

어머니는 내게 괴팍스럽게 굴지 말고 고분고분 '아버지'라고 부르라고 했다. 내게 아버지를 다시 찾아준 것이다. 아버지는 진즉 무덤에 묻혔기 때문에 이 사람은 다른 아버지라는 것을 안다. 어머니는 내게 그런 당부를 하면서, 눈길은 다른 곳을 더듬고 있었다. 어머니는 눈물을 머금고 말했다. "널 굶어죽일 수는 없어!" 어머니는 나를 굶어죽이지 않기 위해 내게 다른 아빠를 찾아준 것이다. 아직 세상일에 어두운 나로서는 좀 두렵기도 했지만 이제 더이상 배를 곯지 않겠구나 하는 희망에 부풀기도 했다. 정말 공교롭게도 우리가 그 작은 집을 떠나던 날 하늘에 다시 초승달이 걸렸다. 이번 초승달은 여느 때보다 또렷했고, 두렵게 느껴졌다. 그동안 살던 이 작은 집을 떠나야만 했다. 어머니는 꽃가마에 탔다. 가마 앞에는 놀이꾼 몇사람까지 있었는데 실력들이 엉망이었다. 가마가 앞서갔고, 나와 한 남자가 뒤를 따랐다. 그는 내 손을 잡고 갔다. 그 두려운 초승달이 한점 빛을 뿌리고 있었고, 마치 서늘한 바람에 떨고 있는 것 같았다. 길에는 아무도 없었고, 개들만 놀이꾼들을 따라오며 짖어댔다. 가마는 걸음을 재촉했다. 어디로 가는 걸까? 어머니를 성밖으로, 묘지로 데려가는 것은 아닐까? 그 남자가 내 손을 잡고 끌고 가서, 나는 숨도 쉴 수가 없었다. 울려고 해도 울음이 나오지 않았다. 그 남자의 손에 땀이 나 마치 물고기를 쥔 것처럼 선뜩했다. 하마터면 "엄마" 하고 소리를 지를 뻔했지만 그러지 못했다. 얼마 후 달은 구름 속에 숨어버렸고, 가마는 작은 골목으로 들어갔다.

삼사년 동안 초승달을 보지 못한 것 같다. 새아버지는 내게 잘해주었다. 두 칸짜리 집이었다. 그와 어머니가 안쪽 방에서 지냈고, 나는 바깥쪽 방에서 잤다. 처음에는 어머니하고 자고 싶었지만 며칠이 지난 뒤부터는 내 작은 방이 더 좋았다. 방의 벽은 하얗게 칠해져 있었고, 긴 탁자와 걸상 하나가 있었다. 이 모든 것이 다 내 것 같았다. 내 이불도 예전보다 두껍고 따뜻했다. 어머니도 점점 살이 쪘고, 얼굴에 붉은 기운이 돌았다. 갈라졌던 손도 차차 말끔해졌다. 전당포에 간 지도 퍽 오래되었다. 새 아버지는 나를 학교에 보냈다. 가끔은 나와 놀아주기도 했다. 나는 그가 좋은 사람이라는 것을 알았지만, 왠지 그를 아빠라고 부르는 게 내키지 않았다. 그도 그런 사정을 아는지 나를 보면 늘 웃음을 지었다. 웃을 때 그의 눈은 참 예뻤다. 어머니는 내게 아빠라고 부르라고 귀띔하곤 했다. 나도 모나게 굴고 싶지는 않았다. 나도 속으로는 어머니와 내가 이렇게 먹고 입고 사는 게 아버지 덕택이라는 걸 알았다. 그렇다, 이 삼사년 동안 초승달을 본 기억이 없다. 아마 보았어도 기억하지 못하는 것이리라. 아버지가 돌아가시던 날의 그 초승달, 어머니 가마 앞에 떠 있던 그 초승달을 나는 영원히 잊을 수 없다. 그 가녀린 빛, 그 싸늘한 기운은 늘 내 마음속에 있으며 다른 무엇보다도 밝게 빛나고, 다른 무엇보다도 서늘하다. 그리고 가끔 그것을 떠올리면 옥처럼 손에 느껴지는 것 같기도 하다.

9

　나는 학교 가기를 좋아했다. 학교에는 꽃이 많다고 생각했지만, 실은 꽃이 없었다. 아버지를 생각할 때마다 들판의 여린 바람 속에 비스듬히 걸려 있는 초승달을 떠올리듯이, 학교하면 으레 꽃을 떠올릴 뿐이었다. 어머니는 꽃을 좋아했다. 살 수는 없었지만 다른 사람이 한송이 주면 너무도 기쁘게 머리에 꽂곤 했다. 간혹 내가 꽃 한두 송이를 꺾어 다주면 어머니도 그 꽃을 받아 꽂았다. 그럴 때면 어머니의 뒷모습이 한결 젊어 보였다. 어머니가 즐거워하자 나도 기뻤다. 학교에서도 즐거웠다. 이런 이유들로 내가 학교를 떠올릴 때마다 꽃이 생각나는 걸까.

10

　내가 소학교를 졸업하던 그해 어머니는 다시 나를 데리고 전당포에 갔다. 새아버지가 왜 갑자기 떠나버렸는지 나는 모른다. 그가 어디로 갔는지 어머니도 모르는 눈치였다. 어머니는 나를 계속 학교에 보냈고, 머잖아 아버지가 돌아올 것이라고 여기는 듯했다. 그는 여러 날이 지나도 돌아오지 않았고, 편지 한장 없었다. 내 생각에는 어머니가 다시 양말을 빨아야 할 것만 같았고, 그것이 나를 괴롭게 했다. 그러나 어머니는 그럴 생각이 없는 눈치였다. 아니 오히려 어머니는 몸치장을 하고 머리에 꽃을 꽂았다. 이상했다. 어머니는 눈물 대신 웃음꽃을 피우고 있었다. 무엇 때문일까? 알 수 없었다. 학교가 파해 돌아오면 어머니는 문앞에 서 있었다. 며칠이 지난 어느날, 그날도 학교가 파해 돌아오는데, 어떤 사람이 나를 불렀다. "애, 네 어미에게 가서 기별해라." "너는 팔지 않으련? 아이고 이 어린것." 나는 불화로를 뒤집어쓴 것처럼 낯이 뜨거워져 고개를 들 수 없었다. 나는 알았다. 그러나 다른 방법이 없었다. 어머니에게 물어볼 수도 없었다. 그럴 수 없었다. 어머니는 나에게 아주 잘해주었다. 간혹 아주 정색을 하고 "공부를 해라. 공부를"이라고 말하기도 했다. 어머니는 글을 모르면서 왜 자꾸 공부를 하라는 것인지, 나는 의심스러웠다. 의심에서 출발하여, 어머니가 나 때문에 그런 일을 하는 것은 아닌지 하는 생각에 이르렀다. 어머니는 달리 방법이 없었을 것이다. 그런 생각이 들면 어머니에게 한바탕 욕을 퍼붓고 싶었다. 그러나 다시 생각해보면 어머니를 끌어안고 이제 제발 그런 일을 그만두라고 매달리고 싶었다. 어머니를 도울 수 없는 내 자신이 원망스러웠다. 그래서 생각했다. 소학교를 졸업하면 무엇을 할 것인가? 언제인가 친구들과 그런 이야기를 나눈 적이 있다. 작년 졸업생 가운데 여러 명이 남의 첩으로 들어갔다고 했고, 누구는 매춘부가 되었다고도 했다. 난 그런 일들에 대해 잘 몰랐지만 친구들이 이야기하는 투로 보아 좋지 않은 일이라는 것은 짐작할 수 있었다. 그들은 모르는 것이 없는 것 같았다. 떳떳하지 못한 일이 뻔한 것을 가지고 수군거리길 좋아했다. 그애들은 그런 이야기를 하며 얼굴을 붉히기도 했고 우쭐해하기도 했다. 나는 더욱 어머니를 의심했다. 내가 졸업을 하면 혹시…… 이런 생각을 하면 집에도 가기 싫었고, 어머니 보기가 두려웠다. 간혹 어머니가 뭘 사먹으라고 돈을 주었지만 나는 쓰지 않고 고픈 배를 움켜쥔 채 체조수업을 받다 쓰러지곤 했다. 다른 아이들이 먹는 것을 보면 얼마나 맛있게 보이던지! 그러나 돈이 가장 많을 때도 고작 몇십전뿐이었다. 그럴 때면 나는 대낮에도 하늘을 쳐다보면서 나의 초승달을 찾았다. 내 마음속의 어려움을 어떤 형상에 비유할 수 있다

면 그것은 분명 초승달일 것이다. 초승달은 의지할 데 없이 부유스름
한 하늘에 걸려 희미한 빛을 내다가 금세 어둠속에 묻히고 만다.

    11

  나를 가장 괴롭힌 것은 내가 차츰 어머니를 원망하는 것을 배우게 되
었다는 것이었다. 그러나 어머니를 원망할 때면 나도 모르게 어머니가
나를 업고 아버지 묘에 가던 모습이 떠오르곤 했다. 그 생각을 하면 어
머니를 원망할 수가 없었다. 그래도 어머니를 원망할 수밖에 없다. 내
마음은 여전히 초승달 같았다. 한순간의 빛남, 그리고 끝없는 어둠. 어
머니 방에는 늘 남자들이 드나들었고, 어머니도 더는 나를 피하지 않
았다. 남자들은 나를 개처럼 흘겨보며 혀를 내밀고 침을 흘렸다. 그들
이 나를 더 눈독들이고 있다는 것을 눈치챌 수 있었다. 짧은 기간 동안
나는 갑자기 많은 일을 알아버렸다. 내 스스로 나를 보호해야 한다는
것을 알았고, 내 몸에 어떤 값나가는 곳이 있다는 사실도 알았다. 나는
내 몸에서 나기 시작한 어떤 향기를 맡을 수도 있었다. 그것이 나를 수
줍게 했고, 예민하게 만들었다. 나를 보호할 수도 있고, 나를 무너뜨릴
수도 있는 힘이 내게 생긴 것이다. 나는 강하기도 했지만 약하기도 했
다. 내가 어떻게 해야 좋을지 모를 때가 많았다. 나는 어머니를 사랑하
고 싶었다. 그즈음 어머니에게 물을 일이 많았고, 어머니의 위로가 필
요했다. 그러나 바로 그런 시기에 나는 어머니를 피해야 했고 어머니
를 원망해야 했다. 그러지 않고서는 나 자신이 존재할 수가 없었다. 잠
이 오지 않는 밤에 냉정히 가만 생각을 해보면 어머니를 용서할 수도
있었다. 어머니는 우리 두 입을 책임져야 했던 것이다. 그러나 바로 그

사실 때문에 나는 어머니가 내게 주는 밥을 거절했다. 내 마음은 갈피를 잡지 못했다. 한동안 잠잠했다가도 다시 더욱 사납게 몰아치곤 하는 겨울바람 같았다. 조용하다가도 분노가 끓어오를 때면 주체할 길이 없었다.

12

좋은 방도를 생각할 틈도 없이 사정은 더욱 악화되었다. 어머니가 내게 물었다. "어떠냐?" 내가 진정 어머니를 사랑한다면 마땅히 어머니를 도와야 한다고, 어머니가 말했다. 그러지 않으면 어머니도 더이상 나를 돌볼 수 없다는 거였다. 어머니로서 할 수 있는 말 같지가 않았지만 어머니는 분명 그렇게 말했다. "나도 이제 금방 늙는다. 두 해만 더 지나면 공짜라고 해도 원하는 사람이 없을 게야." 사실 그랬다. 요즘 들어 어머니는 분을 많이 발라도 얼굴에 주름이 역력했다. 어머니는 한술 더 떠 한 남자만 섬기려 했다. 여러 남자를 받들기에는 이미 기력이 쇠한 것이다. 자기를 원하는 사람이 있을 때 가야 한다고 생각한 것이다. 만둣집 주인이 어머니를 원했다. 그러나 나는 이미 어엿한 처녀였고, 어렸을 때처럼 어머니 가마 뒤를 따라갈 수가 없었다. 내 자신을 건사할 방도를 생각해야 했다. 어머니를 돕고 싶은 마음이 있으면 어머니는 그 길을 가지 않을 수 있고, 나는 어머니를 대신해 돈을 벌어야 한다. 나는 정말 어머니 대신 돈을 벌고 싶었으나 그런 돈벌이 방법은 두려웠다. 내가 뭘 안다고 반백 노인인 당신처럼 그렇게 돈벌이를 하라는 것인가? 어머니 마음도 독했지만, 돈은 더욱 독했다. 어머니는 나더러 그 길을 가도록 강요하지 않았다. 나 스스로 선택하게 했다. 그녀를 도울 것인가 아니면 두 모녀가 각자 자기 길을 갈 것인가. 어머니의 눈에는 이제 눈물도 없다. 진즉 말라버렸다. 나는 어떻게 해야 하나?

13

　나는 교장에게 말했다. 교장은 마흔 남짓한 부인으로, 뚱뚱하고 그리 현명하지는 않았지만 퍽 후덕했다. 나는 정말 어찌해야 좋을지 몰랐다. 그렇지 않으면 어떻게 내가 어머니 일을 꺼낼 수 있었겠는가. 전에 교장과 가까웠던 것도 아니었는데…… 교장에게 한마디 한마디를 꺼낼 때마다 마치 벌겋게 단 숯덩이가 목구멍을 지지는 것 같았다. 한참 만에야 겨우 한마디씩 꺼내곤 했다. 교장은 나를 돕고 싶어했다. 그녀가 내게 돈을 줄 수는 없었고, 내게 두 끼 밥과 학교급사와 함께 쓸 잠자리를 제공해주었다. 그리고 필경사를 도와 글씨 쓰는 일을 하라고 했지만, 내 글씨로는 훈련이 필요했기에 바로 그 일을 시키지는 않았다. 두 끼 밥과 잠자리를 해결한 것만으로도 나에게는 대단한 것이었다. 나는 어머니에게 부담을 주지 않아도 되었다. 어머니는 이번에는 가마도 타지 않고 인력거를 타고 어둠을 더듬으며 갔다. 내 이불은 주고 갔다. 떠날 무렵 어머니는 가까스로 눈물을 참았지만, 가슴속 저 밑바닥에서는 눈물이 흘렀다. 어머니는 알고 있었다. 자신의 딸인 내가 다시는 찾지 않으리라는 것을. 나는 어떻게 울어야 할지도 잊었다. 흐느낄 뿐이었다. 눈물이 앞을 가렸다. 나는 그녀의 딸이고 친구이자, 그녀를 위로해주는 사람이었다. 그러나 결코 내키지 않는 그 일 말고 내가 어머니를 도울 다른 방법이 없었다. 그 일이 있고 난 뒤, 나는 우리 모녀가 주인 없는 개 같다고 생각했다. 입 때문에 우리는 온갖 고생을 해야 했다. 우리 몸에 다른 것은 없고 오직 입뿐인 것 같았다. 그 입 때문에 우리는 나머지 모든 것을 팔아야 했다. 나는 더이상 어머니를 원망하지 않기로 했다. 나는 알았다. 어머니 탓이 아니다. 그 입 탓도 아니다. 먹을 것 때문이다. 왜 우리에게는 먹을 것이 없는가? 그 이별은 지난날의 모든 고초를 잠재웠다. 내 눈물이 어떻게 흐르는지 가장 잘 알고 있는 하늘의 초승달마저 나오지 않았다. 어둠뿐이었다. 반딧불도 없었다. 어머니는 어둠속에서 귀신처럼 그림자도 없이 떠났다. 어머니가 죽는다 해도 아버지와 같이 묻히지 못할 것이다. 나조차도 어머니의 무덤이 어디에 있는지 모를 것이다. 내게는 그런 어머니, 그런 친구밖에 없었다. 나의 세상에 이제 나 혼자 남았다.

14

　어머니는 이제 영원히 볼 수 없다. 사랑은 내 마음속에서 죽었다. 서리 맞은 봄꽃처럼. 나는 교장을 도와 이러저러한 것들을 베껴쓰기 위해 열심히 글씨 연습을 했다. 남의 밥을 먹고 있는 처지라 반드시 도움이 되는 사람이 되어야 했다. 나는 온종일 다른 사람들이 무엇을 먹고, 무엇을 입는지, 무엇을 얘기하는지에만 신경쓰는 다른 여학생들하고는 달랐다. 나는 내 자신에 관심을 기울였고, 내 그림자가 내 유일한 벗이었다. 마음속에는 늘 자신만이 있었다. 나를 사랑해주는 사람이 아무도 없었기 때문이다. 나는 나 자신을 사랑하고, 나 자신을 불쌍하게 여기고, 나 자신에게 용기를 북돋아주고, 나 자신을 질타했다. 나는 나 자신이 완전히 다른 사람이 되었다는 것을 알았다. 나는 내 몸에 생기는 조그만 변화에 두려워하기도 하고, 즐거워하기도 하고, 이상야릇해지기도 했다. 나는 한송이 여린 꽃을 들고 있듯이 나 자신을 손에 들고 있다. 내게는 눈앞의 현재만 있을 뿐, 앞날이란 없다. 깊이 생각할 수도 없다. 남의 밥을 먹기에 점심과 저녁 때만큼은 가늠할 수 있다. 만일 그러지 않았더라면 정말 시간이라는 것을 생각할 수조차 없었을 것이다. 희망이 없으면 시간도 없다. 나는 마치 해와 달이 없는 곳에 못박혀 있는 것 같았다. 어머니를 생각할 때면 나도 이제 십몇년을 살았다는 것을 깨달았다. 앞날에 대해서, 나는 친구들처럼 그렇게 방학이나 명절, 설 같은 것을 고대하지 않았다. 방학이니, 명절이니, 설이니 그런 것들이 나와 무슨 상관인가? 그러나 나의 몸이 자라고 있다는 것을 느꼈다. 그러자 나는 더욱 아득해지고 나 스스로가 안심이 되지 않았다. 내가 커갈수록 예뻐진다는 것이 다소 위로가 되었다. 아름다움이 내 신분을 높여줄 것만 같았다. 그러나 나는 근본적으로 신분이란 게 없다. 자기위안은 처음에는 달지만 끝은 쓰고, 그 쓰디씀이 나중에는 나를 또 오만하게 만든다. 가난하다, 그러나 예쁘다. 이것이 나를 또 두렵게 한다. 어머니도 예쁘지 않았던가.

15

나는 다시 초승달을 자주 보지 못했다. 너무나도 보고 싶었지만 차마 볼 수가 없었다. 나는 진즉 졸업을 했지만 계속 학교에 살았다. 저녁이 되면 학교에는 잡일하는 나이든 남자와 여자 둘만 남았다. 그들은 나를 어떻게 대해야 할지 몰랐다. 선생도 아니고, 일하는 사람도 아니었지만 일하는 사람 비슷했다. 저녁이면 나는 늘 혼자 뜰을 걷다가 초승달에 쫓겨 방으로 들어오곤 했다. 초승달을 볼 용기가 없었다. 하지만

방에서도 초승달이 어떤 모양인지 상상할 수 있었다. 산들바람이 불
때면 더욱 그랬다. 산들바람은 초승달의 여린 빛을 내 마음에 불어다
주어 지난날을 떠올리도록 했고, 그럴수록 눈앞의 슬픔이 더했다. 나
의 마음은 달빛 속의 박쥐 같았다. 빛 속에 있지만 나 자신은 여전히
어둡다. 설사 날 줄 알지라도 어두운 것은 여전히 어둡다. 나는 희망이
없다. 하지만 나는 울지 않는다. 늘 눈살을 찌푸릴 뿐이다.

16

나에게 돈이 좀 생겼다. 학생들에게 뜨개질을 해주면서 생긴 푼돈이
다. 교장이 허락을 했다. 학생들도 뜰 줄 알기 때문에 큰 돈벌이가 되
지는 못했다. 하지만 급히 떠야 하는데 시간이 없거나 식구들에게 장
갑이나 양말을 떠주어야 할 경우에는 나를 찾았다. 그래도 내 마음은
한결 나았다. 어머니가 그 길을 가지 않았어도 내가 어머니를 모실 수
있었을 것이라고 생각할 정도였다. 번 돈을 세어보면 그것은 한낱 꿈
에 불과했지만 그래도 그런 생각을 하면 마음이 편해졌다. 어머니가
몹시도 보고 싶었다. 어머니가 나를 보면 분명 나를 따라올 것이고, 어
떻게든 살아갈 방법이 있을 것이다. 꼭 그러리라는 보장은 없었지만
나는 그렇게 생각했다. 어머니가 보고 싶었고, 어머니는 늘 꿈속에 왔
다. 어느날이었다. 나는 학생들을 따라 성밖으로 여행을 갔는데, 돌아
올 무렵에 시간을 보니 벌써 오후 네시가 넘었다. 그래서 빨리 돌아오
려고 우리는 지름길을 걸었다. 그때 나는 어머니를 보았다. 한 작은 골
목에 만둣집이 있었고, 문앞에는 나무로 만들어놓은 커다란 하얀 만두
가 바구니에 담겨 있었다. 어머니는 벽 쪽에 앉아 허리를 구부렸다 폈

다 하면서 풀무질을 하고 있었다. 꽤 먼 거리였지만 나는 그 나무로 만
든 만두와 어머니를 알아보았다. 나는 어머니의 뒷모습을 안다. 다가
가서 어머니를 안고 싶었다. 하지만 그러지 못했다. 학생들이 내게 이
런 어머니가 있다는 것을 이해해주지도 않고 비웃을 것 같아서였다.
어머니 쪽에 가까워질수록 나는 고개를 숙였다. 눈물 속에서 어머니를
보았지만 어머니는 나를 보지 못했다. 우리들이 어머니를 스쳐지나도
어머니는 아무것도 보지 못한 듯 풀무질만 열심이었다. 한참 멀어진
뒤 다시 돌아보아도 어머니는 거기서 그대로 풀무질을 하고 있었다. 어
머니 이마에 머리가 흘러내려 얼굴은 잘 보이지 않았다. 나는 그 작은
골목의 이름을 외웠다.

17

어머니가 보고 싶었다. 작은 벌레가 내 마음을 물고 있는 것처럼 나
는 어머니를 보지 않고서는 마음이 진정될 것 같지 않았다. 바로 그때
학교의 교장이 바뀌었다. 뚱보 교장이 내게 다른 길을 찾아보라고 했
다. 그녀가 있는 한 먹고 잘 수는 있었지만 새로 올 교장이 그렇게 해
주리란 보장이 없었다. 나는 모아둔 돈을 세어보았다. 모두 이원 칠십
전가량이었다. 이 돈이면 며칠은 굶지 않을 것이다. 그러나 어디로 가
야 하나? 멍하니 앉아 걱정만 하고 있을 일이 아니었다. 방법을 찾아야
했다. 어머니를 찾아가자. 맨 처음 떠오른 생각이었다. 어머니가 나를
받아주겠는가? 어머니가 나를 받아줄 처지가 되지 못하는데도 찾아갔
다가는 어머니와 그 만둣집 주인 사이에 분란까지는 아니더라도 어머
니가 분명 괴로워할 것이다. 어머니를 생각해야 했다. 그녀는 나의 어

머니이기도 하고 아니기도 하다. 우리 모녀 사이에는 가난이 만든 장벽이 가로놓여 있다. 생각 끝에 어머니를 찾아가지 않기로 했다. 내 고생은 나 스스로 떠맡아야 한다. 그렇지만 어떻게 그것을 감당할지 생각나지 않았다. 이 세상이 너무 작게 느껴졌다. 나와 내 작은 이부자리 하나 놓을 자리가 없다. 차라리 개였더라면 아무 데서나 잠을 잘 텐데. 나는 길거리에서 잘 수 없다. 그렇다, 나는 사람이다. 그러나 사람도 개보다 못할 수 있다. 내가 떠나지 않으면 신임 교장은 나를 밖으로 내쫓을 것이다. 남이 쫓아낼 때까지 기다릴 수는 없었다. 봄이었다. 꽃이 피고 잎이 푸르른 것만 보일 뿐 따뜻한 봄기운은 느껴지지 않았다. 붉은 꽃은 그저 붉은 꽃이었을 뿐이고, 푸르른 잎은 그저 푸르른 잎일 뿐, 나는 여러 다른 색깔을 보지만 모두 한가지 색으로 느껴질 뿐이었다. 그런 색들은 아무런 의미도 없었다. 봄은 내 마음속에서 싸늘했고, 죽은 것이었다. 나는 울고 싶지 않았다. 그러나 눈물이 저절로 흘러내렸다.

18

나는 일을 찾으러 다녔다. 어머니를 찾지도 않았고 다른 누구에게도 기대지 않았다. 나 스스로 밥벌이를 해야 했다. 꼬박 이틀 동안 희망을 안고 나갔다가 먼지와 눈물을 안고 돌아왔다. 내 차지로 돌아올 일은 없었다. 그제서야 나는 진정으로 어머니를 이해하게 되었고, 진정으로 어머니를 용서했다. 어머니는 그래도 냄새나는 양말이라도 빨았지만 난 그런 것도 못하고 있다. 어머니는 어쩔 수 없이 그 길을 간 것이다. 학교에서 내게 가르쳐준 지식이나 도덕은 모두 웃음거리에 불과했다.

배부르고 할일 없을 때나 하는 유희에 지나지 않았다. 친구들은 내게 그런 어머니가 있다는 것을 용납하지 않고, 매춘부 어머니라고 쑤군거렸다. 그들에게는 먹을 밥이 있으니 당연히 그렇게 보일 것이다. 내게 밥을 주는 사람만 있으면 무슨 일이라도 하겠다는 생각까지 들었다. 어머니는 참으로 대단하다. 죽을 생각도 해보았지만 차마 그러지 못했다. 아니, 나는 살아야 했다. 나는 젊고, 예쁘다. 살아야 한다. 부끄러움은 나의 것이 아니다.

19

그렇게 생각하자 나는 벌써 일을 찾은 것 같았다. 상쾌하게 뜰을 거닐었고 봄날의 초승달이 하늘에 걸려 있었다. 그 아름다움이 보였다. 하늘은 어두웠고 구름 한점 없었다. 밝고 부드러운 초승달이 버들가지에 여린 빛을 조용히 뿌리고 있었다. 남쪽에서 향기를 담고 불어온 미풍이 버드나무가지를 담장 밝은 곳까지 밀고 갔다가 다시 어두운 곳으로 밀어오곤 했다. 빛은 강하지 않았고 그림자도 진하지 않았다. 바람은 여리게 불었고, 모든 것이 부드럽고 졸리는 듯했지만 그러다가도 다시 가볍게 움직였다. 초승달과 버들가지 사이에 있는 한쌍의 별은 미소짓는 선녀의 눈 같았다. 비스듬히 걸린 달과 바람에 흔들리는 버들가지를 놀리고 있었다. 담장 옆 나무들에 활짝 핀 하얀 꽃이 여린 달빛을 받아 한쪽은 눈처럼 하얗게 빛나고, 다른 쪽은 잿빛 그림자를 띠고 있었고, 더없이 순결해 보였다. 이 조각달은 희망의 시작이다, 나는 마음속으로 그렇게 말했다.

20

나는 뚱보 교장을 찾아갔다. 집에 없었다. 한 청년이 안으로 들어오라고 했다. 아주 번듯하고 상냥했다. 나는 평소 남자를 두려워했지만 이 청년만은 아니었다. 그는 나더러 이야기하라고 했지만 부끄러워 이야기를 꺼내지 못했다. 그가 웃었고, 그러자 내 마음도 한결 편해졌다. 나는 교장을 찾아온 이유를 말했다. 그는 아주 흔쾌히, 자기가 도와주겠노라고 했다. 그날 밤, 그는 내게 이원을 가져왔다. 내가 받으려 하지 않자 그의 숙모인 뚱보 교장이 주는 거라고 했다. 그는 또 숙모가 묵을 곳을 잡아놓았고, 내일 바로 이사할 수 있다고 했다. 나는 믿기지 않았지만 믿을 수밖에 없었다. 그의 웃는 얼굴이 내 마음속으로 들어오는 것 같았다. 내가 그를 의심하는 것이 미안해졌다. 그가 저리도 부드럽고 사랑스러운데!

21

그가 웃는 입술을 내 얼굴에 대었다. 그의 머리 위로 미소짓고 있는 초승달을 보았다. 취한 듯한 봄바람이 구름을 헤치자 초승달과 봄별 몇쌍이 나타났다. 강가에서는 버들가지가 조용히 흔들리고 봄 개구리는 사랑가를 부르고, 어린 창포 향기가 봄날 저녁의 포근한 대기 사이로 퍼졌다. 나는 물소리를 듣고 있었다. 어린 창포에 생기를 주는 것 같았다. 창포가 쑥쑥 자라는 모습을 상상했다. 촉촉한 땅에서는 작은 민들레가 자라고 있었다. 봄기운을 받아 그것을 몸에 녹여 향기로 뿜

어냈다. 나는 나 자신을 잊었다. 봄바람과 달의 여린 빛 속으로 내가 사라져버린 것 같았다. 달이 갑자기 구름에 가렸다. 나는 나 자신에 대해 생각했다. 나는 그 초승달을 잃었고, 나 자신도 잃었다. 나는 이제 어머니와 같아졌다.

22

후회했다. 스스로 위로도 했다. 울고 싶었다. 기쁘기도 했다. 어떻게 해야 좋을지 몰랐다. 도망가서 영원히 다시 그를 보지 않으려고도 했다. 그러나 이내 그가 보고 싶었고, 나는 외로웠다. 두 칸 집에 나 혼자였다. 그가 매일 밤 온다. 그는 언제나 멋지고 늘 따뜻하다. 그는 내게 먹을 것, 입을 것을 주었고, 나에게 새옷 몇벌도 사주었다. 새옷을 입자, 내가 보아도 아름다웠다. 그런 옷은 질색이었지만 안 입자니 아까웠다. 나는 생각하고 싶지 않았고, 생각하는 것이 싫었다. 그렇게 되는 대로 지냈다. 두 볼은 언제나 붉었다. 화장하는 걸 싫어했지만 그렇다고 하지 않을 수도 없었다. 무료하기 그지없었고 뭔가 할일을 찾아야 했다. 화장할 때는 나 자신을 사랑하다가도 화장을 다 하고 나면 자신이 미웠다. 어느새 눈물이 흘러내렸지만 나는 울지 않으려 애를 썼다, 눈은 온종일 젖어 있었고, 사랑스러웠다. 어떤 때는 미친 듯이 그에게 입을 맞추고는 다시 그를 밀쳐내기도 했다. 그에게 욕을 퍼붓기도 했다. 그는 웃기만 했다.

23

  나는 진즉 알고 있었다. 내게 희망이 없다는 것을. 한점 구름으로도 초승달을 가릴 수 있다. 나의 장래는 어둠이다. 과연, 얼마 안 있어 봄은 여름으로 바뀌었고 나의 춘몽도 끝이 났다. 어느날 점심나절에 한 젊은 부인이 찾아왔다. 아름다웠다. 하지만 귀엽지는 않았다. 흡사 자기(瓷器)처럼 활기가 없었다. 집에 들어서자마자 그녀는 울음을 터뜨렸다. 물어볼 것도 없이 나는 벌써 짐작했다. 보아하니 나와 다툴 생각은 아닌 것 같았다. 난 더더욱 그럴 생각이 없었다. 그녀는 착했다. 그녀는 울면서 내 손을 잡고 말했다. "그 사람이 우리 둘을 속였어요!" 그녀도 '애인'인 줄 알았는데, 아니었다. 그의 처였다. 그녀는 나와 다투지도 않고, "그 사람을 놓아주세요!"라는 말만 했다. 어떻게 해야 좋을지 몰랐다. 그 젊은 부인이 불쌍했다. 나는 그러겠다고 대답했다. 그녀가 웃었다. 그 모습을 보자 그녀는 그저 자기 남편 되찾는 것만 알 뿐 다른 물정에는 까막눈이란 생각이 들었다.

24

  나는 한동안 길을 걸었다. 아주 쉽게 그 젊은 부인에게 대답했지만, 나는 어떡하나? 그가 내게 준 것들은 원치 않는다. 이왕 헤어지는 마당에 확실히 매듭을 지어야 한다. 그렇지만 그것들 말고 내게 남은 것이 무엇인가? 어디로 가나? 어떻게 끼니를 때울 것인가? 그래, 그 물건들이 있어야겠다. 방법이 없다. 나는 몰래 이사를 했다. 후회하지는 않는

다. 단지 공허할 뿐. 조각구름처럼 기댈 곳이 없다. 조그만 방으로 이사하고서 나는 하루종일 잤다.

25

　나는 어떻게 절약을 해야 할지 알고 있었다. 어려서부터 돈이란 귀한 것이라는 사실을 터득했다. 다행히 수중에 돈이 얼마 있으니 바로 일을 찾으면 될 것 같았다. 뭔가를 바라지는 않았지만 위험이 닥칠 것 같지도 않았다. 그러나 내가 한두 살 더 먹었다고 해서 일이 쉽게 찾아지는 것은 아니었다. 나는 굳게 마음을 다졌다. 그래봤자 아무 소용없는 노릇이지만, 왠지 그래야 될 것 같았다. 여자가 돈을 번다는 게 이렇게 어렵구나! 어머니가 옳았다. 여자에게는 한가지 길밖에 없다. 어머니가 간 바로 그 길이다. 나는 당장 그 길을 가는 것이 내키지는 않았지만 멀지 않은 곳에서 나를 기다리고 있다는 것은 알았다. 내가 몸부림칠수록 더욱 두려워졌다. 내 희망은 초승달의 빛처럼 이내 사라질 것이다. 한두 주일이 지나자 희망은 더욱 작아졌다. 끝내 나는 젊은 아가씨들과 함께 작은 식당에서 '면접'을 치렀다. 식당은 작았지만 주인은 아주 컸다. 다들 예쁜데다 소학교까지 졸업한 소녀들이 황제의 간택이라도 기다리듯이 미욱하게 생긴 주인의 선택을 기다렸다. 식당 주인은 나를 골랐다. 그에게 고맙지는 않았지만, 분명 통쾌하긴 했다. 그 여자아이들은 나를 부러워하는 것 같았고, 어떤 애들은 눈물을 흘리며 돌아갔고, "빌어먹을!" 하며 욕을 하는 애들도 있었다. 여자란 얼마나 값싼가!

  나는 작은 식당의 2번 종업원이 되었다. 음식을 차리고 나르고, 계산을 하고, 요리 이름을 외치고 하는 일에 나는 문외한이었다. 다소 두려웠다. 그런데 '1번'이 자신도 할 줄 모른다고 조급해할 것 없다고 말했다. 샤오슌(小順)이 다 알아서 하고, 우리들은 손님들에게 차나 따르고 수건이나 건네주고 계산서나 가져다주면 되고, 다른 일은 신경쓰지 않아도 된다는 것이었다. 이상했다. '1번'이 옷소매를 높이 쳐들었는데 하얀 옷소매에 조금도 때가 묻어 있지 않았다. 어깨에 흰 수건을 걸치고 있었고, '이 소녀는 당신을 사랑합니다'라고 수놓아져 있었다. 그녀는 온종일 분을 바르고 입술은 피처럼 빨갛게 칠했다. 손님들에게 담뱃불을 붙여줄 때면 무릎을 손님 다리 위에 기대었고 손님에게 술을 따르다가 어떤 때는 자기도 한모금 마셨다. 어떤 손님에게는 접대를 아주 잘하고 어떤 손님은 거들떠보지도 않은 채 눈을 내리깔고 못 본 체했다. 그가 접대하지 않은 손님은 내가 접대하는 수밖에 없었다. 나는 남자가 무서웠다. 그간의 내 경험이 사랑하는 사람이든 아니든 남자는 무서운 존재임을 가르쳐주었다. 더구나 식당에서 밥을 먹는 사내들은 호기를 부리며 싸우듯이 자리를 권하고 서로 계산하겠다고 나서는가 하면 결사적으로 술 내기를 했다. 그들은 짐승처럼 먹으면서 툭하면 트집을 잡고 남을 욕했다. 고개를 숙인 채 차를 따르고 수건을 건네는 나는 낯이 뜨거웠다. 손님들은 일부러 내게 이런저런 이야기를 걸며 나를 웃기려 했으나 나는 웃을 마음이 없었다. 저녁 아홉시가 넘어서야 일이 끝나기 때문에 몹시 피곤했다. 내 작은 방에 돌아오면 옷도 벗지 않고 해가 뜰 때까지 곯아떨어졌다. 일어나면 그래도 마음이 기뻤다. 지금 나는 내 손으로, 내 노력으로 밥을 먹고 있다. 나는 아침 일찍 일하러 나갔다.

27

'1번'은 아홉시가 넘어서야 나왔다, 내가 나온 지 두 시간이 지난 후였다. 그녀는 나를 무시했지만 일부러 나를 못살게 굴지는 않았다. "그렇게 너무 일찍 나올 필요없어. 여덟시에 누가 밥 먹으러 와. 그리고 한마디 하겠는데, 그렇게 죽을상을 하고 있지 좀 마. 넌 여종업원이지, 누가 여기서 제사 지내래? 고개 푹 숙인다고 해서 술값 더 주는 사람 없다고. 여기 뭐 하러 온 거야. 돈벌러 온 거 아냐? 그리고 네 옷 칼라가 너무 낮아. 우리같이 이런 일을 하는 사람은 칼라가 높고 비단 손수건이 있어야 해. 그래야 사람들이 알아보는 거야." 호의에서 그런다는 걸 나는 알았다. 내가 잘 웃지 않으면 그녀도 손해를 본다는 것을 알았다. 팁은 다같이 나누어 갖는 식이었다. 그녀를 결코 무시하지 않았다. 어떻게 보면 나는 돈벌기 위해 애쓰는 그녀에게 감탄했다. 여자가 돈을 벌기 위해서는 이 길밖에 없다. 다른 길은 없다. 그러나 나는 그녀를 따라 배우고 싶지 않았다. 언젠가는 그녀보다 더 트여야만 먹고살 수 있다는 것이 빤히 들여다보였다. 그러나 막다른 골목에 이르렀을 경우이다. 어찌해볼 길이 없는 부득이한 상황이 저 앞에서 우리 여자들을 기다리고 있다. 나는 단지 며칠만 더 기다려달라고 할 뿐이다. 나는 이를 악물고 내 마음에 불을 질렀다. 하지만 여자의 운명은 자기 손 안에 없다. 다시 사흘을 일했다. 키큰 주인이 경고했다. 이틀 동안 더 두고 보겠다는 것이다. 오래 머무르며 일하려면 '1번'처럼 해야 한다고 했다. '1번'이 농담 반 권유 반으로 얘기했다. "너에 대해 물어보는 사람이 있더라. 왜 그리 멍청하니? 우리가 어떤지 누가 몰라? 우리 가운데 은행가에게 시집간 사람이 쌔고 쌨어. 얼굴 좀 펴고 해, 우리도 빌어먹을 그놈의 자동차를 타야지." 그 말이 나의 기분을 건드렸다. 내가 물었다. "그래 넌 언제 자동차를 타는데?" 그녀는 붉은 입술을 내밀면서 말했다. "주둥이 함부로 놀리지 마. 하고 싶으면 하는 거지 뭐. 타고난 실팍한 엉덩이가 있는데 그까짓 것 못하겠어?" 나는 할 수가 없었다. 그래서 일원 오십전을 가지고 집으로 돌아왔다.

28

　최후의 어두운 그림자가 나를 향해 다가왔다. 그것을 피한다는 것이 더욱 다가간 것이다. 그 일을 그만둔 것을 후회하지는 않았지만 그 어둠의 그림자는 정말 두려웠다. 나를 다른 사람에게 파는 것, 나는 할 수 있다. 그 일이 있고 난 뒤 나는 남녀관계를 알게 되었다. 여자들이 조금 틈을 보이면 남자들은 냄새를 맡고 온다. 그들이 원하는 것은 몸이고, 그들은 짐승의 힘을 발산한다. 그러면 얼마간 입을 것과 먹을 것이 생긴다. 그런 뒤 여자에게 욕을 퍼붓거나 때리고, 여자에게 더이상 아무것도 주지 않을 것이다. 여자는 이렇게 자신을 팔며 간혹 우쭐해하기도 한다. 나도 그런 적이 있다. 우쭐할 때는 천상의 언어만 말하다가도 얼마 지나면 고통과 낙심뿐이다. 한 남자에게만 팔면 그래도 천상의 언어를 말할 수 있지만, 여러 사람들에게 팔면 그러지도 못한다. 어머니가 바로 그러했다. 두려움의 정도가 다르다. 나는 '1번'의 권고를 받아들일 수 없었다. 남자가 하나라면 덜 두려울 것이다. 그러나 나

는 나를 팔기 싫다. 나는 남자가 필요없다. 더구나 나는 아직 스무살도
안되었다. 처음에, 나는 남자와 함께 있으면 재미있을 줄 알았다. 그러
나 같이 있으면 남자는 내가 두려워하는 일을 요구했다. 그랬다, 그때
나는 봄바람에 몸을 맡기듯이 하자는 대로 했다. 나중에 생각해보니,
그는 나의 무지를 이용해 자신의 만족을 채웠다. 그의 달콤한 말이 나
를 꿈속으로 끌어들였다. 깨어보니 꿈이었고, 공허했다. 내가 얻은 것
이라곤 두 끼 밥과 옷 몇벌이었다. 나는 더이상 그렇게 밥벌이를 하고
싶지 않았다. 그러나 밥벌이를 할 수가 없을 때 여자는 자기가 여자라
는 사실을 인정하고 몸을 팔아야 한다. 달포가 지났지만 나는 여전히
일을 찾지 못했다.

29

　우연히 동창 몇을 만났다. 중학교에 진학한 애들도 있었고 집안일을
하는 애들도 있었다. 그들과 상대하고 싶지는 않았지만 이야기하다 보
니 내가 그애들보다 똑똑한 것 같았다. 전에 학교 다닐 때는 그애들이
나보다 똑똑했다. 그러나 지금은 그애들이 멍청해 보였다. 그애들은
꿈을 꾸고 있는 것 같았다. 화장도 아주 예쁘게 했다. 가게 진열품처
럼. 그애들 눈은 젊은 사내들을 좇아다녔고, 마음속으로는 사랑의 시
를 짓고 있는 것 같았다. 나는 그애들이 우스웠다. 그렇다, 나는 그들
을 이해해야 한다. 그애들은 밥걱정을 안하니 늘 사랑만 생각하는 게
당연했다. 남자와 여자는 서로 그물을 엮어 상대를 잡는다. 돈이 있는
사람은 그물을 크게 만들어 여럿을 잡은 뒤, 그중에서 하나를 여유있
게 고른다. 나는 돈이 없다. 그물을 엮을 곳도 찾지 못했다. 나는 직접

남자를 잡든지, 잡혀야 한다. 나는 그애들보다 세상을 더 잘 알고, 더 현실적이다.

30

　어느날 나는 그 젊은 부인과 마주쳤다. 자기처럼 활기가 없던 그 여인. 마치 내가 자기 피붙이라도 되는 양 내 손을 잡았다. 약간 두서가 없어 보였다. “당신은 참 좋은 사람이에요, 정말 좋은 사람이에요. 나 후회했어요. 당신더러 그 사람을 놓아달라고 한 것 말이에요. 차라리 그대로 둘걸 그랬어요. 글쎄, 또다른 여자를 만들었는데, 더 좋은지 한번 가서 돌아오지를 않아요.” 이야기를 나누다가 그들이 연애결혼을 했고, 그녀는 아직도 그를 사랑하고 있다는 것을 알게 되었다. 그러나 그는 또 달아나버렸다. 나는 그 젊은 부인이 가련해 보였다. 아직도 꿈을 꾸고 있었고, 사랑이 신성하다고 믿고 있었다. 지금 형편을 묻자, 그래도 그를 찾아야겠고, 끝까지 그와 살겠다고 했다. 만약 그를 찾지 못하면 어떻게 할 거냐고 물었다. 그녀는 입술을 깨물었다. 시부모와 친정부모가 있어 그녀는 자유가 없다면서 돌볼 사람이 없는 나를 부러워하기까지 했다. 나를 부러워하는 사람이 있다니 정말 우스웠다. 내게 자유가 있다니, 웃기는 이야기다. 그녀는 먹을 것이 있고, 나는 자유가 있다. 그녀는 자유가 없고, 나는 먹을 것이 없다. 우리는 둘 다 여자이다.

31

그 자기 같은 젊은 부인을 만나고 나서 나는 한 남자에게만 나를 팔고 싶지가 않아졌다. 즐기기로 마음먹었다. 다시 말해 낭만적으로 밥벌이를 하기로 한 것이다. 나는 누구 때문에 도덕적 부담 같은 것을 지고 싶지 않았다. 나는 배가 고팠다. 배가 불러야 낭만적일 수 있는 것처럼 낭만적으로 살아야 굶주림을 해결할 수 있었다. 그것은 둥근 원 같은 것이다. 어디서 가든 상관이 없다. 그 동창생들과 자기 같은 젊은 부인도 나와 마찬가지인데, 그들이 나보다 몽상에 더 젖어 있고, 나는 그들보다 더 솔직할 따름이다. 배가 고프다는 것은 최고의 진리다. 그리하여, 나는 팔기 시작했다. 나의 모든 것을 싸게 팔아서 최신 유행으로 단장을 했다. 나는 확실히 예뻤다. 나는 거리로 나섰다.

32

나는 즐기고 싶었다. 낭만적으로. 그러나 내가 틀렸다. 나는 아직 세상물정을 몰랐다. 남자들은 내 생각처럼 그리 쉽게 걸려들지 않았다. 조금이라도 문명의 물을 먹은 사람들을 끌려면 기껏해야 한두 번 입맞춤만 해주면 될 줄 알았다. 그러나 다들 그런 꼬임에 넘어가지 않았다. 그들은 만나자마자 값싸게 즐기려 했다. 영화를 보러 가거나 거리를 거닐면서 아이스크림이나 사주었다. 나는 배를 곯은 채 집에 가야 했다. 소위 '문명인'입네 하는 자들은 내가 어느 학교를 졸업하고 집안은 무엇을 하는지 따위나 물을 줄 아는 사람들이었다. 그런 태도를 보고 나는 알게 되었다. 남자들이 나를 원하게 하려면 그들에게 뭔가 좋은 것을 제공해야 하고 내가 그들에게 좋은 것을 바치지 않으면 그들은 아이스크림이나 사주고 입이나 한번 맞추고 만다는 것을 알게 된 것이다. 이왕 팔려면 통쾌하게 팔자. 나는 이것을 깨달았다. 자기 같은 젊은 부인은 그것을 모른 것이다. 나와 어머니는 그걸 깨우쳤던 것이다. 어머니가 몹시 보고 싶어졌다.

33

  어떤 여자들은 낭만적으로 밥벌이를 한다고 했다. 하지만 나는 자본이 부족해 그런 생각을 할 수 없었다. 나는 몸을 팔기로 했다. 그러나 집주인이 집을 비우라고 했다. 주인은 퍽 체면을 따지는 사람이었다. 나는 그를 쳐다보지도 않고 이사를 했다. 어머니와 새아버지가 살던 그 방으로 이사를 했다. 그곳 사람들은 체면을 따지지 않았고, 성실하고 사랑스러웠다. 이사를 한 뒤 내 장사는 썩 잘되었다. 문명의 물을 먹은 사람들도 왔다. 나는 팔고 그들은 산다는 생각으로 '문명인'들이 자주 왔다. 그들은 손해도 보지 않았고, 체면도 잃지 않았다. 처음 시작할 때 나는 두려웠다. 아직 스무살도 안되었다. 그러나 며칠 지나자 두려움이 가셨다. 그들은 자기들이 축 늘어져야 비로소 됐다고 여기며 만족했고, 또 무료선전을 해주기도 했다. 몇달을 그러고 나니 나는 아는 것이 더 많아졌고, 사람을 보기만 하면 그가 어떤 사람인지 알아맞히게 되었다. 돈있는 사람은 항상 몸값을 먼저 물으며 자신이 나를 살 수 있다는 것을 과시한다. 그런 사람들은 질투가 많아 저녁 내내 나를 차지하려 한다. 돈이 있기 때문에 사창가에서도 독점을 하려는 것이다. 난 그런 사람들은 받지 않는다. 그들이 성깔을 부려도 무섭지 않다. 집에 가서 당신 부인에게 이르겠다고 말한다. 소학교에서 몇년 배운 것이 헛것은 아니어서, 그러면 대개 나를 위협하지 못한다. 교육이란 쓸모있다는 것을, 나는 믿는다. 어떤 사람은 행여 속임에 넘어갈까봐 전전긍긍하며 돈 일원을 손에 꼭 쥐고 온다. 이런 사람들에게는 써비스에 따라 가격이 어떻게 달라지는지 자세히 설명을 해준다. 그러면 귀엽게도 돈을 가지러 집에 가곤 한다. 정말 재미있다. 괘씸한 것은 돈을 쓰려고도 하지 않으면서 담배나 크림 따위를 슬쩍해가지고 달아나는 녀석들이다. 그렇다고 그런 녀석들에게 미움을 살 수도 없다. 그들은 발이 넓어 한번 미움을 사면 경찰을 불러 소란을 피운다. 그들에게는 등을 돌려서는 안되고, 그들을 먹여살려야 한다. 그러다가 내가 경찰과 안면을 트고 나서는 하나하나 손을 보아주었다. 세상은 약육강식이고, 나쁜 놈들이 이익을 본다. 가장 가련한 것은 호주머니에 일원짜리와 동전 몇푼을 넣고 찰랑거리면서 콧잔등에 땀을 흘리는 학생 같은 사람들이었다. 나는 그들이 불쌍했지만 그들에게도 똑같이 팔았다. 내게 무슨 수가 있겠는가. 나이든 영감님들도 있었다. 다들 단정하고 예절바른 사람들이거나 아들 손자 들이 수두룩한 사람들이다. 그들에게 어떻게 해야 좋을지 몰랐다. 그러나 그들에게는 돈이 있고 죽기 전에 쾌락을 사고 싶어한다는 것을 알고는 그들이 원하는 것을 제공할 수밖에 없었다. 이런 경험들로 인해 나는 돈과 사람을 알게 되었다. 돈은 사람보다 더 지독했다. 사람이 짐승이라면 돈은 짐승의 쓸개다.

34

나는 몸에 병이 생긴 것을 발견했다. 그 때문에 몹시 고통스러웠다. 더이상 살지 않아도 될 것 같았다. 나는 쉬면서 거리를 거닐었다. 그냥 걸었다. 어머니가 보고 싶었다. 어머니는 분명 나를 위로해줄 것이다. 나는 곧 죽을 몸이라고 생각했다. 나는 그 골목을 돌며 어머니를 볼 수 있기를 고대했다. 문밖에서 풀무질을 하던 모습이 떠올랐다. 만둣집은 이미 문을 닫았다. 물어도 어디로 이사갔는지 아는 사람이 없었다. 그 것이 오히려 내 결심을 더욱 굳게 했다. 나는 기어이 어머니를 찾기로 했다. 넋나간 사람처럼 며칠 동안 거리를 쏘다녔지만 소용이 없었다. 어머니가 죽지나 않았는지, 아니면 만둣집 주인이 천리 밖으로 이사를 간 것은 아닌지 하는 생각이 들었다. 그런 생각이 들자 울음이 북받쳤다. 나는 옷을 갖춰입고 화장을 하고 침상에 누워 죽음을 기다렸다. 머 잖아 죽을 거라고 나는 믿었다. 그러나 죽지 않았다. 밖에서 누군가 문을 두드리며 나를 찾았다. 그래, 그를 받자, 그리고 병을 최대한 그에 게 옮겨주자. 나는 그러는 행동에 전혀 죄의식을 느끼지 않았다. 전적으로 내 잘못이 아니었다. 나는 다시 기뻤고, 담배를 피우고, 술을 마셨다. 나는 벌써 삼사십 먹은 사람 같았다. 내 눈시울은 까맣게 되었고, 손바닥은 열이 났지만 상관하지 않았다. 돈이 있어야 살 수 있다. 먼저 배불리 먹고 보자. 나는 아주 잘 먹었다. 누가 나쁜 걸 먹으려 할 것인가. 난 자신에게 맛있는 것과 좋은 옷을 사주어야 스스로에게 덜 미안할 것 같았다.

35

어느날 아침, 아마 열시쯤이었을 것이다. 내가 장포(長袍)를 쓰고 방
에 앉아 있는데 마당에서 발소리가 났다. 어떤 날은 열시에 일어나도
열두시가 되어서야 옷 입을 생각을 한다. 요즘에는 더욱 게을러져 옷
을 어깨에 두른 채 한두 시간 멍하니 앉아 있곤 했다. 아무것도 생각나
지 않았고, 또 생각하고 싶지도 않았다. 그저 홀로 멍하니 그렇게 앉아
있었다. 내 방문 밖에서 발소리가 났다. 아주 가볍고 느렸다. 얼마 후,
방문 유리로 안을 들여다보는 눈동자가 보였다. 조금 보더니 숨어버렸
다. 나는 움직이기가 싫어 그냥 앉아 있었다. 잠시 후 그 눈동자가 다
시 나타났다. 나는 더이상 앉아 있을 수가 없었다. 나는 가만 문을 열
었다. "엄마!"

36

우리 모녀가 어떻게 방으로 들어왔는지 모르겠다. 얼마나 울었는지
도 기억나지 않는다. 어머니는 이미 볼품없이 늙었다. 남편은 어머니
에게 돈 한푼 남겨놓지 않고, 말 한마디 없이 몰래 고향으로 가버렸다.
어머니는 얼마 안되는 물건들을 팔고 집을 빼서는 여러 집이 함께 모
여사는 곳으로 이사를 했다. 어머니는 벌써 반달 넘게 나를 찾았다고
했다. 마지막으로 이곳을 떠올렸지만 나를 찾을 것이라는 희망보다 혹
시나 하는 마음으로 왔는데 나를 찾은 것이다. 어머니는 나를 알아보
지 못했다. 내가 어머니를 부르지 않았다면 아마 그냥 갔을 것이다. 울

음을 그치자 나는 미친 듯이 웃었다. 어머니는 딸을 찾았지만, 딸은 이미 창녀이다. 어머니가 나를 키울 때 그렇게 해야만 했듯이 이제 내가 어머니를 돌볼 때가 되어 그렇게 해야 한다. 여자의 직업은 세습되고, 전문적이다.

37

나는 어머니가 날 위로해주길 바랐다. 원래 위로란 공허한 말에 지나지 않는다는 것을 알지만 그래도 어머니 입에서 위로의 말이 나오길 바랐다. 어머니들은 간혹 거짓말로 사람들을 달래곤 한다. 나는 어머니의 거짓말을 위로라고 불렀다. 그런데 나의 어머니는 이제 그것도 잊어버렸다. 어머니는 무척 배가 고팠다. 그래서 나는 어머니를 탓하지 않았다. 어머니는 내 물건을 하나하나 검사하고 수입과 쓰임새를 물었다. 딸이 이런 돈벌이 하는 것을 조금도 이상하게 여기지 않는 듯했다. 나는 병이 났다고 말했다. 며칠간 쉬라고 해주길 바랐다. 그런데 아니었다. 약을 사주겠다는 말뿐이었다. "우린 언제까지나 이래야 하지요?" 내가 물었다. 어머니는 대답이 없었다. 하지만 어찌 보면 어머니는 분명 나를 보호하고 싶어했고, 나를 사랑했다. 내게 밥을 해주고 몸이 어떠냐고 묻기도 하고, 엄마가 잠든 아이를 보듯 그렇게 슬쩍 나를 살펴보곤 했다. 이 일을 그만두라는 그 말만은 하지 않았다. 어머니에게 다소 불만이 있었지만, 나도 속으로 알고 있었다. 이 일 말고는 달리 할일이 없었다. 우리 모녀가 입고 먹어야 했다. 이것이 모든 것을 결정했다. 모녀관계가 무엇이며, 체면이 무엇인가? 돈은 무정하다.

　　　　　　　　　　　　　　　　　　　중국 **창비세계문학**

38

어머니는 날 돌보고 싶어했다. 그러나 어머니는 사람들이 나를 유린하는 것을 보고, 들어야 했다. 나도 어머니를 잘 대하고 싶었다. 그러나 가끔은 어머니가 몹시 싫었다. 무엇이든 참견하려고 했고, 특히 돈에 대해서 그랬다. 어머니의 눈은 젊은시절의 빛을 잃었지만 돈만 보면 번쩍거렸다. 손님이 오면 시중들기를 자청하다가도 손님이 팁을 적게 주면 욕을 퍼부었다. 이 때문에 난감할 때가 한두 번이 아니었다. 어차피 이런 일 하는 게 돈을 벌기 위해서이긴 하다. 그러나 내 생각에는 그렇더라도 욕할 필요까지는 없을 것 같았다. 나도 어떤 때는 손님을 잘 대하지 않을 때가 있다. 그러나 손님이 화를 내지 않게끔 다른 방법을 쓴다. 어머니의 방식은 너무 아둔하고, 사람들에게 욕을 먹기 딱 십상이다. 돈벌이를 위해서라도 우리는 남에게 욕을 먹지 말아야 했다. 내 방식이 아직 젊고 뭘 모르는 데서 나왔는지는 모르지만 어머니는 너무 만사불문하고 오직 돈만 밝혔다. 어머니는 그래야만 한다고 생각한다. 어머니는 나보다 나이가 훨씬 많다. 몇년 지나면 나도 저렇게 될까? 사람이 늙으면 마음도 따라서 늙어 돈처럼 점점 딱딱해져가는 모양이다. 어머니는 사양하지 않았다. 손님 지갑을 빼앗기도 하고 값나가는 모자나 장갑, 지팡이를 빼앗기도 했다. 나는 일이 터질까봐 불안했지만 한편으로 어머니 말이 옳기도 했다. "하나라도 더 모으는 게 상책이야. 우리들 일년 사는 게 다른 사람들 십년 사는 거야. 칠팔십 먹으면 누가 우릴 원할 줄 알아?" 손님이 술에 취하면 어머니는 그를 부축하고 나가 인적이 드문 곳에 앉혀놓고서는 신발까지 빼앗아왔다. 이상한 것은 그런 일을 당한 사람들이 집에 쫓아오지 않는다는 것이었다. 아마 인사불성이 되었거나 큰 병에 걸려버렸는지 모를 일이다. 아니면 그 일을 당하고 그 쓴맛 때문에 다시 못 오는지도 모른다. 그들은 망신을 당할까봐 두려웠지만 우리들은 그렇지 않았다.

39

어머니 말이 옳았다. 우리들 일년 사는 게 다른 사람들 십년 사는 거라는 말이 옳았다. 이삼년을 하자 나도 내가 변한 것을 느꼈다. 살결은 거칠어졌고, 입술은 늘 까칠하고 힘이 빠진 눈에는 힘없이 핏발이 서렸다. 잠을 푹 자도 정신은 여전히 흐릿했다. 나 자신도 느낄 정도였으니 손님이 알아차린 것은 물론이었다. 단골손님이 점점 줄었다. 새 손님에게 나는 더욱 열심히 대하려 했지만 그들이 더욱 싫어졌고, 내 스스로 성질을 주체하지 못할 때가 많았다. 나는 거칠어졌고, 입도 험해졌다. 나는 이미 내가 아니었다. 내 입은 나도 모르게 험악한 소리를 해대고, 거의 습관이 되었다. 그러자 '문명인'이란 사람들은 나를 찾지 않았다. 그들이 늘 "소녀는 그대를 그리워하네(小鳥依人)"라고 읊조리던 그런 여인의 맛을 잃어버렸기 때문이었다. 나는 다른 매춘부들에게 배워야 했다. 꼴같잖게 화장을 해야 문명의 물을 먹지 않은, 문명인이 아닌 사람들을 끌 수가 있었다. 피 묻은 표주박처럼 새빨갛게 바른 입술로 힘껏 물어주어야 그들은 통쾌해했다. 나는 이미 나의 죽음을 보았다. 돈 일원이 들어오면 나는 그만큼 죽어가는 것 같았다. 돈은 생명을 연장시키는 법이다. 그러나 내가 돈을 버는 방법은 그 반대였다. 나는 내가 죽어가는 것을 보고 있었고, 죽음을 기다리고 있었다. 그리하여 다른 모든 것은 일절 생각할 필요가 없었다. 하루하루 살아가면 그만이었다. 어머니는 나의 그림자다. 나도 머잖은 장래에 어머니처럼 변할 것이다. 한평생 몸을 팔고 남은 것이라고는 백발과 주름진 검은 피부뿐이다. 이것이 바로 생명이다.

40

나는 억지로 웃고 일부러 미친 척도 했다. 내 고통은 눈물 몇방울 떨어뜨린다고 해소될 것이 아니었다. 나 같은 이런 생명은 아까울 게 하나도 없었지만, 그래도 생명이었다. 그저 내버려두고 싶지 않았다. 더구나 내가 한 일들은 내 개인의 잘못이 아니다. 죽음이 두려운 것은 삶이 사랑스럽기 때문이다. 나는 죽음의 고통이 결코 두렵지 않다. 나의 고통은 이미 죽음보다 더하다. 나는 삶을 사랑한다. 이렇게 살지 말아야 했다. 나는 이상적인 삶을 꿈꾸었다. 그러나 그 꿈은 금세 사라져버렸고, 현실의 삶은 나를 괴롭혔다. 이 세상은 꿈이 아니라 진정 지옥이다. 어머니는 내가 괴로워하는 것을 보고 시집을 가라고 했다. 시집가면 밥이 생기고 어머니는 양로금을 얻을 수 있다. 나는 어머니의 희망이다. 나는 누구에게 시집가야 하나.

41

접촉한 남자들이 하도 많아서 나는 사랑이 무엇인지 벌써 잊었다. 내가 사랑하는 것은 나 자신이다. 나 자신도 사랑할 수 없는 지경이 되었는데 내가 누구를 사랑할 것인가. 결혼할 생각이면 사랑하는 척해야 하고 그와 평생을 살고 싶다고 말해야 한다. 나는 무수한 사내들에게 그렇게 말했고 맹세도 했다. 그렇지만 받아주는 사람이 없었다. 돈의 지배 속에서 사람들은 다들 총명하다. 사창가에 드나드는 것보다는 도둑질이 낫다. 돈이 남으니까. 내가 돈을 달라고 하지 않으면 다들 나를 사랑한다고 말할 것이다. 틀림없이.

42

  바로 그럴 때 경찰이 나를 잡아갔다. 우리 시에 새로 온 관리는 도덕을 각별히 중히 여기는 사람이었고, 사창가를 없애려 했다. 정식 창녀들은 세금을 바치기 때문에 그대로 영업을 했다. 세금을 내면 정당하고 도덕적이었다. 그들은 나를 잡아 순화훈련원에 넣고 일을 가르쳤다. 빨래, 요리, 뜨개질 등을 모두 다 배웠다. 이런 것들로 밥벌이를 할 수 있다면 애초에 그 짓을 하지 않았을 것이다. 내가 그들에게 이렇게 말해도 그들은 그럴 리 없다며, 나더러 가망없고 부도덕하다고 했다. 그들은 내게 일을 가르치면서 일을 사랑해야 한다고 했다. 내가 일을 사랑하면 제 손으로 밥벌이를 할 수 있고 시집도 갈 수 있다고 했다. 그들은 낙관적이었다. 하지만 나는 그렇게 믿지 않았다. 그들의 실적은 참 좋았다. 이미 십여명의 여자들이 순화훈련을 받고 시집을 갔다고 했다. 여기서 여자를 얻으려면, 수속비 이원을 내고 믿을 만한 상점 명의의 보증만 받으면 그만이었다. 남자들이 보기에는 값싸다. 그러나 내가 보기에는 웃기는 짓이다. 나는 아예 이런 순화훈련을 거부했다. 높은 관리가 와서 우리를 검사할 때 나는 그의 얼굴에 침을 뱉었다. 그 뒤 위험분자라고 나를 풀어주지 않았다. 그들도 더이상 나를 순화시키려 하지 않았다. 나는 장소를 바꾸어 감옥으로 갔다.

43

감옥은 좋은 곳이다. 사람들로 하여금 인류가 나아진 점이 없다는 것을 믿게 한다. 꿈에도 이런 추악한 유희를 보지 못했다. 감옥에 들어온 뒤 나는 나갈 생각을 단념했다. 그간 경험에 비추어볼 때 세상이라고 여기보다 나을 게 없다. 여기서 나가 더 좋은 곳이 있다면 나는 죽고 싶지 않을 것이다. 그러나 현실은 그렇지 않고 어디서 죽으나 마찬가지다. 여기서, 여기서, 나는 다시 나의 오랜 벗 초승달을 보았다! 얼마나 오랫동안 그를 보지 못했던가! 어머니는 무엇을 하고 계실까? 나는 모든 것들을 떠올렸다.

더 읽을거리

라오셔의 대표작 『낙타 샹즈』(심규호 유소영 옮김, 황소자리 2008)가 번역되어 있다.

이 소설은 『루어투어 시앙쯔』(최영애 옮김, 통나무 2000)라는 제목으로도 나와 있다.

丁玲

| 띵링 |

1904~86

후난성, 린펑(臨豊)현의 몰락한 지주집에서 태어났다. 어려서 아버지가 죽고 교사로 독립한 어머니에게 깊은 영향을 받으며 자랐다. 사범학교 재학중 5·4운동에 참여하기도 했다. 중학 재학시절부터 문학에 관심이 생겼고, 스물셋인 1927년부터 작품활동을 시작했다. 초기에는 사랑과 여성들의 자의식을 다룬 작품을 주로 창작했다. 특히 「소피아 여사의 일기(莎菲女士的日記)」(1928)는 폐병을 앓아 뻬이징의 아파트에 요양중인 한 젊은 여성이 고독한 생활 속에서 사랑을 갈망하는 마음을 적나라하게 묘사하여 당시 문단에 화제를 뿌렸다. 1930년대 초반 맑스주의 문학단체인 '좌익작가연맹'에서 활동하고, 문학적, 사상적 동지였던 동거남 후야핀(胡也頻)이 국민당에 체포되어 죽임을 당한 이후 더욱 점차 약자들의 생존투쟁을 다룬 사회성 짙은 작품을 창작했다. 공산당 통치지역의 관료주의와 남성주의를 비판하는 「삼팔절 유감(三八節有感)」 등의 글을 발표하여 1942년 옌안(延安) 정풍운동 때 자기개조의 대상이 되기도 했다. 1948년 공산당 통치지역의 토지개혁의 진행을 묘파한 장편 『태양이 상간허를 비추고(太陽照在桑干河上)』를 써서 1951년에 스딸린 문학상을 받았다. 공산정권이 들어선 뒤 작가협회 부회장, 중앙문학연구소장 등을 역임하다가 1957년 반우파 투쟁이 시작되면서 우파로 몰리고 이어 문화대혁명이 시작되면서 농촌으로 하방되었으며, 1970년에는 뻬이징 인근 감옥에 투옥당하기도 했다. 문혁이 끝난 뒤 1979년에 복권되었다.

■　밤 夜

　　작품의 무대는 중국 공산당이 점령하고 있던 혁명 근거지, 이른바 '해방구'이다. 스무 가구밖에 살지 않는 산골이지만 공산당원은 28명이나 되는 '붉은 마을'이다. 이 마을에 사는 주인공은 원래는 농사꾼이었지만 사회주의운동과 더불어 거듭난 인물이다. 혁명운동에 가담하여 지금은 자기 밭에 잡초가 우거지도록 내버려둔 채 각종 혁명사업을 논의하는 회의에 바쁜 공산당 간부가 되어 있다. 땅만 파고 살아온 사람, 남의 집 머슴으로 살다가 스무살에 서른두살의 아내를 맞은 사람, 그가 혁명사상을 받아들인 뒤 새로운 사람이 된 것이다. 소설은 그의 집 소가 곧 새끼를 낳으려 하여 집으로 돌아가는 길, 그리고 집에 도착하여 보내는 하룻밤의 이야기이다. 소설은 그런 선진사상, 혁명사상을 받아들인 새로운 인물의 의식 속 어두운 그늘, 새로운 의식과 낡은 의식 사이에서 흔들리는 의식세계에 초점을 맞춘다. 그는 사회주의 사상을 받아들이고 혁명에 앞장선다는 점에서는 선진적이고 새로운 인물일지 모르지만, 적어도 젠더(gender)의 차원에서 보자면 보수적 남권의식에 젖은 낡은 인물이다. 두 아이를 잃고 이제는 아이를 낳을 능력을 상실한 아내를 '물적 토대'를 잃은 사람으로 비유하면서 무시하는 그의 의식이나 여성을 아버지가 마음대로 처분할 수 있는 대상으로 보는 것이 단적으로 그러하다. 오랫동안 노예로 살아온 굴욕의 시간에서 벗어나 이제 사회주의 의식을 받아들여 새롭게 태어난 이 인물은 진정 새로운 인물인가? 띵링은 짧은 이 작품에서 1940년대 당시 들불처럼 번져가는 공산혁명의 기세 앞에서 그것의 정당성을 젠더적 차원에서 질문하고 있다.

밤

1

양떼가 마당으로 몰려들어왔다. 자오(趙)가네 큰딸 칭쯔(淸子)가 자기 토굴집 문 앞에서 신발 밑창과 위쪽을 대는 바느질을 하고 있다가 몸을 돌리자, 양쪽 어깨까지 내려뜨린 은사 귀고리가 심하게 흔들렸다. 양떼들이 서로 밀치면서 우리 속으로 뛰어들어가자 밖에 나오지 않고 안에 있던 어린 양 몇마리가 풀쩍풀쩍 뛰면서 서로 부딪치며 소리를 질렀다.

토굴집 방구들에 모여 있던 선거위원회 위원들이 잇따라 나왔다. 방금 회의를 끝냈으면서도 뭔가를 계속 논의하고 있었다. 신발을 바느질하고 있던 칭쯔가 다시 몸을 돌리자 끈적끈적하면서도 경멸인지 무엇인지 분간하기 어려운 웃음을 띠고 있는 게 보였다.

이런저런 여러 가지 문제와 씨름하느라 지친 위원들은 하늘을 쳐다보았다. 밥 짓는 파란 연기가 토굴집 위 굴뚝에서 피어오르더니 바람에 사방으로 흩어졌다. 그들은 앞마을에 가서 밥을 먹기로 했다. 저녁에 내일 치를 선거대회를 준비해야 했다. 그런데 사나흘 동안 집에 들어가지 못했던 지도원이 뜻밖에도 귀가 허락을 받았다. 구 위원회 위원은 가축 사육이 중요하다는 따위의 말을 하더니, 지도원 집 소가 새끼를 낳으려고 오늘내일 하는데 그의 아내는 세 끼 밥만 할 줄 아는데다 나이도 마흔이 넘은 여자라고, 지도원을 대신하여 다른 사람들에게 말했다.

접대원이 돌절구를 청소하고 있던 아내 곁으로 나왔다. "밥 준비 다 해놓았는데? 어딜 간다고 그래? 마누라가 해주는 밥이 제일 달아서 그러나?" 그는 대리로 향장(鄕長, 향은 농촌 행정구역—옮긴이)을 맡고 있는 이의 손을 끌었다. 연초에 대리 향장은 나이가 겨우 열여섯살인데다 얼굴도 예쁜 아내를 맞았고, 그래서 자주 악의없는 놀림을 당했다.

대문에 서서 앞산에 활짝 핀 복숭아꽃을 보고 있는 칭쯔는 성장이 아주 빨랐다. 분홍 끈으로 묶은 긴 까만 댕기머리를 한 채 까만 조끼 양쪽으로 꽃무늬 소매의 팔을 들고서 대문 문설주에 괴고 있었다. 열여섯살 아가씨가 이렇게 키가 큰데 법정 혼인연령이 무슨 필요가 있나. 얼른 시집을 보낼 일이지.

다리에서 헤어져 다들 남쪽으로 갔지만 허화밍(何華明) 혼자 집으로 가는 북쪽 길로 접어들었다. 말만한 처녀가 문에 기대서서 말없이 먼 곳을 바라보고 있는 것이 눈에 들어왔다. 이상한 느낌이 마음속에서 일더니 방금 회의에서 뭔지 모르겠던 여러 가지 문제들을 전부 밀어냈다. 그는 기쁜 듯이 경쾌하게 발걸음을 떼며 휘파람을 불었다. 그러다가 문득 발을 멈추고 소리가 들릴 정도로 중얼거렸다.

"저런 반동 계집애, 한달짜리 겨울학습도 가지 않다니, 누가 지주 딸 아니래. 빌어먹을. 자오페이지(趙培基)란 놈이 돈은 있어서 딸을 신주 모시듯 키우더니 저렇게 크도록 시집도 안 보내고……"

그는 일부러 고개를 흔들어 머리를 귀 뒤로 넘기더니 다시 뒷머리 쪽으로 넘겼다. 마음속에 있던 골치아픈 생각들도 넘어가는 성싶었다. 주위를 둘러보았다. 날은 금방 어두워질 것이고, 멀리 두 산 사이에 두꺼운 푸른 구름이 머물고 있었다. 그 위로 몇갈래 엷은 황금빛 물결을 닮은 빛이 어느 틈에 모양을 바꾸고 있었다. 산의 빛깔도, 윤곽도 흐릿해져서 침울한 느낌이 들었지만 사람들을 생각에 젖게 만들기도 했다. 밝은 서쪽 산에서는 누군가 소를 몰고서 물이 올라 말랑말랑해진 밭을 오갔다. 쟁기를 지고 가는 사람도 있고, 산기슭에서 소를 몰고 집으로 가는 사람도 있었다. 밭에 잡초가 우거지도록 내버려두고 있는 사람은 지도원인 그뿐이었다. 이십여일 동안 이 시골에서 무슨 선거를 치른답시고 집에 들어가는 횟수가 더욱 줄었고, 산에 한번 올라가지 못했다. 그럴수록 집에 돌아가서 듣는 원망과 잔소리도 그만큼 늘었다.

사실, 남들이 밭에서 고생하며 일하고 있는 것을 볼 때면 그도 자기가 농사를 짓고 있는 땅 생각이 났다. 하지만 벗어날 수 없는 일이 있는 이상 그런 고통을 입밖에 낼 수는 없었다. 관심을 보이면서 그에게 물어주는 사람이 있었으면 금방 입을 열었을 것이다. 그는 사람들 앞에서 웃고 이야기하고, 문제에 대해서 말하고, 보고하고, 주민선거대회 때는 끌려나가 양거춤(秧歌舞, 북방 농촌에서 추는 민속 춤—옮긴이)을 추고, 메이후(郿鄠, 중국 산시 지방의 민가—옮긴이)를 부르기도 했다. 이 고을 사람들이 가장 좋아하고 듣기 좋아하는 목소리를 가진 이가 그였다. 하지만 다른 사람들에게 황무지가 된 그의 밭 이야기를 하고 싶지 않았다. 그저 선거 공작이 끝나고 산에 올라갈 날만 손꼽아 기다렸다. 저 땅, 저 흙의 기운, 저 강렬한 태양, 그리고 그를 따르는 소가 그를 부르는 소리는 그의 목숨과 뗄 수 없는 것들이었다.

뒤편 냇가로 접어들자 날이 완전히 어두워졌다. 수십년 동안 오고간 길이어서 어두워도 눈에 익어 빨리 걸을 수 있었다. 생각도 빠르게 돌아갔다. 그에게는 여러 가지 역사가 많았다. 여러 가지 기념될 만한 일들이 이 위험하고 외지고 깊은 개천에 고스란히 씌어 있었다. 어려서 그는 여기서 노루를 쫓아 숲속에 들어갔다가 표범을 만나기도 했다. 이곳을 떠난 적도 있었다. 작은 봇짐을 메고서 처가에 데릴사위로 들어갔었다. 그때 그는 스무살이었고, 그녀는 이미 서른두살이었다. 하지만 지금 생각해도 당시 그녀는 못생긴 인상이 절대 아니었다. 얼마 되지 않아 그는 아내를 태운 당나귀를 끌고서 돌아왔다. 한살짜리 아들이 어디에 묻혀 있는지, 네살짜리 딸의 시신이 어디서 편히 잠들어 있는지, 아무리 어두운 밤이라도 찾을 수 있었다. 한 일년 동안은 이 개천에서 밤에만 활동하기도 했다. 소대장은 느릅나무 옆에서 맞아 죽었다. 당시 그는 적위대(赤衛隊)였다. 지도원이 되고 나서, 이렇게 늦게 집에 돌아갈 때면 지난날의 그런 달콤하고, 괴롭고, 흥분되는 기억들이 자주 그를 위로해주었다. 그는 여러 가지 어려운 정치문제 때문에 정말 힘이 들었다. 시골의 혁명사업은 정말 어려웠다. 그래서 그는 이 고독한 밤길을 가는 것이 취미까지는 아니어도 싫지는 않았다.

냇가 양쪽은 높은 산이었다. 들어갈수록 나무가 우거지고, 콸콸 소리를 내며 흘러가는 계곡물이 어느 곳은 왼쪽에 있고, 어느 곳은 오른쪽에 있었다. 산에 가려서 좁아진 하늘에 차갑게 빛나는 별들이 눈을 깜빡이며 그를 보고 있었다. 뒤쪽에서 여린 남쪽 바람이 불어왔다. 익숙하면서도 딱히 분간할 수 없는 향기가 났다. 멀리서 개가 짖었다. 노란 불빛 두 개가 어둠속에서 빛났다. 그가 사는 마을은 작고 가난하다. 이 인근에서 가장 가난할 것이다. 하지만 그는 이 동네를 사랑했다. 쟝(張)가네 토굴 앞에 쌓인 장작더미, 동네서 가장 바깥쪽에 있는 장작더미만 눈에 들어와도 유달리 친근하게 느껴졌다. 그는 스무 가구밖에 살지 않는 이 촌구석에 공산당원이 무려 스물여덟 명이라는 사실이 늘 자랑스러웠다.

넓은 경사로가 나타나자 더 빨리 걸었다. 한동안 왜 집에 있는 소를 까맣게 잊었는지 이상했다. 지금쯤 어떻게 되었을지 몰라서 초조했다. 벌써 새끼를 낳았을까? 잘 나왔을까, 아니면 잘못 되었을까? 일이 없을 때, 송아지가 엄마소를 꼭 빼어닮았고, 즐겁게 뛰어노는 환상을 한 적이 있다. 그는 서둘러 집으로 달려가 외양간으로 갔다.

2

외양간을 두번째 둘러보고 돌아오자 아내는 잠자리를 다 해놓고서도 자신은 잘 생각이 없이 부뚜막 앞에 앉아 있었다. 여자는 그를 물끄러미 쳐다보았다. 무엇인가 꾹 참으면서 말을 꺼내지 않았다. 하지만 남자는 알았다. 그녀의 얼굴 주름에 폭풍이 숨을 죽이고 있었다. 살아온 습관으로 알았다. 옷을 걸치고 밖으로 나가지 않는 한 피할 수가 없다. 하지만 너무 늦은 시간이었다. 더구나 소가 출산을 하려고 해서 나갈 수가 없었다. 남자는 벌써 드러나기 시작한 여자의 앞이마를 역겹다는 듯이 쳐다보았다. 그는 태풍을 피하고 싶었다. 아내를 상대하지 않는 수밖에 없었다. 그가 자리에 누우면서 말했다. "어휴! 왜 이리 피곤하지." 이 말은 다투고 싶지 않다는 의사표시였고, 여자더러 피곤하니 한 번 봐달라는 뜻이었다.

하지만 땅바닥에 뭔가 떨어졌다. 여자가 울었다. 처음에는 한두 방울 떨어지던 눈물이 강물이 되어 끝없이 흘렀다. 희미한 피마자기름 등잔불이 먼지투성이 머리를 비추었다. 목을 감싸고 있는 마른 손이 등불 아래서 놀랍도록 창백했다. 그녀는 소리를 죽이며 스스로를 원망했다.

저주했다.

"내가 죽어야지. 내 팔자가 왜 이리 사나울꼬. 이런 빌어먹을 늙은이. 어디 한번 제대로 먹어보길 했나, 입어보길 했나, 어이구 이놈의 팔자……"

그는 아무 말도 하고 싶지 않았다. 마음은 또 소를 생각하면서 몸을 토굴집 입구 쪽으로 가까이 뉘였다. 속으로 생각했다. '이 늙은 괴물은 정말 '물적 토대' 구실을 못해. 소도 새끼를 낳는데 저 여자는 뭐야. 완전히 알도 못 낳는 암탉이야.' '물적 토대'라는 것이 무엇인지는, 그도 몰랐다. 다만 늙은 것이 새끼를 낳지 못할 때 이렇게 말한다는 것은 알았다. 부 서기한테서 들은 새로운 표현이었다.

그들 부부는 둘 다 아이가 다시 생기기를 바랐다. 남자는 일손이 필요했고, 여자는 마음을 달래줄 기댈 언덕이 필요했다. 그런데 둘은 사이가 좋지 않았다. 여자는 남자가 돈을 못 벌면서 집에도 신경을 쓰지 않는다고 구박했다. 남자는 여자가 사상이 낙후되어 자기 일을 방해한다고 타박이었다. 남자가 지도원이 되고 나서 둘 사이는 더 어그러졌다. 화해할 수 없는 원한이라도 있는 것처럼.

전에도 싸우기는 했다. 하지만 요즘 들어 여자는 더욱 견딜 수가 없었다. 남자가 갈수록 입을 꼭 다물고 굳게 침묵을 지켜서다. 남자는 성질이 나아졌지만 여자는 더 나빠졌다. 남자가 멀리 떠난다고 해도 여자는 그를 결코 붙들지 않을 것이다. 여자가 바라는 것은 편안하게 사는 것이었다. 하지만 남자는 무엇을 바라는 것일까? 그녀는 몰랐다. 그저 터무니없어 보였다. 여자를 더욱 마음아프게 한 것은 자신이 늙었다는 것을 스스로 알고 있다는 사실이었다. 그런데 남자는 젊었다. 여자는 남자를 만족시켜줄 수가 없었고, 조금도 남자의 관심을 끌 수가 없었다.

여자는 심하게 울었다. 뭔가를 두드리면서 대성통곡을 했다. 여자는 남자가 버럭 화를 내기를 바랐다. 하지만 남자는 역겨움을 있는 힘껏 억누르면서 잠자코 누워 있었다. 나쁜 생각이 불현듯 떠올랐다.

'땅 쪼가리를 여자에게 주어버릴까. 난 밥해줄 사람도 필요없고 혼자 살면 되니까, 이 토굴집하고 솥하고 부엌살림은 전부 다 줘버리고. 난 이불 하나, 옷 두세 벌만 있으면 돼. 애도 없고. 여자한테는 땅도 있고, 가구도 있으니 아이가 있어도 키울 수 있을 거야. 그럼 우리는……' 홀가분한 독신생활이 벌써 느껴지고 진즉 신세를 고친 것 같았다. 고양이 한마리가 따뜻하게 그의 곁에서 자고 있다가 그에게 한대 맞고는 활처럼 몸을 굽히고 한걸음 가더니 다시 누웠다. 삼년째 기르는 고양이로 온몸이 회색이었다. 남자는 원래 고양이를 싫어하지만 이 회색 고양이만큼은 무척 좋아했다. 밖에서 고생하다 돌아오면 고양이는 남자 옆에 바싹 달라붙었고, 남자는 따뜻한 방구들에 누워 고양이를 쓰다듬으면서 아내가 밥을 해서 들고 오기를 기다렸다.

아내는 여전히 화가 나 있었다. 남자는 여자가 자칫 잘못하다가 여자 옆에 있는 콩나물시루를 깨뜨릴까봐 걱정이었다. 남자는 콩나물을 좋아했다. 하지만 말하고 싶지 않아서 돌아누운 채 발로 구들 모퉁이에 있는 대바구니를 건드렸다. 그 안에는 갓 태어난 병아리들이 덮여 있었다. 병아리들이 놀라서 삐악삐악거렸다.

"나 몸 안 좋은 것 알지. 병을 달고 살아. 일도 못하겠고. 꼴도 못 베겠어. 그런데 소가 새끼를 낳으려고 하는데 당신은 신경도 안 쓰고……" 여자가 일어나는 것 같았다. 그는 여자가 다가올까봐 방구들에서 내려와 마당으로 나갔다. 남자는 속으로 울컥 화가 치밀어 말했다. "소하고 송아지, 전부 너 가져."

반달이 산꼭대기에 걸려 있었다. 마당 반쪽이 환했다. 마당에 누워 있던 개가 그를 보고는 일어나 다가왔다. 그는 걸음이 내키는 대로 다시 외양간으로 갔다. 여물통에는 풀이 많이 남아 있었다. 소는 어두운 곳에 누워서 가볍게 코를 씩씩거렸다. "빌어먹을, 왜 여태 안 낳는 거야." 내일 회의가 생각나서 마음이 다급해졌다.

그가 외양간을 떠나려는데 사람 그림자 하나가 다가와 조용히 물었다. "당신 송아지 아직도 안 나왔나보죠?" 한손에는 소쿠리를 들고 한손은 외양간 문을 짚고서 그가 나오는 길을 막았다.

"왔어. 허우꾸이잉(侯桂英)." 그가 말했다. 자기도 모르게 심장이 빠르게 뛰었다. 허우꾸이잉은 옆집 사는 청년회 주임의 처였다. 남편은 이제 겨우 열여덟이었지만 스물세살인 그녀는 그가 싫어서 이혼을 요구했었다. 그녀는 부녀회 위원이었고 지금은 참의원 후보로 올라 있었다.

이번이 세번째인가 네번째인가. 그가 밤에 소여물을 먹이러 나올 때면 그녀도 따라나와 여물을 먹였고 다가와서는 말을 건넸다. 낮에 만났어도 그녀는 그 쌍꺼풀 없는 긴 눈을 가늘게 뜨며 미소를 흘렸을 것이다. 그는 그녀가 싫었다. 미웠다. 정말 그녀를 잡아다가 혼내주고 뭉개주고 싶은 마음이 간절할 때도 있었다.

달빛이 그녀의 짧은 머리에, 훤히 드러난 목덜미에 떨어졌다. 입술을 지그시 깨문 채, 그녀가 그를 바라보았다. 그도 그곳에 우두커니 서 있었다.

"당신……"

그는 자기 몸에서 두려운 무언가가 일어나는 것을 느꼈다. 그는 놀랄 만한 일을 저지르려는 것 같았다. 아무것도 두렵지 않았다. 그런데 문득 무엇인가가 그를 짓눌렀다. 그가 그녀의 말을 잘랐다.

"안돼, 허우꾸이잉. 당신은 곧 의원이 될 사람이고, 우린 다 간부잖

아. 비판을 받을 거야." 그러고는 그녀를 밀쳐낸 뒤 뒤도 돌아보지 않고 자기 토굴집으로 돌아가버렸다. 아내는 방구들에 앉아 있었다. 아직도 눈물을 흘리고 있는 성싶었다.

"휴우!" 그는 길게 한숨을 내쉬고는 방구들에 누웠다.

큰일을 겪은 뒤 마음을 좀 진정하고 나자 방금 있었던 일이 남의 일처럼 생각되어 만족스러웠다. 그래서 아내에게 말했다. "그만 잡시다. 송아지는 안 나올 것 같아. 내일 봐야겠어."

아내가 그의 말을 듣고는 울음을 그치고 등잔불을 불어서 껐다.

"이 늙은이는 글렀어요. 잘됐어요, 그 여자더러 밥 좀 하라고 하세요. 이혼이니 하고 시끄럽게 하면 좋지 않을 테고."

밖에서 닭이 울었다. 아내는 옷을 벗고 그의 곁에 누웠다. 그녀가 중얼거리며 물었다. "내일도 나가요? 끝도 없는 그 회의는……"

"소도 돌봐야 할 텐데……" 하지만 그는 소를 생각할 시간이 없었다. 잠을 자야 했다. 그는 눈을 감았다. 잠을 이루려고 애를 썼지만 회의장이나 군중들만 어른거리고, "선전사업이 부족합니다. '농촌이 낙후되어 있어요. 부녀 사업은 빵점입니다……" 같은 말만 들렸다. 그런 것들이 생각나자 마음이 다급해졌다. 어떻게 해야 농촌을 잘 만들 수 있을까? 이곳에는 혁명사업을 하는 사람이 없다. 그는 어떤가? 그는 아무것도 몰랐다. 공부를 한 적도 없다. 글자도 모른다. 아들조차도 없다. 하지만 지금 그는 향 지도위원이고, 내일 회의가 지닌 의의에 대해 보고를 해야 했다……

창호지가 점점 하얗게 변했다. 이웃집들은 벌써 일어난 사람도 있었다. 하지만 허화밍은 막 설핏 잠이 들었고, 누렇게 뜬 아내는 깊이 잠에 빠졌다. 눈물 한방울이 움푹 파인 눈가에 고여 있었다. 고양이가 곁에 바싹 붙어서 드르렁 코를 골았다. 햇살이 비치는 이 토굴방이 따뜻하고 편안해 보였다.

날이 점점 환하게 밝았다.

더 읽을거리

불꽃처럼 살았던 띵링의 삶을 다룬 전기인 『딩링』(쭝청 지음, 김미란 옮김, 다섯수레 1998)가 띵링의 삶을 총체적으로 이해하는 데 도움이 되고, 『소피의 일기』(김미란 옮김, 지만지 2009)는 초기 작품세계를 보여주는 대표작이다.

전통과 근대에 대한 이중의 저항과 고투

이욱연

중국은 아편전쟁(1840) 이후 중국 역사상 일찍이 없었던 위기에 직면한다. 아편전쟁에서 영국에 졌을 때만 해도 중국인들은 위기를 심각하게 느끼지 않았다. '서양 오랑캐'들이 기껏해야 총이나 대포만 앞서 있을 뿐이라고 생각했다. 하지만 그것은 착각이었다. 그뒤로도 연이어 서구와의 전쟁에서 패하면서 패전의 대가로 자국의 영토를 할양해주어야 했고, 더구나 일본과의 전쟁에서마저 졌다. 도대체 무엇이 잘못된 것일까? 서구의 가공할 힘이 총이나 대포가 아닌 군주제나 공화제 같은 서구의 근대적 제도에 있다고 생각하여 그러한 개혁을 시도했지만, 결국 실패했다. 위기는 더욱 가중되었다. 중체서용(中體西用)도, 변법(變法)도 소용이 없었다. 어렵사리 이룩한 공화제 혁명마저 용두사미가 되어버렸고, 위기는 더욱 깊어졌다. 서구의 공세 앞에 나라와 민족이 사라질지도 모른다는 망국멸종(亡國滅種)의 위기감이 중국을 엄습했다.

이런 상황에서 1915년 잡지 『신청년(新靑年)』의 창간을 계기로 신문화운동이 일어난다. 신문화운동은 중국 근대의 위기를 중화문명의 위기로 파악하는 데서 시작했다. 중국이 당시 직면한 위기는 서구와 같

은 훌륭한 무기나 공화제 같은 제도가 갖추어지지 않아 초래된 것이
아니라 중화문명이 서구문명보다 저열하기 때문에 초래되었다고 인식
한 것이다. 그리하여 중화문명의 기본원리를 해체하기 위한 반(反)전
통, 반유가(儒家) 운동이 거세게 일어났다. 새로운 사상, 새로운 도덕,
새로운 세계관으로 낡은 중화문명의 세계관을 해체하려는 시도였다.

　중국 근대문학은 이러한 신문화운동의 일환으로 탄생했다. 중국 근
대문학을 탄생시키기 위해 1917년 이후 전개된 '문학혁명'은 신문화운
동의 일환이었다. 중국에서 근대문학은 구어를 사용한 문학이 늘어나
고 자유로운 형식의 시가 늘어나면서 자연스럽게 탄생한 것이 아니라
중국 근대의 위기를 문화의 차원, 문명의 차원에서 극복하기 위한 신
문화운동의 일환으로 탄생하였다. 근대 위기극복이라는 목적과 의도
를 가지고 서구 근대문학의 양식을 채용한 새로운 문학, 전통문학과
전혀 다른 근대문학을 탄생시킨 것이다.

　근대문학을 창조하기 위한 후스(胡適), 쳔뚜슈(陳獨秀)의 이론적 업
적에 이어 창작으로 중국 근대문학의 탄생을 알린 작가는 루쉰(魯迅)
이다. 루쉰은 무엇보다 중국 전통문명과 박투(搏鬪)하면서 이를 해체
하려고 했다. 루쉰에게 중국의 위기는 제대로 된 주체를 건립하지 못
한 위기였고, 따라서 사람의 마음과 사상, 루쉰이 '자성(自性)'이라고
명명한 자기됨을 지닌 주체적 존재의 확립이 절실하다고 판단했다. 루
쉰이 '사람을 먼저 세우라'고 요구했던 것은 시류(時流)나 뭇 사람들의
판단에 휩쓸리지 않을 만큼 강고한 사상적 독립성을 지닌 새로운 인간
을 세워야 중국의 위기가 근원에서 해결될 수 있다는 판단이었다. 루
쉰은 중국 전통문명 병통의 핵심이 인간의 등급을 나누고 그런 가운데
주체적 의식이 없는 인간, 노예성이 충만한 인간을 양성한 데 있다고
통박했다. 그의 대표작인 「아Q정전」과 「고향」에서 루쉰은 이러한 그의

문제의식을 집약하여 표현하고 있다.

루쉰의 창작이 중국 근대문학의 개성을 유감없이 발휘하는 가운데, 1920년대 중국 문단은 근대문학 작가들이 쏟아져나오면서, 이제 본격적인 근대문학작품이 다량으로 창작된다. 그 주역들은 주로 두 문학단체에 모여 있었다. 1921년에 성립한 「문학연구회(文學硏究會)」와 「창조사(創造社)」가 그것이다. 「문학연구회」는 '문학창작이 하나의 직업'이라는 점을 설립취지로 밝혔듯이, 근대제도의 하나로서 작가와 문학창작을 의식한 사람들로서, 이들은 현실에 대한 개입과 변혁을 문학의 본령으로 삼았다. 서구 자연주의, 리얼리즘 문학이론을 중국문단에 소개하는 데 공을 세우기도 했고, 리얼리즘 창작을 주로 선보였다.

그런가 하면 「창조사」는 당시 일본에 유학중이던 청년들이 조직한 문학단체로, 낭만주의적 문학경향을 보였다. 시에서는 꿔모뤄(郭沫若)가, 소설에서는 위따푸(郁達夫)가 이 단체를 대표하는 작가이다. 격정적이고 과감한 감정표현, 대담한 자아선언, 출구 없는 현실 속에서 좌절하고 방황하는 청년들의 의식을 주로 표현한 작품들을 통해 당시 중국 청년들에게 폭발적 반향을 일으켰다. 위따푸의 「타락」에서 자아의 정체성의 고민과 민족의 정체성 확립이 맞물려 있듯이, 이들이 추구한 자아에 대한 고민은 민족적 고민과 동전의 양면을 이루고 있었고, 이들 문학의 이러한 경향은 1920년대 이후 이들이 사회주의로 가는 배경으로 작용했다. 1920년대 중국문단에서 「문학연구회」와 「창조사」는 리얼리즘과 낭만주의라는 근대문학의 두 축을 중국 근대문학에 뿌리내리게 하는 데 기여했다.

중국 근대문학은 1920년대 후반 이후 중요한 전환을 맞는다. 이른바 '문학혁명'에서 '혁명문학'으로 전환을 맞은 것이다. 중국 근대문학에 사회주의가 유입되면서 크게 두 가지 변화가 나타난다. 하나는 탄생기의 중국문학이 주로 중국 전통문명의 해체를 겨냥했다면 이제 근대, 특히 서구 자본주의근대에 대해 본격적으로 고민하기 시작했다는 점이고, 다른 하나는 이와 맞물린 것으로, 중국문학이 중국 기층민중들의 비참한 삶에 한층 밀착하게 되었다는 점이다. 중국 근대문학이 더 한층 사회의식과 정치의식을 갖게 되는 계기를 제공한 것이다.

혼란스러운 국내정치, 갈수록 심해지는 국민당 정부의 폭정과 부패, 그리고 서구와 일본 제국주의의 침략, 그리고 사회주의운동의 확산 속에서, 1930년대 중국문학은 절정기를 구가한다. 혼란하고 어두운 중국 현실 자체가 중국 근대문학에 더없이 풍요로운 토양을 제공하면서 중국 근대문학을 대표하는 작가와 작품들이 쏟아져나온 것이다. 특히 이 시기는 장편의 시대로서, 중국 근대문학의 역량이 유감없이 발휘된 작품들이 발표되었다. 중국 근대문학을 대표하는 마오뚠(茅盾), 빠진(巴金), 라오셔(老舍) 등이 각기 대표작을 발표하면서 중국 근대문학은 절정기를 누리게 된다. 이 작가들은 당시 중국 현실의 어둠을 각기 다른 문학적 개성으로 묘파했다. 마오뚠은 '사회분석파'의 거장답게 중국 사회의 정치경제적 역학관계에 대한 치밀한 사회과학적 분석을 토대로 중국 민족자본이 멸망해가는 과정을 해부하는 데 치중했다. 그런가 하면, 빠진은 특유의 아나키즘 사상을 바탕으로 하층민 삶의 비극과 출구 없는 현실에서 방황하면서 새로운 출로를 모색하기 위해 박투하는 청년들을 탁월하게 묘사했다. 라오셔는 뻬이징을 무대로 하여 여리고 순한 하층민들이 돈과 권력이 지배하는 세상에서 어떻게 인간성을 파괴당하고 파멸하는지를 묘파하는 데 탁월한 역량을 발휘했다.

이 작가들이 근대사회로 진입했거나 진입해가는 과정에 있던 중국의 혼란스럽고 어두운 현실을 주로 묘파한 것과 비교하여, 션충원(沈從文)의 문학적 개성은 1930년대 중국 문단에서 이채롭다. 그의 대표작인 「변방의 도시(邊城)」와 「샤오샤오」에서 보듯이, 션충원은 중국 변방의 소수민족 지역을 배경으로, 그곳의 신화적, 도가적 세계를 주로 다루었다. 근대문명의 바깥, 혹은 근대문명이 저 멀리서 풍문처럼 들려오는 외딴 산골마을을 배경으로 택해, 자연과 합일되어 전근대·근대라는 구분이 애초에 존재하지 않는 그곳 사람들의 생활공간과 가치관을, 어찌 보면 비(非)근대적 시공간 속의 원초적 삶을 주로 다루었다. '향토문학'이라 불리는 그의 작품은 중국문학에서 근대에 대한 독특한 저항이기도 했다.

션충원의 문학이 근대에서 빗겨난 신화적, 도가적 세계를 다루던 시기에 다른 한편에서는 중국 근대의 심장인 샹하이를 배경으로 샹하이의 '모던 라이프'를 다루는 작품들이 출현했다. 모던의 난만한 향연이 펼쳐지고 있던 당시 샹하이를 배경으로, 도시적 감각과 일상을 다룬 문학들이 나온 것이다. '신감각파' '현대파' 등으로 불리는 이들 문학경향은 도시적 감수성과 근대화된 샹하이의 새로운 라이프스타일을 심리분석과 의식의 흐름 등의 기법을 활용하여 표현했다. 「장맛비가 내리던 저녁」을 쓴 스져춘(施蟄存)의 문학이 그러한 경향을 반영한다.

한편, 1936년 이후 중국 공산당이 대장정 끝에 옌안(延安)을 중심으로 혁명 근거지를 차리면서 중국은 국민당 통치구와 공산당 통치구, 그리고 일본 점령구로 나뉘게 된다. 이런 상황에서 국민당 통치구와 일본 점령구에 있던 많은 작가들이 국민당과 일본을 피해 중국 공산당 통치구인 이른바 '해방구'로 달려간다. 이렇게 옌안으로 몰려든 작가들은 이전과 전혀 다른 창작환경에 놓이게 된다. 그때까지 중국 근대문학은 주로 도시에서 지식인 독자들을 상대로 한 것이었지만 공산당이 통치하고 있던 곳의 사정은 전혀 달랐다. 대다수가 농민이었고 그것도 거의 문맹이었다. 이런 변화된 환경 속에서 일부 작가들은 예전의 창작경향을 버리고 철저히 대중화된 문학양식과 민간 문예양식을 채용하여 새로운 작품을 창작했다. 서구에서 수입한 근대문학 양식을 버리고 중국 전통의 문학양식을 채용하거나, 당시 마오 쩌뚱(毛澤東)이 작가들에게 요구하던 사회주의 리얼리즘 창작원칙에 따라 창작하기도 했다.

하지만 모든 작가들이 마오의 요구대로 '인민대중의 사상 감정과 하나가 되어 그들의 언어와 감정을 학습'하고 이를 토대로 자기를 개조하여 새로운 문학을 창작한 것은 아니었다. 새로운 역사실험이 진행되고 있는 사회주의 해방구의 현실에 가슴 벅차하면서도 다른 한편으로 그 새로운 세상과 새로운 인간들에게 잠복된 새로운 어둠을 발견하는 작가들도 있었다. 띵링(丁玲)이 대표적으로 그러했다. 띵링에게 '해방구'는 토지혁명이 진행되면서 인류사에 없었던 새로운 역사실험이 진행되는 곳으로서, 그녀에게 새로운 문학적 열정을 불지펴준 곳이기도 하지만, 여성의 시각으로 보자면 과거 사회와 별반 차이가 없는 남성 중심의 사회이기도 했다. 띵링이 보기에 '해방구'는 여전히 남성의 해방구였고, 여성은 여전히 남권주의 신화에 포박되어 있었다. 그녀가 옌안에 간 뒤 공산당의 주도 아래 토지혁명이 진행되는 순간의 새로운 역사와 인간을 묘파한 소설을 쓰는 동시에 그 새로운 세계 속에 여전히 잠재된 어둠을 다룬 「밤」과 같은 소설을 쓴 것은 이 때문이다.

중국 근대문학은 발랄하기보다 무겁고 어둡다. 그 무거움과 어둠은 근대 중국사회와 중국인의 고난에서 기원한 것으로 고난의 현실이 역사와 인간에 대한 깊은 고뇌와 통찰을 가져다준 것이다. 중국 근대작가들은 중국 근대의 위기를 구원할 새로운 문명적 출로를 모색하기 위해 중국 전통문명과 근대에 대한 이중의 박투와 대결을 벌였다. 이것은 중국 근대문학이 짊어진 무거운 짐이자 역설적인 행운이었다. 전통과 근대에 대한 이중의 박투는 분명 중국 근대문학이 짊어진 무거운 짐이었지만, 그 짐이 바로 중국 근대문학의 개성과 빛나는 성취를 가져다주었던 것이다. 그 무거운 짐을 자기 운명의 천형처럼 짊어지고서 문학을 통해 새로운 세상과 새로운 인간을 모색한 작가들이 이룬 성취가 바로 중국 근대문학이다.

| 수록작품 출전 |

아Q정전
『魯迅全集』, 人民文學出版社, 1980, 第1卷.

고향
『魯迅全集』, 人民文學出版社, 1980, 第1卷.

타락
『郁達夫文集』, 浙江文藝出版社, 1992, 第1卷.

샤오샤오
『沈從文選集』, 四川人民出版社, 1983, 第2卷.

노예의 마음
『巴金選集』, 四川人民出版社, 1996, 第7卷.

린 씨네 가게
『茅盾全集』, 人民文學出版社, 1985, 第8卷.

장맛비가 내리던 저녁
『施蟄存精選集』, 北京燕山出版社, 2006.

초승달
『老舍文集』, 人民文學出版社, 1985, 第8卷.

밤
『丁玲全集』, 河北人民出版社, 1985, 第4卷.

밤
夜 ⓒ Ding Ring(丁玲)

The above works' Korean translation copyright ⓒ 2010 by Changbi Publishers Inc.
Korean translation edition is arranged with copyright holders through Imprima
Korea Agency

상기 중국 단편의 한국어 판권은 임프리마를 통해 저작권자와 직접 계약한 (주)창비가 비
독점적으로 소유합니다. 저작권법에 의해 보호받는 저작물이므로 무단 전재와 복제를 금합
니다.